mtb

Zum Buch:

Avery ist sich sicher, dass ihre Jugendliebe Cade sich für sie entscheiden wird. Doch es kommt alles ganz anders.

»Cade war ja nicht nur mein fester Freund, er war auch mein bester Freund. Und das war beinahe der größere Verrat. Auch wenn man es romantisiert – was ich auf jeden Fall tue! –, beweist die Statistik, dass man wohl nicht mit seinem ersten festen Freund gemeinsam alt wird. Den besten Freund aber kann man sein Leben lang haben. Klar lässt sich das in unserem Fall nicht trennen, aber was Cade mir als seiner besten Freundin angetan hat, war schlimmer als das, was er mir als seiner festen Freundin angetan hat. Wir waren noch nicht so lange ein Paar, aber wir waren schon ein ganzes Leben lang Freunde.«

Zur Autorin:

Annie Stone, geboren 1981, ist Politikwissenschaftlerin und arbeitete als Fraktionsgeschäftsführerin in einem kommunalen Parlament in NRW, bevor sie diesen Job für ihre Leidenschaft, das Schreiben, aufgab. Mittlerweile ist sie erfolgreiche Selfpublisherin in den Genres Liebesroman und Historischer Roman.

Annie Stone

Limonadenträume

Roman

mtb

MIRA® TASCHENBUCH

FSC
MIX
Papier
FSC® C014496

1. Auflage: Juli 2019
Originalausgabe

Umschlaggestaltung: zero-media.net, München
Umschlagabbildung: FinePic / München
Lektorat: Anna Hoffmann
Satz: GGP Media GmbH, Pößneck
Printed in Germany
Dieses Buch wurde auf FSC®-zertifiziertem Papier gedruckt.
ISBN 978-3-457-0019-0

www.mira-taschenbuch.de

Kapitel 1

Cade

»Melinda hat mich daran erinnert, was wir gemeinsam haben, was wir gemeinsam für unsere Zukunft geplant haben. Ich kann das nicht wegwerfen. Nicht für eine reine Möglichkeit. Was, wenn wir nicht mehr zueinanderpassen? Es tut mir leid, aber ich kann nicht.«

Als ich diese Worte ausspreche, hasse ich mich. Schlimmer noch, ich kann sehen, dass auch Avery mich in diesem Augenblick hasst. Ihre wunderschönen grauen Augen sind vor Schock noch größer geworden, als sie es normalerweise sind. Sie kann es nicht fassen, dass ich ihr das antue. Ich will ihr sagen, dass auch mein Herz bricht. Dass die letzten Wochen mit ihr die schönsten waren, die ich seit unserer gemeinsamen Teenagerzeit erlebt habe. Dass es der größte Fehler meines Lebens ist, ihr dies zu sagen.

Aber ich kann nicht. Sie muss es glauben, denn sonst würde sie nicht gehen.

Sie greift nach ihrer Tasche und ihrer Jacke, schmeißt eine Vase mit Blumen um und stürzt aus dem Café, in das ich nie wieder kommen kann. Mein Lieblingscafé, und nun ist es mit all diesen düsteren Erinnerungen besudelt.

Bevor Avery an der Tür ist, trete ich ans Fenster. Melinda steht draußen und beobachtet uns, aber egal, was sie denken mag, ich muss noch einen Blick auf Avery werfen. Auf meine große Liebe, der ich ein Messer ins Herz gerammt habe.

Sie steht einen Moment auf dem Bürgersteig, starrt Melinda an, bevor sie ihre Jacke anzieht, ihre Tasche über die Schulter hängt und vollkommen ruhig die Straße entlanggeht. Einen Augenblick frage ich mich, ob es ihr tatsächlich nichts ausmacht, aber dann sehe ich das winzige Zittern in ihrem Schritt. Mir läuft eine Träne die Wange hinunter. Sie ist das Beste in meinem Leben. Sie war es schon immer.

Aus den Augenwinkeln sehe ich, dass Melinda ins Café kommt. Sie stellt sich halb vor mich und beäugt mich kritisch. Als sie die nassen Tränenspuren auf meinen Wangen sieht, wird ihr Blick hart.

»Ich weiß wirklich nicht, wieso ich mich mit dir rumärgere.«

Gerne würde ich erwidern: Dann lass es doch, aber stattdessen sage ich: »Lass uns gehen.«

Melinda sieht sich im Café um und rümpft die Nase. »Hier gehst du immer hin? Es kommt mir ein wenig … nun ja … abgewrackt vor.«

»Nicht alles muss fünf Sterne haben, um erfolgreich zu sein. Du hast ja auch keine.«

Sie zieht eine Augenbraue hoch, bevor sich ein grausames Lächeln auf ihrem Gesicht breitmacht. »Heute lasse ich dir das durchgehen. Aber wenn du von jetzt an immer die beleidigte Leberwurst spielst, hat das Konsequenzen. Sei ein Mann, reiß dich zusammen.«

Leichter gesagt als getan.

Melinda sieht auf die Uhr. »Wir haben noch ein bisschen Zeit.«

»Wofür?«

»Na, wir treffen uns heute mit Mr. Miller zum Mittagessen.«

»Heute? Sag das ab. Ich kann nicht.«

»Was soll ich sagen? Mr. Turner lässt sich entschuldigen, er heult sich die Augen nach seiner Sandkastenliebe aus?«

»Sei nicht so herzlos.«

Sie kommt einen Schritt auf mich zu und streicht über die Knopfleiste meines Hemdes. Innerlich wappne ich mich, um nicht zurückzuzucken und mir den Ekel nicht anmerken zu lassen, den ich verspüre, als sie mich berührt.

»Ich versteh es, okay? Deine Avery ist echt niedlich in ihrer ganzen alternativen Art. Aber das sind doch Dinge, die Kindern und Teenagern wichtig sind. Wir sind mittlerweile erwachsen, und andere Sachen stehen im Fokus. Partnerschaft ist wichtiger als unsterbliche Liebe, gemeinsam Ziele zu erreichen, sich ein Leben aufzubauen, auf das wir beide stolz sein können. Glaub nicht, ich bin herzlos, aber es hängt einfach viel davon ab, dass wir die richtigen Entscheidungen treffen.«

»Du erpresst mich.«

Ihr plötzlich so spitzer Nagel presst sich wie ein Dolch in meine Brust. »So würde ich das nicht nennen.«

»Und wie würdest du es nennen?«, presse ich hervor, während ich mir vorstelle, dass ihr Finger sich so tief in meine Haut bohrt, bis Blut fließt.

»Ich hatte überzeugende Argumente, denen du gefolgt bist.«

»Unfreiwillig.«

»Ach was. Es ist doch wohl klar, dass ich deinen Kumpels und dir mit dem Start-up nicht mehr helfe, wenn wir nicht mehr zusammen sind. Das kannst du nun wirklich nicht erwarten.«

»Das hast du alles so geplant.«

Sie wiegt den Kopf. »Ich wünschte, ich hätte. Aber es ist von alleine so unheimlich gut gelaufen.« Bevor ich etwas sagen kann, meint sie: »Lass uns jetzt neu anfangen, okay? Kein Gerede mehr von Erpressung und Schlussmachen und der Vergangenheit, in der du offensichtlich nicht zufrieden warst. Lass uns an die gemeinsame Zukunft denken und daran, uns gegenseitig glücklich zu machen. Denn ich kann dich glücklich machen, Cade, das weiß ich genau.«

Ich habe meine Entscheidung getroffen. Sie hat recht. Es wäre einfach, ihr alles in die Schuhe zu schieben, und auch wenn sie mich mit Sicherheit dazu gedrängt hat, bin ich es doch, der sich entschieden hat. Für meine Zukunft und gegen Avery.

Also nicke ich. »Okay, fangen wir neu an.«

Dieses Mal ist ihr Lächeln echt, und die Krallen haben sich wieder in normale Finger verwandelt. Sie kommt mir entgegen, und ich drücke meine Lippen kurz auf ihre.

»Wollen wir in euer Büro fahren, und ihr zeigt mir noch mal alle Details des neuen Projekts?«, fragt sie und hakt sich bei mir ein.

»Gerne.«

Äußerlich lächele ich, äußerlich tätschele ich ihre Hand, äußerlich halte ich ihr die Tür auf. Aber innerlich zerbröselt die Fantasiewelt, die ich mir aufgebaut habe, von Avery und mir und einer zweiten Chance. Innerlich errichte ich eine starke Mauer um mein Herz, um es zum Schweigen zu bringen. Innerlich schreie ich, dass das alles so unfair ist.

Wir fahren mit Melindas Auto zu unserem Büro. Chris und Mick sind bereits da, was mich bei einem Blick auf die Uhr nicht überrascht. Ich bin echt spät für meine Verhältnisse.

»Hallo«, verkündet Melinda, als sie in dem Raum steht, der so unordentlich ist, dass ich bei jedem Blick ein wenig zusammenzucke. Das Chaos ist ganz sicher nicht auf meinem Mist gewachsen. Ich brauche sie gar nicht anzusehen, um zu wissen, dass sie uns dafür verurteilt, dass sie mich verurteilt.

»Hey«, kommt es semienthusiastisch von Chris und Mick.

»Wollt ihr euch nicht mal nach neuen Räumlichkeiten umsehen, die eurem Status gerecht werden?«

»Welchem Status?«, fragt Chris.

»Na, ihr seid ein aufstrebendes Start-up, ihr sammelt Gelder ein, da müsst ihr auch nach etwas aussehen. So seht ihr …« Sie bricht ab.

»Wie Apple in der ehemaligen Garage aus?«, vollende ich ihren Satz.

Sie lacht auf. »Sehr witzig. Und touché.«

Ich hasse ihr Lachen. Es ist so schrill und gleichzeitig herablassend, snobistisch durch und durch. So lacht die Elite Neuenglands. Averys Lachen dagegen ist lieb und nett und sonnig und durch und durch kalifornisch. Hör auf an sie zu denken, bete ich mir vor.

»Ist was?«, fragt Mick, der ausgerechnet in dem Augenblick zu mir sieht und meinen inneren Tumult offenbar erkennt.

»Was soll sein?«, antworte ich geistreich. »Hey, hört mal. Melinda und ich sind mit Mr. Miller verabredet. Können wir ihr unsere Präsentation zeigen?«, wechsele ich lieber das Thema.

»Klar«, meint Mick, der sofort abgelenkt ist, sobald er über sein Baby, unser neues Onlinespiel, sprechen kann.

Während Mick und Chris Melinda auf den neuesten Stand bringen, setze ich mich an meinen Schreibtisch und checke automatisch die Verkaufsseiten und unsere Downloads. Auch nach mehreren Wochen schlagen wir uns richtig gut. So oft habe ich diese Aufgaben erledigt, dass ich sie im Schlaf kann, was gut ist, denn bei der Sache bin ich nicht.

Wieder und wieder geht mir alles durch den Kopf. Hätte ich anders handeln können? Es gibt immer verschiedene Möglichkeiten, ich weiß, aber hier schienen mir die Hände gebunden zu sein. Melinda hat mich vor die Wahl gestellt. Entweder Avery oder unsere finanzielle Zukunft. Es ging nicht nur um mich, sondern auch um Mick und Chris und deren Familien. Wenn sie uns den Geldhahn zudreht, dann können wir unser Start-up und damit unsere gesamte harte Arbeit der letzten Jahre vergessen. Und ja, es ist nicht Melinda persönlich, die uns Geld leiht, aber wir haben ja bei Mr. Miller erlebt, wie es läuft, wenn wir es ohne sie versuchen. Nämlich katastrophal. Sie hat das alles so geschickt eingefädelt. Melinda kann mir sagen, was sie will. Ich glaube, dass das ihr Plan war. Mich und uns von ihr abhängig zu machen, als eine Art Versicherung. Sie mag nicht gewusst haben, wofür sie die mal braucht, aber es steckte von Anfang an Kalkül dahinter.

Da bin ich mir hundertprozentig sicher. Und trotzdem bin ich in ihre Falle getappt.

Avery

Ich weiß nicht, wie lange ich auf dem schmutzigen Gehweg gesessen habe, während ich Stück für Stück auseinandergebrochen bin. Tausende Splitter liegen um mich herum, jeder so klein, dass man sie unmöglich wieder zusammensetzen kann. Irreparabel zerbrochen. Wenn ein Windstoß käme, würde er die Fetzchen meines Selbst in alle Winkel der Welt tragen, und so würde ich für immer verstreut sein.

Mein Handy klingelt, aber ich reagiere nicht darauf, weil ich nicht kann. Muskeln, Sehnen, Knochen, Haut, all das, was man zum Bewegen braucht, ist nur noch eine schlaffe Masse. Selbst wenn ich wollte, könnte ich mich nicht bewegen. Wie denn auch, wenn die Splitter meines Herzens um mich herum liegen? Wie soll ich an so was Profanes wie mein Handy denken, wenn mein ausgemaltes Leben mit einem Schloss für Cade und Avery in Trümmern liegt?

Wie konnte er mir das antun? Schon wieder! Lerne ich eigentlich jemals dazu?

Ehrlich, ich habe ihm geglaubt. So naiv! So furchtbar naiv. Wer einmal lügt, dem glaubt man nicht. Und wer dir einmal das Herz bricht, der wird es wieder tun. Wie dumm von mir. Männer verlassen ihre Frauen und Freundinnen nicht für ihre Affären. So ein schmutziges Wort, und doch ist es wahr. Oh Gott, es ist so wahr!

Ich bin Cades Affäre gewesen.

Wieder ertönt das Klingeln, wieder ignoriere ich es. Es wird meine Mom sein, die mit ihrem untrüglichen Gespür fühlt, dass ich gerade zerbreche. Aber selbst mit diesem Wissen – oder ist es Glauben? – kann ich nicht drangehen.

Ich bin so dämlich. *Avery McIntyre, du bist so dämlich!*

Wenn das Universum einen Preis für Dämlichkeit vergeben würde, er wäre deiner. Ganz eindeutig.

Mein Humor kommt mal wieder an den unpassendsten Stellen zum Vorschein. Es ist ein Schutzreflex, ich weiß, aber ich wünschte, ich würde nicht versuchen, mich selbst aufzumuntern, denn in diesem Moment ist das aussichtslos. Wie soll man so etwas auch überstehen? Vor allem: Wie soll man es zweimal überstehen, dass der Mann, mit dem man sein Leben verbringen möchte, einen verlässt?

Ich weiß es nicht.

Als das Handy zum dritten Mal klingelt, stecke ich langsam meine Finger in die Jackentasche und ziehe es heraus. Ich drücke den grünen Knopf, und noch bevor Mom etwas sagen kann, erkläre ich: »Er hat sich für Melinda entschieden«, und breche erneut in Tränen aus, die gerade eben aufgehört hatten zu fließen. Ich dachte, ich wäre ausgetrocknet, aber offensichtlich ist in mir ein unendlicher Quell an Tränen.

»Ach, Schätzchen …«

»Warum, Mom? Warum tut er mir das zum zweiten Mal an?«

»Ich weiß es nicht, Süße. Ich hatte so eine Ahnung, aber ich hatte gehofft, sie wäre falsch. Wo bist du gerade?«

»Ich … ich sitze … auf der Straße.«

»Da müssen wir dich als Erstes wegbekommen. Kannst du nicht deine Freundin anrufen? Wie heißt sie? Nicole? Oder Sarah?«

»Ich will sie nicht belasten.«

»Ach, Unsinn! Freundinnen sind da, um sie zu belasten, wenn man sie braucht. Wärst du für sie da, wenn sie dich brauchen? Und sag jetzt nicht Nein, nur um deinen Standpunkt zu verdeutlichen.«

»Aber ...«

»Nein, nichts aber. Ich kann nicht bei dir sein, und es bringt mich geradezu um, daher musst du mir versprechen, dass jemand anderes kommen wird, um dich aufzufangen. Versprich es. Oder ich nehme den nächsten Flug. Vielleicht sollte ich das sowieso tun. Ich schau gleich mal im Internet.«

»Mom, ich bin dreißig. Du brauchst nicht zu kommen, wenn ich Liebeskummer habe.«

»Dann versprich, dass du jetzt auflegst und jemanden anrufst.«

»Okay, Mom.«

»Fein. Und ruf mich später an.«

»Mach ich.«

Ich mag es nicht, eine meiner Arbeitskolleginnen um Hilfe zu bitten, aber Mom hat leider recht. Gerade weiß ich nicht, wie ich sonst hier wegkomme. Die Frage ist nur: Wen rufe ich an? Stephanie, damit wir gemeinsam über die schlimmen Männer lästern können? Nicole, die mich mit ihren Hochzeitsvorbereitungen nerven könnte? Oder Sarah, die sich so unbedingt einen Freund wünscht, dass sie nicht verstehen kann, warum ich Dylan für diese Fata Morgana namens Cade verlassen habe?

Ich entscheide mich für Steph. Geteiltes Leid ist halbes Leid und so.

Kannst du bitte sofort herkommen? Ich schick dir meinen Standort.

Es dauert kaum eine Sekunde, bis sie antwortet:

Bin auf dem Weg.

Langsam lasse ich den Kopf gegen die Wand hinter mir sinken, ohne mir Gedanken zum Zustand derselbigen zu machen.

Unweigerlich muss ich an damals denken. Damals, als Cade mir kurz nach der Highschool schon einmal das Herz gebrochen hat und allein zum Studium nach Boston gezogen ist. Fühlt es sich ebenso an? Das Gute an Zeit ist ja, dass alles verblasst, sobald erst mal ein paar Jahre ins Land gegangen sind. Der alte Kummer schmerzt nicht mehr so wie der aktuelle, aber ich weiß noch immer, dass es mich damals beinahe zerstört hat. Cade war ja nicht nur mein fester Freund, er war auch mein bester Freund. Und das war beinahe der größere Verrat. Die Wahrscheinlichkeit ist groß, dass man mehr als nur einen festen Freund in seinem Leben hat. Auch wenn man es romantisiert – was ich auf jeden Fall tue! –, beweist die Statistik, dass man wohl nicht mit seinem ersten festen Freund gemeinsam alt wird. Den besten Freund aber kann man sein Leben lang haben.

Klar lässt sich das in unserem Fall nicht trennen, aber was Cade mir als seiner besten Freundin angetan hat, war schlimmer als das, was er mir als seiner festen Freundin angetan hat. Wir waren noch nicht so lange ein Paar, aber wir waren schon ein ganzes Leben lang Freunde.

Dieses Mal fehlt diese Komponente. Wir waren nicht erst Freunde, die dann Liebende wurden. Es war von Anfang an klar, worauf das hinauslaufen würde, auch wenn wir es langsam angehen wollten. Auch wenn wir so getan haben, als wäre das Ende offen. Wir wussten die ganze Zeit, dass wir entweder zusammenkommen oder uns nicht weiter sehen würden.

Und auch wenn ich es jetzt so rationalisiere, tut es weh. Ich kann mich nicht erinnern, dass es beim ersten Mal so schlimm war. Vielleicht macht die Wiederholung es schmerzhafter, oder es ist einfach so, dass die Erinnerung einen Schleier darüber wirft, der alles dämpft.

»Oh, da bist du ja«, höre ich Stephanies Stimme, bevor ich die Absätze ihrer Ankle Boots von Prada höre. Sie kniet sich neben mich und greift nach meiner Hand. »Was ist passiert?«

Ich schüttele leicht den Kopf. »Nicht hier.«

Stephanie steht auf, reicht mir die Hand und hilft mir hoch. Meine Beine wackeln. Kann man in einer Stunde Muskelatrophie bekommen?

»Mein Auto steht gleich um die Ecke.«

»Danke.«

Bevor ich einsteige, wischt sie mir noch mit einem Taschentuch den Rücken ab. Ob sie damit ihre Autositze schützen oder mir was Gutes tun will, weiß ich nicht.

»Wo soll ich dich hinbringen?«

»Kannst du Giselle sagen, dass ich heute nicht komme?«

»Klar. Wo willst du hin?«

»Nach Hause.«

Auf der Fahrt ruft Stephanie im Büro an, meldet mich krank und teilt mit, dass sie heute nicht mehr reinkommt.

»Das musst du nicht machen«, protestiere ich.

Sie schüttelt ihren hellbraunen Pixiekopf. »Doch, ich muss. Weil es das ist, was Freundinnen tun.«

»Danke.«

Ich schaue aus dem Fenster, Tränen laufen meine Wangen hinunter. Angestrengt bemühe ich mich, meinen Kopf leer werden zu lassen, zu vergessen, was passiert ist, einfach abzuschalten. Aber der Kopf ist eigenartig. Manche Dinge vergisst er sofort, aber die, die man am liebsten aus dem Gedächtnis löschen würde, die nisten sich so tief ein, dass man sie auch in dreißig Jahren noch genauso vorfindet.

An einer roten Ampel legt mir Steph die Hand auf den Arm. »Was immer auch passiert ist, du kannst es mir sagen.«

Langsam nicke ich. »Ich weiß.«

Die nächsten Worte sprechen wir erst, als wir vor meiner Wohnungstür stehen. Die Fahrt und das Treppensteigen sind gleichzeitig rasant und unendlich langsam an mir vorbeigezogen.

»Du hast doch keine Katzenallergie?«, frage ich.

»Nein.«

Spocky steht maunzend an der Tür und reibt ihren Körper an meinen Beinen, als ich meine Jacke ausziehe und sie aufhänge.

»Die solltest du reinigen lassen«, kommentiert Steph, und ich werfe einen Blick auf sie. Okay, ich will gar nicht wissen, worin ich gesessen habe.

»Tut mir leid, dass ich dein Auto beschmutzt habe.«

»Das macht gar nichts. Soll ich uns eine Tasse Tee machen?«

Ich nicke, führe sie in die Küche und lasse mich auf einen der Barhocker sinken, während sie Wasser in den Kocher füllt.

»Wo sind die Tassen?«, fragt sie.

Ich deute mit dem Finger auf den richtigen Schrank, aber es ist eine echte Herausforderung, meinen Arm zu heben. Alles an mir ist so schwer. Meine Arme, meine Beine, ganz besonders mein Kopf. Einen Ellenbogen stütze ich auf dem kleinen Hochtisch ab und lehne meinen Kopf auf die Hand. Alleine könnte ich ihn nicht mehr halten, glaube ich.

Mit zwei dampfenden Tassen bewaffnet, marschieren wir ins Wohnzimmer. Ich setze mich in meine Lieblingsecke der

Couch und ziehe die Wolldecke über mich, als wäre ich in einem Kokon.

Steph setzt sich neben mich. »Du kannst es mir erzählen oder auch nicht. Ich bleib auch hier neben dir sitzen, ohne ein einziges Wort. Oder wenn du alleine sein möchtest, dann gehe ich auch. Es geht ganz allein um dich und um das, was du jetzt brauchst.«

Ich versuche, all meine Dankbarkeit in meinen Blick zu legen, aber da sie ein wenig verwirrt guckt, scheine ich das nicht so gut hinzubekommen. »Danke«, sage ich daher bekräftigend.

Eine Weile sitzen wir nebeneinander, schweigen und trinken unseren Tee, bis ich sage: »Ich hatte doch von diesem Jungen von früher erzählt, den ich hier in Boston wiedergetroffen habe.«

»Wie hieß er noch mal?«

»Cade. Nun ja, wir haben uns mehrmals getroffen, zufällig und danach auch absichtlich.«

»Was ist mit Dylan?«

Schuldgefühle schwappen über mich, die ich zu unterdrücken versuche. Gott, für nichts und wieder nichts habe ich Dylan verletzt. Obwohl … mir ist ja auch klargeworden, dass wir nicht zusammenpassen, ganz unabhängig von Cade und allem.

»Wir haben Schluss gemacht.«

»Das hattest du gar nicht erzählt.«

»Ist auch gerade erst passiert. Ich hab es mit ihm beendet, weil Cade und ich …« Bei diesen drei Worten *Cade und ich* strömen die Tränen wieder. Es wird niemals mehr ein *Cade und ich* geben. Ich schlage mir die Hände vors Gesicht – zumindest will ich das –, aber in der einen halte ich noch die

Tasse, die überschwappt. Gott sei Dank ist der Tee nicht mehr heiß.

Steph nimmt mir die Tasse ab und legt ihre Hand auf mein angezogenes Knie. »Lass es raus. Weinen hilft. Du glaubst nicht, wie viel ich geweint habe, als James und ich uns getrennt haben. Und da war es meine Entscheidung. Trotzdem hat es mir das Herz gebrochen, dass es zu Ende war, einfach, weil wir so viel Zeit miteinander verbracht haben, unser halbes Leben. Ich kann verstehen, dass es wehtut, wenn man etwas beendet.«

»Ich weine nicht wegen Dylan«, gebe ich zu.

»Wegen Cade?«

»Wir wollten es noch mal versuchen, wollten mit unseren Partnern Schluss machen und uns heute Morgen treffen als Neuanfang. Nur ... na ja, er hat es mit seiner Freundin nicht beendet.« Dieses Mal beuge ich mich nach vorne, lege den Kopf auf meine angezogenen Knie und weine in die Decke. Spocky nutzt den Augenblick, um auf die Lehne der Couch zu springen und es sich dann auf meinen Schultern gemütlich zu machen. Dabei schnurrt sie mir ins Ohr.

»Ach, Avery, es tut mir so leid.«

»Mir auch«, murmele ich in die Decke.

»Hat er gesagt, wieso?«

»So ein Blabla, dass er gemerkt hätte, was sie gemeinsam haben und so. Dass er das nicht für eine Chance mit mir aufs Spiel setzen kann.« Ich richte mich auf, während Spocky faucht, weil sie auf die Lehne rutscht. Wie gut, dass mein Pullover dick ist, darin kann sie sich nicht so leicht festkrallen wie in meinen Sommersachen. »Aber weißt du, ich verstehe nicht, was das heißen soll. Was für eine Chance denn? Für mich war klar, dass wir ab heute zusammen sind. Fest zusammen. Keine Chance zusammenzukommen, sondern dass das bereits das Endresultat ist.«

»Hattet ihr das denn auch so besprochen?«

»Ja, da bin ich mir sicher. Wir haben nicht davon gesprochen, dass es eine Chance gibt, sondern dass wir dann richtig, ehrlich zusammen sind.«

»Komisch.«

»Ich versteh einfach nicht, wie er mir das noch mal antun kann. Er muss doch wissen, dass mich das ebenso fertigmachen würde wie beim letzten Mal.«

»Weiß er das denn?«

»Auch das habe ich ihm in den letzten Wochen erzählt. Wie traurig ich war. Ach was! Wie absolut fertig ich war. Und trotzdem verletzt er mich erneut. Das verstehe ich einfach nicht. Das ist so … so kaltherzig.«

»Meinst du, da könnte was anderes dahinterstecken?«

Bitter lache ich auf. »Was kann schon dahinterstecken? Es geht um eine Beziehung, nicht um Leben und Tod. Beziehungen kann man beenden, wenn man möchte.«

»Keine Ahnung. Ist sie schwanger?«

Ich glaube, mir wird schlecht. »Hat er nicht gesagt.«

»Aber das könnte doch ein Grund sein.«

»Meinst du nicht, dass er mir das gesagt hätte? Damit ich weiß, es gibt einen validen Grund. Dann hätte ich immer noch Liebeskummer, aber ich wüsste, dass es nicht aus Kaltherzigkeit geschehen ist. Nein, er hätte es mir gesagt.«

Steph zuckt mit den Schultern. »Einen anderen wichtigen Grund weiß ich auch nicht. Sie wird ihn ja nicht erpressen oder so.«

Wieder ertönt dieses bittere Lachen. Bin das wirklich ich? »Klar. Das wird es sein.«

Sie schüttelt den Kopf. »Na ja, vielleicht liebt er sie einfach mehr. Ich weiß, das willst du nicht hören, aber vielleicht ist das der Grund.«

»So sieht es aus. Nein, hören will ich das tatsächlich nicht, aber alle Alternativen wären schlimmer. Oder? Keine Ahnung.«

Kapitel 2

Cade

Gemeinsam fahren wir zum Restaurant, in dem wir mit Mr. Miller verabredet sind.

»Alles okay?«, fragt Melinda, als wir aussteigen.

»Klar.«

»Hey, Cade, du musst präsent sein, okay? Hier geht es nicht um deine persönlichen Befindlichkeiten, sondern ums Geschäft. Da musst du einfach topfit sein.«

»Ich weiß.«

»Okay, ich wollte nur sichergehen.«

Sie greift nach meiner Hand. Einen Moment zögere ich, aber dann schließe ich meine Finger um ihre. Wie man sich bettet, so liegt man. Ich habe diese Entscheidung getroffen, also muss ich jetzt eben das Beste daraus machen.

Melinda lächelt mich an. »Ich werd alles geben, um euch noch mehr Kapital zu besorgen als bei Benjamin.«

»Danke.«

Und ich bin ihr tatsächlich dankbar. Sie müsste es nicht tun und hätte es beim ersten Mal, als es um unsere Organizer-App namens Benjamin ging, auch nicht tun müssen. Doch Menschen bestehen nun mal aus vielen Facetten, niemand ist einfach nur schlecht oder nur gut, sondern immer eine Mischung daraus. Das Leben wäre viel leichter, wenn es so klar wäre wie in den Filmen aus den Neunzigern.

Ich halte Melinda die Tür zu diesem Restaurant auf, das niemand außer mir mit Turnschuhen betritt. Ich Rebell.

»Wir haben für Charles Miller plus zwei reserviert«, sagt sie einer Kellnerin.

»Kommen Sie bitte mit. Mr. Miller ist noch nicht da.« Wir werden durch das Restaurant geführt. »Ist Ihnen dieser Tisch recht?«

»Natürlich, danke.«

Ich richte Melinda den Stuhl, und sie schenkt mir ein Lächeln.

»Das wird ein Kinderspiel, glaub mir.«

»Ich hoffe es. Mick würde es das Herz brechen, wenn wir das Projekt nicht realisieren können.«

»Wieso eigentlich jetzt ein Spiel?«

»Mick hatte die Idee, und wir fanden sie gut. Da steckt echt viel Geld drin. Also potenziell. Wenn man einen Knaller wie Angry Birds oder Candy Crush landet, hat man ausgesorgt, wenn man es geschickt anstellt.«

»Da steckt mehr Geld drin als in Benjamin?«, fragt sie erstaunt.

»Viel mehr. Candy Crush wurde in den ersten fünf Jahren 2,7 Milliarden Mal heruntergeladen.«

Wenn wir in einem Comic wären, würden jetzt Dollarzeichen in Melindas Augen auftauchen. »Milliarden? Meinst du das ernst?«

»Das ist mein voller Ernst.«

»Oh mein Gott.«

Während sie noch die Zahl verdaut, tritt Mr. Miller an den Tisch. »Wie schön, dass Sie schon da sind.«

Ich stehe auf und schüttele ihm die Hand. Melinda küsst er auf die Wange.

»Charles, ich freue mich, dass Sie sich Zeit für uns genommen haben«, flötet sie.

»Immer gerne. Was gibt es Besseres, als gute Geschäfte in schöner Begleitung zu machen?«

Melinda legt sich die Hand auf die Brust. »Sie schmeicheln mir, Charles. Wie geht es Eleonor?«

»Bestens, bestens. Sie lässt sich entschuldigen, aber Sie werden sich ja am Wochenende auf der Charity-Gala sehen.«

»Natürlich. Bestellen Sie ihr liebe Grüße.«

Die Kellnerin kommt, um unsere Bestellung aufzunehmen. Auch wenn dies offiziell ein Mittagessen ist, bestellen wir nur Getränke.

Nachdem wir versorgt sind, sagt Charles: »Melinda, ich muss sagen, was Sie da mit Benjamin geschafft haben ... Ich bin sprachlos. Sie haben ein wunderbares Produkt entwickelt.«

Klar, *Melinda* hat es entwickelt. Sie kennt nicht mal den Unterschied zwischen JavaScript und SQL.

»Mein Anteil an dem Erfolg ist bescheiden, Charles. Cade und seine Partner sind dafür verantwortlich. Ich hab nur ein klein bisschen bei der PR geholfen.«

»Sie stellen Ihr Licht wahrscheinlich wieder unter den Scheffel.«

»Das ist sehr freundlich von Ihnen. Ich helfe gerne. Cade hat mir mitgeteilt, dass er Ihnen bereits das neue Projekt vorgestellt hat. Hatten Sie schon Gelegenheit, sich dazu Gedanken zu machen?«

»Ich habe mir alles angesehen, und auf dem Papier sieht es gut aus. Aber ein Spiel? Hat das überhaupt Potenzial?« Mr. Miller schaut mich skeptisch an, bevor er sich wieder lächelnd Melinda zuwendet.

»Absolut. Wussten Sie, dass eines der bekanntesten Spiele

2,7 Milliarden Mal runtergeladen wurde? Es heißt Candy Crush.«

»Milliarden?«

»Ganz genau. Mobile Spiele sind populär. Um ganz ehrlich zu sein, auch ich habe Candy Crush auf dem Handy.«

»Sie? Wirklich?«, fragt er überrascht. Mich erstaunt dieses Geständnis auch. Melinda wirkt nicht wie jemand, der jemals relaxt, sondern immer fokussiert ist. Daher hätte ich nie gedacht, dass sie auch mal Ablenkung braucht.

Melinda zieht ihr Handy aus der Tasche, und zeigt Mr. Miller die App.

»Und Ihr Spiel wäre genauso?«, fragt er jetzt mich.

»Nein, nicht genauso. Es ist ein anderes Spielprinzip, doch es soll ebenfalls auf In-App-Käufen basieren, aber auch eine kostenfreie Version beinhalten.«

»Aber, wenn es kostenlos ist, wie soll es Umsatz generieren?«, fragt Mr. Miller.

Er hat ganz offensichtlich doch nicht alle Unterlagen gelesen, die wir ihm dagelassen haben.

»Durch die kostenlose Version werden Anwender auf dieses Spiel aufmerksam, man schafft also die größtmögliche Basis. Durch die In-App-Käufe gibt man einigen Spielern die Chance, weiter voranzukommen.«

»Wie viele Käufe gibt es denn?«

»Bei dem Spiel, dass Ihnen Melinda gerade gezeigt hat, gibt es zwischen zwei und vier Prozent Spieler, die weitere Leben und Spezialeffekte kaufen.«

»Das ist wenig«, meint Melinda etwas ernüchtert.

»Aber du darfst nicht vergessen, dass sie 2014 über 245 Millionen aktive Spieler hatten. In diesem Jahr haben sie über eine Milliarde Dollar erwirtschaftet.«

Doppelte-Dollarzeichen-Augen sehen mir entgegen. »Sie wollen mir sagen, dass dieses Spiel über eine Milliarde Dollar gemacht hat?«

»So ist es. Sogar weit mehr, denn 2013 haben sie in einem Halbjahr eine Milliarde erwirtschaftet, und die letzten Zahlen, die ich ermitteln konnte, sprachen von 250 Millionen im Quartal in 2017.«

»Und Ihre App ist ebenso?«

»Wie gesagt, das Prinzip ist ein anderes, und natürlich kann man einen Erfolg nicht versprechen, aber Angry Birds, ein weiteres Spiel, wurde auch über zwei Milliarden Mal heruntergeladen. Es gibt dieses Potenzial. Man muss aber ganz klar sagen, dass man das nicht immer genau steuern kann. Wenn man zwei ähnliche Spiele hat, kann eines groß herauskommen und eines floppen, auch wenn man alles gleich angegangen ist.«

»Aber wir werden natürlich mit einer ausgeklügelten Marketingstrategie verhindern, dass unser Spiel floppt«, wirft Melinda ein und tritt mir leicht gegen den Fuß.

»Wir werden selbstverständlich alles dafür tun, dass es erfolgreich wird«, erkläre ich leicht zerknirscht mit einem Seitenblick auf Melinda.

Mr. Miller lehnt sich im Stuhl zurück und faltet die Hände auf dem Tisch vor sich zusammen. »Ich denke, wir kommen ins Geschäft.«

Innerlich jubiliere ich, auch wenn ein bitterer Beigeschmack bleibt, aber zu wissen, dass unser größter Finanzier wieder mit an Bord ist, erleichtert mich ungemein.

Melinda und Mr. Miller besprechen noch ein paar Einzelheiten, zu denen ich nicht befragt werde, was mir auch ganz recht ist. Wir haben einen Anwalt, der sich um die Verträge kümmern wird, Gott sei Dank. Plötzlich fällt mir auf, dass ich das Gefühl habe, nicht selbst der Herr meines Lebens zu sein. So lange hatte ich dieses Gefühl nicht mehr. Früher war es allgegenwärtig.

Dad war schon immer cholerisch, aber nachdem Mom gestorben war, wurde es immer schlimmer. Manchmal schlich ich nur auf Zehenspitzen durchs Haus, weil jeder Laut von mir sein Temperament aufflammen ließ. Ich fühlte mich wie ein Geist in meinem eigenen Leben.

Vorsichtig und langsam ging ich die Treppe hinauf und versuchte, das Knirschen der fünften Stufe von unten zu vermeiden. Aber es war, als wollte sie, dass ich in Schwierigkeiten geriet, denn wie immer knarzte sie, was dazu führte, dass Dad schrie: »Kannst du nicht einmal leise sein, Cade?«

Bollernde Schritte ertönten im Flur, wütende Augen funkelten mich an, ein verzogener Mund spuckte Speichelfäden beim Reden.

»Wenn ich von der Arbeit wiederkomme, will ich nur Ruhe! Ist das zu viel verlangt? Aber du kannst nicht einmal ruhig sein. Immer musst du Krach machen. Krach, Krach, Krach!«

»Entschuldigung«, murmelte ich.

Dad stampfte die paar Stufen hinauf, schloss seine kräftigen dicken Finger um meinen viel zu dünnen Oberarm, zerrte mich die Treppe hinunter, öffnete die Kellertür und stieß mich hinein. Ich hörte, wie sich der Schlüssel im Schloss drehte, während ich versuchte, nicht die Treppe hinunterzufallen. Schnell drehte ich mich um, eilte zur Tür und trommelte dagegen.

»Dad, nicht! Bitte! Ich bin ganz leise! Versprochen. Lass mich nicht hier im Dunkeln. Bitte!«

Aber meine Worte hatten keinen Effekt. Wieder und wieder suchte ich an den kahlen Kellerwänden nach einem Licht-

schalter, obwohl ich doch genau wusste, dass dieser außen angebracht war. Ich kauerte mich auf der obersten Stufe zusammen, umfasste die Knie und vergrub das Gesicht im Stoff meiner Ärmel.

Ich murmelte leise vor mich hin und erzählte mir eine Geschichte, die ich von Avery hatte. Sobald ich ihre Stimme im Kopf hörte, fühlte ich mich nicht mehr ganz so allein, wie noch einen Augenblick zuvor.

»Cade?«, fragt Melinda, und an ihrem ungeduldigen Ton erkenne ich, dass sie mich schon mindestens einmal zuvor angesprochen hat.

»Entschuldige, ja?«

»Ich habe gefragt, ob ihr schon einen Zeitplan für die Entwicklung habt.«

»Äh, ja, wir haben Ihnen den auch in den Unterlagen beigelegt, Mr. Miller. Wir hoffen, innerhalb von sechs Monaten eine erste Version zu haben, die wir testen können. Und wenn alles gut geht, sind wir dann in einem Jahr bereit, das Spiel zu launchen.«

Mr. Miller schaut mich an. »Das erscheint mir ein realistischer Zeitrahmen, obwohl ich zugeben muss, dass ich keine Ahnung von der Materie habe.« Er lacht gutmütig. »Aber ich habe sehr viel Ahnung von Zahlen, und Ihre lesen sich sehr gut. Ich bin zuversichtlich, dass unsere weitere Zusammenarbeit ebenso fruchtbar wie die vergangene sein wird.« Er schaut auf die Uhr. »Sie entschuldigen mich? Ich muss noch zu einem anderen Termin.«

»Natürlich, Charles, wir wollen Sie nicht aufhalten«, schnurrt Melinda, während wir beide aufstehen, um ihn zu verabschieden.

Als wir uns die Hände schütteln, klopft er mir auf die Schulter. »Sie sind zu Größerem bestimmt, Junge.«

Nachdem er gegangen ist, fragt Melinda: »Sollen wir jetzt noch zu Mittag essen? Wir sind ja nicht dazu gekommen.«

Ich nicke und setze mich wieder auf den Stuhl. Melinda winkt der Kellnerin, um sich das Menü geben zu lassen.

»Das ist doch sehr gut gelaufen«, sagt sie und legt ihre Hand auf meine.

Ich habe den starken Drang, sie wegzuziehen, stattdessen lächele ich sie an. »Danke für deine Hilfe.«

»Jederzeit. Das meine ich ernst. Wir sind ein gutes Team.«

Ich nicke, versuche dabei freundlich zu sein, denke aber nur, dass eine Beziehung doch mehr sein sollte als eine geschäftliche Verbindung.

Avery

Aus Tee wird Wein, aus dem einen Gesprächsthema über Cade und meinen Liebeskummer werden weitere, und es ist Mitternacht, als Steph sich verabschiedet und ein Taxi ruft. Ich soll ihr Auto morgen zur Arbeit fahren. Früher bin ich immer selbst gefahren, aber seit ich in Boston bin, nicht ein Mal. Das kann ja heiter werden.

»Wenn du willst, bleibe ich hier«, sagt sie noch einmal, als ich sie zur Tür bringe.

»Ich hab dich schon viel zu lange beschlagnahmt. Deine Kinder brauchen dich.«

»Meine Mom ist bei ihnen, mach dir keine Gedanken.«

»Sie sind aber noch klein.«

»Einen Abend geht das schon. Wenn du mich brauchst, ruf mich an.«

»Mach ich. Und danke.«

Sie lächelt. »Dafür sind Freundinnen doch da.«

Als ich die Tür hinter ihr schließe, lehne ich den Kopf dagegen. Die letzten paar Stunden haben mich abgelenkt, aber jetzt kommt alles mit einem Schwung zurück, es erscheint mir schlimmer als zuvor.

Ich drehe mich um, presse den Rücken gegen das Holz und rutsche langsam herunter, bis ich auf dem Boden sitze. Was mache ich nur? Zwölf Jahre sind vergangen, und ich bin in der gleichen Situation, in der ich schon einmal war. Gleiches Drehbuch, gleiche Schauspieler, denke ich in Anlehnung an den Song von Whitney Houston und Deborah Cox, der nie wirklich ein Hit wurde, aber so viel Potenzial hatte.

Spocky reibt ihren Körper an meinen angewinkelten Beinen, und ich streichele sie. Ihr weiches Fell fließt durch meine Finger. Die monotone Bewegung lenkt mich für einen Moment von dem Schmerz ab, der durch mich fließt.

»Ach, Spocky, sei froh, dass du keinen Mann hast.«

Sie schnurrt. Geflissentlich ignoriere ich, dass es ja nicht ihre Entscheidung ist, alleine zu sein, sondern meine. Die Strandkatzen hatten eindeutig mehr Gesellschaft. Vielleicht braucht Spocky einen Freund … Vor allem, weil ich ja nicht wirklich häufig zu Hause bin. Aber sie war schon ihr ganzes Leben lang alleine. Vielleicht würde sie sich nicht darüber freuen, ihr Reich plötzlich mit einer anderen Katze teilen zu müssen.

»Willst du einen Freund? Oder eine Freundin?«, frage ich sie, aber sie legt sich einfach nur auf den Rücken, damit ich genau zehn Mal über ihren Bauch streicheln darf, bevor sie mit einem entrüsteten Maunzen wieder auf die Beine springt, mich anfaucht und im Wohnzimmer verschwindet. Auch das ist ein Stück, das wir schon mehrmals aufgeführt haben.

Langsam stehe ich auf, gehe ins Bad, mache mich fürs Bett fertig, bevor ich mich in diesem einrolle, die Arme um mich schlinge und versuche, die Tränen aufzuhalten, die sich Bahn brechen.

Als mein Wecker klingelt, kommt es mir vor, als hätte ich nur fünf Minuten geschlafen. Und vielleicht habe ich das auch. Ich bin vollkommen gerädert, ziehe die Decke über den Kopf, und für wundervolle dreißig Sekunden habe ich vergessen, was gestern passiert ist, aber dann kommt alles zurück, und ich wünsche mir den Moment der Ignoranz nach dem Aufwachen zurück.

Spocky miaut bereits in der Küche, weswegen ich aufstehe und ihr Fressen in die Schale fülle, wobei sie natürlich auf meinen Rücken springt und ihn beim Aufstehen zerkratzt. Dieses kleine Monster.

Kaffee. Ich brauche unbedingt Kaffee. Am besten intravenös. Da ich nur eine Kaffeemaschine habe, muss ich mich damit begnügen. MacGyver hätte daraus wahrscheinlich eine Infusionsmaschine basteln können.

Während der Kaffee kocht, stelle ich mich unter die Dusche, lasse das Wasser meine Tränen wegwaschen und shampooniere meine Locken, die sich immer nur nass zähmen lassen. Nach dem Abtrocknen und Zähneputzen schaue ich in den Spiegel und betrachte das Elend. Augenringe bis zu den Mundwinkeln, gerötete Augen, und zu allem Überfluss wächst auch noch mittig auf der Stirn ein Pickel, der sich anschickt, dem Mount Everest Konkurrenz zu machen. Klar, ein Unglück kommt selten allein.

Ich fische nach meinem Concealer – der zum Glück bei dem seltenen Gebrauch nicht eingetrocknet ist – und versuche alles zu kaschieren. Tarnen und täuschen hat Dad immer gesagt, wenn er irgendwas im Haus repariert oder renoviert hat. Dieses Mantra wende ich jetzt auch an. Und es ist ja beinahe eine Renovierung, denn ich spachtele das Zeug dick auf.

Gegen die roten Augen kann ich kaum etwas tun, aber ich bemühe mich, den Rest so gut wie möglich zu verbergen. Ich betrachte mein Werk und bin eigentlich ganz zufrieden. Nur im Profil darf man mich nicht ansehen, denn dann sieht man das Horn auf meiner Stirn. Bin ich jetzt eigentlich ein Einhorn?

Wie spät ist es? Ich suche nach meinem Handy. Als ich es einschalte, sehe ich schon auf dem Sperrbildschirm die Nachricht von Cade.

Es tut mir leid.

Das kann er sich sparen. Statt die Nachricht zu öffnen, lösche ich unseren Chat, blockiere seine Nummer und lösche dann auch diese.

Was denkt er sich eigentlich? Mit so einem simplen Satz will er alles wiedergutmachen, was er mir nicht einmal, sondern zweimal angetan hat?

Dabei fällt mir das Sprichwort ein: *Hältst du mich einmal zum Narren, schäm dich. Hältst du mich zweimal zum Narren, sollte ich mich schämen.* Das trifft auf mich zu. Zweimal bin ich auf ihn reingefallen. Aber kann man wirklich von Reinfallen sprechen? Er ist auf jeden Fall sehr gut im Herzen brechen.

Ich fülle den Kaffee in meine Thermostasse, verabschiede mich wortreich von meiner Katze, die mir die kalte Schulter zeigt, und eile dann aus dem Haus, um vielleicht noch rechtzeitig meine Bahn zu erwischen. Als ich draußen bin, erfasst mich ein eisiger Wind. Boston ist über Nacht abgekühlt. Wie gut, dass ich die dicke Jacke schon gekauft habe, in die ich mich jetzt tiefer einkuschele, um gegen den Gruß vom Nordpol geschützt zu sein. Nein, ein kalifornisches Mädchen ist ganz sicher nicht für solche Temperaturen gemacht.

Als mein Blick auf Stephs Auto fällt, erinnere ich mich, dass ich ja heute damit fahre, statt mit der Bahn, und freue mich einen kleinen Augenblick. Sobald ich bemerke, dass ich die Scheiben freikratzen muss, ist diese Freude schnell verflogen. In der Bahn brauche ich wenigstens keinen Eiskratzer. Nachdem ich mir beinahe die Hände abgefroren habe, setze ich mich ins Auto, umschließe die Thermostasse und hoffe, dass ich auftaue. Wenn es hier noch kälter wird, brauche ich einen Schneeanzug.

Schlimmer als die Kälte ist nur, sie mit gebrochenem Herzen ertragen zu müssen. Sonne lindert Liebeskummer auch nicht, aber sie verschlimmert die Gefühlslage nicht auch noch. Kälte dagegen kommt eigentlich aus der Hölle. Ich glaube nicht einen Moment, dass es dort heiß ist, denn Kälte ist die wahre Qual.

In meinen Anti-Kälte-Gedanken verschwunden, verpasse ich beinahe die Abbiegung zu meinem Bürogebäude. Gerade noch rechtzeitig setze ich den Blinker. Das hätte auch noch gefehlt.

Da ich mich nicht lange in den eisigen Gefilden aufhalten mag, sprinte ich beinahe den Weg vom Parkplatz zum Büro. Okay, ich renne nicht. Bei einem so chaotischen Menschen wie mir können dabei schlimme Dinge passieren, aber ich laufe im Stechschritt. Mein Army-Großvater wäre stolz auf mich.

Im elften Stock unseres recht schmucklosen Gebäudes angekommen, straffe ich die Schultern und gebe mir selbst das Versprechen, den ganzen Tag nicht zu weinen. Ich werde mich in der Arbeit vergraben, sodass ich gar keine Zeit habe, an die Person, deren Name nicht genannt wird, zu denken.

Ich öffne die Tür und betrete den Büroflur, bevor Nicole, Sarah und Steph auf mich zustürzen.

»Wie geht es dir?«

»Hast du gut geschlafen?«

»Konntest du die Geschehnisse zur Seite schieben?«

»So ein Arsch aber auch!«

»Wie konnte er das tun?«

»Aber wie geht es dir wirklich?«

»Kann ich was für dich tun?«

»Brauchst du was?«

»Soll ich dir einen Kaffee holen?«

Sie reden durcheinander, umarmen mich immer wieder und wischen die Tränen ab, die mir über die Wangen laufen, weil ich die Sorge in ihren Gesichtern sehe. Es tut gut zu wissen, dass ich auch in der Fremde schon Menschen gefunden habe, denen ich wichtig bin.

»Nicht weinen«, bittet Sarah, der auch schon die Tränen in den Augen stehen.

»Tut mir leid.«

»Es gibt keinen Grund, dass du dich entschuldigst«, meint Nicole. »Wenn wir was tun können, sag Bescheid.«

Ich nicke, während ich langsam an meinen Tisch trete.

Aus der offenen oberen Etage ruft Giselle zu uns herunter: »Redaktionskonferenz in zehn Minuten!«

Ich spüre ihren Blick im Rücken, zumindest bilde ich es mir ein. Doch ich drehe mich nicht zu ihr, denn ich will verteufelt sein, wenn mich meine Chefin weinen sieht. Das eine Versprechen habe ich schon in den ersten dreißig Sekunden gebrochen, dieses soll länger halten. Ewig, wenn möglich.

Aus meiner Tasche krame ich einen kleinen Spiegel, checke, ob die Tränen mein Make-up ruiniert haben, bevor ich in die Küche gehe, um mir einen Kaffee zu holen.

Dann schließe ich mich dem Treck in unseren Konferenzraum an. Steph drückt meinen Arm, Nicole lächelt mich lieb an, während Sarah, die schon da ist, mir einen Platz frei gehalten hat. Strategisch weiter hinten gewählt. Wie lieb.

Dieses Mal kann ich Giselles Blick nicht entgehen. Prüfend, empathisch und ein klein wenig kalkulierend vielleicht. Sie denkt sich was aus. Ich will gar nicht wissen, was. Wahrscheinlich soll ich über die zehn Dinge schreiben, die gegen Liebeskummer helfen. Aber dann muss ich diesen Job leider kündigen, so gerne ich ihn auch mache, denn das kann ich nicht. Ich muss mich von meinem Herzschmerz ablenken, nicht mich damit im Detail beschäftigen.

»Okay, legen wir los. Für die nächste Ausgabe habe ich mir etwas Besonderes ausgedacht. Ein Jahr nach Hashtag MeToo. Was hat sich in unserer Welt verändert, hat sich überhaupt was geändert oder ist alles noch genauso, wie es immer war? Was sagen die Betroffenen heute, ist das Thema immer noch präsent? Also, ganz allgemein, was ist seitdem passiert.«

Sofort ist mein Interesse geweckt. Das will ich machen. Das muss ich machen.

»Und ich denke, das Avery genau die Richtige für dieses Thema ist.« Sie schaut mich an und lächelt mitfühlend.

Mitleid. Sie gibt mir diesen Auftrag aus Mitleid. Das kann ich nicht ertragen.

»Gibst du mir den Job aus Mitleid?«, frage ich geradeheraus.

Sie zieht die Augenbrauen hoch. »Seit du hier arbeitest, bittest du mich um ernsthaftere Themen, und jetzt denkst du, ich tue es aus Mitleid?«

»Tust du es?«

»Ein bisschen vielleicht, aber du bist die Einzige hier, die immer wieder solche Themen eingebracht hat, alle anderen haben bereits vor Ewigkeiten eingesehen, dass sie damit keinen Erfolg haben.« Ihre Stimme hat einen ironischen Unterton angenommen, weswegen ich verstohlenes Gelächter um mich herum höre. »Aber ich denke, dass es wichtig ist, sich zu positionieren, auch wenn wir *nur* ein Frauenmagazin sind. Aber in einer politischen Lage, in der die Rechte von Frauen beschnitten werden, in der den Tätern mehr geglaubt wird als den Opfern, haben die Medien die Verpflichtung, ihre Leserinnen zu informieren. Ich bin dagegen, dass wir nun ein politisches Blatt werden, aber wir müssen über alle Themen berichten, die unsere Leserinnen interessieren könnten, und vor allem über die, die sie selbst betreffen. Daher fände ich es gut, wenn wir jeden Monat auch ein Thema mit in den Redaktionsplan aufnehmen, das sich nicht nur mit den neuesten Trendfarben befasst, sondern mit Dingen, die das Land wirklich beschäftigen. Und es ist eine aufregende, aber auch beängstigende Zeit für uns Frauen. Ein Mann, der trotz Missbrauchsbeschuldigungen in den Supreme Court gewählt wurde, ein Präsident, der trotz ähnlicher Anschuldigungen im Amt ist, eine Politik, die das Selbstbestimmungsrecht von Frauen einschränken will. Wann, wenn nicht jetzt, sollten wir politisch werden?«

Giselle schaut mich an. »Der erste Artikel fällt jetzt zufällig auf diesen Zeitpunkt, aber so sehr ich dich auch mag, Avery, würde ich die Ausrichtung des Magazins nicht nur ändern, damit es dir besser geht. Aber es ist gutes Timing. Willst du den Artikel oder nicht?«

»Ja.«

»Gut, dann mach dich an die Arbeit. Weil das nicht unsere Expertise ist, muss der Text überzeugen.«

Während über andere Artikelideen gesprochen wird, versinke ich in meinem neuen Auftrag. Endlich habe ich die Chance, auch mal über etwas anderes zu schreiben, über etwas Wichtiges, dass das Potenzial hat, die Welt aus den Angeln zu heben. Na gut, das ist vielleicht ein wenig hochgestochen, aber so lange mein Artikel nur einer Handvoll Frauen hilft, bin ich zufrieden.

Als die Sitzung beendet ist, bittet mich Giselle noch einen Augenblick zu warten. Ich weiß, sie wird mich jetzt nach meinem Liebeskummer fragen. Wieso hat Steph es eigentlich allen erzählt?

»Ich will dich nicht unter Druck setzen, aber ich hoffe, du verstehst, wie wichtig dieser erste Ausflug in unerforschte Gewässer ist. Er muss einschlagen wie eine Bombe. Wenn wir schluderig arbeiten, setzen wir uns Kritik aus – zu Recht. Daher dürfen wir uns keine Blöße geben. Dass die ganzen frauenhassenden Trolle uns angreifen werden, ist beinahe schon klar, aber kein seriöses Blatt darf behaupten, dass wir vielleicht lieber nur über Lippenstifte und Co. berichten sollten. Verstanden?«

»Verstanden.«

»Gut, ich werde den Artikel redigieren, und ich wünsche mir, dass wir enger zusammenarbeiten, als wir es normalerweise tun. Nicht, weil ich dir nicht vertraue, sondern weil viel auf dem Spiel steht.«

»Danke.«

Sie lächelt, und ich verabschiede mich, bevor sie doch noch auf mein Privatleben zu sprechen kommt. Ich eile die Treppe hinunter in die Küche, schließe die Tür hinter mir und hüpfe kreischend auf und ab. Es ist die Chance, auf die ich hier gewartet habe, dass sich dieses Magazin auch anderen Geschichten öffnet, und wir die Welt ein Stückchen verändern können.

Als ich mich wieder beruhigt habe, gehe ich zurück in den Redaktionsraum, wo all unsere Schreibtische stehen. Alle Blicke sind auf mich gerichtet, viele meiner Kolleginnen grinsen oder lächeln.

»Ihr habt mich gehört, oder?«, frage ich, während mir die Röte in die Wangen steigt.

»Gesehen auch, Süße, die Tür ist aus nicht besonders blickdichtem Milchglas«, meint Nicole amüsiert.

»Oh Gott.«

Ich schleiche unter Gelächter zu meinem Schreibtisch, dabei denke ich: mal wieder typisch Avery, und grinse ebenfalls.

Erschrocken fasse ich in mein Gesicht, berühre meine Lippen, die sich zu einem Lächeln verzogen haben. Wie kann ich lachen, wenn mein Herz zersplittert ist?

Steph kommt an meinen Tisch. »Was ist?«

»Ich frage mich, ob es okay ist zu lachen.«

»Das Merkwürdige an Trauer ist, dass es trotzdem immer noch lustige Momente gibt, die einen froh machen und zum

Lachen bringen. Ich denke, das muss auch so sein, denn sonst würde man nicht überleben.«

»Danke.«

Sie nickt einfach nur, während ich mich an den Computer setze und in all den Geschichten versinke, die durch Hashtag MeToo aus den dunklen Ecken der Scham ans Licht gespült wurden. Und zum zweiten Mal an diesem Tag breche ich mein Versprechen, denn viele der erschütternden Berichte bringen Tränen zum Vorschein.

Kapitel 3

Cade

Immer wieder schaue ich auf mein Handy, um zu sehen, ob Avery mir auf die Nachricht, die ich ihr in einem schwachen Moment geschrieben habe, antwortet. Ich glaube es nicht, welchen Grund hätte sie auch? Aber mir würde es besser gehen, wenn sie mir verzeihen würde. Utopisch, das ist mir auch klar, aber dennoch würde es mein Leben leichter machen.

Denn es ist schwer. Mein Herz ist gebrochen, genau wie ihres. Ich sehne mich nach ihr. Klar, ich bin selbst schuld, aber das ändert einfach mal gar nichts. Und dann muss ich noch so tun, als wäre mit Melinda alles in Ordnung, weil sie sonst sauer werden könnte und unsere Vereinbarung platzen lässt. Es ist ein Damoklesschwert, das über mir hängt. Dazu kommt noch, dass ich niemanden habe, mit dem ich darüber sprechen kann. Mick und Chris kann ich es nicht sagen. Wenn sie nicht verstehen würden, warum es mir schwerfällt, mit Avery Schluss zu machen, weil es doch um unsere Firma und somit um unsere Zukunft geht, dann würde ich sie hassen. Wenn sie mir erklären würden, dass ich den größten Fehler meines Lebens begangen habe, wäre es noch schlimmer. Beide Alternativen sind absolut nicht hilfreich.

Und sonst habe ich eigentlich niemanden hier in Boston. Mick und Chris habe ich direkt am ersten Tag am MIT kennengelernt, und seitdem waren wir immer unzertrennlich, auch wenn sich das ein wenig kitschig anhört.

Mit meinen Freunden aus Kalifornien habe ich wenig Kontakt. Ich weiß nicht einmal genau, was Daniel und Justin heute machen. Vielleicht wäre es an der Zeit, das mal herauszufinden?

Ich googele nach ihnen und finde ein paar Social-Media-Accounts. Doch darüber möchte ich sie nur ungern kontaktieren, denn ich selbst bin nirgendwo aktiv, und will mir eigentlich kein Konto anlegen, nur um alte Freunde zu stalken. Aber dann stolpere ich über eine Website einer Anwaltskanzlei, auf der ich Daniels Foto finde. Das ist er ganz eindeutig. Älter, klar, aber er sieht immer noch so aus, als würde er jeden Morgen surfen gehen. Kein Wunder, die Kanzlei ist ja auch in Santa Monica. Einen Augenblick bereue ich, dass ich aus Kalifornien weggezogen bin und das Flüstern der Wellen nicht mehr mein ständiger Begleiter ist. Es wäre so großartig, wenn ich vor der Arbeit ein bisschen ins Wasser könnte! Zwar weist auch das Wasser in Kalifornien keine karibischen Temperaturen auf, aber es ist doch etwas anderes, dort ins Meer zu gehen, als hier.

Vielleicht ist es einfach eine Frage des Lifestyles. Neuengland ist eben nicht so relaxt wie die Westküste.

»Cade?«

»Ja?« Ich schaue zu Mick.

»Denkt Mr. Miller jetzt, wir entwickeln das neue Candy Crush?«

»Ich hoffe nicht. Mehrmals habe ich gesagt, dass es auf einem anderen Prinzip beruht, aber ich weiß nicht, ob die Dollarzeichen in den Augen sein Gehör beeinträchtigt haben.« Ich schaue wieder auf meinen Bildschirm und tippe in einem Anfall von Nostalgie die Nummer von Daniels Kanzlei in mein Handy. »Hey, ich muss mal kurz telefonieren.«

Ich greife nach meiner Jacke und verlasse das Büro. Sollte sie mein Verhalten verwundern, dann lassen sie es sich nicht anmerken.

Als ich in der Lobby des Gebäudes bin, in dem wir unser winziges Büro haben, drücke ich den grünen Knopf, der mir auf dem Display angezeigt wird.

»Newman, Chandler und Hobbs. Was kann ich für Sie tun?«, ertönt eine freundliche Stimme, die so kalifornisch klingt, dass ich versucht bin, ein Ticket dorthin zu kaufen.

»Ich würde gerne mit Daniel Hopkins sprechen. Hier ist Cade Turner.«

»Einen Moment, bitte. Ich frage nach, ob Mr. Hopkins Zeit hat.«

Es ertönt eine generische Wartemusik und dann: »Ich hatte mal einen Freund namens Cade Turner, aber der muss von der Kante der Erde gefallen sein.«

Ein wenig nervös sage ich: »Ich hab mich an der Kante festgekrallt, aber es hat gedauert, bis ich wieder nach oben geklettert bin.«

»Alter ... Wow. Wie lange ist das jetzt her? Zwölf Jahre? Was hat dich dazu gebracht, dich zu erinnern, dass du Freunde hattest?«

»Avery.«

»Das hört sich nach einer interessanten Geschichte an.«

»Ob sie interessant ist, weiß ich nicht. Aber sie ist tragisch.«

»Bist du in der Gegend? Wir könnten uns auf ein paar Bier treffen.«

»Ich bin in Boston.«

»Warst du da die ganze Zeit?«

»Jepp. Ich war am MIT.«

Er pfeift leise. »Wow. Dagegen sehe ich mit meinem UCLA-Abschluss ja schlecht aus.« Er lacht.

»Du hast an der UCLA Jura studiert?«, frage ich beeindruckt. »Ist ja auch nur eine der Top-20-Jurafakultäten des Landes.«

»Na ja, wollte halt bescheiden sein.« Ich kann sein lachendes Gesicht vor meinen Augen sehen. Blonde Haare, Sommersprossen und ein Lächeln, das eine ganze Stadt mit Strom versorgen könnte, so viele Megawatt hat es.

»Das steht dir gar nicht. Hey, wie geht es dir? Dass du mal Anwalt wirst, hätte ich nie gedacht.«

»Ich hab auch erst spät die Kurve bekommen, muss ich gestehen, aber dann umso mehr mein Ziel verfolgt. Das Leben ist gut. Ich hab geheiratet, wir kaufen gerade ein Haus. Und bei dir?«

»Ich kaufe kein Haus, aber ich hab mit zwei Freunden eine Firma gegründet. Wir entwickeln Smartphone-Apps.«

»Cool, hab ich vielleicht schon mal von einer gehört?«

»Wir haben erst gerade eine auf den Markt gebracht. Wir sind noch klein.«

»Trotzdem gut. Wie heißt sie? Ich werde sie mir auf jeden Fall holen.«

»Benjamin.«

Eine kurze Pause ertönt. »Ey, verarschst du mich?«

»Würde ich nie tun.«

»Meine Frau Tina hat mich gezwungen, die App zu installieren, damit jetzt alle unsere Termine koordiniert sind. Und weißt du was? Ständig schreibt sie mir irgendwelche Termine da rein, von denen ich nichts weiß! Früher habe ich diese immer verpasst, aber Benjamin erinnert mich jetzt jedes Mal, und meine Frau ist glücklich. Also danke, dass du das Kreischen in meinem Haushalt auf ein Minimum reduziert hast.« Er lacht. »War nur Spaß. Sie ist echt eine tolle Frau. Wenn du mal wieder in Kali bist, komm vorbei.«

»Sehr gerne. Was ist eigentlich mit Justin?«

»Er hat drei Kinder. Kannst du dir das vorstellen?«

»Drei? Wow, das ist 'ne Menge. Wie ist das passiert?«

»Sex, weißt du?« Er lacht. »Er hat im College eine Frau geschwängert, die ihn dann an sich gefesselt hat. Scheint gut zu funktionieren, denn es sind ja noch zwei Babys gefolgt. Justin arbeitet in der Firma seines Dads, der sich bald zur Ruhe setzen will. Erinnerst du dich? Der alte Derrick macht Gartenbau.«

»Ich erinnere mich. Anscheinend geht es euch gut. Euch beiden.«

»Ja, Mann, das Leben ist gut. Du klingst aber nicht so, als würde es dir ebenso gehen.«

»Ich dachte, ich hätte alles. Eine tolle Freundin, das Start-up. Na ja, vor ein paar Monaten ist Avery in Boston aufgetaucht.«

»Lass mich raten, sie war ebenfalls nicht erfreut, dass du dich nie wieder gemeldet hast.«

»Das ist euphemistisch ausgedrückt. Keine Ahnung, wir haben uns ein paar Mal gesehen, und es hat sich noch immer so angefühlt wie früher.«

»Was ihr hattet, war schon eklig.« Er lacht. »Keine Sorge, da spricht nur der Neid aus mir. Aber jetzt verstehe ich es. Jetzt, da ich es auch habe.«

»Ja, streu ruhig Salz in die Wunde.«

Daniel lacht erneut. »Sorry, Mann.«

»Wir waren kurz davor, es noch einmal miteinander zu probieren. Aber es hat nicht sollen sein.«

»Was ist passiert?«

»Meine Freundin Melinda sorgt für die Finanzierung unseres Start-ups. Sie hat mir gesagt, dass sie alle Investoren abzieht, wenn ich sie verlasse. Es hieß dann also Avery oder die Firma.«

»Und die Firma hat gewonnen, nehme ich an.«

»Wenn es nur meine wäre, wäre das egal, aber sie gehört auch meinen Kumpeln. Keine Ahnung, ob es richtig war, aber so war's.«

»Ist dir bewusst, dass wir noch nie über solche Themen gesprochen haben?«

»Sorry, ich wusste nicht, wem ich es sonst erzählen sollte.«

»Das hast du falsch verstanden. Ich find's gut. Als männlicher Teenager tut man ja alles, um cool zu wirken. Dabei verhindert man nur, dass jemand einen wirklich kennenlernt. Es ist gut, dass nach so vielen Jahren immer noch Vertrauen zwischen uns existiert. Oder muss man da eher sagen, dass endlich Vertrauen existiert?«

»Vielleicht. Vielleicht wäre mein Leben anders verlaufen, wenn ich mehr über meine Gefühle geredet hätte. Ich weiß es nicht.«

»Ich hab auch erst mit Tina gelernt zu reden. Sie ist Therapeutin, da hat man keine andere Wahl, weil sie nicht einmal abschalten kann. Nein, sie ist tagein tagaus im Therapeuten-Modus. Anstrengend, sage ich dir, aber man gewöhnt sich dran.«

»Hm.«

»Du haderst mit deiner Entscheidung.«

»Ja. Ich weiß, dass sie richtig war, aber jetzt hab ich Avery zum zweiten Mal enttäuscht und verletzt, und es wird echt nicht leichter.«

»Ich kann dir da schlecht einen Rat geben. Objektiv hört

sich das erst mal vernünftig an, aber manche Entscheidungen darf man nicht mit dem Kopf treffen, sondern nur mit dem Herzen. Und ich schätze, dann wäre die Entscheidung anders ausgefallen.«

»Ganz eindeutig.«

»Ich denke, dann musst du jetzt einfach mit der Entscheidung leben und das Beste draus machen.«

»Ich weiß. Ich wünschte nur, es gäbe einen dritten Weg.«

»Vielleicht gibt es den. Hast du mal versucht, eine andere Finanzierung zu finden?«

»Alle Geldgeber, die wir bereits haben, stammen aus Melindas Netzwerk und wollen auch nur über Melinda mit uns Geschäfte machen.«

»Banken? Venture Capital? Vielleicht solltest du dich da noch mal schlaumachen.«

»Als wir noch ganz am Anfang standen, haben wir keine Kredite bekommen, weswegen wir Melinda überhaupt nur eingeschaltet haben. Aber anderes Venture Capital ist vielleicht aufzutreiben. Ich mein, es gibt ja nicht nur fünf Leute, die Risikokapital verleihen.«

»Da gibt es bedeutend mehr. Ich kann dir eine Liste weiterleiten, die wir an Klienten schicken, wenn sie solche Projekte planen.«

»Das wäre cool, aber kommst du dann in die Bredouille, weil ich kein Klient bin?«

»Quatsch. Außerdem kannst du ja ein Klient werden.« Er lacht.

»Was ist denn der Fokus eurer Arbeit?«

»Unsere Kanzlei hat verschiedene Abteilungen. Meine beschäftigt sich mit Unternehmensrecht. Fusionen, Rechteverwaltung, Börsengänge. So was halt.«

»Wow, scheint, als wärst du der Mann, den man kennen muss.«

»Wenn du Hilfe brauchst, sag Bescheid. Hey, ich muss gleich zu einem Termin. Ich geb dir meine private Telefonnummer. Meld dich mal wieder.«

Ich tippe die Nummer in mein Handy, während er sie runterrattert. »Danke fürs Zuhören.«

»Jederzeit, Mann.«

Als wir aufgelegt haben, schicke ich Daniel eine Textnachricht, damit er meine Nummer auch auf dem Handy hat. Kurz darauf kommt seine Antwort in Form einer Datei, in der Venture-Capital-Firmen im ganzen Land aufgelistet sind.

Vielleicht hätte ich mir darüber früher Gedanken machen sollen, bevor ich Avery das Herz gebrochen habe. Denn nach der Aktion wird sie mir nie wieder verzeihen. Und sie sollte es auch nicht. Denn mein Verhalten war echt arschig.

Und das Schlimmste? Ich vermisse sie.

Avery

Auf dem Heimweg klingelt mein Handy.

»Hallo, Mom.«

»Du hast mich gestern nicht noch einmal angerufen! Ich hab mir Sorgen gemacht.« Niemand kann Schuld so kommunizieren, wie eine Mutter es kann.

»Entschuldige. Stephanie war bis nachts da.«

»Wer ist Stephanie?«

»Eine andere Kollegin.«

»Von ihr habe ich noch nie gehört.«

»Doch, das ist die, die ihren Mann verlassen hat. Sie hat zwei Kinder, Harper und Landon.«

»Ach ja, ich erinnere mich. Hat es dir denn geholfen, dass sie da war?«

»Das hat es.«

»Wie geht es dir heute?«

»Ich bin immer noch traurig, aber ich darf einen tollen Artikel für die nächste Ausgabe schreiben.«

»Worum geht es da?«

»Um die Frauen, die vor fast einem Jahr den Missbrauch öffentlich gemacht haben, der ihnen widerfahren ist. Du weißt schon, nachdem Stars diesen Filmproduzenten beschuldigt haben, haben sich immer mehr Frauen getraut, die Wahrheit zu sagen.«

»Das finde ich großartig. Nicht, dass ich deinen Job nicht generell toll finde, aber ich weiß, dass du lieber über ernsthafte Dinge schreiben würdest.«

»Ich liebe meinen Job wirklich, weil das ganze Team toll ist, aber jetzt gibt es die Chance, dass er sich in meinen absoluten Traumjob verwandelt. Vielleicht muss ich ihn gar nicht nur als Sprungbrett verwenden, sondern kann hier meine Wünsche verwirklichen.«

»Die Menschen, mit denen man zusammenarbeitet, sind oftmals wichtiger als der Job selbst. Und du hast so ein Glück, dass du diese tolle Redaktion gefunden hast. Man hört ja immer wieder, wie schlimm es unter so vielen Frauen zugeht. Es ist so wunderbar, dass es auch anders sein kann.«

»Das liegt an Giselle. Sie ist einfach großartig. Ruhig und besonnen, aber auch humorvoll. Klug und einfühlsam. Wir alle wollen sein wie sie, wenn wir mal groß sind, daher eifern wir ihr nach.«

»Spätzchen, du sollst niemand anderes sein. Du bist schon toll genug.«

»Ach, Mom. Ich wollte heute nicht mehr weinen.«

»Ich bin ja schon ruhig. Dad und ich fliegen übrigens nach Maui!«

»Wie toll! Wann denn?«

»Im nächsten Frühjahr. Du kommst doch vorher her?«

»Natürlich, Mom. Ich will euch doch verabschieden.«

»Sehr gut. Jedenfalls für zwei ganze Wochen! Kannst du das glauben? Der alte Workaholic nimmt zwei Wochen frei!«

»Das kann ich wirklich kaum glauben. Wie hast du das geschafft?«

»Keine Ahnung. Er hat es vorgeschlagen. Meinst du, ich muss mir jetzt Sorgen machen?«

»Vielleicht. Hat er noch andere merkwürdige Dinge getan, oder war das das Einzige?«

»Sonst ist alles beim Alten.«

»Dann hat er vielleicht einfach nur verstanden, dass du mehr Zeit mit ihm verbringen willst.«

»Alte Hunde lernen keine neuen Tricks mehr.«

»Nimm es, wie es kommt, Mom, und freu dich.«

»Das tue ich auch. Unsere letzte Reise ist fünf Jahre her.«

»Oh, da wart ihr in der Karibik. Ich erinnere mich. Das ist echt schon lange her.«

»Vielleicht ist es ja der erste Schritt in die Pensionierung. Das wäre doch wünschenswert.«

»Ich drück die Daumen. Mom, ich muss jetzt runter zur U-Bahn. Sag Dad, dass ich ihn lieb habe. Und dich auch. Immer.«

»Ich hab dich auch lieb, mein Spätzchen. Wenn du mich brauchst, ich bin nur einen Fünfeinhalb-Stunden-Flug entfernt.«

»Danke.«

Stolz gehe ich die Treppe hinunter. Stolz, weil ich es geschafft habe, nicht am Telefon zu weinen. Sie muss ja nicht wissen, wie sehr es mich trifft, was Cade getan hat. Mehr Sorgen, als sie sich eh schon macht, will ich ihr nicht aufbürden.

Als ich zu Hause bin, öffne ich eine Flasche Wein, füttere Spocky und lege mich ins Bett. Ich ziehe die Decke über den Kopf, weine heimlich in meiner kleinen Höhle und schaue nur raus, um an meinem Wein zu nippen.

Irgendwann spüre ich, wie Spocky aufs Bett springt, eine Ewigkeit auf mir herumläuft, an der Decke kratzt, nur um sich schlussendlich auf mein Gesicht zu legen. Na toll, diese Katze weiß wirklich, wie man sich noch unwichtiger fühlen kann. Ist es eigentlich gemein, Arschlochkatze zu sagen?

Am nächsten Tag treffe ich mich mit einer jungen Frau namens Danny, die ich auf Twitter gefunden habe. Sie hat vor einem Jahr einen bewegenden Blogpost geschrieben, in dem sie von ihrer Vergewaltigung berichtete, die sie nicht angezeigt hat, wie so viele andere Frauen es auch nicht tun.

»Was war denn der Grund, warum du den Täter nicht angezeigt hast?«, frage ich, obwohl ich mir die Gründe denken kann.

Dannys Gesicht strahlt so viel Verletzlichkeit aus. Sie hat eine helle, fast durchscheinende Haut und große Augen, die immer wieder von Tränen erfüllt sind. Sie sitzt vor mir in einem rosa Oversize-Pulli, der eine Schulter frei lässt, und aus dem kuscheligsten Material gemacht zu sein scheint, das ich je gesehen habe.

»Er war mein Chef, ein hohes Tier. Wer hätte mir kleiner Praktikantin geglaubt? Außerdem versprach er mir, dass ich eine Festanstellung bekomme, wenn ich ein *braves Mädchen* bin. Ein Jahr habe ich mitgespielt, und ich habe auch tatsächlich einen Job bekommen, aber ich konnte nicht mehr in den Spiegel sehen. Was ich dort entdeckte, war eine Frau ohne Rückgrat, die das Böse der Welt gewinnen ließ. Neben dem Trauma, das er mir zugefügt hat, musste ich auch noch verarbeiten, dass ich eine Kollaborateurin war. Ich habe geholfen, sein System aufrechtzuerhalten und war im Grunde genommen mit dafür verantwortlich, wenn er anderen Frauen das Gleiche wie mir antat.«

»Das bist du nicht. Er ist schuld, vielleicht noch Leute, die ihm helfen, alles zu vertuschen, aber ganz sicher nicht die Frauen, denen er das angetan hat.«

»Warum fühlt es sich dann so an?«

Ich zucke mit den Schultern. »Vielleicht weil wir gelernt haben, die Schuld immer erst bei uns zu suchen?«

»Jedenfalls konnte ich mit mir selbst nicht mehr leben und habe dann gekündigt. Ich wollte nichts mehr damit zu tun haben. Aber öffentlich machen … das war damals noch nicht drin. Man macht sich verletzlich, angreifbar, und ein Jahr danach war ich immer noch so kaputt, dass ich es nicht aushalten konnte. Erst als all diese großartigen Frauen ihre Geschichten veröffentlicht haben, hat mir das die Kraft gegeben, ihn anzuzeigen.«

»Wie ist es dir damit ergangen?«

Sie knibbelt am Etikett ihrer Hipster-Cola und legt den Fetzen zu den anderen, die schon in einem Häufchen auf dem

Tisch liegen. »Wie ich erwartet habe, gab es viele, die mir nicht geglaubt haben. Kollegen und auch viele Kolleginnen, schlussendlich auch der Richter, der das Verfahren eingestellt hat. Das war echt ein Schock. Zu wissen, dass ich so mutig sein kann, wie ich will, dass es aber trotzdem keine Konsequenzen hat. Ich habe mich noch nie so klein gefühlt. Gleichzeitig konnte ich aber mit mir selbst wieder Frieden schließen.«

»Inwiefern?«

Sie schaut mich an, ihre großen Augen wirken wie die eines Rehs im Scheinwerferlicht. »Sein Name ist nun öffentlich. Frauen, die in seine Firma eintreten, haben die Chance, ihn zu googeln und alles zu erfahren. Sie können sich schützen. Es mag nicht viel sein, aber ich habe getan, was ich tun konnte. Ich bin kein Opfer mehr.«

Ich greife über den Tisch, lege meine Hand auf ihre. Vielleicht ist es zu nah, zu unprofessionell, aber das ist mir egal. »Danke, dass du so stark warst.«

Tränen treten ihr in die Augen, die sie mit der freien Hand wegwischt. »Danke, dass du mir glaubst.«

»Immer. Ich werde den Überlebenden immer glauben.«

Auf dem Weg zurück in die Redaktion bin ich in Gedanken noch bei diesem Gespräch und bekomme nicht so viel von meiner Umgebung mit. Ich stehe an einer Ampel und frage mich gerade, welchen Aufhänger ich für den Text nehmen kann, als plötzlich eine gigantische Welle auf mich zuschwappt. Kreischend springe ich zurück, schaue dabei auf und sehe einen LKW durch eine riesige Pfütze fahren, die er aufspritzen lässt.

Perplex blicke ich an mir herunter. Von oben bis unten durchnässt. Na toll. Ich schaue mich um, ob irgendjemand etwas mitbekommen hat, sehe mitleidige Blicke einer Frau, lachende Männer und frage mich, wann wir als Gesellschaft Mitgefühl verlernt haben.

Als ich schließlich zurück im Büro bin, gehe ich in unsere Kleiderkammer, um mir was anderes anzuziehen. Nicole marschiert gerade mit angestrengtem Gesicht vor mehreren Kleiderständern auf und ab. Immer wieder greift sie nach einem Stoff und befühlt ihn, nur um ihn wieder loszulassen. Anscheinend ist es heute besonders schwer, die passenden Stücke für das Shooting zu finden.

»Hey«, sage ich, als offensichtlich wird, dass sie mein Eintreten nicht mitbekommen hat.

Sie fährt herum, mit der Hand auf dem Herzen. »Oh Gott, du hast mich erschreckt!«

»Sorry, das wollte ich nicht.«

»Oje, wie siehst du denn aus?«

Mein Blick wandert nach unten, ich nehme jetzt erst so richtig wahr, dass ich aussehe wie ein begossener Pudel. Oder wie eine begossene Katze. Das erinnert mich an etwas.

»Oje, ihr stinkt ganz schön«, murmelte ich, als ich Zuma und Malibu auf der Terrasse streicheln wollte. Stattdessen zog ich meine Hand zurück. Sofort begannen sie sich an meinen Beinen zu reiben, um sich doch noch ihre Streicheleinheiten abzuholen.

»Lasst das. Igitt.«

Aber Katzen haben ihren eigenen Kopf. Als ich auf die kleine Mauer kletterte, kletterten sie einfach hinterher, während sie herzzerreißend miauten und nicht verstanden, warum ich sie nicht anfassen wollte, weil ich es doch sonst immer tat.

»Ihr müsst gewaschen werden«, teilte ich ihnen mit. Worin hatten sie sich nur gewälzt?

Es blieb mir ja nichts anderes übrig. Ich griff sie mir, ging in die Küche, ließ Wasser ins Waschbecken und versuchte, sie beide hineinzusetzen, was sie mit Protestmiauen quittierten.

»Erde an Avery«, holt mich Nicoles Stimme aus meinem Kopf zurück.

»Entschuldige, ich war in Gedanken. Ein LKW hat mich nass gespritzt.«

»Ganz offensichtlich.« Sie schaut sich um. »Oh ja, das wäre super für dich!« Sie läuft ans andere Ende des Raumes und zieht einen weichen kamelfarbenen Pulli vom Bügel. »Und dazu noch …«

Wenn es um Mode geht, ist sie in ihrem Element. Und wenn es um Hochzeiten geht, da ihre eigene nur noch ein paar Wochen entfernt ist. Sie wollte schon immer eine Winterbraut sein, weswegen sie im Dezember heiratet. Als Sonnenkind kann ich das gar nicht verstehen, aber in ihrer Vorstellung ist es romantisch, sich im Schnee das Jawort zu geben. Ich glaube, ich finde es einfach nur kalt.

Nicole reicht mir einen Stapel Kleidung. »Probier das mal an.«

Ich trete hinter den Paravent in der hinteren Ecke des Raumes und frage: »Woran arbeitest du denn gerade?«

»Wir haben ein paar tolle Schmuckstücke für ein Shooting bekommen. Groß und gewagt und echte Hingucker. Ich suche nach Outfits, die dazu passen, die eher schlichter sind, um nicht vom Schmuck abzulenken. Es sollen eher fließende Stoffe sein, finde ich, aber ich befürchte, dass ich da Abstriche machen muss.«

Es ist gar nicht so einfach, aus meiner nassen Hose herauszukommen, aber sobald ich die schwarze enge Hose, die Nicole für mich ausgesucht hat, danach hochziehe, spüre ich, wie Wärme meine gefrorenen Glieder langsam auftaut. Als ich den Pulli über den Kopf ziehe, vergrabe ich mein Gesicht einen Moment im Rollkragen. Er ist so weich, wie Dannys aussah.

»Wenn eine es schafft, dann bist du das«, sage ich im Brustton der Überzeugung.

Nicole lächelt, als ich hinter dem Paravent hervortrete. »Ich wusste, dass dir das stehen würde. Was ist mit Schuhen?« Sie sieht auf meine halbhohen Boots.

»Die sind nicht nass geworden. Aber wir hätten wirklich zwei dicke Jacken kaufen sollen.«

Ein kurzes Nicken. »Können wir ja noch nachholen.« Sie tritt auf mich zu und richtet den Kragen. Dann schaut sie mich an. »Wie geht es dir?«

»Es ist okay.«

»Wirklich?«

»Es wird.«

»Wann immer du reden willst, bin ich da.«

»Ich danke dir.«

»Und wenn ich zu viel über mein Glück rede, schlag mich.«

Ich lache auf. »Das werde ich nicht tun, grundsätzlich nicht, aber ich neide dir doch nicht dein Leben, nur weil meines gerade ein wenig steinig ist.«

»Ich möchte dich nicht verletzen.«

»Tust du nicht.«

»Dann bin ich beruhigt.«

Ich lasse sie in unserer Schatzkammer zurück und gehe an

meinen Schreibtisch. Als ich mich am PC eingeloggt habe, geht ein kleines Fenster unseres Kommunikationssystems auf.

Morgen, Avery! Gut wäre, wenn der Artikel auch noch eigene Erfahrungen enthält. Nicht unbedingt, ob dir selbst Missbrauch oder Belästigung widerfahren ist, sondern viel mehr, wie du Hashtag MeToo erlebt hast und ob sich in deinem Leben etwas geändert hat. Schick mir, was du hast.

Einen Augenblick lang war ich ein wenig schockiert, als Giselle eigene Erfahrungen schrieb, aber dann bin ich beruhigt. Das kann ich machen. Natürlich habe ich auch Dinge erlebt, die nicht okay waren, die ich früher vielleicht als *normal* abgetan habe, aber nun mit dem Wissen von heute ganz anders bewerte. Aber meine Erlebnisse erscheinen mir viel weniger schlimm als die von anderen Frauen. Mir hat man in der Disko mal an den Hintern gefasst, und das entspricht sicher bei Weitem nicht dem Leid, das anderen Frauen zugefügt worden ist. In mir taucht immer dieses Gefühl auf, nichts Substanzielles zur Debatte beitragen zu können, aber darüber zu schreiben, wie ich selbst von außen das letzte Jahr erlebt habe, das kann ich.

Als Erstes lese ich noch mal den Artikel in der *New York Times*, der alles ins Rollen gebracht hat, bevor ich recherchiere, wer Hashtag MeToo gestartet hat. Das Internet ist ein echtes Schwarzes Loch. Sobald man einmal drinsteckt, kommt man nicht mehr raus. Zu viele interessante Themen werden verlinkt, die man sich auch noch ansehen muss, und plötzlich ist schon Zeit fürs Mittagessen. Trotz der Bemühungen meiner Freundinnen bleibe ich am Schreibtisch und bin sehr froh, als mir Sarah ein Sandwich reicht, als sie wieder zurückkommen. Ich bin halb verhungert.

»Wollen wir nach der Arbeit was trinken gehen?«, fragt Sarah plötzlich, die ich beim Anblick des köstlichen Sandwichs schon wieder ganz vergessen hatte.

»Äh …« Schnell schlucke ich runter.

»Nicole kommt auch.«

»Oh, okay. Klar, ich mein, sehr gerne.«

»Gut, kannst du um sechs Schluss machen?«

»Bestimmt.«

»Ich hol dich dann ab.«

»Danke.«

Und dann geht es immer weiter ins Kaninchenloch, wie einst Alice.

Kapitel 4

Avery

Es fällt mir schwer, mich loszureißen, aber zum Workaholic zu werden, wird mich auch nicht vom Liebeskummer heilen, obwohl es gut ist, wenn man ihn auch mal ein wenig vergisst. Kaum stehe ich von meinem Schreibtisch auf, ist er aber wieder da. Überfällt mich ohne Vorwarnung und umklammert mich mit eisernem Griff.

»Alles okay?«, fragt Sarah, als sie sich bei mir einhakt.

»Phasenweise ja.«

Sie drückt meinen Arm. »Arbeiten hilft nur dabei, den Kummer zu verdrängen, aber irgendwann kommt er wieder.«

»So ist es, leider. Und irgendwie macht mich das wütend.«

»Wieso?«

»Weil er, also der Mann ohne Namen, diese Macht über mich hat. Ich wäre viel lieber fröhlich und würde es auf die leichte Schulter nehmen. Stattdessen bin ich eine pathetische Kuh, die einem Kerl nachweint, der es überhaupt nicht verdient hat.«

»Das Problem ist ja, dass es der Liebe vollkommen egal ist, an wen sie verschenkt wird. Ob derjenige es verdient hat oder nicht.«

»Leider. Wirklich. Ich wünschte, es wäre anders.«

»Aber wenn es wehtut, weißt du, dass es richtig war.«

»Das nützt mir nur gerade auch nichts.«

»Sorry.«

Abrupt bleibe ich stehen. »Ich bin eine Zicke.«

Sie lächelt auf diese Art, die ich als Mann unwiderstehlich finden würde. »Schon gut. Du darfst zickig sein, so viel du willst.«

»Ich hab es mir verdient, meinst du?«

»So in der Art.«

Wir sind bereits kurz vor der Bar, die wir manchmal besuchen, und treten auf den Eingang zu. Bevor wir zum Türknauf greifen können, wird sie von innen aufgestoßen, und zwei Männer torkeln heraus. Sie rempeln uns an, nehmen uns aber ansonsten nicht wahr. Sie scheinen mehr damit beschäftigt zu sein, nicht Bekanntschaft mit dem Boden zu machen.

»Sportlich um sechs Uhr abends«, meint Sarah, während sie hineingeht.

»Läuft gerade ein Spiel?«, frage ich sie.

Sie lacht auf. »Echt jetzt? Das fragst du mich? Der einzige Grund, warum ich mir Football angucken würde, wäre um einen Mann zu beeindrucken.«

»Das ist eine traurige Aussage.«

»Du interessierst dich auch nicht für Football.«

»Das stimmt, und nicht mal für einen Mann würde ich mir ein Spiel angucken.«

Wir setzen uns an den letzten freien Tisch. Manchmal muss man auch Glück haben. Zur Feier des Tages – obwohl eher zur Trauer des Tages – bestellen wir Cosmopolitans. Hey, ab und an muss sich jedes Mädchen mal wie Carrie Bradshaw fühlen.

»Wofür schlägt dann dein Herz?«, frage ich Sarah. »Wenn dich Football nicht reizt, was machst du dann gerne?«

»Ich glaub, ich bin einfach langweilig. Ich treffe Freunde, lese, geh ins Kino. Solche Sachen eben. Und du?«

Ich trinke einen Schluck. »Im Grunde das Gleiche. Außer Freunde treffen. Ich hatte nie viele, und die meisten habe ich in Los Angeles zurückgelassen.«

»Oh, wenn du Lust hast, kann ich dir Bescheid sagen, wenn ich mich mit meinen Mädels treffe.«

»Oh bitte, kein Mitleid.«

»Das wäre es nicht. Ich hätte dich schon längst eingeladen, aber ich wusste nicht, ob du mehr Kontakt willst.«

Der letzte Schluck Cosmopolitan verlässt das Glas, bevor ich der Kellnerin winke.

»Es wäre schön, mehr Leute in Boston kennenzulernen.«

Sie lächelt. »Gut, dann sag ich Bescheid. Wir treffen uns meist einmal die Woche.«

»Haben sie nichts dagegen, wenn du jemand Neuen mitbringst?«

»Nein, sie sind cool.«

»Wenn sie dich zur Freundin haben, müssen sie es sein.«

Unsere neuen Drinks stehen vor uns, als Nicole an den Tisch tritt. Im Schlepptau hat sie einen Mann.

»Hey, erinnert ihr euch an Brandon, meinen Verlobten?« Sie wirft mir einen entschuldigenden Blick zu. »Honey, das sind Avery und Sarah, vielleicht erinnerst du dich? Wir haben sie im Sommer schon einmal getroffen.«

Brandon reicht uns beiden die Hand. »Natürlich erinnere ich mich, aber selbst wenn wir sie nicht bereits getroffen hätten, redest du so viel über sie, dass ich das Gefühl habe, sie schon ewig zu kennen.«

Ich grinse Nicole an, bevor ich sage: »Dann geht es dir wie uns. Wir wissen auch alles über dich.«

Nicole winkt ab. »Nicht *alles.*«

Brandon zieht die Augenbrauen hoch. »Echt, Babe? Hast du ihnen erzählt, welche Farbe meine Boxershorts haben?«

Sie lacht. »Nein, ich hab aber erzählt, dass du nie welche trägst.«

Er legt ihr den Arm um die Schulter. »Du hast also doch alles erzählt. Ich wusste es.« Er schaut uns an. »Gegen was bin ich allergisch?«

»Kiwi«, sagen Sarah und ich wie aus der Pistole geschossen.

Nicoles Wangen färben sich ein wenig pink. »Okay, vielleicht habe ich alles erzählt. Aber ...«

Brandon drückt ihr einen Kuss auf den Scheitel. »Du brauchst dich nicht zu rechtfertigen. Wenn du Redebedarf hast, dann rede eben. Mir macht es nichts aus, wenn deine Freundinnen wissen, dass ich ein Muttermal in Form eines Herzens auf dem Hintern hab.«

Sarah und ich lachen, während Nicole sagt: »Okay, das hast du ihnen jetzt verraten.«

Brandon grinst. Bevor er noch was sagen kann, kommt die Kellnerin vorbei, um ihre Bestellung aufzunehmen. Er gefällt mir, weil man sieht, dass er Nicole liebt, ihre Schwächen nicht als solche wahrnimmt, und nichts seine gute Meinung von ihr ins Wanken bringen könnte.

»Was macht dein Artikel?«, fragt mich Nicole. An Brandon gewandt fügt sie hinzu: »Avery schreibt über den Hashtag MeToo.«

»Oh, interessant! Wie jeder andere hab ich das auch verfolgt und zwar mit Entsetzen.«

Ich beuge mich zu ihm. »Was genau hat dich denn entsetzt? Ich will dich nicht ausfragen, aber die Sicht eines Mannes könnte helfen.«

»Du kannst mich ausfragen, so viel du willst. Ich fand schrecklich, dass ich gar nicht realisiert habe, mit welcher Angst viele Frauen leben, weil sie in jeder Lebenslage damit rechnen müssen, dass irgendjemand ihre Grenzen übertritt. Mir ist vieles, was ich selbst gemacht habe, plötzlich in einem ganz anderen Licht erschienen. Nicht, dass ich je einer Frau Gewalt antun würde, aber ich hab auch schon mal auf Partys Frauen angesprochen, die ganz offensichtlich nicht von mir angemacht werden wollten, und hab auch nicht unbedingt auf ein Nein reagiert, sondern hab weiter gequatscht, als hätte ich das Recht dazu.« Er zuckt ein bisschen hilflos mit den Schultern, als er Nicole ansieht. »Selbst dein erstes Nein hab ich ignoriert.«

Seine Verlobte streichelt über seine Wange. »Hast du, aber ich bin froh, dass du dich nicht hast verscheuchen lassen.«

»Aber das zeigt doch nur, was für ein schmaler Grat das ist«, sage ich. »Nicht jede Frau reagiert gleich und findet die gleichen Dinge schlimm. Ich bin in einer Kleinstadt aufgewachsen, in der ich als Mädchen ständig alleine unterwegs war. Niemand hat je darüber nachgedacht, ob dort irgendwelche Gefahren lauern könnten. Als ich nach L. A. kam, war es wie ein Schock. Am College musste ich erst mal lernen, Gefahren zu erkennen. Anfangs hab ich mich verhalten wie das naive Mädchen vom Lande. Meine Freundinnen haben mir Unterricht gegeben: nie mit Kopfhörern im Dunkeln laufen, immer deinen Schlüssel in der Hand haben, falls du dich verteidigen musst, immer andere wissen lassen, wo du bist.«

Sarah nickt. »Mir ging es auch so, als ich nach Boston kam. Wobei ich sagen muss, dass auf dem Land auch nicht alles Friede, Freude, Eierkuchen ist. Nur kennt man da meist die

Täter, weil sie dein Cousin, dein Nachbar oder der Sohn des Bäckers sind.«

»Hey, Brandon, Mann«, ertönt eine männliche Stimme.

Brandon dreht sich um. »Mason, hey! Ich wusste nicht, dass ihr heute kommt.« Er schüttelt die Hand eines Mannes, etwa Mitte dreißig, nicht riesig, aber doch ziemlich groß. Hinter ihm taucht noch ein zweiter auf, der das genaue Gegenteil von diesem Mason ist. Während dieser ein dunkler Typ ist, ist der zweite hell. Helle Haare, helle Augen, helle Haut.

Ich schaue zu Sarah. Eigentlich ist das auch übergriffig, dass man denkt, wann immer ein Mann auftaucht, muss man ihm seine Single-Freundin in die Arme werfen. Ihr Blick ist auf Mason gerichtet. Oh, er gefällt ihr.

»Anders, dich hab ich schon eine Ewigkeit nicht mehr gesehen. Erinnerst du dich an meine Verlobte Nicole?«

»Natürlich. Wie könnte ich so eine Schönheit vergessen?«, fragt Anders grinsend, bevor er Nicole umarmt. Mason tut es ihm gleich und küsst Nicole auf die Wange.

»Hey, Jungs, schön, euch mal wiederzusehen«, gibt diese zurück.

Brandon schaut zu Sarah und mir, und ich nicke. »Wollt ihr euch zu uns setzen?«

»Wir wollen nicht stören«, sagt Mason, mit einem vielversprechenden Blick auf Sarah.

Oh Gott, Avery! Hör auf zu kuppeln, das war noch nie deine Stärke!

»Ach, was!«, meint Nicole. »Wir diskutieren gerade Frauenrechte.«

Anders verzieht ein wenig das Gesicht, aber Mason sagt: »Wichtiges Thema.«

Brandon stellt uns vor, bevor sie sich zu uns an den Tisch quetschen. Nachdem wir noch eine neue Runde bestellt haben, nimmt Brandon das Gespräch wieder auf. »Zu dem, was du gesagt hast, Sarah: Du hast recht, es sind nur zu einem geringen Teil fremde Täter. Die allermeisten kommen aus dem familiären oder freundschaftlichen Umfeld der Frauen.«

»Wirklich?«, frage ich.

»Ja, wirklich. Und das führt auch dazu, dass so wenig Missbrauch angezeigt wird, weil es Verbindungen und Verflechtungen auf so vielen Ebenen gibt. Studien belegen, dass nur etwa zwei Prozent der Missbrauchsfälle, die von einem Bekannten verübt werden, überhaupt angezeigt werden.«

»Als Sozialarbeiter weißt du wahrscheinlich viel über das Thema«, meine ich. »Darf ich dich für meinen Artikel interviewen?«

Er lächelt leicht. »Wenn es offiziell wird, muss ich das mit meinem Abteilungsleiter absprechen, aber ich denke nicht, dass es da Probleme gibt. Außer, dass er vielleicht selbst das Interview geben will.«

»Würdest du fragen?«

»Klar. Ich sag Bescheid.«

»Danke.«

Ich schaue zu Sarah, die immer wieder zu Mason sieht. Sie sitzen einfach zu weit voneinander entfernt. Eine Idee formt sich in meinem Kopf. Ich stehe auf und verabschiede mich auf die Toilette. Nicole kommt hinter mir her.

»Hey, kennst du diesen Mason gut?«, frage ich sie, als wir vor dem Spiegel stehen.

»Er ist ein Kollege von Brandon. Ich mag ihn. Wieso?«

»Hast du nicht die Blicke gesehen, die zwischen ihm und Sarah hin- und hergeflogen sind?«

»Ach, echt? Ich hab zu sehr auf jedes Wort geachtet, das Brandon gesagt hat.«

Ein Lachen löst sich aus meiner Kehle. »Du bist auch kein bisschen besessen von deinem Verlobten.«

»Ich geb's ja zu. Bin ich. Hin und weg. Aber er ist auch einfach toll.«

»Ich muss sagen, das stimmt.«

»Siehst du?«

Zurück am Tisch frage ich Mason: »Würdest du den Platz mit mir tauschen? Ich würde gerne noch was mit Nicole besprechen.«

»Natürlich, klar.« So schnell wie er aufspringt, kann er auf so eine Gelegenheit nur gewartet haben.

Sarahs Wangen verfärben sich ein wenig, sie wirft mir einen hilflosen Blick zu, aber ich lächele nur bestätigend zurück. Daraufhin kneift sie ein wenig die Augen zusammen, als hätte sie herausgefunden, was ich vorhabe. Mein Lächeln drückt dieses Mal hoffentlich vollkommene Unschuld aus.

Dann wende ich mich an Nicole. »War das zu auffällig?«

»Nein, gar nicht. Du warst so subtil wie eine Heckenschere.«

»Oh, gut, ich dachte schon, wie eine Kettensäge. Das ist ja noch okay.«

Brandon beugt sich zu uns. »Was wird hier geflüstert?«

Nicole zieht an seinem Kragen. »Psst. Wir müssen leise sein.«

»Wieso?«, flüstert er zurück.

»Weil Avery kuppelt.«

Brandon kneift die Augen zusammen. »Oh. Oh! Gute Wahl, übrigens. Mason ist einer von den Guten.«

Während um mich herum die Gespräche immer lebhafter werden, werde ich immer stiller. Ich dachte auch, einen von den Guten gefunden zu haben. Schnell versuche ich, diese Gedanken zu verscheuchen, will mir nicht den Abend verderben, indem ich schon wieder an Cade denke und weiß, dass ich später im Bett wieder weinen werde. Es wäre so viel besser, wenn man es einfach abstellen könnte.

»Alles okay?«, fragt mich Nicole und legt mir eine Hand auf den Arm.

»Muss ja.«

»Kann ich dir irgendwas Gutes tun?«

»Ein bisschen Seelentröster-Schoki?«

Sie grinst. »Du hast Glück. Zufällig weiß ich, wo ich jetzt welche herbekomme.« Sie steht auf und verschwindet. Ich schaue ihr hinterher, bevor ich zu Sarah sehe, die sich angeregt mit Mason unterhält. Unauffällig versuche ich, etwas zu verstehen, aber ihre Stimmen werden von der lauten Hintergrundbeschallung geschluckt. Doch was ich sehe, spricht für sich: Ihre Körper sind einander zugewandt, sie lächeln viel, Sarah spielt mit ihren Haaren, Mason hängt fasziniert an ihren Lippen. *Guter Job, Avery.*

Als Nicole wiederkommt, stellt sie mir einen Unterteller mit mehreren kleinen Schokoladentafeln vor die Nase.

»Wo hast du die jetzt herbekommen?«

Triumphierend sagt sie: »Gewusst wie, aber ich werde meine Geheimnisse nicht preisgeben.«

»Macht nichts. Hauptsache, du holst mir immer was.«

»Vielleicht.« Sie nimmt sich ebenfalls ein Stückchen, und weil ich nett bin, biete ich auch den anderen was an, die aber – zu meinem Glück – ablehnen. Mehr für mich.

»Wollen wir dann vielleicht morgen noch mal shoppen gehen? Deine Winterjacke muss dringend in die Reinigung.«

»Da hast du recht. Klar, wenn du dann Zeit hast.«

»Ich nehm mir die Zeit. Außerdem können wir es verbinden, denn ich muss noch ein paar Sachen für ein Shooting besorgen. Unter anderem in dieser kleinen Boutique, die sehr gute, aber auch teure Kleidung hat. Aber mit mir bekommst du Prozente.«

»Aber zwanzig Prozent weniger von sehr viel ist immer noch sehr viel.«

»Ach was, zwanzig Prozent. Lächerlich. Ich wette, du bekommst eine Jacke für die Hälfte. Und du hast den Vorteil, dass nicht jeder mit deiner Jacke rumläuft.«

»Also, das ist mir eigentlich egal.«

»Aber mir nicht. Meine Kunstwerke sollen strahlen.« Sie grinst.

»Du bist schon ein wenig verrückt.«

Nicole wirft ihre blonden Wellen nach hinten und legt sich theatralisch die Hand an die Stirn. »Große Genies wurden schon immer verkannt.«

»Hast du eigentlich weitere Ambitionen?«

»Wie meinst du das?«

»Na ja, du bist als Fashion-Redakteurin unschlagbar, aber willst du vielleicht auch mal auf der anderen Seite stehen? Selbst designen?«

Sie lächelt leicht und ein bisschen sehnsüchtig, wie ich finde. »Das wäre wunderbar, wenn ich irgendwann die Chance bekomme, aber ich bin ganz zufrieden mit dem, was ich mache.«

»Das heißt, du designst?«

Nicole wiegt den Kopf langsam hin und her. »Noch nichts, was ich der Öffentlichkeit präsentieren will. Ich bin noch in der Phase, in der man sich zu sehr an anderen orientiert, statt seine eigene Sprache gefunden zu haben.«

»Bist du da nicht zu streng zu dir selbst?«

»Ganz und gar nicht. Falsche Bescheidenheit gehört nicht zu meinen Schwächen. Wenn ich etwas wirklich Gutes kreiert habe, dann weiß ich es und werde es von allen Dächern schreien. Warte nur ab.«

»Versprochen?« Ich halte ihr die Hand hin.

»Versprochen«, sagt sie und umfasst meine.

»Du hast ihr nicht unser Erstgeborenes versprochen, oder?«, fragt Brandon augenzwinkernd.

»Nein, deinen unterschriebenen Football von Tom Brady.«

»Was? Wie kannst du das tun? Das ist mein liebster Besitz!«

»Und was ist mit mir?«, fragt sie empört.

»Dich besitze ich nicht. Ich erfreue mich nur an jedem Tag, den du dich entscheidest, bei mir zu sein.«

Mich wundert es nicht, dass Nicole nach diesen Worten auf seinen Schoß rutscht. Würde ich auch.

Sarah schaut fragend zu mir, aber ich schüttele nur den Kopf.

»Alles in Ordnung?«, fragt sie dann.

»Klar.«

»Du weinst.«

Ich fasse mir an die Wangen und spüre die Feuchtigkeit. Mitbekommen hatte ich es nicht, aber jetzt fließen die Tränen umso mehr.

»Ach, beachte mich einfach nicht.« Ich krame in meiner Tasche nach einem Taschentuch und wische mir die Wangen ab. Aber da muss ein Leck sein, denn es kommen noch weitere Tränen nach.

Sarah zwängt sich aus ihrer Ecke, kommt zu mir und schlingt die Arme um mich. »Sollen wir gehen?«

»Ich werd gehen, aber du solltest bleiben. Alles gut.«

Entschieden schüttelt sie den Kopf. »Jahrelang habe ich meine Freundinnen verflucht, die mich immer für einen Kerl links liegen gelassen haben. Ich werde damit gewiss nicht anfangen.«

Also verabschieden wir uns. Vielleicht ist es auch ganz gut, denn dann kann Mason sich beweisen. Ja, vielleicht passt mir das gut ins Konzept.

Arm in Arm laufen wir durch die dunklen, kalten Straßen. Und dabei ist erst Oktober. Wie soll es im Winter werden?

»Meinst du, als Kalifornierin überlebe ich den Winter in Boston?«

»Da bin ich mir echt nicht sicher. Ihr seid ja ein wenig wehleidig, was Kälte angeht.«

»Wo kommst du eigentlich her?«

»North Dakota.«

»Da wird es auch kalt im Winter, oder?«

»Sehr kalt. Daher musste ich mich nicht umgewöhnen. Aber ich könnte nie in Kalifornien leben. Viel zu warm.«

»Heiß ist es bei uns nicht unbedingt, also nicht wie in der Wüste. Dafür haben wir auch zu viel Küste. Aber es ist eigentlich immer mild. Momentan sind es noch um die fünfundzwanzig Grad. Das ist bei Weitem angenehmer als hier.«

»Für Bostoner Verhältnisse ist dieses Wetter noch angenehm. In manchen Jahren war der Winter zu dieser Zeit schon da.«

»Schrecklich.«

»Vermisst du Kalifornien?«

Ich zucke mit den Schultern. »Mal mehr, mal weniger. Dieser Job hier ist der wunderbarste, den ich je hatte. Alle Kolleginnen sind so großartig. Ganz besonders natürlich ihr drei. Und Giselle! Sie ist die beste Chefin, die ich bisher hatte. Wenn ich jetzt auch noch über ernstere Themen schreiben kann, bin ich rundum glücklich. Aber es ist schon schwer, nicht mehr jedes Wochenende nach Hause zu kommen, meine Familie nicht mehr um mich zu haben. Vielleicht ist das auch gut. Irgendwann muss man sich ja abnabeln, aber trotzdem.«

»Ich beneide dich ein wenig um dein schönes Elternhaus. Ich hatte keins und bin sofort nach der Highschool nach Boston gekommen. Hier habe ich gelernt, dass Freunde die Familie sind, die man sich aussuchen kann. Ich wüsste nicht, was ich ohne meine Mädels machen würde.«

Durch den dicken Stoff der Jacke drücke ich Sarahs Arm. »Ich bin froh, dass du sie hast. Jeder braucht jemanden.«

»Und du hast mich, wenn du möchtest. Wahrscheinlich kommt dir Boston jetzt grau und kalt vor – was es auch momentan ist –, aber es gibt auch hier Menschen, denen du wichtig bist.«

»Danke.«

Sarah wohnt mit drei Frauen zusammen, daher kann sie sich eine Wohnung in der Nähe leisten, während ich noch in den Vorort muss. Sie bringt mich bis zur Haltestelle, bevor wir uns verabschieden.

Als ich in der Bahn sitze, lehne ich den Kopf an die Scheibe, was ich normalerweise nie tue, weil man nicht weiß, was da alles dranklebt, aber momentan bin ich emotional so leer, so ausgelaugt, dass ein paar Bakterien auch keinen größeren Schaden anrichten können.

An meiner Haltestelle steige ich so langsam aus, als wäre ich achtzig und nicht dreißig. Schritt für Schritt bewältige ich den schier unendlichen Weg bis nach Hause. Die Treppen zu meiner Wohnung haben es heute besonders in sich. Während ich den Schlüssel ins Schloss stecke, höre ich schon Spockys Protestmiauen. Würde ich auch machen, wenn man mich den ganzen Tag alleine gelassen hätte. Ich habe ein richtig schlechtes Gewissen. Verdammt.

»Hey, Spocky«, begrüße ich sie, als ich in den Flur trete und die Tür hinter mir schließe. Während ich die Kette einhänge, steht Spocky mit Buckel vor mir, sieht mich vorwurfsvoll an und faucht so heftig, wie ich es noch nie erlebt habe.

»Ja, es tut mir ja auch leid. Sorry. Du bist eindeutig zu viel alleine. Es tut mir sehr leid. Aber jetzt bin ich ja da.« Als ich mich neben sie knie, dreht sie um, und marschiert mit hocherhobenem Schwanz ins Schlafzimmer. Klar, kalte Schulter. Ich habe auch nichts anderes verdient.

Meine Knochen mögen nicht wirklich knacken, als ich aufstehe, aber es würde mich auch nicht wundern, wenn sie es täten, weil ich mich einfach erledigt fühle. Noch so gerade eben kann ich mich in die Küche schleppen, um Spocky neues Futter einzufüllen, aber dann kann ich nur noch ins Bett fallen. Mit Kleidung und Schuhen.

Cade

Im Fernsehen läuft ein Spiel der New England Patriots. Obwohl ich aus der Nähe von L. A. komme, waren die Rams nie meine Mannschaft. Die Pats schon eher. Im Grunde bin ich aber auch nicht der größte Football-Fan der Welt. Melinda dagegen ist beinahe schon besessen von dem Spiel. Wahrscheinlich passt das zu ihren konservativen Werten. Übersteigerte Männlichkeit, Teamgeist, jede Menge Geld.

Ich habe auch Football gespielt, in der Highschool. Ich war okay, nie der Beste, aber ich fand, es sollte Spaß machen, nichts weiter. Dad hat das ganz anders gesehen. Dass sein Sohn nicht der Star-Quarterback war, gehörte zu seiner größten Schmach.

Während ich das Spiel und vor allem Melinda beobachte, die den Fernseher lautstark beschimpft, frage ich mich, ob ich immer noch eine Schande für ihn wäre, wenn er wüsste, wie erfolgreich unser Start-up ist. Wäre er stolz auf mich?

Wieso ich mir jetzt nach all den Jahren wieder Gedanken um ihn mache, weiß ich nicht. Ich hatte ihn schon beinahe verdrängt, was mit Sicherheit auch nicht das Gesündeste ist, aber es ist echt schwer, eine Kindheit wie meine zu verarbeiten.

Ich wollte weinen vor lauter Angst, aber ich tat es nicht, denn das würde Dad freuen. Stattdessen bemühte ich mich, mutig auszusehen. Doch wie kann man mutig sein, wenn dir der Mensch, der dich lieben sollte, so etwas antut?

Ich zog meine Hose runter, beugte mich über die Lehne der Couch und versuchte, an etwas Schönes zu denken. Aber das funktionierte immer nur bis zum ersten Schlag. Sobald der Gürtel auf meinen nackten Hintern traf, war es vorbei. Schmerz erfasste mich und verdrängte alles andere. Ich versuchte, mitzuzählen, um zu wissen, wann ich mit einem Ende rechnen konnte, aber nach dem fünften Schlag konnte ich nicht einmal mehr klar denken. Ich schrie auf, auch wenn ich es nicht wollte. Tränen rannen mir über die Wangen, auch wenn ich es nicht wollte. Worte flossen mir über die Lippen, auch wenn ich es nicht wollte. Worte wie »Bitte nicht«, »Daddy, nicht«, »Das tut so weh«, »Bitte, Dad, tu das nicht«, »Hör auf, bitte!«.

Mein Betteln und Flehen zeugte davon, wie hart er schlug, denn normalerweise würde ich lieber sterben, als mich so vor ihm zu entblößen.

Als er fertig war, schloss er mit den Worten »Lass dir das eine Lehre sein«, aber ich wusste, dass es egal war, was ich tat oder nicht tat, er würde immer einen Grund finden, mich zu bestrafen.

Ich zog die Hose hoch und fiel auf die Knie und in ein elendiges kleines Häufchen zusammen. Als es an der Tür klingelte, öffnete Dad. Ich hörte Avys Stimme und dann, wie mein Vater sagte: »Tut mir leid, Kleines, Cade kann heute nicht.«

Langsam machte ich mich auf den Weg in mein Zimmer. Ich legte mich bäuchlings aufs Bett und versuchte zu begreifen, wie er so etwas tun konnte. Es war nicht zum ersten Mal geschehen, es würde nicht das letzte sein, aber wieso tat er es?

Ich hätte ahnen sollen, dass Avy sich nicht abhalten lassen würde. Ich vernahm das leise Klopfen am Fenster, drehte mich zu ihr und schüttelte den Kopf. So durfte sie mich nicht sehen. So nicht. Nicht sie. Wie sollte sie jemals glauben, dass ich sie beschützen konnte, wenn ich nicht einmal mich selbst schützen konnte?

Aber sie klopfte weiter, bis ich schließlich aufstand und das Fenster einen Spalt öffnete.

»Was willst du?«, fragte ich nicht besonders nett.

»Wie geht es dir? Darf ich reinkommen?«

»Nein. Geh nach Hause. Ich meld mich morgen.«

Kritisch schaute sie mich an. Sie musste die roten Augen sehen, vielleicht auch die Tränenspuren.

»Ist es wegen deiner Mom?«, fragte sie leise.

Ich nickte. Und irgendwie stimmte es ja auch. Ich weinte nicht nur, weil Dad mich geschlagen hatte, sondern auch, weil ich in diesen Momenten besonders unter dem Tod meiner Mutter litt. Ich vermisste sie so sehr. »Ich brauch ein bisschen Zeit für mich.«

Avy zögerte einen Moment. »Aber du sagst Bescheid, wenn ich was für dich tun kann?«

»Mach ich.«

»Okay. Ich bin da.«

»Ich weiß.«

Langsam schloss ich das Fenster. Alles in mir schrie, dass das die falsche Entscheidung war, aber ich konnte nicht zulassen, dass sie mich so zerbrochen sah. Was sollte Avy von mir halten? Ich wusste nicht einmal selbst, was ich von mir halten sollte. Eine Stimme, die verdächtig nach Dad klang, sagte in mir: »Du bist ein Schlappschwanz. Aus dir wird nie ein echter Mann werden, Waschlappen.«

»Willst du noch ein Bier?«, fragt Melinda und reißt mich damit aus meinen Erinnerungen.

»Ja, danke.«

Sie tätschelt meine Schulter, bevor sie in ihrem dunkelblauen Pats-Trikot in der Küche verschwindet. An Spieltagen wird das volle Programm aufgefahren. Wie gut, dass Melindas Dad noch in Washington ist, daher müssen wir nicht bei ihren Eltern sitzen, die ebenso extreme Fans sind wie sie. Sogar ihre Mutter, dabei ist sie sonst eher ein wenig zurückhaltend. Ganz schlimm ist es, wenn auch noch Melindas Bruder Jason dabei ist, dann wird es beinahe schon gefährlich. Ich kenne niemanden, der sich so aufregen kann wie dieser Typ. Wenn er schon bei so etwas Profanem wie einem Football-Spiel ausrastet, will ich nicht wissen, was er mit seinen Mitarbeitern anstellt, sollte ihm mal etwas nicht passen.

Ich greife nach einem weiteren Mini-Slider, die Melinda zubereitet hat. Wir sind beide keine Asse in der Küche. Ich nicht, weil es mich nie so sehr interessiert hat, was ich esse, sie nicht, weil sie immer Personal dafür hatte. In solchen Momenten wird mir besonders klar, dass wir einfach überhaupt keine Gemeinsamkeiten haben.

»Hier, Babe«, sagt sie und reicht mir ein Bud Light, obwohl sie weiß, dass ich lieber das normale trinke. Vielleicht ist das eine Anspielung, dass ich zu dick werde?

»Bin ich zu fett?«

Sie schaut mich überrascht an. »Nein, du bist heiß wie eh und je. Aber so soll es ja auch bleiben.« Sie lächelt mich an.

»Ist das nicht ein wenig oberflächlich?«

»Wieso?«

»Sollten nicht andere Sachen zählen? Der Charakter, das Hirn, das Herz?«

Sie winkt ab. »Ach bitte, es ist doch nicht verwerflich, wenn wir beide uns bemühen, für den anderen attraktiv zu sein. Meinst du, dieser Körper hält sich von alleine? Ich gehe ins Fitnessstudio, um so begehrenswert wie möglich für dich zu sein.«

»Aber vielleicht ist es gar nicht dein Körper, den ich begehre.«

»Und was dann?«

»Vielleicht ist es deine innere Schönheit, die mich anzieht.«

»Das gehört doch alles zusammen. Von innerer Schönheit faseln doch nur Menschen, die keine äußere haben. Wir beide gehören doch nicht dazu.« Sie rückt näher und legt mir eine Hand aufs Knie, die sie langsam hochrutschen lässt. »Ich mach dich doch noch an, oder?«

Die Wahrheit ist: Ich weiß es nicht. Melinda ist attraktiv, aber es ist so viel zwischen uns passiert, dass ich keinerlei Verlangen habe, sie zu berühren.

»Ich bin noch nicht so weit.«

Sie zieht ihre Hand zurück und versucht, es sportlich zu nehmen, aber ich kann die Enttäuschung auf ihrem Gesicht sehen.

»Es tut mir leid.«

Sie schüttelt den Kopf. »Nein, schon gut. Du sollst nichts tun, was du nicht tun willst.«

»Danke für dein Verständnis.«

»Mach dir das mal bewusst, Cade. Ich kämpfe für uns beide, weil ich weiß, dass hier was Gutes entsteht, dass wir gut zusammen sind. Aber wenn ich alleine auf verlorenem Posten stehe, dann ist das aussichtslos. Du musst es auch wollen, und du musst dich auch bemühen. Ich gebe dir so viel Zeit, wie du brauchst, aber das Pendel muss irgendwann wieder in meine Richtung schwingen.«

Gerne würde ich ihr sagen, sie kann sich zum Teufel scheren, aber das würde uns auch nicht helfen. Ich hab mich nun mal für ein Leben mit Melinda entschieden.

»Wird es, aber ich brauche Zeit.«

»Okay.«

Ich weiß nicht, ob sie immer so verständnisvoll ist, oder nur dann, wenn sie jemanden erpresst. Und wieder einmal bin ich froh, dass sie nicht auch noch Gedanken lesen kann.

Kapitel 5

Avery

Am Anfang konnte ich mir nicht vorstellen, mich jemals wieder glücklich zu fühlen, aber als ich aus dem kalten Bostoner Winter in das warme Café schlüpfen kann, in das Giselle alle Mitarbeiterinnen eingeladen hat, weil die neue Ausrichtung des Magazins so gut angekommen ist, durchströmt mich tatsächlich so etwas wie Glück. Dazu beigetragen hat auch mein Artikel, auf den ich sehr stolz bin. Mom hat ihn sogar ausgeschnitten und im Hausflur aufgehängt, weil sie fand, dass ich noch nie etwas so Gutes geschrieben habe. Jetzt ist die Veröffentlichung schon wieder vier Wochen her, und es gilt, das Eisen zu schmieden, so lange es noch heiß ist.

Eine Kellnerin weist mir den Weg in die erste Etage, und ich kann das Gelächter schon hören, das so häufig auch in unserer Redaktion zu Gast ist. Vielleicht mag unser Team ein wenig frivol sein, aber es ist doch gut, wenn man Spaß bei der Arbeit hat, wenn man das Positive sehen kann.

»Avery!«, schallt es aus mehreren Kehlen, als ich in den Raum trete. Ein warmes Gefühl steigt in mir auf. Freundschaft. Das ist es, was ich hier gefunden habe. Wahre Freundschaft.

»Setz dich hierher«, meint Sarah und deutet auf einen Stuhl, den sie mir frei gehalten hat.

»Danke«, flüstere ich.

»Da wir nun vollständig sind, möchte ich eine ganz kurze Rede halten«, sagt Giselle lächelnd. »Aber erst …« Sie deutet auf die Kellnerinnen, die Tabletts mit Champagnergläsern halten.

Als jeder ein Glas hat, fährt sie fort: »Seit ich *Women's Life* vor zehn Jahren übernommen habe, gab es nicht einen Tag, an dem ich nicht stolz auf das war, was wir geleistet haben. Aber ich muss zugeben, ich bin auch keine Risiken eingegangen. Im Grunde habe ich alles so gelassen, wie meine Vorgängerin es mir übergeben hat. Das fühlt sich nicht mehr richtig an. Daher sind wir mit der letzten Ausgabe einen neuen, einen mutigeren, und vor allem den richtigen Weg gegangen. Courage zahlt sich aus. Nie zuvor haben wir so viele Exemplare verkauft, nie zuvor ist unsere Website geradezu überrannt worden und sind unsere Social-Media-Kanäle explodiert. Das zeigt mir, dass wir den Zahn der Zeit getroffen haben. Unsere Leserschaft will nicht nur wissen, welches der perfekte Lippenstift zu ihrem Outfit ist, sondern sie will über das aktuelle Geschehen informiert werden. Daher werden wir diesen Weg fortschreiten, und ich hoffe, dass ihr alle mit uns geht. Avery war immer sehr laut, was ihren Wunsch angeht, über ernstere Themen zu schreiben, und wenn andere ebenfalls Interesse haben, lasst es mich wissen. Das bedeutet nicht, Gabriella …«, sie nickt in die Richtung der Ressortchefin für Mode und Kosmetik, die die Hand gehoben hat, »…, dass wir uns von unseren Kernthemen abwenden, sondern, dass wir sie erweitern. In unserem Heft ist Platz genug für Mode, Kosmetik und die Revolution.« Als das Kichern verstummt, fügt sie hinzu: »Nein, wir wollen informieren, nicht belehren. Eine Meinung sollen sich unsere Leserinnen weiterhin selbst bilden dürfen.«

Giselle schaut zu all den verschiedenen Frauen, die hier in diesem Raum sitzen. Kleine, große, dünne, dicke, weiße, schwarze, junge und ältere, die alle zusammenarbeiten, als wäre es das Normalste der Welt. Und das ist es auch. Wenn wir alle an einem Strang ziehen, sind wir eine Kraft, mit der man rechnen muss, genau der Grund, warum das Patriarchat uns so gerne zu spalten versucht.

»Es ist mir eine Ehre, mit euch zusammenzuarbeiten.«

»Geht jetzt die Titanic unter?«, fragt Steph.

Giselle grinst. »Nein, oder zumindest weiß ich es nicht. Aber für uns ist dies ein neuer Anfang.« Sie prostet uns zu, und wir machen es ihr nach.

»Meinst du, ich kann auch mal was schreiben?«, fragt Sarah mich.

»Bestimmt. Besprich das doch mal mit Giselle. Aber bisher wusste ich gar nicht, dass du Interesse hast, auch zu schreiben.«

»Nicht über alles, aber wenn du deine Kolumne nicht mehr schreibst … Das fände ich interessant.«

Es versetzt mir einen Stich, als mir bewusst wird, dass ich meine Rubrik nicht mehr weiterführen werde, zumindest wahrscheinlich. Ich werde keine Zeit dafür haben. Aber dann erinnere ich mich, dass das für mich auch nur ein Übergang war. Es war nie das, was ich wirklich wollte. »Wie gesagt, besprich das direkt mit Giselle, aber wieso nicht? Wie lange geht dein Praktikum denn noch?«

»Bis Februar.«

»Oh. Dann frag sie auch direkt, ob du danach eine Festanstellung bekommst, weil ich mir einfach nicht vorstellen kann, ohne dich bei *Women's Life* zu arbeiten.«

»Ich würde mich auch sehr freuen, wenn ich bei euch bleiben dürfte.«

»Ja, du kannst nicht gehen«, meint Steph, die sich in dem Moment zu uns rüberbeugt. »Du gehörst jetzt schon zur Familie.«

»Ihr seid so lieb«, meint Sarah, »aber selbst wenn keine Stelle für mich frei sein sollte, werden wir doch weiterhin in Kontakt bleiben. Hoffe ich.«

»Natürlich.« Ich tätschele ihre Hand. »Du wirst uns auf keinen Fall wieder los.«

»Das ist gut. Das würde ich auch niemals wollen.«

»Warum sind hier so trübe Gesichter?«, fragt Giselle hinter mir, und ich drehe mich zu ihr um.

Einen Augenblick sind wir alle still. Wir wollen uns nicht in Sarahs Angelegenheiten einmischen, aber dann sage ich: »Sarah hat uns gerade mitgeteilt, dass ihr Praktikum bald beendet ist.«

Giselle schaut sie an. »Darüber sollten wir zwei mal reden.«

»Oh ja, sehr gerne.«

Giselle lächelt. »Dann komm morgen zu mir, wenn du eine Lücke in meinem Kalender findest.«

»Okay, klar, mach ich. Danke.«

Giselle schaut Stephanie an. »Mit dir möchte ich auch sprechen.«

»Oh, sicher. Auch morgen?«

»Ja, es ist besser, wenn man das Pflaster mit einem Ruck abzieht, statt zu viel Zeit vergehen zu lassen.« Sie sieht Nicole und mich an. »Mit euch möchte ich nicht sprechen.«

»Also, das ist ja jetzt beleidigend«, meint Nicole.

»Wirklich. Sollen wir uns jetzt diskriminiert fühlen?«, frage ich.

Giselle lächelt nur. »Wenn ihr möchtet.«

Als sie gegangen ist, stecken wir die Köpfe zusammen. »Was soll das denn heißen, Steph? Ist irgendwas passiert?«, flüstere ich.

»Ich weiß von nichts. Wieso will sie mit mir sprechen? Oh Gott. Das kann nichts Gutes heißen. Ich kann meinen Job nicht verlieren. Eine Scheidung ist teuer.«

»Ganz schön gemein von ihr, euch auf morgen zu vertrösten. Ich würde das nie im Leben aushalten«, erklärt Nicole.

»Ich halte das auch nicht aus. Das macht mich ganz wahnsinnig. Was kann ich angestellt haben? Ich weiß es einfach nicht. Eigentlich lief alles gut.«

»Dann geh zu ihr hin und sag, dass du jetzt Klarheit brauchst«, meine ich, obwohl ich nicht weiß, ob ich mutig genug wäre, eine Antwort zu verlangen.

»Oh, das mache ich. Es geht einfach nicht anders.« Steph steht auf.

»Jetzt sofort?«, flüstert Sarah erschrocken.

»Ja, jetzt sofort.«

Wir sehen Steph hinterher, wie sie auf Giselle zumarschiert. Giselle schaut sie überrascht an, geht dann aber einen Schritt mit ihr zur Seite. Stephanie redet aufgeregt und gestikuliert wild, bis Giselle ihre Hände in die eigenen nimmt. Wir können nicht hören, was gesagt wird, aber Steph relaxt langsam, bevor sie lächelt und nickt.

»Alle noch mal herhören«, richtet Giselle das Wort an uns andere. »Ich wollte das eigentlich erst morgen verkünden, aber wir haben eine neue Ressortchefin für den Bereich Kosmetik. Stephanie wird die Stelle übernehmen.«

Applaus brandet auf, und Steph wird rot. So viel Aufmerksamkeit ist ihr offenbar nicht geheuer, und ich kann sie so gut verstehen, denn mir geht es auch so. Ich bin lieber das Mauerblümchen als das Zentrum von allem.

»Glückwunsch«, rufen wir durcheinander, als sie wieder zu uns kommt.

»Oh Gott, damit habe ich überhaupt nicht gerechnet!«

»Ich konnte mir auch nicht vorstellen, dass du etwas falsch gemacht haben könntest«, meint Sarah.

Steph drückt sie kurz an sich. »Du bist echt süß.«

»Was hat sie denn noch gesagt?«, fragt Nicole.

»Dass meine Arbeit hervorragend ist.« Sie wird erneut rot. »Und dass Gabriella im letzten Jahr beide Ressorts geleitet hat, Mode und Kosmetik, und das damals keine dauerhafte Lösung war. Na ja, und dann hat sie mir den Job angeboten.«

»Ob das Gabriella gefällt?«, fragt Nicole und kaut dabei auf ihrer Lippe herum. Sie arbeitet im Fashion-Ressort eng mit ihr zusammen.

»Ich weiß es nicht, aber warum sollte sie unzufrieden sein? Ihr Herz schlägt für Kleidung, nicht für Make-up.«

»Auch wieder wahr. Ich geh besser mal zu ihr.« Nicole verabschiedet sich, während Sarah und ich Steph noch mal alles Gute wünschen und uns mit ihr freuen.

Am nächsten Tag stehe ich mit Sarah in der Küche unserer Redaktion, kurz vor ihrem Gespräch mit Giselle.

»Mach dir nicht solche Sorgen. Giselle isst keine kleinen Kinder zum Kaffee.«

»Das weiß ich, aber gerade weil sie eine wunderbare Chefin ist, will ich nicht, dass sie schlecht von mir denkt.«

»Wieso sollte sie das tun? Du machst einen tollen Job.«

»Ja, wirklich?«

»Wirklich. Ich würd es dir sagen, wenn es anders wäre.« Würde ich natürlich nicht, aber es ist auch nicht notwendig, weil Sarah wirklich eine großartige Praktikantin ist.

Ich streiche ihre Arme entlang. »Geh. Bring es hinter dich und zeig einfach dein wunderbares Selbst. Sie wird dich lieben. Ach was, sie liebt dich schon.«

»Danke!«

Und dann tigere ich in der kleinen Küche auf und ab und werde dabei von Nicole und Steph begleitet. Es ist vielleicht merkwürdig, dass die beiden sich so gut mit einer Praktikantin angefreundet haben – und ich dann später dazukam –, aber es liegt einfach an Sarahs Persönlichkeit. Sie ist die Art Mensch, die man sofort lieb haben muss. Und sie ist außerdem ein Küken, das man unbedingt beschützen will.

»Was wird Giselle ihr sagen?«, frage ich.

»Dass sie ab sofort eine feste Stelle hat«, sagt Nicole im Brustton der Überzeugung.

»Wirklich?«

»Man muss positiv denken und dem Universum mitteilen, was man sich wünscht. Woher soll es das sonst wissen?«

»Okay, dann feste Stelle für Sarah«, sage ich und versuche, meine Stimme überzeugend klingen zu lassen.

Als jemand in der Tür erscheint, schauen wir alle drei auf und verharren. Aber es ist nicht Sarah, sondern Cindy, die Sekretärin.

»Was ist denn mit Sarah?«, fragt sie besorgt.

»Wieso?«, frage ich alarmiert.

»Sie ist rausgerannt. Ohne Jacke.«

Ich drängele mich an Cindy vorbei, hole mir meine Jacke, nehme Sarahs mit und sprinte aus der Tür. Herrje, bald werde ich noch Marathonläuferin, bei all dem Sport, den ich in letzter Zeit treibe.

Unten angekommen, schaue ich nach links und rechts, kann sie aber nicht mehr sehen. Ich entscheide mich für links, weil sie da immer langgeht, und ich hoffe, dass sie es dieses Mal auch unterbewusst getan hat.

An der nächsten Kreuzung sehe ich sie, wie sie ein ganzes Stück von mir entfernt davonrennt. Puh, und das, wo ich doch so eine unbegabte Läuferin bin. Aber es hilft ja alles nichts. Ich laufe ihr hinterher. Als sie langsamer wird, sende ich ein Stoßgebet zum Universum. Vielleicht habe ich doch eine Chance.

»Sarah!«, rufe ich, als ich nicht mehr weit weg bin.

Sie dreht sich um, bevor sie stehen bleibt. Als ich bei ihr ankomme, zittert sie, und sieht aus wie ein Häufchen Elend.

»Hey, hey«, sage ich und lege ihr die Jacke über die Schultern. Gleichzeitig möchte ich mir vor die Stirn schlagen, weil das ja keinem hilft. So würde man vielleicht einen streunenden Hund ansprechen, aber doch keinen Menschen.

Sie schlüpft in die Ärmel, und ich ziehe den Reißverschluss hoch.

»Was hat Giselle gesagt?«

Tränen laufen über Sarahs Wangen, und sie schlägt sich die Hände vors Gesicht. »Oh Gott.«

»War sie gemein?«

»Nein, aber das macht es nicht besser.«

»Was ist denn?«

»Ich ... sie sagt, ich leiste gute Arbeit, dass das Magazin aber momentan keine neuen Leute einstellen kann. Es ist nicht im Budget. Dass sie alles versucht hat, eine neue Stelle zu schaffen, aber es würde einfach nicht gehen. Sie würde mir ein hervorragendes Zeugnis schreiben, Empfehlungen für andere Redaktionen, was immer ich möchte, aber sie kann mir keinen Job anbieten, was ihr ehrlich leidtun würde.«

»Oh Mann, wie blöd! Das ist echt enttäuschend.«

»Das ist es. Nach Stephs Triumph gestern dachte ich, dass Giselle mir auch gute Nachrichten zu überbringen hätte. So kann man sich täuschen.«

»Es tut mir so leid.«

»Du kannst ja nichts dafür, aber vielleicht, wenn Steph nicht befördert worden wäre … Oh Mann! So will ich nicht denken! Ich will doch meiner Freundin nichts neiden.«

»Ich glaub auch nicht, dass das viel geändert hätte. Eine neue Stelle einzurichten, ist gewiss teurer als eine Beförderung.«

»Es ist nur so enttäuschend. Ich hatte mir so sehr gewünscht, nach dem Praktikum bleiben zu können.«

»Ich hab mir das auch gewünscht. So sehr!« Ich nehme sie in die Arme. »Es tut mir so leid.«

»Mir auch. Was mache ich denn jetzt?«

»Du nimmst das Superzeugnis und alle Empfehlungen und bewirbst dich bei anderen Magazinen. Vielleicht kannst du in den letzten Monaten noch andere Aufgaben übernehmen, vielleicht tatsächlich Artikel schreiben, damit dein Zeugnis noch gepimpt wird.«

»Ich möchte mir eigentlich nur die Decke über den Kopf ziehen.«

»Ich weiß. Soll ich dich nach Hause bringen? Oder kann dich Mason vielleicht abholen?«

Bei der Erwähnung seines Namens erstrahlt ihr Gesicht für einen Moment. Erst vor wenigen Tagen haben sie es offiziell gemacht. Sie sind ein Paar. Ich habe mich so sehr für

Sarah gefreut, dass sie jemanden gefunden hat, der sie genauso großartig findet, wie ich.

»Er hat heute Spätschicht, müsste also noch zu Hause sein, aber ist es eine gute Idee, ihn jetzt schon mit meinen Problemen zu belästigen? Vielleicht ist ihm das zu viel.«

»Du belästigst ihn doch nicht. Wenn man ein Paar ist, will man von den Problemen des Partners erfahren und für ihn oder sie da sein. Du würdest doch auch wissen wollen, wenn er Seelenqualen erleidet.«

»Du hast recht.«

»Natürlich habe ich das. Also los, ruf ihn an.«

»Was wird Giselle dazu sagen, wenn ich nicht wieder zurückkomme?«

»Sie wird es verstehen. Und morgen wirst du ihr zeigen, dass du dich voll reinhängst, auch wenn dein Praktikum bald beendet ist, dann kann sie noch mehr gute Dinge ins Zeugnis schreiben, zum Beispiel auch, dass du eine sehr professionelle Einstellung hast, ehrgeizig bist und verantwortungsbewusst.«

»Meinst du?«

»Auf jeden Fall.« Ich streiche ihr über die langen braunen Haare, die immer perfekt liegen – etwas, von dem sich meine Haare mal eine Scheibe abschneiden könnten.

»Ich brauche meine Tasche.«

»Oh, sorry, die hab ich vergessen. Lass uns zurückgehen, dann hole ich schnell alles.«

Langsam gehen wir zurück zu unserem Gebäude. Dann eile ich nach oben.

»Wie geht es Sarah?«, »Wo ist sie?« und »Geht es ihr gut?«, schallt es mir entgegen.

»Ich erzähl euch gleich alles, aber erst mal brauche ich ihre

Tasche. Kann eine von euch Giselle sagen, dass Sarah … unpässlich ist und nach Hause geht?«

Bewaffnet mit der Tasche, finde ich mich wieder bei Sarah ein. Sie holt ihr Handy raus und ruft ihren Freund an. Schon allein bei dem Gedanken wird mir warm, weil ich mich so für sie freue.

»Er ist in zehn Minuten da. Wartest du so lange mit mir?«

»Ja, sicher. Dafür sind Freunde doch da.«

»Wir bleiben doch Freundinnen? Ich mein, wenn ich nicht mehr hier arbeite.«

»Natürlich! Du hast jetzt einen Platz in meinem Herzen, Sarah Jenkins, da führt kein Weg mehr dran vorbei.«

»Danke.«

»Nein, ich danke dir. Du warst die Erste, die mich hier begrüßt hat. Ich war ganz allein in Boston, kannte niemanden, und du hast mich willkommen geheißen.«

Sie winkt ab. »Das hätte doch jede getan.«

»Na ja, getan hat es nur Eine.«

Masons alter Civic kommt um die Ecke gebogen, und gemeinsam gehen wir auf das Auto zu. Als Sarah einsteigt, beuge ich mich runter, um mit Mason zu sprechen.

»Pass gut auf meine Kleine auf.«

Er lächelt. »Das mach ich, weil du auch gut auf meine Kleine aufgepasst hast.«

Ich küsse Sarah auf die Wange. »Ruf mich an, wenn du mich brauchst. Jederzeit.«

»Danke!«

Als ich mich aufrichte, spüre ich einen Blick auf mir. Ich drehe mich um.

Zehn Meter entfernt steht Cade mit seinen Karamellaugen, aus denen er mich unverwandt anstarrt.

Meine Füße kleben am Boden fest. So muss es sein, denn sie bewegen sich nicht, auch dann nicht, als mein Gehirn ihnen den Befehl erteilt, loszugehen. Standhaft weigern sie sich, daher müssen sie festgeklebt sein.

Langsam kommt er auf mich zu.

Ich will wegrennen, aber nichts gehorcht mir. Es hat gerade eben aufgehört, so wehzutun, und dann steht er plötzlich wieder vor mir. Das ist doch ein verdammter kosmischer Scherz! Was habe ich in einem früheren Leben getan, um das zu verdienen?

Cade

Da steht Avery, verabschiedet jemanden und sieht so süß aus wie in meiner Erinnerung, vielleicht noch süßer. Als sie sich umdreht, sehe ich den Schock in ihren Augen, sehe, dass sie fliehen will, es aber aus irgendeinem Grund nicht tut. Nur deswegen trete ich auf sie zu. Wäre sie gegangen, wäre ich ihr nicht gefolgt. Zumindest rede ich mir das ein.

Aber so ist der Drang, sie anzusehen, vielleicht sogar mit ihr zu sprechen zu groß. Ich kann nicht dagegen ankommen.

Es war besser mit Melinda geworden. Beinahe hatte ich mich mit meinem Leben arrangiert, aber diese Begegnung jetzt ändert plötzlich wieder alles. Es war ein Fehler. Es war ein solcher Fehler, hier langzugehen, wusste ich doch, dass Averys Redaktion hier ist. Es war eine Schnapsidee, aber ich hatte nicht wirklich damit gerechnet, dass sie in diesem

Moment draußen stehen würde. Das war purer Zufall. Wenn ich ans Schicksal glauben würde, würde ich es auf dieses schieben.

Langsam nähere ich mich Avery und sehe einen ganzen Kinofilm in ihrem Gesicht ablaufen. Die Abneigung, die ich erkenne, bringt mich beinahe dazu, feige davonzulaufen, aber ich sehe auch Sehnsucht. Zumindest bilde ich mir das ein. Sehnsucht nach mir.

Also gehe ich weiter auf sie zu und hoffe, dass all das nicht nur Wunschdenken ist, sondern sie tatsächlich immer noch Gefühle für mich hat. Wozu das gut sein soll, weiß ich noch nicht. Wahrscheinlich für nichts.

»Avery«, beginne ich leise.

Ein kleiner Schauer rinnt durch ihren Körper, ich kann es sehen, und es macht mich froh. Mist, was bin ich nur für ein Creep?

»Wie geht es dir?«

Klar, genau die richtige Frage. Wie soll es ihr schon gehen? Ich habe ihr das Herz gebrochen. Schon wieder.

Als wären meine Worte ein Signal, verändert sich ihre ganze Haltung. Von einem verschreckten Reh wird sie zu einer Kämpferin.

Ich bleibe stehen. Nein, eine Kriegerin kann man nicht einfach so überfallen.

»Dass du es wagst!«, spuckt sie beinahe aus. Nie zuvor habe ich so einen Tonfall an ihr gehört. Nicht damals, nicht heute. »Verschwinde, Cade Turner! Und komm nie zurück! Ich will dich nie wiedersehen! Nie wieder! Hörst du?«

Ich nicke und will mich schon umdrehen, als sie fortfährt: »Wieso? War das alles dein Plan? Mich dazu zu bringen, dich wieder zu lieben, nur um mich erneut zerbrechen zu können?

Aber ich sag dir was: Ich zerbreche nicht mehr so leicht. Und niemals wieder deinetwegen.«

Erneut fällt mir nichts weiter ein, als zu nicken. Dieses Mal drehe ich mich wirklich um und gehe. Nicht, ohne noch einmal zu ihr zu sehen. Sie fühlt sich unbeobachtet, hat die Arme um sich selbst geschlungen, ihr Gesicht ist vor Schmerz verzerrt, und es ist eindeutig Sehnsucht, die aus ihrer Miene spricht.

Aus welchem Grund auch immer erfüllt mich Hoffnung. Ich weiß einfach nicht weswegen. Die Situation hat sich nicht geändert. Weiterhin bin ich mit Melinda zusammen, und es wird auch so bleiben. Wieso freut es mich dann, dass Avery offenbar noch Gefühle für mich hat?

Avery

Wie ein Kinofilm im Schnelldurchlauf sehe ich all unsere Begegnungen vor meinem inneren Auge. All die schönen Momente, die Cade und ich erlebt haben, und all die schrecklichen ebenfalls, durch die wir gehen mussten, durch die er mich geschickt hat. Und es schmerzt. Es schmerzt, ihn zu sehen, aber noch mehr schmerzt die Erkenntnis, dass ich mir eingeredet habe, ihn nicht mehr zu lieben und jetzt nach vorn sehen zu können. Mein ganzes Leben lang habe ich Cade geliebt, wieso habe ich geglaubt, dass es jetzt plötzlich vorbei sein würde?

Ich schlinge die Arme um mich und versuche zu verhindern, dass ich davongeweht werde, denn plötzlich fühle ich mich so leicht an. Viel zu leicht, als wäre gar keine Substanz mehr vorhanden. Als hätte die Begegnung mit Cade mich von all dem beraubt, das mich ausgemacht hat. Und jetzt bin ich nur noch ein pathetischer Wurm, der sich immer noch nach ihm sehnt.

Als die Tränen anfangen zu laufen, balle ich die Fäuste und verbiete mir, auch nur noch eine Träne seinetwegen zu vergeuden. Er hat sie nicht verdient. Gute Menschen bringen einen nicht zum Weinen.

Mit jeder Faser meines Körpers kämpfe ich darum, bei mir zu bleiben, nicht wieder ins Tal der Tränen zu stürzen. Und als ich sicher bin, gewonnen zu haben, gehe ich zurück in die Redaktion.

Nicole und Steph ziehen mich sofort in die Küche.

»Was ist geschehen?«, fragt Steph.

»Giselle sagt, sie würde Sarah gerne einstellen, aber das Budget reicht dafür nicht aus, daher kann sie nach dem Praktikum nicht übernommen werden.«

»Oh nein«, ruft Nicole aus.

»Ich weiß! Sie ist auch ganz fertig. Mason hat sie jetzt abgeholt.«

»Das ist gut«, meint Steph. Man sieht deutlich, dass es in ihr arbeitet. »Meint ihr, es liegt an meiner Beförderung?«

»Ach Quatsch! Die hast du dir verdient!«, erkläre ich kategorisch.

»Ja, ich weiß, aber wenn ich verzichte, könnte sie vielleicht eingestellt werden.«

»Oder die Stelle wird einem anderen angeboten, und nichts wäre gewonnen.«

Nicole sagt leise: »Was ist, wenn Giselle einfach nicht von Sarah überzeugt ist?«

»Glaubst du das?«

Sie zuckt mit den Schultern. »Ich weiß es nicht, aber eigentlich war Giselle immer sehr gut darin, Stellen zu schaffen, für die es kein Budget gab, wenn sie überzeugt war, dass wir die Mitarbeiter brauchen.«

»Ich weiß es nicht«, meint Steph. »Normalerweise ist sie aber immer ehrlich. Ob sie positive oder negative Nachrichten zu verkünden hat, sie redet nie um den heißen Brei, sondern sagt es, wie es ist. Wieso sollte sie jetzt von dieser Politik abweichen?«

»Läuft der Kaffeeklatsch wieder auf Hochtouren?«, erklingt plötzlich Giselles Stimme. Sie steht in der Tür.

Wir alle zucken zusammen.

Sie seufzt leise. »Was gibt es zu bequatschen, meine Damen?«

Wir schauen uns an, bis ich mir schließlich ein Herz fasse. »Sarah war sehr traurig, dass sie nicht bleiben darf.«

Giselle nickt. »Ich bin auch traurig, sie gehen zu sehen. Aber es ist nicht möglich. Wir brauchen keine neue Sekretärin, solange wir Cindy haben, und alle Assistentenstellen sind bereits besetzt.«

»Aber sie könnte ja auch was anderes machen«, werfe ich ein.

»Und was?«

»Sie hat gesagt, dass sie gerne schreiben würde.«

Giselle wiegt den Kopf hin und her. »Ich sehe sie nicht als Redakteurin.«

Ich schaue zu Steph und Nicole, die beide so aussehen, als würden ihnen die Worte fehlen. Na, dann muss ich das eben machen.

»Aber du könntest ihr eine Chance geben. Bis zum Ende

des Praktikums testest du sie, ob sie eine gute Redakteurin wäre, und wenn ja, schaust du im Februar noch mal auf die Zahlen. Wäre das keine Option?«

Giselle wirkt unschlüssig. Auf der einen Seite hat sie ihre Meinung gefasst, auf der anderen Seite will sie aber auch jedem eine faire Chance geben. Bei anderen müsste man jetzt pushen, aber Giselle trifft immer ihre eigenen Entscheidungen, egal, wie schwer diese auch sind.

»Okay, ich lasse mich darauf unter einer Bedingung ein. Kein Wort zu Sarah. Ich will ihr keine falschen Hoffnungen machen, wenn sich meine Ahnung bewahrheitet.«

Wir schauen uns an. Eigentlich wollen wir kein Geheimnis vor unserer Freundin haben, aber was bleibt uns anderes übrig? Das ist die einzige Chance für sie, bei uns zu bleiben.

»Außerdem wird es sie nur unter ungemeinen Druck setzen, wenn sie weiß, dass alles davon abhängt«, sage ich, komme mir dabei aber wie eine Verräterin vor. Man hat doch nicht solche Geheimnisse vor einer Freundin!

»Also, einverstanden?«, fragt Giselle und sieht uns der Reihe nach an, bis wir alle nicken.

»Gut, dann werde ich ihr eine Chance geben.«

»Oh danke!«, rufen wir beinahe synchron.

Sie lächelt. »Ich mag es, wie ihr euch füreinander einsetzt. Vergesst das niemals.«

»Ist das die richtige Entscheidung?«, fragt Nicole, als Giselle die Küche verlassen hat.

Steph zuckt mit den Schultern. »Keine Ahnung. Wir werden es herausfinden, wenn es so weit ist.«

»Ich denke, wir haben ihr eine Chance verschafft. Vorher gab es keine Hoffnung, aber jetzt gibt es eine«, sage ich, und ich wünschte, es wäre so einfach.

Kapitel 6

Cade

Mehrmals nehme ich mein Handy vom Tisch, suche nach Averys Nummer in meinen Kontakten und fahre immer wieder über den grünen Punkt zum Anrufen, ohne ihn jedoch zu berühren. Ich bin mir ziemlich sicher, dass sie mich geblockt hat. An ihrer Stelle hätte ich das Gleiche getan. Daher wird es nichts nutzen, sie anzurufen, trotzdem stelle ich es mir vor.

»Hey, Mann, du hörst nicht zu«, meint Mick, und kurz darauf kommt eine leere Coladose geflogen.

Gerade noch rechtzeitig fange ich sie auf, nicht ohne dass ein paar Tropfen auf mein Hemd spritzen. Ich wische mit dem Finger über die Flecken, als hätte ich Fleckentferner auf den Spitzen.

»Was ist los mit dir?«, fragt Chris.

»Nichts.«

»Du bist schon den ganzen Tag durch den Wind.«

»Bin ich nicht.«

Mick dreht seinen Bildschirm in unsere Richtung. »Und warum steht dann in deinem Code von heute Avery?«

»Du verarschst mich«, antworte ich, aber als ich an seinen Monitor trete, sehe ich es. Avery. Mitten im Code steht ihr Name.

Ich fahre mir durch die Haare. »Keine Ahnung, Mann.«

»War nicht alles zwischen euch geklärt?«, fragt Chris.

»Doch.«

»Aber?«

»Aber ich hab sie heute gesehen, okay? Zufrieden?«

Mick schaut erst zu Chris, bevor er sagt: »Natürlich nicht zufrieden. Wir sind doch keine Arschlöcher. Aber wenn du immer noch so auf sie reagierst, wieso hast du dich dann für Melinda entschieden?«

»Weil es die richtige Entscheidung war, okay?«

Chris mischt sich ein. »Nein, nicht okay. Wieso war Melinda richtig und Avery falsch?«

»Weil es eben so war. Können wir die Befragung jetzt beenden?«

»Ey, Alter, komm mal runter. Wir sind deine Freunde, kein Befragungskommando. Wir machen uns nur Sorgen.«

»Dafür gibt es keinen Grund. Hast du noch weitere Fehler gefunden, Mick?«

Dieser sieht nicht glücklich aus, als er sagt: »Du musst alles von heute neu schreiben.«

»Wie bitte?«

»Es ist alles voller Fehler. Den Code zu verbessern würde ewig dauern, am besten schreibst du ihn komplett neu.«

Wieder trete ich an seinen Bildschirm und schaue mir die Programmierung an. Leider stimmt es.

»Fein, ich mach es noch mal«, sage ich in einem Tonfall, den keiner von beiden verdient hat.

»Mann«, versucht es Chris erneut.

»Lass mich einfach in Ruhe.«

Er hebt beide Hände. »Okay, wenn du dir nicht helfen lassen willst, dann eben nicht.«

Natürlich will ich mir helfen lassen, doch es ist nun mal unmöglich. Wenn meine besten Freunde wüssten, was ich getan habe, würde viel mehr kaputtgehen als nur meine Beziehung zu Avery. Oder vielleicht rede ich mir das auch nur ein, weil es schwerer wäre, einfach zuzugeben, dass ich einen Fehler gemacht habe.

Um mich nicht weiter mit meinen Freunden zu beschäftigen, setze ich meine Kopfhörer auf, drehe die Musik laut auf, aber das Universum muss sich gegen mich verschworen haben, denn es erklingt *She Hates Me* von Puddle of Mudd. Mit zusammengebissenen Zähnen zwinge ich mich, es zu ertragen, nur um dann herauszufinden, dass das nächste Lied *I Know It's Over* von The Smiths ist. Da kann ich mir ja gleich die Kugel geben.

Ab wann wird das Anstarren der Telefonnummer der Verflossenen eigentlich peinlich? Leider befürchte ich, dass ich den Moment schon längst erreicht habe. Den letzten Monat habe ich mich bemüht, Avery zu vergessen und mit Melinda wieder ins Reine zu kommen, aber ein Blick auf sie und all das ist vorbei. Immer drängender steigt in mir das Gefühl auf, dass ich mich falsch entschieden habe.

Ich meine, wenn ich ehrlich bin, war es mir von Anfang an klar, dass es nicht richtig ist, seine Karriere über sein Liebesleben zu stellen. Und im Grunde wär ja auch nicht ich dafür verantwortlich, dass Mick und Chris alles verlieren, es wäre Melindas Schuld.

Mein Gewissen mag das anders sehen, aber eigentlich ist da etwas Wahres dran. Schließlich würde nicht ich die Lunte anzünden. Vielleicht wäre ich nur der Funke, der sie in Brand steckt, aber das macht so ein Funke ja nicht freiwillig. Das weiß ich aus eigener Erfahrung.

»Der Rektor hat mich angerufen. Deine Noten würden immer schlechter werden.« Die Fußstapfen dröhnten immer so laut durchs Haus, dass Dads bullige Stimme eigentlich nicht mehr nötig war, um mich in Angst und Schrecken zu versetzen.

»T… t… Tut mir leid.«

»Stotterst du jetzt auch noch? Du bist ein Versager in der Schule, im Sport, und jetzt stotterst du auch noch wie so ein zurückgebliebener Idiot?«

»S… Sorry.«

»Kannst du das auch anständig sagen?« Aber bei diesen Worten zog er bereits den Gürtel aus den Schlaufen seiner Hose.

»Sorry«, sagte ich so fehlerfrei wie ich konnte, obwohl sich die Furcht bereits in meinen Eingeweiden einnistete.

»Umdrehen.«

Nachdem ich die Schläge ertragen hatte, rannte ich so schnell ich konnte aus dem Haus, was aufgrund der Schmerzen nicht besonders schnell war. Wütend wischte ich mir die Tränen vom Gesicht. Ein Mann weint nicht. Ich war eine Memme, ein Weichei. Dad würde mich nie lieben, wenn er mich so sehen könnte.

Ich sehnte mich so sehr nach den Armen meiner Mom, und dieser Gedanke machte mich noch wütender, weil ein echter Mann doch seine Mom nicht brauchte. Aber tief in mir wusste ich, dass ich es doch tat.

Als die Tränen getrocknet waren, lief ich langsamer durch die Straßen, die mir so bekannt waren. Ohne mein Zutun brachten mich meine Füße zu Jeremys Haus.

»Hey, Mann, lange nicht gesehen«, rief dieser mir zu, als er mich kommen sah. Er stand in der offenen Garage und schraubte an seinem Bike herum.

»Viel zu tun. Und bei dir?«

»Kann nicht klagen.« Er zündete sich eine Zigarette an und bot mir auch eine an, aber weil Mom mich dafür umgebracht hätte, wenn sie noch leben würde, lehnte ich ab.

»Was geht so?«

»Nicht viel«, gab ich zu.

»Connor, Damon und ich wollen heute das alte Peabody-Haus in die Luft sprengen.«

»Wie bitte?«

»Connors Dad arbeitet beim Bau, und daher haben wir Sprengstoff. Kommst du mit?«

Da ich nicht nach Hause wollte und es außer Avy keine Alternative gab, stimmte ich zu. Wir hingen ein bisschen bei Jeremy rum. Er zeigte mir, wie ein Motor aufgebaut war, bevor die anderen kamen. Wir stiegen in Damons Wagen ein, der uns zu dem alten Haus brachte, dass etwas außerhalb unserer Stadt lag. Es war mittlerweile schon heruntergekommen, aber man hätte es wieder hinbekommen können. Wenn man gewollt hätte. Die Besitzer waren nach L. A. gezogen. Sie hatten jahrelang versucht, das Grundstück zu verkaufen, aber es gab keine Interessenten. Also ließen sie es einfach verfallen.

Als wir dort ankamen, packte Connor den Sprengstoff aus.

»Mann, seid ihr sicher?«, fragte ich, wofür ich nur Spott erntete.

Weil ich nicht alleine draußen sein wollte, ging ich mit hinein und sah zu, wie Connor den Sprengstoff anbrachte, und die Zündschnüre legte. Vier Stück. Eine für jeden von uns. Ich wollte gar nicht, aber trotzdem fand ich mich ein paar Minuten später vor dem Haus wieder, mit einer Packung Streichhölzer in der Hand.

»Auf drei«, befahl Jeremy.

»Wirklich?«, fragte ich noch einmal.

»Hey, Turner, langsam reicht es mir! Bist du ein Mann oder eine Memme?«

Ich zündete das Streichholz an, und er grinste. »Geht doch.«

Gleichzeitig hielten wir die Streichhölzer an die Zündschnüre. Ich war es, der eine anzündete, ohne Wenn und Aber. Mir war bewusst, wie falsch es war, aber ich tat es trotzdem, weil ich es nicht ertragen konnte, dass meine Kumpels mich für feige hielten.

Die entstehende Druckwelle warf uns alle um. Wir waren nicht weit genug entfernt, als die Explosion stattfand. Meine Ohren klingelten, ich war desorientiert, als ich mich langsam aufrichtete. Etwas Feuchtes tropfte von meiner Stirn. Ich wischte mir mit der Hand darüber, schaute dann auf meine Finger und konnte erst gar nicht verstehen, was das sein sollte. Es war rot. Es sah aus wie Blut. Und dann setzte auch ein Pochen hinter meinen Schläfen ein. Ich musste verletzt sein.

Ich schaute mich um und ging zu Damon, der mir am nächsten war. Bei seinem Anblick wurde mir schlecht, und ich erbrach mich unweit von ihm. In seiner Schulter steckte ein riesiges Stück Holz.

»Hey, Mann«, röchelte er. »Hol das raus.«

Ich schüttelte vehement den Kopf. »Nein, es muss drinbleiben, bis die Ärzte es rausziehen können. Sonst könntest du verbluten, das weiß ich aus CSI.«

»Es tut weh. Zieh es raus!«

»Nein, es muss drinbleiben.«

Als er Anstalten machte, es selbst zu tun, versuchte ich, ihn abzuhalten. »Damon, lass es! Vertrau mir!«

»Es tut so weh!«

»Ich weiß! Ich ruf einen Krankenwagen, und dann wird es nicht mehr wehtun.«

Schwarze Boots traten in mein Blickfeld. »Wir können keinen Krankenwagen rufen«, meinte Jeremy. »Dann wissen alle, was wir getan haben.«

»Aber er braucht einen Arzt!«

»Connor auch. Trotzdem. Wir müssen sie von hier wegschaffen, sonst kriegen wir alle Ärger.«

»Wir können Damon nicht transportieren! Das könnte alles schlimmer machen.«

»Du wandelst heute auf ganz dünnem Eis, Turner. Den ganzen Scheißabend gehst du mir bereits auf den Geist. Es wird gemacht, was ich sage.«

Ich ging zu Connor, der sich sein Ohr hielt. Blut tropfte zwischen seinen Fingern hindurch. Das sah gar nicht gut aus. Ich zog mein Handy aus der Tasche.

»Hey, was machst du da?«, schrie Jeremy und marschierte wütend auf mich zu.

»Sie brauchen einen Arzt! Ich rufe einen.«

»Das tust du nicht!«

Bäm! Seine Faust landete in meinem Gesicht. Beim Aufprall fiel mir das Handy aus den Fingern, während ich strauchelte und versuchte, die Balance wiederzufinden.

Connor schrie plötzlich auf. Ich war über seine Beine gestolpert.

»Es sind deine Freunde«, schrie ich Jeremy an. »Sie leiden und brauchen Hilfe! Siehst du das denn nicht?«

»Siehst du nicht, dass wir einen Scheißärger bekommen können?«

»Ja, und? Das ist doch nicht wichtiger als deine Freunde!«

Er hob beide Hände, bevor er sich zu Damon hinunterbeugte.

»Was machst du?«

»Wo sind die beschissenen Schlüssel?«

Er zog sie aus der Hosentasche. »Dann ruf einen Krankenwagen, aber wehe, du ziehst mich da mit rein. Dann bist du tot.«

Damit ging er zum Auto, stieg ein und fuhr weg. Er ließ uns alleine. Seine drei Kumpel.

In diesem Moment realisierte ich, dass meine Heldenverehrung fehl am Platze war. Jeremy war kein Held, auch wenn es uns Jüngeren oftmals so vorkam. Er war einfach nur ein Versager.

Ich rief einen Krankenwagen und fuhr dann mit ins Krankenhaus. Als ich Stunden später nach Hause kam, wurde ich von der Polizei begleitet. Dad war höflich und zuvorkommend, solange die beiden Officers bei uns waren, aber kaum hatte sich die Tür hinter ihnen geschlossen, schlug er mir mit der Faust ins Gesicht. Mehrmals. Zum ersten Mal vergaß er, dass er normalerweise nur Stellen malträtierte, die man nicht sehen konnte. Nicht, dass noch jemand dahinterkäme, was im Haus der Turners vor sich ging.

In der Schule und vor Avy schob ich alles auf den Unfall, aber ich sah den Zweifel in ihren Augen. Sie würde sich nicht mehr lange mit solchen Entschuldigungen abspeisen lassen. Ich musste aufpassen.

Scheiß drauf, denke ich, und drücke den grünen Button. Gerade mal ein Klingelton, bevor ich zur Mailbox umgeleitet werde. Avery hat mich also tatsächlich blockiert. Obwohl ich es mir denken konnte, trifft es mich, dass sie es wirklich getan hat.

Vielleicht ist es besser so.

Aber ich weiß jetzt schon, dass ich mir selbst nicht glaube und es auch nicht akzeptieren werde.

Avery

Auf dem Rückweg von einem Termin mit einem Anwalt, der für die Bürgerrechtsunion arbeitet, laufe ich durch die wunderschönen Straßen von Beacon Hill. Ein kleiner Stich durchfährt mich immer noch, weil das kleine süße Café nur ein paar Straßen entfernt ist, in dem Cade sich von mir getrennt hat, ebenso die kleine Gasse, in der wahrscheinlich noch ein paar Splitter meines Stolzes herumliegen.

Aber das Viertel kann ja nichts dafür, dass Cade ein Arsch ist. Ich schaue an den Fassaden hoch und fantasiere, dass ich irgendwann einmal hier wohnen könnte. Wofür ich reich heiraten müsste. Normalsterbliche können sich solchen Luxus nicht leisten.

Und dann tritt plötzlich Cade aus einem der Gebäude, mit dem Handy am Ohr. Direkt vor mir. Keine fünf Meter entfernt. Wo verstecke ich mich jetzt? Ob ich mit einem Hechtsprung hinter einem Auto landen könnte? Wo ist eigentlich das Loch im Boden, wenn man es mal braucht?

Während ich noch versuche, eine Entscheidung zu treffen, dreht er sich in meine Richtung. Seine Augen werden größer, sein Körper spannt sich an.

»Ich muss Schluss machen«, bellt er ins Handy und lässt

es dann einfach in der Jackentasche verschwinden, ohne dem Gesprächspartner die Chance zu geben zu reagieren. »Avery.«

Wieder dieser Name! Dieser verdammte Name, ausgesprochen von dieser verdammten Stimme, die zu diesem verdammten Gesicht gehört. Wieso muss ich ausgerechnet ihm über den Weg laufen? Es wohnen 685.000 Menschen in Boston. 684.999 hätte ich lieber getroffen. Schicksal, was ist denn bei dir kaputt?

Er tritt einen Schritt auf mich zu, und gleichzeitig mache ich einen zurück.

Cade hebt die Hände, beschwichtigend, als wäre ich ein scheues Reh, das sich leicht erschreckt, statt eine erwachsene Frau, die das gute Recht besitzt, nicht mit ihm sprechen zu wollen.

»Können wir reden?«, fragt er.

Und irgendwie triggert das etwas in mir. Reden. Ja, klar. Er hätte so viel Zeit zum Reden gehabt, stattdessen hat er immer den leichten Weg gewählt und mich einfach vor vollendete Tatsachen gestellt, ohne mir irgendwas zu erklären.

»Reden? Du willst reden, Cade Turner? Dann rede ich! Du hast mir das Herz herausgerissen, es auf den Boden geworfen und bist dann darauf herumgetrampelt, bis es nur noch Staub war. Nicht einmal, sondern zweimal. Immer hab ich dir vertraut. Ich bin so dämlich. Ich hab tatsächlich gedacht, dass es dieses Mal anders sein würde, dass wir beide erwachsen sind, dass du jetzt nicht mehr solche Entscheidungen treffen würdest, die nicht nur dein, sondern auch mein Leben betreffen. Aber nein, ich hab mich geirrt. Du bist derselbe egoistische Junge, der du damals schon warst!«

»Ach ja?« Eine Ader an seiner Schläfe pocht. »Hast du dir vielleicht auch nur einmal gedacht, dass mein Leben sich nicht um deines dreht? Dass es nicht meine Aufgabe ist, dich glücklich zu machen? Sondern dass ich nur für mich selbst verantwortlich bin? Immer hab ich dich über mich gestellt. Immer. Dein Glück war mir wichtiger als mein eigenes. Und dann konnte ich einfach nicht mehr! Wäre es dir lieber gewesen, wenn ich bei dir geblieben wäre, auch wenn es mich zerstört hätte?«

Oh, dieser selbstgefällige Mistkerl! »Du weißt genau, dass es mir nicht lieber gewesen wäre! Und wenn es jetzt wieder so ist, dann okay! Dann ist es eben so. Aber dann verstehe ich nicht, wieso du mich nicht in Ruhe lässt! Wieso die Textnachricht? Wieso das Ansprechen? Lass mich doch einfach in Ruhe und leb dein glückliches Leben mit deiner glücklichen Freundin und lass mich in Ruhe! Ich verstehe nicht, wieso du es nicht einfach gut sein lassen kannst!«

Cade streicht sich durch die Haare und ballt dann die Fäuste. »Keine Ahnung, okay? Ich kann es einfach nicht.«

»Was willst du denn?«

»Gar nichts! Okay? Ich will gar nichts, aber trotzdem kann ich nicht damit leben, dass du mich hasst.«

»Tja, wie man sich bettet, so liegt man.«

»Avery, hass mich nicht. Du kennst mich doch. Du weißt, dass ich dir nie ohne Grund wehtun würde.«

Eine Welle von Traurigkeit schwappt über mich hinweg. »Das hab ich immer gedacht, aber ich wurde eines Besseren belehrt. Zweimal. Bitte lass mich in Ruhe. Ich will dich nicht mehr sehen.«

»Avy …«

»Kannst du es nicht verstehen? Du hast mich tief verletzt, damals und heute. Ich versuche, die Stücke meines Herzens zusammenzuhalten, aber es ist so schwer. Und jedes Mal, wenn ich dich sehe, wenn ich von dir höre, reißen all die Wunden wieder auf. Ich kann nicht mehr, verstehst du? Es tut einfach zu weh.«

Er sieht aus, als wollte er noch etwas sagen, aber dann nickt er nur. Und ich nehme das als meinen Hinweis zu gehen. Also drehe ich um und laufe mit geradem Rücken und aufgerichtetem Kopf zurück in die Richtung, aus der ich gekommen bin. Mein Stolz erlaubt nichts anderes. Dass ich den mal entdecken würde, hätte ich auch nicht gedacht.

Nachdem ich um die nächste Ecke verschwunden bin, halte ich inne und komme zu Atem. Ich hatte gar nicht gemerkt, dass ich ihn angehalten habe. Wütend wische ich die Tränen ab, die in der kalten Bostoner Luft schon fast gefroren sind. Okay, das ist übertrieben, aber es hätte so gut ins Bild gepasst.

Mein Handy klingelt. Als ich es aus der Tasche ziehe, weiß ich bereits, dass es Mom ist.

»Hi, Mom.«

»*Hi, Mom?* Ist das alles? Ich habe mir solche Sorgen um dich gemacht! Du bist vor ein paar Tagen nicht ans Telefon gegangen, als ich gespürt habe, dass etwas los ist. Auch später hast du mich nicht angerufen! Eine Mutter hört nicht auf, sich zu sorgen, nur weil die Tochter ach so erwachsen ist.«

Ich grinse vor mich hin. Sie ist einfach die Beste. »Ist ja gut, Mom. Ich kann schon wieder lächeln. Du kannst aufhören, die Glucke zu spielen.«

»Was hat mich verraten?«

»Es war einfach ein bisschen dick aufgetragen.«

»Hm, ich werde dran arbeiten. Scherz beiseite. Wie geht es dir?«

»Ich hab Cade gerade getroffen.«

»Und?«

»Nichts und. Wir haben uns auf offener Straße angeschrien.«

Das Lächeln in ihrer Stimme ist unüberhörbar, als sie sagt: »Sieh mal einer an.«

»Was meinst du?«

»Du bist immer zu nett. Ich freue mich, dass du nun endlich für dich selbst einstehst.«

»Glaub mir, wenn du mich heute erlebt hättest, würdest du mich nie wieder als zu nett ansehen.«

»Zu nett ist auch keine Auszeichnung, Spätzchen. Ganz im Gegenteil. Du darfst dir nicht alles gefallen lassen. Du weißt, ich habe Cade immer geliebt, aber du hast nie mal mit der Faust auf den Tisch geschlagen. Ich bin froh, dass es jetzt anders ist.«

»Es ist egal, wie es heute ist. Wir sind nicht mehr zusammen.«

»Aber du lernst für neue Beziehungen, und das ist gut. Dieser Dylan hat auch immer geglaubt, er könnte mit dir machen, was er wollte.«

»Lass uns nicht über Dylan reden. Da hab ich mich echt nicht mit Ruhm bekleckert. Und wenn ich es mir recht überlege, über Cade will ich auch nicht mehr reden. Wie geht es dir?«

»Mir geht es wunderbar, auch wenn ich mir immer Gedanken um dich mache. Ich will, dass du einen Mann wie deinen Vater findest.«

»Einen Workaholic?«

»Okay, er ist nicht perfekt, aber er ist ein guter Mann.«

Meine Mundwinkel zucken nach oben. »Das ist er. Der beste.«

»Er hat seine Fehler, aber er ist ein guter Vater und ein guter Ehemann.«

»Du brauchst ihn mir nicht zu verkaufen, Mom. Ich liebe ihn jetzt schon.«

»Ich auch. Siehst du, das will ich für dich. Einen Mann, den du auch nach fünfunddreißig Ehejahren immer noch liebst, der dein Herz hüpfen lässt, wenn er zur Tür reinkommt.«

»Das solltest du mal untersuchen lassen.«

»Spotte nur, meine Liebe, aber irgendwann wirst du so einen Mann auch treffen.«

»Und wenn nicht?«

»Dann wirst du ein ganz wunderbares Leben haben. Du brauchst keinen Mann, um glücklich zu sein, Schatz, aber es hilft dabei.«

Als wir aufgelegt haben, denke ich über ihre Worte nach. Braucht man einen Mann, um glücklich zu sein? Diese Frage hat sich mir nie gestellt, weil es in meiner Jugend immer Cade gab. Daher bestand meine Zukunftsvision immer aus einem Mann, den statistischen 1,9 Kindern, einem Golden Retriever, einem weißen Gartenzaun und einem Minivan. Okay, das muss gestrichen werden. Einen Minivan möchte ich wirklich nicht haben.

Auch als Cade nicht mehr der Vater in diesem Bild war, blieb das Bild an sich intakt. Ich weiß, ich weiß, mit dreißig ist es noch nicht an der Zeit zu verzweifeln, aber haben sich meine Wünsche vielleicht verändert? Möchte ich dieses wunderschöne, idyllische Leben in einer Kleinstadt, in dem alles rosig ist, alles wie am Schnürchen läuft und Mommy und Daddy vollkommen glücklich sind, vielleicht gar nicht mehr?

Jetzt habe ich dieses Leben hier. Es gibt hier meist keine Gartenzäune, sondern Backsteinbauten. Spocky würde einen

Golden Retriever nicht besonders toll finden. Da ich nie einen Minivan wollte, vermisse ich ihn jetzt auch nicht. Für Kinder fühle ich mich echt zu jung, und statt eines Mannes habe ich eine Karriere, dir mir wichtig ist, und die ich nicht aufgeben möchte. Vielleicht bin ich nicht Christiane Amanpour, aber man muss ja nicht so erfolgreich sein, um glücklich zu sein.

Die entscheidende Frage ist allerdings: Bin ich glücklich?

Jetzt gerade natürlich nicht, weil mein Gefühlsleben auf der schlimmsten Achterbahn der Welt gefahren ist, aber ich denke, dass ich glücklich war. Bevor ich Kaffee über Cade geschüttet habe, war ich es. Danach habe ich den Weg aus den Augen verloren und mich durch eine Dornenhecke gekämpft. Aber vielleicht kann ich ihn wiederfinden. Ich mag nicht mehr die gleiche Person sein, die ich noch vor ein paar Monaten war, aber vielleicht hat sich der Weg zum Glück auch gewandelt.

Langsam laufe ich durch die erstaunlich leeren Straßen, bis mir auffällt, dass ich halb durchgefroren bin. Bei diesem Wetter kann man leider ganz und gar nicht durch die Gegend schlendern. Was ist das? Eine kleine Flocke tanzt vor meiner Nase herum. Das kann doch kein Schnee sein, denke ich gerade noch, bevor sich zu der einen viele weitere gesellen. Ich lege den Kopf in den Nacken, schaue in den Himmel und spüre die kleinen Momente der Kälte. Wenn eine Schneeflocke auf mich zukommt, strecke ich die Zunge heraus und versuche, sie zu erhaschen.

Schnee ist ein Wunder. Besonders für dieses kalifornische Mädchen, das noch nicht so oft Schnee gesehen hat. Klar, ab und zu schneit es auch in Kalifornien, aber nicht so viel, dass man davon genervt wäre, sondern es immer noch als etwas Schönes ansieht.

Ich schaue mich um, sehe niemanden, strecke die Arme aus und drehe mich. Mein Gesicht ist dem Himmel zugewandt, und ich lächele. Es wäre so schade gewesen, wenn ich das verlernt hätte.

Unbeschwerter als zuvor gehe ich weiter zur Redaktion, fast habe ich vergessen, dass ich friere, und bin nur froh, dass ich mir trotz allem mein inneres Kind bewahrt habe, das im Schnee tanzt.

Kapitel 7

Cade

Ich will Avery vergessen, will sie aus meinem Kopf verbannen, aber die Erinnerung an sie krallt sich fest, will mich nicht verlassen. Je mehr ich mich bemühe, nicht an sie zu denken, desto mehr tue ich es. Bei jedem Schritt suche ich nach ihr in der Menschenmenge. Wenn ich dunkelblonde Locken sehe, setzt mein Herz für einen Moment aus. Avery hat so ein besonderes Lachen, bei dem man einfach mitlachen muss, und wenn ich so ein explosionsartiges, fröhliches Lachen höre, drehe ich mich immer um, suche nach der Verursacherin und bin einfach nur enttäuscht, dass es von der falschen Frau kommt.

Eine Hand landet auf meiner Schulter und schüttelt mich. Ich schrecke auf.

»Was denn?«, knurre ich.

»Ich hab dich fünfmal gerufen, und du hast nicht reagiert«, sagt Chris in einer Schärfe, die ich sonst nicht von ihm kenne. Eigentlich ist er sehr ausgeglichen. Das muss er mit einem nervösen Genie wie Mick im Team auch sein. Aber vor allem momentan, da mein Gemüt eher wechselhaft ist. Ja, schon klar, das ist ein Euphemismus, denn eigentlich wechselt es niemals und bleibt immer nur mürrisch. Seit ich vor zwei Monaten Avery verlassen habe, klettert mein Zustand nicht mehr aus dem Gefrierbereich herauf.

»Okay, aber was willst du?« Klinge ich immer noch bissig? Ich atme tief durch und versuche wieder die Kontrolle über mein Selbst zu bekommen. Diese schlecht gelaunte Person bin nicht ich. Eigentlich bin ich Cade aus Kali, immer relaxt, immer für einen Witz gut, aber im Moment könnte man denken, dass ich noch nie gelacht habe.

»Können wir mal kurz reden?« Chris bemüht sich um einen neutralen Ton, aber selbst ein Blinder würde sehen, wie angepisst er ist.

Ich drehe mich betont langsam auf meinem Stuhl herum, verschränke die Arme vor der Brust und sage: »Was gibt es denn so Wichtiges, dass du mich beim Arbeiten stören musst?«

»Was es gibt? Seit Wochen benimmst du dich wie ein Arschloch. Aber statt mit uns darüber zu reden, damit wir gemeinsam Lösungen finden können, vergräbst du dich in deiner Arbeit. Aber wir sind ein Team, Cade. Zumindest waren wir das mal.«

»Es ist privat, hat nichts mit euch zu tun.«

Chris verschränkt nun ebenfalls die Arme, was ihn wie ein bockiges Kind aussehen lässt. Mich natürlich nicht. Hoffe ich zumindest. Um dem vorzubeugen, lasse ich meine Arme auf die Stuhllehnen sinken.

»Dann lass es auch zu Hause und mach uns nicht das Leben schwer.«

»Willst du mich verarschen? Ich muss mir ständig euer Gejammer anhören, aber wenn ich dann einmal schlechte Laune habe, dann machst du mich direkt an?«

»Einmal? Wenn es einmal wäre, würde ich nichts sagen, aber es ist jeden Tag so, seit Monaten.«

Seit zwei Monaten, drei Tagen und siebzehn Stunden, um genau zu sein, aber wer zählt schon mit?

»Das ist nur gerecht, nachdem ich mir seit Jahren euren Scheiß anhöre.« Selbsthass schwappt über mich, weil ich so mit meinen Freunden rede, aber ich weiß einfach nicht, wie ich da rauskomme. Ein ganz dunkler Ort hat Besitz von mir ergriffen.

Chris' Augen funkeln vor Zorn, als er sich zu mir beugt. »Ich sag es jetzt mal ganz deutlich: Zieh den Kopf aus dem Arsch und hör auf, deine schlechte Laune an uns auszulassen. Ich hab schon ein zickiges kleines Mädchen zu Hause, ich brauche so einen Scheiß nicht auch noch bei der Arbeit.«

»Hey, okay! Zufällig ist Zoë meine Freundin! Red nicht so über sie.«

Er schüttelt den Kopf, nicht amüsiert über meinen lahmen Versuch eines Scherzes. »Ganz ehrlich, jeder hat mal schlechte Zeiten, und das ist okay, aber das hier ist eine Firma, eine die gerade erst ins Rollen kommt. Wir müssen uns darauf konzentrieren und dürfen das nicht aus den Augen verlieren. Rede mit uns. Sag uns, was Sache ist, dann können wir vielleicht helfen.«

Leichter gesagt als getan. Die ganze Geschichte kann ich ihnen nicht erzählen, aber vielleicht einen Teil der Wahrheit? Eine Variante?

Ich streiche mir übers Gesicht und lasse dabei einen frustrierten Seufzer ertönen. »Erinnerst du dich noch an Avery?«

»Wie könnte ich sie je vergessen? Schließlich hast du sie in unseren Code geschrieben.«

»Ich weiß. Als wir uns wiedergetroffen haben, hat es so geknistert wie damals zu Schulzeiten, aber dann hat es doch nicht gezündet. Also von meiner Seite. Und jetzt frag ich mich, ob ich einen Fehler begangen habe, als ich ihr das gesagt habe.«

»Wieso denkst du das?«

Ich reibe mit Daumen und Zeigefinger meine Augen. »Weil es mit Melinda schwierig ist. Gott, ich klinge wie ein Idiot.«

»Hey, manchmal ist es schwer. Meinst du, es ist immer leicht mit Mandy? Ich weiß, ich weiß, es sieht immer aus, als hätten wir die perfekte Beziehung«, er grinst, »aber das haben wir nicht, und das liegt natürlich nur an mir, weil sie wunderbar ist, und ich genau weiß, dass ich außerhalb meiner Liga geheiratet habe. Aber statt tagtäglich den Boden unter ihren Füßen anzubeten, streiten wir. Wichtig ist nur, dass die Basis stimmt. Verstehst du? So lange man das weiß, übersteht man auch dunkle Zeiten.«

»Was waren denn dunkle Zeiten bei euch?«, frage ich neugierig.

Chris zieht sich einen Stuhl an den Tisch, an dem er mit dem Oberschenkel lehnt. »Ich liebe Zoë, aber sie war nicht wirklich geplant. Mit fünfundzwanzig Vater zu werden war auch nicht geplant. Dass Mandy ihre Karriere auf Eis legt, war ganz sicher nicht geplant. Falls du dich erinnerst, hab ich zu dem Zeitpunkt für diese schrömmelige Firma gearbeitet, in der ich nur den Mindestlohn verdient habe. Mandy hat viel mehr verdient, und daher hat sie vorgeschlagen, dass ich zu Hause bleibe und mich um das Baby kümmere. Aber ich fühlte mich nicht bereit dazu, Vater zu sein und dann auch noch hauptverantwortlich. Nachdem ich wochenlang vor lauter Angst ausgerastet bin, hat mir Mandy die Pistole auf die Brust gesetzt. Entweder würde ich mich jetzt zusammenreißen oder sie würde das alleine durchziehen.« Er zuckt mit den Schultern. »Na ja, und das hat mich so schockiert, dass es wie ein Weckruf gewirkt hat.«

»Das wusste ich gar nicht«, gebe ich zu.

»Ich hab es auch nicht an die große Glocke gehängt, weil ich nicht wollte, dass man mich für ein Arschloch hält.«

»Aber dann bist du ja zu Hause geblieben, zumindest die erste Zeit. Was ist dann passiert?«

Er streicht sich die roten Haare aus dem Gesicht. »Liam ist passiert. Unsere Firma ist passiert. Und irgendwie war Mandy immer neidisch auf die Zeit, die ich mit Zoë hatte. Daher hat sie beschlossen, dass ich jetzt mal dran wäre, den Alleinernährer zu spielen. Quasi zeitgleich kam dann Melinda ins Spiel und hat uns Investoren gesucht, und da war es dann plötzlich tatsächlich eine Option, dass ich mit meiner Arbeit die ganze Familie ernähren kann.«

Wie wenig man doch manchmal übereinander weiß, auch wenn man so viel Zeit miteinander verbringt. Es ist schon erstaunlich, wie viel wir alle vor den Menschen in unserer Umgebung verbergen. Ich hätte immer behauptet, dass ich alles über Chris und Mick weiß. Aber ich bin offensichtlich nicht der Einzige, der Dinge zurückhält.

»Puh«, meint Mick, der die ganze Zeit still vor seinem Rechner gesessen hat. »Ich kann es echt nicht leiden, wenn Mommy und Daddy streiten.«

Das bringt mich zum Grinsen. »Hey, lasst uns eine Pause machen und was trinken gehen. Ist zwar noch früh, aber irgendwo auf der Welt ist schon die richtige Zeit für einen Drink.«

Das Gute daran, mit seinen besten Freunden zusammenzuarbeiten? Sie verzeihen einem alles und sind immer bereit für *Beer o'clock*.

Avery

Es sind minus zwei Grad. Ich erwähne das nur, weil ich nicht ausreichend bekleidet im Schnee stehe. Der Grund fährt gerade mit dem Rolls Royce vor. Mit gefrorenen Fingern versuche ich zu klatschen, als die Tür geöffnet wird, und Nicole in einer Wolke aus weißem Stoff aussteigt. Sie strahlt und hat allen Grund dazu. Sie sieht einfach umwerfend aus. Sie trägt ein viktorianisches Kleid mit vielen Knöpfen und einer Turnüre, die das Kleid an der Rückseite durch einen halben Reifrock bauscht. Darüber trägt sie eine eng geschnittene, kurze cremefarbene Jacke und eine graue Fellstola, die ihre Schultern wärmt. Im Haar trägt sie einen Fascinator in Form eines kleinen weißen Zylinders.

Während alle die Braut bestaunen, sehe ich zum Bräutigam, der in Frack und Zylinder ebenso schick aussieht wie seine Zukünftige. Brandon hält passend einen Gehstock in der Hand, der ein wenig zittert. Als hätte er das selbst gemerkt, stützt er diesen auf dem Boden ab, aber jetzt sieht es so aus, als würde er sich daran festhalten.

Aber das rührt mich nicht so sehr, wie die Tränen, die über seine Wangen rollen. Nicole eilt zu ihm, so schnell es der Schnee erlaubt. Er greift nach ihrer Hand und zieht sie an seine Lippen, bevor er sie gegen sein Herz presst. Mit dieser kleinen Geste aus einer vergangenen Zeit ist es um mich geschehen, und meine Tränen fließen auch.

Nicole wischt Brandons Gesicht ab. Ich habe noch nie ein solches ... ja, wie kann man es beschreiben? ... Entzücken auf Gesichtern gesehen, wie in diesem Moment. Es war schon vorher klar, aber jetzt wird es in Zement gegossen, dass diese beiden ihr Gegenstück gefunden haben. Brandon reicht ihr den Arm, um gemeinsam die vier Stufen zum Castle der Boston University hochzugehen. Sie haben sich gegen einen traditionellen Einzug entschieden, stattdessen wollen sie diesen Weg als das beschreiten, was sie sind: Partner.

Wir gehen hinter ihnen her ins Gebäude von 1915, das im Tudor Revival Stil gebaut wurde. Innen werden wir von wunderschönen Holzdetails empfangen und von einer großen geschwungenen Treppe, von der Nicole ständig geschwärmt hat. Ich sehe mir die anderen Hochzeitsgäste an, die bereits im Gebäude sind. Sarah, Steph und ich gehören zum Gefolge der Braut. Wir tragen alle diese wunderbaren Kleider, die an Alice im Wunderland erinnern, was Nicoles Lieblingsbuch ist, seit sie ein Kind war. Seitdem wusste sie, dass ihre Hochzeit sich an dieser Geschichte orientieren würde.

Mein Blick fällt auf Giselle, die mit ihrem Ehemann wie immer besonders auffällt. Sie sind aber auch einfach ein sehr attraktives Paar, kein Wunder, dass meine Kolleginnen immer so für Sean schwärmen. Und dann sehe ich aus den Augenwinkeln einen dunklen Haarschopf, der mir bekannt vorkommt. Das kann nicht sein, sage ich mir vor, während ich den Kopf wende.

Cade.

Ich bin so überrascht, dass ich nicht gemerkt habe, dass Nicole und Brandon angehalten haben, daher trete ich auf

Nicoles Kleid, rempele sie an und sorge so für einen Beinahe-Sturz.

Oh Gott. Trampel Avery hat wieder zugeschlagen. Gerade noch rechtzeitig fasst mich Brandons Trauzeuge am Arm, sonst wäre ich zu Boden gegangen.

»Es tut mir so leid«, flüstere ich, als Nicole sich zu mir umdreht. Mir steigt eine unbekannte Hitze in die Wangen. Als Tollpatsch bin ich viele peinliche Situationen gewöhnt, aber diese hier toppt alles. Wie kann man nur auf das Kleid der Braut treten, sie beinahe zu Fall bringen, und das alles vor hundert Gästen? Und noch schlimmer: vor dem eigenen Ex-Freund, den man eigentlich aus seinem Kopf und seinem Leben verbannen wollte?

»Alles okay?«, fragt sie mich besorgt, umfasst meine Schultern und schaut mich mit solcher Wärme an, dass ich weinen möchte.

»Es tut mir wirklich leid«, sage ich erneut.

Sie winkt ab. »Geht es dir denn gut?«

Unmerklich schüttele ich den Kopf, aber dann lächele ich. Ich will ihr nicht die Show stehlen und die Hochzeit ruinieren. Ich habe schon viel zu viel Aufmerksamkeit auf mich gezogen. Sie zieht mich an sich und flüstert mir ins Ohr: »Willst du darüber reden?«

Ich lache auf. »Du heiratest gleich.«

»Ja und? Das Wohlergehen meiner Freundinnen ist mir wichtig. Da kann die Zeremonie ruhig warten. Ich bin die Braut, ohne mich kann niemand anfangen.«

Brandon tritt zu uns. »Alles okay, Avery? Geht es dir gut?«

»Ja, danke.« Die Aufmerksamkeit sorgt nicht dafür, dass die Röte aus meinem Gesicht verschwindet. Ich bin ein Freak.

»Wirklich?«

»Ja, alles gut. Danke. Lasst uns weitermachen.«

Nicole wirft mir zwar einen zweifelnden Blick zu, aber ich will nicht noch mehr im Scheinwerferlicht stehen, weswegen ich mein strahlendstes Lächeln aufsetze. Sie wirkt erleichtert, und ich bin froh, dass ich zum allerersten Mal eine gute schauspielerische Leistung hinlege.

Als ich mich wieder neben Sarah stelle, beugt sie sich zu mir. »Was ist passiert?«

»Cade ist da«, zische ich und versuche dabei weder die Lippen zu bewegen, noch dem Drang nachzugeben, zu ihm hinzusehen.

»Dein Cade?«, fragt sie leise.

Ein Blitz zuckt durch mich, weil er ja nicht mein Cade ist, und nie wieder mein Cade sein wird. Auch nach gefühlten endlosen Wochen bin ich immer noch nicht über ihn hinweg. Trotzdem nicke ich.

»Wo?«

»Das werde ich dir nicht sagen, weil du dann hinsiehst und er weiß, dass wir über ihn sprechen.«

»Das ist auf jeden Fall schlau. Geht es dir gut?«

Ich zucke mit den Schultern. »Muss es ja.«

Und dann kann ich mir keine weiteren Gedanken machen, weil wir in den Trausaal treten. Die Gäste suchen sich ihre Plätze, während das Brautpaar mit seinen Trauzeugen die Treppe zum ersten Absatz hinaufgeht. Dort wird die Trauung vollzogen, was eine sehr gute Idee ist, da so alle Gäste das Brautpaar sehen können, egal wo sie sitzen. Ich setze mich neben Sarah und Mason in die erste Reihe. Auf meine andere Seite setzt sich Steph. Sie ist ebenso wie ich ohne Begleitung gekommen, daher haben wir uns versprochen, dass wir unsere Dates sind.

»Alles okay?«, flüstert sie, als sie sich zu mir beugt.

»Cade ist da«, erwidere ich ebenso leise.

»Wo?«

»Zeig ich dir später, wenn er dann noch da ist, aber jetzt ist das zu auffällig.«

»Wie geht es dir damit?«

Ich zucke mit den Schultern. »Ich hab damit abgeschlossen, allerdings frage ich mich, wieso er da ist.«

»Das finden wir später heraus.«

Und dann beginnt die Zeremonie, die einfach wunderschön ist. Ich bin froh, dass ich Taschentücher eingesteckt habe. Das ein oder andere Tränchen entwischt meinen Augenwinkeln.

»Das Brautpaar hat eigene Gelübde vorbereitet. Brandon, bitte beginnen Sie«, teilt der Trauredner mit.

Brandon dreht sich zu Nicole und ergreift ihre Hände. Auch wenn wir ein paar Meter entfernt sind, sehe ich ihre feuchte Wangen, ihre leuchtenden Augen und ihr strahlendes Lächeln. Jede Braut ist wunderschön, aber Nicole ist eindeutig die schönste von allen.

»Nicole … Ich hab alle Worte vergessen, die ich mir in den letzten Wochen überlegt habe. So aufgeregt bin ich, weil dieser Tag endlich gekommen ist. Ich konnte ihn kaum erwarten, denn es ist der Tag, an dem ich meine beste Freundin, meine große Liebe, die andere Hälfte meiner Seele heirate. Diese Worte mögen nicht so poliert sein wie die vergessenen, aber sie kommen von Herzen. Der Tag, an dem ich dich das erste Mal gesehen habe, ist der größte Feiertag meines Lebens, nicht einmal heute wird ihn toppen, denn am 13. März 2011 ist das Glück in mein Leben eingezogen und hat es seitdem nie wieder verlassen. Ich danke dir, dass du meine Frau wirst, und werde alles dafür tun, dass du dies niemals bereust. Ich liebe dich. Gestern, heute und für immer.«

Ich reiche Steph und Sarah Taschentücher. Wie sollen bei diesen Worten Augen trocken bleiben?

Nicole schlingt die Arme um seinen Hals und küsst ihn.

»Das kommt eigentlich erst noch«, erklärt der Trauredner trocken. Er ist ein Cousin von Brandon.

Gelächter erfüllt den Raum und gibt dem Augenblick ein wenig Leichtigkeit zurück. Auch Nicole und Brandon lachen, aber eigentlich strahlen sie ununterbrochen.

»Auch die vergessenen Worte können nicht besser sein als diese«, sagt Nicole. »Als ich ein kleines Mädchen war und auch noch später als Teenie, war ich immer so rastlos, auf der Suche, aber ich wusste nie, worauf ich eigentlich gewartet habe. Am 13. März 2011 war diese Suche zu Ende. Seit diesem Tag weiß ich, auf wen ich mein ganzes Leben lang hingefiebert habe. Auf dich, auf die Liebe, auf ein fantastisches Leben zu zweit. Und heute ist der Höhepunkt der letzten fast acht Jahre, weil wir uns versprechen, sie bis in alle Ewigkeit weiterzuführen. Danke, dass du mich zur glücklichsten Frau der Welt machst. Du bist mein Freund, meine Liebe und mein Leben, und nichts erfreut mich mehr, als dich zu heiraten.«

Auch dieser Erklärung folgen Tränen und Küsse und jede Menge Schniefen von den Gästen.

»Ihr habt euch Tausende Mal geküsst, vielleicht mehr. Aber ab sofort ist das Gefühl ein neues, denn eure Küsse sind nicht mehr nur die von Liebenden, sondern von Mann und Frau, von Partnern fürs Leben. Eure heutigen Küsse sind ein Versprechen. Es ist mir eine große Ehre, euch zu Mann und Frau zu erklären. Jetzt darfst du die Braut küssen.«

Und dieser Kuss … Oh, dieser Kuss ist der Stoff, aus dem Träume gemacht sind. Jedes kleine Mädchen träumt davon, irgendwann mal einen solchen Kuss zu bekommen, denn er ist ein absolutes Wunder. Jeder kleine Junge wünscht es sich auch, obwohl sie natürlich zu cool sind, um es zuzugeben, denn so ein Kuss bedeutet, man hat die große Liebe gefunden.

Frenetischer Applaus brandet auf, die Gäste erheben sich, jubeln und pfeifen und klatschen und lachen. Ich bin so ein großer Fan von Hochzeiten, weil so viel Liebe in der Luft liegt, weil an diesem einen Tag niemand traurig sein kann. Das Leben beginnt morgen wieder, heute leben wir wie in einem Traum.

Langsam kommen sie die Treppe hinab, die Eltern gratulieren als Erstes, aber dann liegt uns Nicole in den Armen.

»Du bist so eine schöne Braut.«

»Du sahst so glücklich aus.«

»Oh Gott, bist du bei Brandons Gelübde auch fast geschmolzen?«

»Das wird ab sofort der Standard sein, den alle Männer erfüllen müssen.«

»So wunderschön.«

Alle vier haben wir die Arme umeinander gelegt, unsere kleine Familie. Freundinnen sind die Familie, die man sich aussuchen kann, und ich habe eine sehr gute Wahl getroffen.

»Ich liebe euch so sehr«, weint Nicole.

»Wir lieben dich auch«, sagen wir synchron. Und dann lachen wir, weil Lachen dem Weinen immer vorzuziehen ist.

Langsam, mit unendlich vielen Glückwünschen, Umarmungen und Küssen finden wir den Weg in den Festsaal, der wunderschön und passend zum Alice-Thema geschmückt ist. Die Tische sind voller Blumen, Taschenuhren und kleinen

Flaschen, auf denen *Trink mich* steht. Die Platzkarten enthalten Zeichnungen von der Grinsekatze, Alice und der Herzkönigin. An den Menüs hängen Schlüssel und die Worte *Iss mich*. Aber das Meisterwerk steht in einer Ecke des Raumes. Eine Torte, die all die neckischen Details aus dem Buch aufgenommen hat. Ich weiß ehrlich nicht, wer sich trauen wird, ein solches Kunstwerk zu zerstören.

Außerdem musste ich leider feststellen, dass die schönsten Torten immer am schlechtesten schmecken. Daher bin ich kein Fan von Hochzeitstorten. Die besten Kuchen gibt es in kleinen Cafés, in die ältere Damen zum Kaffeeklatsch gehen.

Während alle noch herumstehen und sich unterhalten, nutze ich die Gelegenheit, die Toilette aufzusuchen. Als ich vor dem Spiegel stehe, schaue ich mich an. Zum ersten Mal seit Langem sind meine Locken gezähmt, obwohl sich einzelne Härchen aus der Frisur gestohlen haben. Professionell geschminkt, ist meine Haut makellos, meine Augen strahlen, aber darunter liegen leichte Schatten. Es hat mich erneut aus der Bahn geworfen, Cade zu sehen. Wann wird es aufhören, wehzutun?

Ein wenig in Gedanken gehe ich aus dem Raum und laufe gegen eine Brust.

Kapitel 8

Cade

Wie erstarrt war ich, als ich Avery auf der Hochzeit von Micks Cousin gesehen habe. Was macht sie hier? Sie muss eine Freundin der Braut sein. Während der ganzen Zeremonie haben sich meine Gedanken überschlagen, Fragen über Fragen, widersprüchliche Gefühle zünden Torpedos in meinem Kopf. Es ist das Feuerwerk zum 4. Juli, das in mir tobt. Als ich dann sehe, dass sie zu den Toiletten geht, kann ich mich nicht zurückhalten. Ich weiß, sie hat mich gebeten, sie in Ruhe zu lassen, aber ich kann nicht. Es ist doch kein Zufall, dass wir uns so häufig über den Weg laufen. In einer Stadt wie Boston sollte das nicht so oft passieren.

Melinda ist mit ihrem Dad in Washington. Sie lecken ihre Wunden nach der grandiosen Wahlschlappe, die die Republikaner bei den Zwischenwahlen erlitten haben, obwohl sie natürlich behaupten, dass sie gesiegt haben, denn schließlich konnten sie den Vorsprung im Senat ausbauen. Jedenfalls passt es jetzt umso besser, dass sie nicht da ist.

Als Avery in Gedanken versunken aus dem Bad kommt, läuft sie gegen mich. Sie taumelt ein wenig, daher greife ich nach ihren Oberarmen, um sie zu halten. Ebenso wie es Mick vorhin getan hat, als sie ins Straucheln geriet, nachdem sie mich entdeckt hatte.

Langsam schaut sie auf. Aus ihren grauen, so lieben Augen

schaut sie mich an, und ich sehe das gleiche Gefühlswirrwarr in ihnen, das auch in mir herrscht. Ihre Lippen sind leicht geöffnet, und ich muss mich zusammenreißen, meine nicht auf ihre zu drücken. Es wäre so einfach, es würde sich so gut anfühlen. Aber es ist ganz sicher nicht an mir, so etwas zu tun. Allein, dass ich hier stehe, ist schon eine Überschreitung ihrer Grenzen.

»Hey«, sage ich ruhig und zwinge mich, nicht ihren Namen auszusprechen, weil ich sie nicht verletzen möchte, nicht noch mehr.

»Oh, hi«, erwidert sie, was ich als Fortschritt werte. Ich sehe ihr an, dass sie in verschiedene Richtungen gezogen wird. Sie will gehen, aber auch bleiben, weiß nicht, wofür sie sich entscheiden soll und bleibt daher einfach stehen. Vielleicht ist es auch Neugier. Oder Gefühle, die sie immer noch plagen.

»Was machst du hier?«, fragen wir dann beide gleichzeitig.

Ich lächele, bevor ich sage: »Du zuerst.«

Sie windet sich aus meinem Griff, was ich schade finde, aber das ist natürlich ihr gutes Recht.

»Nicole ist meine Arbeitskollegin und meine Freundin.« Ihre Worte kommen ein wenig widerwillig, so als wüsste sie immer noch nicht, ob es eine gute Idee ist, mit mir zu reden. Vielleicht ist es das auch nicht.

»Brandon ist der Cousin von meinem Geschäftspartner.«

»Oh.«

»Wie geht es dir?«

Sie tritt einen Schritt zurück, was ich hasse. Ihre grauen Augen sind umschattet. Avery ist eindeutig verwirrt. Ich kenne diese widerstreitenden Gefühle so gut. Anders als sonst ist sie geschminkt, und irgendwie erscheint mir ihr Gesicht dadurch wie eine Maske, hinter der sie versucht, sich zu verstecken. Am liebsten würde ich ihr das Gesicht waschen. Aber das würde natürlich zu weit gehen.

»Gut, danke. Und dir?«

Noch vor ein paar Wochen hätte ich nicht gedacht, dass wir es jemals wieder schaffen werden, mehrere Sätze miteinander zu sprechen, ohne Galle zu spucken, aber hier stehen wir.

»Mir geht es auch gut.«

Aber wir beide sehen in den Augen des anderen, dass wir uns etwas vormachen. Zumindest ich sehe es in ihren, und ich befürchte, wenn es um Avery geht, bin ich kein guter Schauspieler.

»Ich wollte schon lange mit dir sprechen.«

»Nicht«, wispert sie.

»Es tut mir so leid.«

»Bitte nicht.« Sie wendet sich zum Gehen, aber ich greife nach ihrer Hand. Sie bleibt stehen, schaut auf die Stelle, an der ihre Haut auf meine trifft. Es liegt so viel Wehmut in diesem Blick, dass es mich schaudert.

»Es ist nicht so, wie du denkst, Avy.«

»Was denke ich denn?«

Während wir reden, halte ich sie noch immer, und ich glaube nicht, dass ich überleben kann ohne diesen Kontakt. »Dass ich dich nicht liebe.«

»Tust du auch nicht.«

»Oh doch, Avy, ich liebe dich so sehr.«

»Wieso hast du mir das dann angetan?« Sie dreht sich um, sodass ich gezwungenermaßen ihren Arm loslassen muss. In diesem Augenblick wirkt sie so nackt und verletzlich, dass ich sie am liebsten in eine dicke Decke packen und nie wieder loslassen möchte.

Ich hatte nicht geplant, ihr die Wahrheit zu sagen, aber es rutscht einfach aus mir heraus. »Melinda erpresst mich mit der finanziellen Unterstützung für meine Firma. Wenn es nur um mich gehen würde, hätte ich mich nie darauf eingelassen, aber meine besten Freunde und ihre Familien hängen auch von ihrem Wohlwollen ab. Chris hat zwei Kinder und Mick eins. Ich konnte nicht mein Herz entscheiden lassen, ich musste bei Melinda bleiben.«

Verständnis flackert in ihrem Blick auf, oder hoffe ich das vielleicht nur?

»Wieso hast du mir das nicht gesagt?«

»Weil ich mich so schäbig gefühlt habe, dass ich unsere finanzielle Sicherheit über dich gestellt habe.«

Ihre so wunderschönen Augen füllen sich mit Tränen. »Aber das hätte ich verstehen können. Was du getan hast, war viel schlimmer, weil du mir das Gefühl gegeben hast, dass alles nur ein Spiel war.«

Ich trete einen Schritt vor, umfasse ihre Oberarme, streichele nach oben, über ihre Schultern, ihren Hals, bis zu ihren Wangen. Mit den Daumen wische ich die Tränen weg. »Das Ergebnis ist das gleiche.«

Sie schüttelt leicht den Kopf, legt ihre Hände auf meine. »Es mag das gleiche Resultat sein, aber die Empfindungen sind anders. Ich hätte nicht an mir und meinem Verstand gezweifelt, sondern nur an der Fairness des Universums.«

»Es tut mir so leid, Avy. Wirklich. Ich hatte nicht vor, dir noch einmal wehzutun. Hätte ich gewusst, dass es so ausgeht, hätte ich mich von dir ferngehalten.«

Sie nickt. »Mir tut es auch leid.«

»Was tut dir leid? Du hast dir nichts vorzuwerfen.«

»Mir tut leid, dass wir keine Chance hatten.«

Und dann sind meine Lippen plötzlich auf ihren, und ich weiß nicht, ob es von mir ausging oder von ihr, weiß nur, dass sie mich ebenso innig küsst, wie ich sie. Sie schlingt die Arme um meinen Hals und drückt ihren Körper an mich. Ich löse eine Hand von ihrer Wange, lege sie um ihre Schultern und ziehe sie noch näher an mich. Sie schmeckt noch genauso, wie sie damals als Kind geschmeckt hat. Aufregend, nach Zitronen und ein wenig Minze von ihrer Lieblingszahncreme, die so stark konzentriert ist, dass man Avery direkt nach dem Zähneputzen nicht küssen kann, ohne sämtliche Geschmacksrezeptoren abzutöten. Ich spreche aus Erfahrung.

Ihre Haut ist so samtig, ihre Haare weich, ihr ganzer Körper ist so soft, dass ich Angst habe, ich könnte sie zerbrechen, wenn ich sie zu sehr festhalte. Aber sie drängt sich gegen mich.

Plötzlich räuspert sich jemand hinter uns. Einen Augenblick dauert es, wieder in der Realität anzukommen, unsere Traumwelt hinter uns zu lassen, aber dann springen wir auseinander. Ich blicke mich um und sehe Jessica, Micks Frau, die mich angrinst.

»Kaum ist die Katze aus dem Haus, tanzen die Mäuse auf dem Tisch, was?«

Normalerweise gehört Jessica zu meinen Lieblingsmenschen, aber jetzt würde ich sie gerne erwürgen, weil ich sehe, wie ein Rollladen auf Averys Gesicht herunterfährt. Die Erinnerung an Melinda ist zu viel für sie.

Sie huscht davon, bevor ich sie aufhalten kann.

»Großartig, Jess, ganz großartig.«

Aber Micks Frau lässt sich davon nicht beirren. »Wer war das?«, fragt sie stattdessen neugierig.

»Das geht dich nichts an.«

Sie grinst. »Das mag sein, ich will es aber trotzdem wissen. Du weißt, dass ich es sowieso herausfinde, also sagst du es mir besser selbst.«

»Im Ernst, Jess, halt dich raus.«

»Ich könnte ja vielleicht Melinda fragen …«

»Manchmal bist du echt ein Miststück.«

»Wie redest du mit meiner Frau?«, höre ich plötzlich hinter mir.

Ich sende ein Stoßgebet zum Himmel. Kann die Situation noch komplizierter werden?

Jess tätschelt Mick die Brust. »Cade hat jedes Recht dazu. Das war ein Arschloch-Move von mir.«

»Das war es«, stimme ich ihr zu.

»Ich würde dich nie an Melinda verpfeifen.«

Ich streiche mir durch die momentan zu langen Haare. »Ich weiß.«

»Trotzdem sollte er vernünftig mit dir reden«, erwidert Mick noch immer etwas aufgebracht.

Ich hebe beide Hände. »Es tut mir leid, okay? Ich hab es nicht so gemeint.«

»Schon okay«, sagt Jess, aber ihr Blick sagt mir, dass sie es nicht auf sich beruhen lassen wird. »Wer war die Frau?«

»Welche Frau?«, fragt Mick verständnislos.

»Na, die, die Cade gerade beinahe aufgefressen hat.«

Mick fängt wissend an zu grinsen. »Ist sie noch hier?«

»Wieso habe ich das Gefühl, dass du mehr weißt als ich?«, schmollt Jess und schaut dabei Mick an.

Dieser zuckt mit den Schultern. »Bro-Code.«

Sie lacht auf und piekst ihm in die Brust. »Der Bro-Code gilt nicht bei Ehefrauen. Außer, du willst auf der Couch schlafen. Für immer.«

Mick schaut mich entschuldigend an, bevor er Jess erklärt: »Avery ist Cades Sandkastenliebe.«

Ich habe das Gefühl, dass die beiden auch ohne mich diese Unterhaltung führen können, weswegen ich mich davonstehle. Tief durchatmen kann ich erst, als ich im Schnee stehe. Im Winter fühlt sich die Luft immer klarer an, selbst in einer Großstadt wie Boston.

Was ist da gerade nur geschehen? Habe ich tatsächlich Avy geküsst oder war das ein Traum? Ich lecke mir über die Lippen, versuche noch ein wenig von ihr zu erhaschen, aber es ist zu spät. Der Hauch von Avy ist verflogen, ebenso wie der Moment.

Mein Atem kommt als weiße Wolke aus meinem Mund, und ich stelle mir vor, dass diese nach Zitronen und Minze riecht.

Schritte erklingen hinter mir, und eine kleine Hand wird an meinen Rücken gelegt. Ich drehe mich um und erkenne Jess.

»Tut mir leid, dass ich so unsensibel war. Hätte ich eure Geschichte gekannt, wäre ich vielleicht nicht so ein Trampeltier gewesen.«

»Ich wage es zu bezweifeln.«

»Hab ich Avery verletzt?«

Ich zucke mit den Schultern. »Keine Ahnung. Man kann mich wohl nicht mehr als Avery-Experten bezeichnen.«

»Was wirst du tun?«

»Nichts.«

»Ich hab gesehen, wie du sie angeschaut hast. Auch wenn ich mich natürlich nicht einmischen will, so hast du Melinda noch kein einziges Mal angesehen.«

»Wenn du dich nicht einmischen willst, dann lass es doch auch.«

Sie wirft frustriert die Hände nach oben. »Wieso tust du dir nur selbst so weh? Und ihr noch mit dazu? Sie liebt dich, du Blindfisch, und du liebst sie. Was ist das Problem?«

»Es ist … kompliziert.«

»Das einzig Komplizierte hier bist du.«

»Das mag sein.«

Jess schnaubt. »Ich versteh dich nicht.«

Langsam fahre ich mir übers Gesicht. »Vielleicht verstehe ich mich selbst nicht.«

»Männer.«

»Kann ich auch nicht leiden.«

Sie lächelt, bevor sie wieder ernst wird. »Witze reißen ist eine Form von Selbstschutz.«

»Ich weiß nicht, was du meinst.«

Ich bin im Begriff, wieder hineinzugehen und wende den Blick ab. Bevor ich weiß, wie mir geschieht, trifft mich ein Schneeball an der Schulter. Ungläubig sehe ich zu Jess. »Hast du mir einen Schneeball an die Schulter geworfen?«

Sie legt den Kopf schräg. »Ich hatte auf dein Gesicht gezielt.«

»Sehr erwachsen.«

Sie hebt beide Hände. »Hey, wieso muss ich erwachsen sein, wenn du es nicht bist?«

»Weil du ein Kind hast.«

»Das ist doch unfair. Eltern sind auch nicht plötzlich erwachsen, nur weil sie sich fortpflanzen.«

Ich imitiere Würgelaute. »Jeder, der das Wort fortpflanzen benutzt, ist eindeutig erwachsen, sonst würde man so einen Begriff nicht in den Mund nehmen.«

Sie wirft erneut einen Schneeball in Richtung meines Kopfes.

Ich versuche mich zu ducken, aber erreiche nur, dass er mir dieses Mal ins Gesicht klatscht. Jess fällt vor lauter Lachen beinahe vornüber.

»Das ist so unfair!«, beschwere ich mich, während ich selbst Schnee aufsammele, um mich zu wehren.

»Oh, das wagst du nicht, Cade Turner!«

Aber da werfe ich den Schneeball bereits. Jess duckt sich geistesgegenwärtig, sodass der Ball sein Ziel verfehlt und stattdessen den Bräutigam trifft, der in diesem Moment rauskommt, wahrscheinlich um eine zu rauchen. Sehr schlechte Angewohnheit.

»Was zum Teufel?«, schreit Brandon auf.

Es sieht so witzig aus, dieser Mann im Gehrock und mit einem Stock, dessen perfekt gestylte Frisur durch den Schneeball vollkommen zerstört wird. Jess und ich müssen uns kaputtlachen.

»Oh, da habt ihr die Rechnung ohne den Wirt gemacht.« Brandon wirft seinen Stock zur Seite und beginnt, Schneebälle zu formen.

»Jess, ich sorge für die Munition, und du wirfst, okay?«, frage ich grinsend.

»Ihr verbündet euch gegen den Bräutigam?«, ruft Brandon.

Jess lacht auf. »So ist es.«

»Na wartet.«

Nachdem die ersten zwei Angriffe erfolgt sind, kommt die Braut heraus. Als sie sieht, was los ist, eilt sie ihrem Mann zur Hilfe, nicht ohne über die Schulter nach drinnen zu rufen: »Schneeballschlacht!«

Es fliegen im Sekundentakt scharfe Geschosse durch die winterliche Bostoner Landschaft, während immer mehr

Gäste aus dem Gebäude kommen und sich beteiligen. Eigentlich sagt man ja, Jungs werden zwölf, danach wachsen sie nur noch, aber an diesem Tag habe ich den Beweis gesehen, dass das auch für Mädchen gilt. In all ihren schicken Seidenkleidern stürmen sie heraus, um sich in den Kampf zu stürzen. Ich hoffe wirklich, der Fotograf hält all das fest, denn über diese epische Hochzeit werden wir sicher noch in fünfzig Jahren sprechen.

Irgendwie entwickelt sich plötzlich ein Kampf der Geschlechter. Es beginnt damit, dass Nicole ihrem gerade Angetrauten einen Schneeball gegen das Kinn wirft. Einen Augenblick sieht er sie verletzt an, bevor er ihr Schnee in den Ausschnitt ihres Kleides steckt. Sie kreischt und lacht, und dann geht es erst richtig los.

Ich suche Avery, sehe aber nur die anderen Brautjungfern in den blauen Kleidern. Ist sie womöglich schon gegangen?

Da trifft mich plötzlich ein Schneeball von der Seite. Ich drehe mich in die Richtung und muss unwillkürlich grinsen. Langsam bücke ich mich, nehme so viel losen Schnee in die Arme, wie ich tragen kann, und marschiere auf meine Angreiferin zu.

Avery.

Sie hebt die Hände. »Ich flehe um Gnade!«

»Wird nicht gewährt.«

»Oh bitte, sei nicht so gemein!«

Sie stößt bei ihrem Rückzug gegen die alte Steinmauer des Gartens, was mir nur entgegenkommt. Als ich dicht vor ihr stehe, hebe ich die Arme, und lasse die Ladung Schnee auf Avery herabrieseln, wobei ich selbst auch eine Menge abbekomme.

Lachend kreischt sie auf. An ihren strahlenden Augen erkenne ich, dass sie mir meine Attacke nicht übel nimmt. Ich pflücke ein wenig Schnee von ihrer Schulter, aber da hat sie schon ihre eiskalten Finger an mein Gesicht gelegt.

»Oh Gott, lass das!«, kreische dieses Mal ich. Nein, ich bin nicht stolz drauf, aber wenn man plötzlich Eiszapfen im Gesicht hat, reagiert man eben manchmal so.

Diese kleine Hexe lacht aus vollem Hals, und ehe ich mich versehe, hat sie mir ein wenig Schnee in den Kragen gestopft, bevor sie lachend wegrennt. Aber ich werde sie erwischen! Sie verschwindet im dunklen Garten, doch als ich um eine Ecke biege, laufe ich ihr direkt in die Arme. Für spontane Zusammenstöße haben wir anscheinend ein Faible.

»Hey.« Avery grinst.

Meine Knie werden weich. Zum ersten Mal, seit wir uns als Erwachsene wiedergetroffen haben, sieht sie genauso aus wie das Mädchen von damals. Dieses Grinsen lässt sie so wild und frech und frei wirken, wie ich sie damals kannte. Oder sagen wir besser: wie es schon immer in ihr steckte, aber nur manchmal herauskam. Sie war einfach viel zu brav, aber jetzt ist sie das nicht mehr. Ihre hübsche Frisur ist mittlerweile nicht nur nass, sondern auch zerzaust. Ich streiche ihr eine Strähne hinters Ohr.

»Was machen wir hier?«, fragt Avery plötzlich und verleiht der eben noch so spielerischen Situation eine gewisse Tiefe.

»Keine Ahnung.«

Und dann küsse ich sie. Die Leidenschaft, mit der sie meinen Kuss erwidert, erleichtert mich ungemein. Wie kann sich ein verbotener Kuss nur so gut anfühlen?

Avery lehnt sich gegen die Gartenmauer und zieht mich am Kragen näher. Sie lächelt mich an, und wirklich, ich kann mich kaum noch auf den Beinen halten. Meine Avy. Ich könnte heulen. Vielleicht tue ich es auch, aber das werde ich immer abstreiten.

»Ich liebe dich«, murmele ich gegen ihre halb gefrorenen Lippen, die unter meinen langsam auftauen.

Aber anscheinend waren das die falschen Worte, denn mit einem Mal strömen ihr Tränen übers Gesicht.

»Was ist?«, frage ich verwundert.

»Küss mich einfach und sag nichts.«

Ich trete einen Schritt zurück. »Was hab ich falsch gemacht? Also, ich meine jetzt eben. Meine früheren Verbrechen kenne ich.«

»Es sind Freudentränen, du Spinner.«

Vorsichtig streichele ich ihr über die Wange, die ebenso kalt ist wie ihre Finger. Ich muss sie reinbringen, sonst erfriert sie.

»Dir ist kalt«, stelle ich fest.

»Scheißkalt.«

Ich lächele und küsse sie auf die Nasenspitze, die wohl als Erstes abfrieren wird. Dann nehme ich Averys Hand, um sie ins Warme zu bringen. Auch die anderen Kämpfer sind zurück, denn es war sicher nicht die beste aller Ideen, ohne Handschuhe eine epische Kälteschlacht zu beginnen. Ohne Rücksicht drängele ich mich mit Avery im Schlepptau durch die Menge, um ihr einen Platz am Kaminfeuer zu sichern. Dankbar steht sie nun vor dem prasselnden Feuer und reibt sich die Hände.

»Lernen wir sie jetzt endlich mal kennen?«, ertönt eine mir nur zu gut bekannte tiefe Stimme hinter uns.

Neugierig drehen Avery und ich uns um. Vor uns stehen Chris und seine Frau.

»Chris, Mandy, das ist Avery. Avy, das sind mein Geschäftspartner Chris und seine wunderbare Frau Amanda, die er gar nicht verdient hat.«

»Dem stimme ich voll und ganz zu«, meint Chris grinsend und reicht Avery die Hand. »Schön, dich kennenzulernen.«

»Ebenso«, sagt sie ein wenig zurückhaltend.

»Alles okay?«, frage ich sie.

Sie nickt. »Mir ist nur so kalt, dass ich ins Feuer kriechen möchte.«

Mandy lächelt. »Das würde ich nicht empfehlen, aber ich lass mich auch gern etwas wärmen.« Sie zwinkert mir zu, bevor sie sich neben Avery stellt und ihre Finger in Richtung Flammen ausstreckt.

Chris schlägt mir grinsend auf die Schulter. Zu gerne würde ich hören, worüber sich Mandy und Avery unterhalten, die auf einmal die Köpfe zusammengesteckt haben. Das kann nichts Gutes für mich bedeuten.

Avery

Das war alles nicht so geplant. Weder, dass ich Cade mit Schnee bewerfe, noch dass ich vor ihm davonlaufe, nur um dann hinter der Ecke im Garten mit ihm zusammenzustoßen. Und am wenigsten war geplant, ihn zu küssen. Als er »Ich liebe dich« sagte, hat es mich innerlich zerrissen. Auf der einen Seite erfüllt mich seine Liebeserklärung mit so viel Wärme und Glück, aber auf der anderen Seite quält sie mich, denn: Was bringt uns unsere Liebe in dieser ausweglosen Situation?

Ich verstehe ihn.

Ich wünschte wirklich, es wäre nicht so, aber ich tue es. Was für ein Dilemma! Natürlich musste er die Sicherheit seiner besten Freunde und derer Familien über uns stellen. Ich hätte genauso gehandelt und mein eigenes Glück zugunsten anderer aufgegeben. Mit jeder anderen Entscheidung könnte ich nicht leben, auch wenn dies ein großes Opfer bedeutet.

»Ich hab noch nicht ein Wort über dich gehört, aber ich habe gesehen, wie Cade dich ansieht. Das spricht Bände«, sagt Amanda gerade und lächelt mich freundlich an. Ich mag sie sofort. Sie ist eine von diesen Frauen, die Wärme ausstrahlen. Man muss sofort an Apfelkuchen mit Vanillesoße denken.

Oder vielleicht habe ich nur Hunger.

»Wie sieht er mich denn an?«

Sie lacht auf. »Das weißt du genau.«

Ich erröte leicht und versuche, das Thema auf Unverfänglicheres zu lenken: »Seit wann kennst du Cade?«

»Chris und ich waren Highschool-Sweethearts. Als er nach Boston ans MIT gegangen ist, bin ich ihm ein Jahr später gefolgt. Ich hab hier an der Boston University studiert. Na ja, da war Chris dann schon mit Cade und Mick befreundet. Seitdem sind wir eine Familie.«

»Es ist schön, dass er das hier in Boston gefunden hat.«

»Weißt du etwas über seine Eltern? Er spricht niemals über sie.«

Viel zu viel, schießt es mir durch den Kopf. Ich weiß fast alles, was damals geschehen ist, und wünsche mir oft, ich könnte es vergessen. Aber es ist noch immer präsent. Mit all den guten Erinnerungen vermischen sich diese düsteren Bilder zu einer klebrigen Masse, die ich nicht loswerde.

»Seine Mutter ist gestorben, als er noch sehr jung war.«

»Er spricht nicht gerne darüber.«

»Nein.«

»Seit wann kennst du ihn?«

»Seit wir Kinder waren.«

Amanda lächelt. »Wie habt ihr euch kennengelernt?«

Nostalgie ist so ein bittersüßer Freund. In fröhlichen Momenten legt sie sich wie eine wärmende Decke um dich. Dann aber kann sie dir auch höhnisch ins Gesicht lachen, wenn du schon am Boden bist.

»Er hat mir an den Haaren gezogen und dann den Jungen gehauen, der das Gleiche vorhatte.«

»Oh, ein Ritter!«

Ich muss lachen. »Wenn er es sein will. Manchmal kann er aber auch der Schurke in der Geschichte sein.« Nachdem ich das laut ausgesprochen habe, frage ich mich, ob das lustig war oder ob ich so bitter geklungen habe wie der Geschmack, der sich auf meine Zunge gelegt hat.

»Hey, wir alle haben gute und schlechte Seiten, nicht wahr?«

»Das stimmt. Es müssen nur die guten überwiegen.«

»Tun sie das für dich?«

Ich drehe mich halb um, schaue zu Cade, der sich mit Chris unterhält, aber in dem Moment zu mir sieht und lächelt. Dieses Lächeln hat mich schon damals in die Bredouille gebracht, und es hat noch immer die gleiche Wirkung auf mich. Weiche Knie, schneller schlagendes Herz, Wärme, die durch meine Adern fließt.

Ich wende meinen Blick wieder Amanda zu. »Ich hab keine Ahnung.«

»Willst du es herausfinden?«

»Ehrlich gesagt ... Auch darauf weiß ich keine Antwort.«

»Vielleicht wird es dafür langsam Zeit.«

»Geht es dir gut?«, fragt Nicole mich, als ich mich neben sie an den Tisch setze. Dafür hat sie extra ihren Dad verbannt. Okay, nur zwei Sitze weiter, aber es ist trotzdem süß. Auf ihrer anderen Seite sitzt Brandon.

»Ja, mach dir keine Sorgen.«

»Aber was war denn?«

»Ich hab Cade gesehen.«

Sie reißt die Augen auf. »Wer hat den denn eingeladen?«

Das entlockt mir ein Lachen. »Du offensichtlich. Er ist der Geschäftspartner von Brandons Trauzeugen.«

Sie wendet sich ihrem Ehemann zu. »Du musst dir leider eine neue Familie suchen.«

»Ich hab ja jetzt deine.«

Nachdem sie ihn geküsst hat, sucht sie den Raum ab, bis ihr Blick an Cade hängen bleibt. »Soll ich ihn rauswerfen?«

»Musst du nicht.«

»Würde ich aber.«

Ich lege meine Hand auf ihre und drücke sie. »Danke. Aber es ist okay.«

Kritisch mustert sie mich. »Was hast du getan?«

»Ich?«

»Oh nein, ich kenn diese Unschuldsmiene nur zur Genüge. Du hast ihn geküsst!«

Brandon schaut sich neugierig um. »Wen hast du geküsst?«

»Niemanden«, wehre ich ab. »Ich hab noch nie jemanden geküsst.«

Ich fange den Blick des Trauzeugen – Mick, wie ich jetzt weiß – auf, der mich wissend angrinst. Kann sich endlich einmal der Boden unter meinen Füßen auftun? Das ist doch nicht zu fassen.

»Habt ihr eigentlich gehört, dass es einen Vibrator gibt, den man an seinen E-Reader anschließen kann, und der sich dann nach den Geschehnissen im Buch bewegt?«, frage ich vielleicht ein wenig zu laut.

Aber es war das richtige Thema, um abzulenken, denn alle finden diese Information so interessant, dass sie ihre Meinung dazu kundgeben müssen und darüber vergessen, dass ich gerade noch im Fokus stand. Noch mal Glück gehabt.

Sarah beugt sich zu mir rüber. »Sehr geschickt. Aber hast du Cade nun wirklich geküsst?«

»Ja«, gebe ich notgedrungen zu.

»Und jetzt?«

»Jetzt gar nichts. Ich muss nachdenken.«

Das muss ich, sobald ich alleine in meinem Bett liege, mit Spocky, die versucht, auf mein Gesicht zu klettern. Mit all den Menschen um mich herum und vor allem mit Cades Geschmack noch auf meinen Lippen kann ich mich nicht konzentrieren. Mein laut pochendes Herz ist auch keine große Hilfe.

Der Rest der Hochzeit zieht an mir vorbei, als wäre ich in Trance. Ich unterhalte mich, esse, tanze, trete zur Seite, als der Brautstrauß auf mich zukommt, hoffe, dass es niemand gemerkt hat –, aber ich denke, das triumphale Kreischen von Nicoles Cousine dürfte von mir ablenken –, gehe Cade erfolgreich für den Rest der Feier aus dem Weg, trinke viel zu viel Rotwein, torkele ein wenig auf dem Weg zum Taxi, schlafe auf der Fahrt nach Hause ein, stelle fest, dass ich meine Handtasche vergessen habe, bitte meinen Nachbarn, der gerade zufällig ins Haus geht, als der Taxifahrer mich anschreit, um Geld, und kann dann endlich ins Bett sinken.

Was mache ich denn?

Ich habe doch nicht ernsthaft Cade geküsst. Nach allem, was passiert ist.

Es ist egal, dass ich nun die ganze Wahrheit kenne, egal, dass ihn seine Freundin erpresst, das ist alles egal. Der Schmerz ist der gleiche. Genau wie damals, als er mich nach der Highschool verlassen hat. Kann ich ihm noch einmal verzeihen? Oder macht mich das zum größten Trottel, der je gelebt hat?

Eines ist jedenfalls klar: In den letzten Wochen habe ich eine Lüge gelebt. Die Lüge, dass ich über Cade hinweg bin.

Kapitel 9

Avery

Als ich am nächsten Morgen aufwache, schwöre ich mir, nie wieder Rotwein zu trinken. Auf dem Weg ins Bad schwäche ich das zu ›nicht mehr so viel Rotwein‹ ab. Beim Zähneputzen wird daraus ein ›Wenn möglich‹. Und als ich in der Küche stehe, um Kaffee zu kochen, habe ich meinen Schwur schon wieder vergessen. Rotwein aufgeben. Ha. Nicht mit mir.

Ich suche nach meinem Handy, bis mir einfällt, dass ich meine Handtasche im Castle vergessen habe. Ob ich mich dazu aufraffen kann, es heute noch abzuholen? Vielleicht ist so ein Unplugged-Tag gar nicht so verkehrt. Einfach mal Ruhe. Nur ich, Miss Phryne Fisher und eventuell der Pizzalieferant. Hört sich himmlisch an.

Ich nehme meinen Kaffee mit auf die Couch, bevor ich Netflix anstelle und *Miss Fishers Mysteriöse Mordfälle* suche. Ungestörte Stunden liegen vor mir.

Als ich gerade die Decke über mich gezogen habe, klingelt es an der Tür. An einem Sonntag. Wer bitte soll das sein?

Ich trete an die Gegensprechanlage. »Ja?«

»Hey, Sarah hier. Du hast deine Handtasche vergessen.«

»Oh, danke. Komm rauf.«

Als sie oben angekommen ist, wirft sie einen Blick auf mich und fängt an zu lachen. Ich weiß echt nicht, was an einem Minnie-Mouse-Schlafanzug so witzig ist. Und die Make-up-Reste von gestern Abend habe ich schon entfernt.

»Guten Morgen, liebste Avery«, flötet sie und schiebt sich in die Wohnung.

»Morgen«, grummele ich vor mich hin, während sie ins Wohnzimmer geht, wo sie lautstark von Spocky begrüßt wird. Sie setzt sich neben sie auf die Couch und streichelt sie ausdauernd.

»Du arme Kleine, bekommst du gar keine Streicheleinheiten, wenn ich nicht da bin?« Ich schwöre, es hört sich an, als würde Spocky schnurren: »Ganz genauso ist es.« So ein Luder.

»Verwöhn sie nicht. Sie ist eh schon die Hauptperson.« Ich kuschele mich wieder unter die Decke. »Danke, dass du meine Tasche vorbeigebracht hast. Ich hätte sie auch selber abholen können.«

Sie winkt ab. »Mason wollte kurz zu seiner Granny, die auch so weit außerhalb wohnt wie du, da hab ich ihn gebeten, mich hier abzusetzen.«

»Seid ihr noch nicht in der Familien-Kennenlern-Phase?«

»Doch, schon, wir haben uns schon gegenseitig unsere Familien vorgestellt, aber seine Gran ist ein Fan seiner Ex-Frau, weswegen sie nicht besonders nett war.«

»Das tut mir leid.«

»Nicht so schlimm.«

»Und seine restliche Familie? Behandeln sie dich gut oder muss ich sie mir vorknöpfen?«

»Alles gut. Sie sind nett. Alles Weitere muss man sehen.«

»Ich freu mich für dich.«

In diesem Augenblick erstrahlt Sarahs Gesicht. »Ich bin auch so glücklich.«

»Du hast es verdient.«

Einen Augenblick ist nur das Schnurren der armen vernachlässigten Katze zu hören, bevor Sarah sagt: »Ich habe es mir zur Regel gemacht, niemals ungebetene Ratschläge zu erteilen, weil ich selbst weiß, dass sie wehtun können, selbst wenn sie von Herzen kommen. Aber in diesem Fall breche ich meine Regel, und ich hoffe, dass du mir verzeihen kannst.«

»Okaaaay.«

»Ich denke nicht, dass du Cade noch mal eine Chance geben solltest. Ich kenn eure Geschichte nicht, daher steht mir kein Urteil zu, aber ich weiß, dass du am Boden zerstört warst. Keiner hat deine Tränen verdient. Du bist ein so großartiger Mensch, dass der Mann, der dich einmal bekommt, dich schätzen sollte. Ich kenne Cade nicht, aber jemand, der dich nicht nur einmal, sondern zweimal verlässt, muss der größte Idiot aller Zeiten sein. Und jetzt halte ich meine vorlaute Klappe auch wieder.«

»Danke.«

Einen Moment ist sie still und sieht aus, als wollte sie doch noch etwas hinzufügen, entscheidet sich dann aber für: »Was machst du heute noch?«

»Der Plan war, später meine Tasche abzuholen und erst mal mit Netflix und Pizza den Tag zu verbringen.«

Sie lächelt. »Das hört sich doch nach einem guten Plan an. Was guckst du gerade?«

»*Miss Fishers mysteriöse Mordfälle*.«

»Oh, das kenne ich noch gar nicht. Drück play.«

Gemeinsam schauen wir zwei Folgen, bevor sie sich verabschiedet, weil Mason ihr geschrieben hat, dass er unten auf sie wartet.

Ich drücke auf Pause, um Sarah zur Tür zu begleiten. Auf dem Weg zurück zur Couch denke ich über ihre Worte nach. Aber noch bevor ich wieder im Wohnzimmer ankomme, klingelt es erneut, gefolgt von Klopfen.

»Hast du was vergessen?«, frage ich und reiße die Tür auf.

Perplex bleibe ich stehen, als ich nicht Sarah erblicke, sondern Cade.

»Hey«, sagt er und lächelt.

»Hi. Was machst du hier?«

Er streicht sich durch die dunklen Haare, die länger sind als noch vor ein paar Wochen. Vor meinem geistigen Auge wird ein Best-of seiner Frisuren im Wandel der Zeit abgespielt.

»Ich wollte nach gestern noch einmal mit dir sprechen. Kann ich reinkommen?«

Langsam trete ich zur Seite und lasse ihn rein.

»Netter Schlafanzug.«

»Willst du was trinken?« Ich ignoriere seinen ironischen Blick auf mein Outfit.

»Ist das Kaffee, den ich da rieche?«

Nachdem ich meine Manieren wiedergefunden hatte, habe ich für Sarah Kaffee gekocht. »Ja, es ist noch eine Tasse übrig.«

»Wir können sie teilen?«

»Schon okay, ich hab heute mein Blut schon beinahe durch Kaffee ersetzt.«

»Dann danke.«

Ich gehe in die Küche, und er folgt mir.

»Wie geht es dir?«

Nickend hole ich eine Tasse aus dem Schrank. »Ganz gut. Ein bisschen zu viel Wein.«

»Du sahst aus, als hättest du dich amüsiert.«

»Ehrlich gesagt weiß ich das nicht so genau.«

»Da wird der Typ, der dir den ganzen Abend in den Ausschnitt gestarrt hat, aber enttäuscht sein.«

»Sprichst du von einem anderen als dir?«

Er lacht. »Touché. Ich weiß auch, dass ich gar kein Recht habe, deine Laune zu kritisieren.«

»Dann lass es auch.«

Ich reiche ihm seine Tasse, bevor ich ins Wohnzimmer gehe. Schnell kuschele ich mich in meine Decke ein, greife nach meinem Glas Wasser und frage mich, ob ich den Verstand verloren habe.

Cade setzt sich neben mich, so nah es meine hochgezogenen Beine erlauben. Während er einen Schluck Kaffee trinkt, tastet sein Blick mich geradezu ab, zumindest erscheint es mir so.

»Was willst du hier?«, frage ich, als mir die Aufmerksamkeit zu viel wird.

Er beugt sich vor, um die Tasse auf den Tisch zu stellen und dreht sich dann ein wenig mehr zu mir. »Ich wollte mit dir reden.«

»Worüber?« Okay, es gibt kaum eine dümmere Frage, aber trotzdem stelle ich sie.

»Darüber, dass ich dich geküsst habe. Und darüber, dass du mich geküsst hast.«

»Ich weiß nicht, was es da zu reden gibt. Es war ein Fehler.«

Für mich waren seine Augen schon immer sein bestes Feature. Karamellaugen, die je nach Lichteinfall und Gemütszustand fast golden oder eher schokoladig aussehen können. Jetzt verdunkeln sie sich, und sein Gesicht nimmt plötzlich harte Züge an . »Wie kannst du das sagen? Es war kein Fehler.«

»Hast du eine oder hast du keine Freundin?«

Cade schließt die Augen und schluckt schwer, bevor er sagt: »Das ist nicht der Punkt.«

»Oh doch, genau das ist er. Du hast mir den Grund genannt, und ich verstehe ihn. Da kann man nichts dran ändern. Ich will nicht, dass du für mich deine Firma und deine Zukunft aufs Spiel setzt. Wünschte ich, es wäre anders? Ja. Aber es ist eben, wie es ist.«

»Ich will dich nicht aufgeben.«

Bitter lache ich auf. »Du kannst nichts aufgeben, was du nicht hast.«

»Avery ...«

»Nein. Lass es. Es tut mir leid, dass du in einer offenbar lieblosen Beziehung bist. Es tut mir leid, dass es so gekommen ist, aber so ist es nun mal, und ich glaube nicht, dass wir daran etwas ändern können.«

»Ich liebe dich.«

Stückchen für Stückchen entfernt er die Ziegelsteine, die eine hohe Mauer um mein Herz bilden. Mit jedem Wort wird es schwerer, vernünftig zu sein. Aber was für eine Zukunft hat unsere Liebe?

»Das ist nicht fair. Was erwartest du denn von mir? Hm? Dass ich die andere Frau werde? Dass wir gestohlene Stunden miteinander verbringen und du dann immer wieder zu Melinda zurückgehst? Jedes Mal wird ein bisschen mehr von mir verloren gehen. Jedes Mal wird es wehtun, wenn du mich verlässt. Stellst du dir das so vor?« In diesem Moment überkommt mich so viel Selbstmitleid, dass ich anfange zu weinen.

Er drückt meine Beine zur Seite, umschlingt meine Schultern und zieht mich auf seinen Schoß. Ich verberge das Gesicht in seiner Halsbeuge, kralle mich in seinen Pulli und verfluche mich gleichzeitig, dass ich schon wieder weine, noch dazu vor ihm! Er streichelt mir über den Rücken, die Haare, die Arme, murmelt beruhigende Worte in mein Ohr und hält mich. Und ich lasse es zu. Wieso? Innerlich schreie ich mich an, dass das hier zu nichts Gutem führt, dass ich es unterbinden muss, bevor ich noch weiter verletzt werde, bis es keine Möglichkeit der Heilung mehr gibt.

Und doch … Ich bleibe auf Cades Schoß, lasse ihn für mich da sein und genieße seine körperliche Nähe. Ich will hier nicht weg, auch wenn es eine ausweglose Situation ist.

Aber wie soll ich ihn Melinda überlassen, wenn ich doch genau weiß, dass er eigentlich zu mir gehört? Mein Cade. Avery und Cade.

Cade

Meine Wange liegt an Averys Kopf, ich spüre die weichen Haare, rieche den schwachen Duft ihres Shampoos – oder ist es ihr eigener Geruch? Was ist es? Irgendetwas Blumiges. Ich habe die Arme um sie geschlungen und halte ihren Körper, der vor Weinen bebt.

In den letzten Jahren habe ich einfach verdrängt, dass sie unter der Trennung gelitten hat, und wollte mir nicht vorstellen, wie es ihr mit meiner Entscheidung gegangen ist. Und dieses Mal war es ähnlich. Ich habe an mich gedacht und wie es mir ging, seit Melinda mich erpresst hat, damit ich bei ihr bleibe. Aber ich habe wirklich wenig über Avery und ihre Gefühle nachgedacht. Die Tränen hatte ich an dem Tag im Café gesehen, aber sie ist danach so stolz gegangen, mit gestrafften Schultern und geradem Rücken.

Ihren Schmerz jetzt zu sehen, nein, mehr noch, ihn richtig zu fühlen, schürt wieder den Selbsthass, der so lange Teil meines Lebens gewesen ist. Nur ein Versager, ein Arschloch würde einer Frau so etwas antun. Ich bin nicht gut genug für sie, nicht gut genug für irgendjemanden.

Als ich damals nach Boston kam, war ich so voller Wut. Wut auf meinen Dad, auch auf Mom, weil sie mich verlassen hat, auf die ganze Welt, weil sie so unfair ist. In den ersten Monaten war es schwer, mich auf irgendetwas zu konzentrieren, weil dieser Zorn so einen großen Platz in mir eingenommen hatte. Jemand hat sich in der Schlange vorgedrängelt? Wut über die Ungerechtigkeit. Jemand hat mich angerempelt? Wut über die Ungerechtigkeit. Jemand hat die letzte Packung Toasties genommen? Wut, Wut, Wut.

Mir war klar, dass es so nicht weitergehen durfte, aber ich wusste nicht, wie ich aus diesem Kreis ausbrechen konnte. Bis ich irgendwo gelesen habe, dass es die Möglichkeit gibt, einen College-Therapeuten aufzusuchen. Eine ganze Weile habe ich mich dagegen gesträubt – wer gibt schon gerne zu, dass er einen Knacks hat? –, aber dann hätte ich fast eine alte Dame angeschrien, weil sie sich an der Fleischtheke vorgedrängelt hatte, und mir wurde bewusst, dass es so nicht weitergehen kann.

Ich habe es weder Chris noch Mick oder Melinda erzählt, und auch Avery werde ich es wahrscheinlich nie sagen, aber die Therapie hat mir geholfen. Zwar bin ich den Selbsthass offenbar nicht ganz losgeworden, aber dennoch bin ich mit mir und der Welt mehr ins Reine gekommen.

Daher versuche ich jetzt, die damals erlernten Bewältigungsstrategien anzuwenden. Ich bemühe mich, ruhig und kontrolliert zu atmen und sage mir auf, was ich alles erreicht habe und was gut an mir ist. In meinem Kopf gehe ich dabei eine immer gleiche Liste mit teilweise furchtbar banalen Stichpunkten durch, die ich niemals preisgeben würde. Man kann wirklich niemandem erzählen, dass man seinen eigenen Hintern knackig findet.

»Cade?«, fragt Avery nach einer Weile.

»Hm?«

»Geht es dir gut?«

Ich öffne die Augen und schaue sie an. »Ich bin okay.«

»Was sollen wir jetzt machen?«

»Ich hab keine Ahnung.«

»Wir können nicht zusammen sein.«

Ein Eisblock formt sich irgendwo in meiner Mitte und breitet sich aus. »Ich weiß, aber ich kann auch nicht nicht mit dir zusammen sein.«

»Für mich ist es ganz oder gar nicht.«

»Das verstehe ich. Ich wünschte nur, dass es eine Alternative gäbe.«

Vorsichtig umfasst sie mein Gesicht mit den Händen. »Du weißt nicht, wie sehr ich mir das wünsche.«

Keine Ahnung, wer von uns den ersten Schritt macht. Ich vielleicht oder auch sie, aber plötzlich liegen unsere Lippen aufeinander. Sofort schießt Feuer durch meine Adern und bringt den Eisklotz zum Schmelzen.

»Cade«, murmelt Avery gegen meinen Mund, und ich küsse sie leidenschaftlicher.

Plötzlich beginnen wir, an unserer Kleidung zu zerren. Wieder weiß ich nicht, wer von uns angefangen hat, aber ich empfinde es als Geschenk, dass sie es anscheinend ebenso wenig wie ich erwarten kann, dass wir uns spüren. Endlich trifft Haut auf Haut, und wir beide stöhnen auf, als wir uns berühren. Sie lächelt und hat doch Tränen in den Augen, die langsam über ihre Wangen laufen. Ich küsse sie weg, will nicht an die Realität erinnert werden, sondern nur in diesem Moment sein, der so fernab von allen Konsequenzen ist.

Avery lässt sich nach hinten fallen, ich lege mich auf sie, streichele ihre zarte Haut, spüre, wie sich die feinen Härchen an den Armen unter meinen Fingerspitzen aufstellen und umfasse ihre Brüste, die sich so perfekt in meinen Händen anfühlen.

»Avy«, murmele ich mit belegter Stimme. Mein Körper zittert ebenso wie ihrer.

»Ich will es.« Ihre Stimme ist nur ein Wispern, ihr Blick liegt klar und sicher auf mir.

Mit einem Mal ist die Hektik verflogen. Behutsam öffnet sie meine Jeans, während ich versuche, ihre Minnie-Mouse-Schlafanzughose herunterzuziehen.

Sie zieht die Jeans über meinen Hintern und umfasst diesen mit beiden Händen.

»Dein Hintern ist echt heiß«, murmelt sie und beißt sich sofort auf die Lippen.

Unwillkürlich umfasse ich ihr Gesicht mit beiden Händen und küsse sie so intensiv und drängend, bis ihre Lippen dunkelrot sind. Ich streiche ihre Haare aus dem Gesicht. Sie findet meine Hand, verschränkt unsere Finger und küsst und saugt dann sanft an meinem Daumen.

»Gott, Avy«, brumme ich.

»Ich wünschte, es wäre immer so.«

Bevor sie womöglich an morgen denken kann, küsse ich ihre Lippen, ihr Kinn, ihren Hals, ihre Ohrläppchen, streiche mit den Händen über ihre Schlüsselbeine und lasse meinen Mund folgen. Ich küsse mich gen Süden, widme ihren Brüsten viel Aufmerksamkeit und genieße ihr lauter werdendes Stöhnen, als ich an ihren Nippeln sauge. Langsam lege ich den Kopf auf ihren Bauch. Ihre Finger verfangen sich in meinen Haaren, während ich versuche, meine runtergerutschte Jeans von den Füßen zu streifen, ohne aufstehen zu müssen.

»Was machst du da?«, ertönt ihre lachende Stimme.

»Ich zieh meine Hose aus.«

»Also, was immer du da tust, das sieht nicht nach Ausziehen aus.«

»Es geht nun mal nicht anders.«

»Es sieht voll witzig aus.«

»Ja und? Da müssen wir jetzt beide durch.«

Und dann habe ich es geschafft, mache kurzen Prozess mit ihrer Hose, die bereits in den Kniekehlen hing, und lege mich wieder auf sie, sodass wir uns in die Augen sehen können.

»Hi«, sagt Avery.

Statt einer Antwort küsse ich sie, während ich behutsam ihr linkes Bein anwinkle.

»Kondom«, erinnert sie mich zwischen zwei Küssen.

»Ich hab keins dabei«, gebe ich zu.

Einen Augenblick schaut sie mich sehr kritisch an.

Ja, ich weiß! Es ist unverantwortlich, ohne Gummi Sex zu haben, aber mit dieser Situation hatte ich nun mal nicht gerechnet.

»Im Badezimmerschrank in der Schublade.«

Soll das etwa heißen, dass ich Avery hier zurücklassen soll? Ich will weiterhin ihre Haut auf meiner spüren und kann mir nicht vorstellen, sie auch nur eine Sekunde nicht zu berühren.

»Was tust du?«, kreischt sie, als ich sie umfasse und mit ihr in den Armen aufstehe.

»Ich bin an dir festgewachsen.«

Avery lacht. »Ich lag gerade so bequem.«

Vorsichtig gehe ich durch die Tür und achte darauf, dass sie sich nicht den Kopf am Türrahmen stößt, betrete den Flur, stolpere beinahe über diese verfluchte Katze und erreiche dann endlich das Bad.

»Weiter runter«, weist Avery mich an, als ich vor dem Schrank stehen bleibe.

Ich gehorche und halte sie weiterhin fest, während sie in der Schublade rumwühlt.

»Das alles hätten wir leichter haben können«, meint sie, als sie die Packung Kondome gefunden hat.

»Ich wüsste nicht wie.«

Und dann trage ich Avery ins Schlafzimmer, werfe sie schwungvoll aufs weiche Bett, was sie zum Lachen bringt, knie mich neben sie, streife den Gummi über und lege mich wieder auf sie. Ich küsse sie, während ich langsam und sanft in sie eindringe.

»Ich liebe dich«, flüstere ich, auch wenn es vielleicht unfair erscheint, aber so fühle ich nun mal.

Behutsam beginne ich mich zu bewegen, umfasse ihr linkes Bein und ziehe es nach oben, um noch tiefer in sie zu gelangen und vollständig mit ihr zu verschmelzen. Ihre lustvollen Laute machen mich beinahe wahnsinnig, genauso wie ihr leicht glasiger Blick und ihre so roten Lippen, die leicht geöffnet sind.

»Du bist wunderschön«, murmele ich, während ich meinen Mund über ihr Gesicht fahren lasse und mich dann ihren Hals entlangküsse, den sie mir entgegenreckt. Und irgendwie überkommt es mich auf einmal. Ich schiebe es auf meine Neandertaler-Gene, denn plötzlich verpasse ich ihr einen Knutschfleck. *Was bin ich?* schießt es mir durch den Kopf. *Vierzehn?* Aber unerklärlicherweise durchflutet mich Stolz.

Bevor ich mir weiter Gedanken machen kann, wölbt mir Avery ihr Becken entgegen, schlingt die Beine um mich und murmelt: »Schneller, bitte!«

Wer bin ich denn, einer Lady ihren Wunsch abzuschlagen?

Unsere Bewegungen werden intensiver, hektischer. Schweiß läuft zwischen ihren Brüsten hinunter.

»Oh Gott«, flüstert sie, bevor sich ihr ganzer Körper durchbiegt, ein Beben sie erschauern lässt, ihre Wimpern flattern und ihre Lippen einen stummen Schrei entlassen.

Ich stoße schneller in Avy, will die gleiche Erlösung finden, die sie gerade erfährt. Es dauert nicht lange, bis ich ihr folge, laut aufstöhne und dann ermattet auf ihr niedersinke. Sie schlingt die Arme enger um mich und streichelt meinen feuchten Rücken.

Als ich wieder klar denken kann, rolle ich von ihr runter und verschwinde kurz im Bad, nur um dann sofort wieder ins Bett zu schlüpfen und sie in die Arme zu ziehen.

Was ist das nur für eine vertrackte Situation, in der Verstand und Gefühl um die Vorherrschaft streiten?

Avery

Irgendwann stehen wir auf. Ich schlüpfe zurück in meinen Disney-Schlafanzug, Cade zieht Boxershorts und Shirt an, wir bestellen Pizza, was ja von Anfang an mein Plan war, und dann schauen wir Netflix. Weil er Miss Fisher noch nicht kennt, mache ich extra für ihn die erste Folge an, in der Phryne Fisher in Melbourne ankommt und direkt den ersten Mordfall lösen muss.

Das einzig Schlechte an der Serie ist, dass sie nur drei Staffeln umfasst und trotz überwältigendem Erfolg wohl nicht mehr fortgesetzt wird, aber die Hoffnung stirbt ja bekanntlich zuletzt.

»Ich wette, die kommt mit dem Polizisten zusammen«, meint Cade.

»Wer weiß, wer weiß. Vielleicht sollst du das auch nur denken.«

»Meinst du, es gab viele Frauen, die so waren?«

»Wie waren?«

»Ihrer Zeit voraus.«

»Ich denke, es hat immer diese Art von Frauen gegeben, die sich den herrschenden Traditionen nicht beugen wollten. Die Frage ist nur, ob sie erfolgreich rebelliert haben oder in irgendwelche Klöster weggesperrt wurden, bis sie gestorben sind.«

Cade hält mir ein Stück Pizza hin, auf dem ein Stück scharfe Salami direkt an der Spitze liegt. Ich beiße ab.

»Das weißt du noch?«, frage ich, nachdem ich heruntergeschluckt habe.

»Dass du verfressen bist? Natürlich.«

Ich schubse ihn gegen die Schulter. »Hey!«

»Die Wahrheit darf man sagen.«

»Na gut.«

Wir albern herum, essen unsere Pizza und schauen die Serie, aber über allem hängt eine graue Wolke, weil es sich so schön anfühlt und gleichzeitig so traurig ist. Es gibt keine Zukunft für Cade und mich, diese schreckliche Gewissheit lässt sich einfach nicht verdrängen. Ich bemühe mich, den Moment zu genießen, aber es erscheint mir, als würden Schatten der Personen mit uns im Raum sein, die wir verletzen. Melinda. Auch wenn sie Cade erpresst, hat sie es verdient, dass wir sie betrügen? Chris und Mick und ihre Frauen und Kinder. Ist es fair, mit unserer Liebe ihre Existenz aufs Spiel zu setzen?

Cade und ich wissen beide, dass die letzten Stunden nur eine Ausnahme sind, ein kleiner Ausblick in eine Parallelwelt, die mit der Wirklichkeit nichts zu tun hat. Wenn dieser Tag zu Ende geht, müssen wir uns damit abfinden, dass es aus ist.

Als der Moment gekommen ist, will ich es nicht wahrhaben, will mich an ihn ketten, damit er niemals geht, aber stattdessen verharre ich regungslos. Ich will es uns beiden nicht schwerer machen, als es sowieso schon ist.

Fühlt man sich so, wenn man sich für das große Ganze opfert? Es ist ein Scheißgefühl, das kann ich sagen. Am liebsten würde ich nur an mich und Cade denken, aber ich kann es nicht. Schon gar nicht, da ich seit gestern den Namen Gesichter zuordnen kann. Jetzt weiß ich, wie Amanda und Jessica, Mick und Chris aussehen, und es erscheint mir unerträglich, sie in eine ungesicherte Zukunft zu stoßen.

»Es tut mir leid«, sagt Cade.

Ich nicke. »Mir tut es auch leid.«

»Ich wünschte, es wäre anders.«

»So geht es mir auch.«

Und dann küsst er mich auf die Lippen, bevor er ohne ein weiteres Wort geht. Als die Tür ins Schloss fällt, lege ich mich auf die Couch, ziehe mir die Decke über den Kopf und beiße in den Stoff.

Es ist echt nicht toll, eine Märtyrerin zu sein.

Kapitel 10

Avery

Am nächsten Morgen erwische ich mich dabei, die Blockierung von Cades Nummer rückgängig zu machen. Wieso? Das wüsste ich selbst auch gerne. Es ist einfach passiert, beinahe aus Versehen. Mein Handy hat ein Eigenleben entwickelt und wer bin ich, ihm dieses zu verweigern?

Ups, wer hat Cade denn jetzt diese Nachricht geschickt?

Hey, alles okay bei dir?

Wieso tue ich das? Ich greife nach meinem Kopfkissen, drücke es mir auf den Kopf und schreie frustriert auf. Ich muss Masochistin sein, eine andere Erklärung gibt es nicht. Wir haben gestern beide eingesehen, dass es einfach keine Chance für uns gibt. Wir haben einen Schlussstrich gezogen. War das toll? Nein. Gab es eine andere Wahl? Nein.

Alles gut und bei dir?

Oh nein! Wieso schreibt er mir zurück? Sind wir eigentlich beide blöd? So muss es sein. Dieses Mal kann ich mich noch nicht mal damit herausreden, dass er mich überrumpelt hat. Nur ich bin schuld daran. Ich habe angefangen. Ich. Aber auch dieses Wissen hält mich nicht ab.

Geht so. Was machst du heute?

Es ist offiziell. Avery McIntyre hat den Preis für Blödheit gewonnen.

Ich bin heute den ganzen Tag im Büro. Was machst du?

Ich treffe mich heute Mittag noch mal mit diesem Anwalt der Bürgerrechtsunion zum Thema Wahlbetrug.

Hört sich spannend an. Wo bist du dann?

In Back Bay.

Ich könnte vielleicht …

Mein Herz klopft aufgeregt. Die drei Punkte blinken, zeigen an, dass er schreibt, und mit jeder Sekunde werde ich nervöser.

Ist vielleicht eine schlechte Idee.

Sag.

Ich wollte sagen, wir könnten ja vielleicht gemeinsam mittagessen.

Schreiben ist … na ja, klar, es ist nicht richtig. Vor allem nicht in Anbetracht dessen, was wir gestern getan haben. Aber es ist harmlos. Wenn wir uns treffen, hat das eine andere Qualität. Wir beschließen dann beide, einen anderen Menschen zu betrügen, uns auf eine Affäre einzulassen und unsere Beziehung, die doch eigentlich wundervoll sein sollte, geheim zu halten, als wäre sie etwas Schäbiges und Verruchtes. Was sie ja vielleicht auch ist. Und trotzdem …

Sehr gerne.

Irgendjemand muss mir die Mündigkeit aberkennen, denn ich treffe eindeutig Entscheidungen, die man als erwachsener Mensch nicht treffen sollte. Auch wenn es falsch ist: Die Gewissheit, Cade heute wiederzusehen, fühlt sich so gut an. So richtig gut. Ich komme bestimmt in die Hölle.

Ich mache mich für die Arbeit fertig, nehme die Bahn und laufe zu unserem Gebäude.

»Warum strahlst du so?«, fragt Steph, als sie mich an der Tür trifft.

Mit meinen Wollhandschuhen fasse ich mir ins Gesicht, um zu ergründen, ob sie recht hat. »Äh, ich strahl gar nicht.«

»Die Sonne ist nichts gegen dich.«

»Da musst du dich vertun. Ich strahle keineswegs wie die Sonne. Und selbst, wenn ich es täte, wäre es ohne jeden Grund. So.«

»So?«

Ich grinse sie an. »Ganz genau. So.«

»Dann will ich dir mal was sagen, Avery McIntyre. Du redest vollkommenen Blödsinn, und das macht man einfach nicht unter Freundinnen. So.«

»Ach was. Ich freue mich einfach über den schönen Tag.«

Steph guckt in den Himmel. »Grau in grau interpretierst du als schönen Tag?«

»Aber sieh doch! Da vorne ist der Schnee noch weiß.« Ich

zeige auf einen kleinen Hügel fernab der schmutzigen Bordsteine.

»Sehr witzig.«

Ich hake mich bei ihr ein, und gemeinsam gehen wir ins Gebäude und warten auf den Fahrstuhl.

»Bist du noch gut nach Hause gekommen?«, frage ich sie.

»Ich bin mit Sarah und Mason mit dem Taxi gefahren. Hast du deine Handtasche wiederbekommen?«

»Ja, Sarah hat sie gestern vorbeigebracht.«

»Hattest du eigentlich deinen Schlüssel?«

»Äh ja, den hatte ich in der Manteltasche. Ich hatte nur kein Geld und kein Handy. Oh, da fällt mir ein, ich muss meinem Nachbarn noch sein Geld zurückgeben. Er hat mein Taxi bezahlt. Was meinst du, was ist das perfekte ›Danke-dass-du-mein-Taxi-bezahlt-hast-als-ich-total-blau-war-Geschenk‹?«

»Eine Flasche Wein?«

»Oh, das ist so schön ironisch. Das mag ich.«

»Strahlst du vielleicht wegen deines Nachbarn?«

Ich lache auf. »Nein, wirklich nicht. Es war superlieb, dass er mich ausgelöst hat, aber das ist auch schon alles.«

Bevor wir in die Redaktion gehen, bleibt Steph stehen und greift mich am Arm. »Ich bin ein Bluthund. Wenn ich einmal eine Fährte aufnehme, verlasse ich sie nie wieder, bis ich meine Beute erwischt habe. Nur als faire Warnung.«

Ich tätschele ihre Hand. »Da ist nichts. Versprochen. Mir geht es einfach nur gut. Es war so eine schöne Hochzeit, ich hab gestern einen faulen Tag mit meiner Katze verbracht, und ich hab das Gefühl, dass es wieder aufwärts geht.«

Ihre Gesichtszüge werden weich. »Das freut mich sehr für dich.«

»Danke. Bei dir alles okay?«

Sie zuckt mit den Schultern. »Mein Sonntag war nicht so faul wie deiner, im Gegenteil. James hat vergessen, die Kinder abzuholen, daher musste ich Landon zum Fußball bringen, natürlich viel zu spät. Harper hat gequengelt, weil ihr kalt war. Das Ende vom Lied war dann, dass James drei Stunden später kam, und wir uns gegenseitig darin übertroffen haben, den anderen anzuschreien. Das führte dazu, dass Landon und Harper beide heulten und sich nicht mehr einbekommen haben. Na ja, und dann waren wir bei McDonald's, obwohl ich mir geschworen habe, dass meine Kinder niemals Fast Food essen werden. Aber wenigstens hat sie das getröstet.«

»Das tut mir so leid.«

»Ich bin nichts anderes mehr gewöhnt. Wenn ich gewusst hätte, wie schlimm es wird, hätte ich James nie verlassen.«

»Und damit riskiert, dass du nie wieder glücklich wirst, nur damit deine Familie es ist?«

Sie streicht sich durch die kurzen Haare. »Ist denn mein Glück wichtiger als ihres?«

»Hey, Kinder sind glücklich, wenn es ihre Eltern sind. Klar, ist der Übergang jetzt schwer, aber sobald ihr einen Rhythmus gefunden habt, wird es besser. Wieso war James denn eigentlich zu spät? Bisher war er doch immer zuverlässig, oder?«

»Sein Auto ist liegen geblieben.«

»Wieso hat er nicht angerufen?«

Sie sieht ein wenig betreten aus, als sie sagt: »Hat er. Aber mein Handy war noch ausgeschaltet, und ich hab es erst viel später gesehen.«

Ich lächele sie an. »Er ist halt doch ein Guter.«

»Ja, ich weiß.«

»Bereust du, dass du dich getrennt hast?«

Steph schüttelt den Kopf. »Nein. Es war die richtige Entscheidung, aber ich hab mich ja nicht getrennt, weil ich ihn nicht mehr leiden kann oder weil er etwas falsch gemacht hat, sondern weil ich ihn nicht mehr so liebe, wie es eine Ehefrau tun sollte. Wir haben uns einfach auseinandergelebt.«

»Egal aus welchem Grund, eine Trennung ist wahrscheinlich nie leicht.«

»Ist sie nicht.«

»Was steht ihr beiden denn da vor der Tür und traut euch nicht rein? Giselle ist heute nicht auf dem Kriegspfad. Scheint, als hätte ihr Nicoles Hochzeit ebenfalls gefallen«, sagt Sarah, nachdem sie die Glastüren des Redaktionsbüros aufgerissen hat.

»Sie war ja auch einfach himmlisch«, schwärme ich, als ich Sarah umarme, um Steph die Gelegenheit zu geben, sich ein wenig zu sammeln.

»Warum strahlst du so?«, fragt Sarah argwöhnisch. »Hat das was mit Cade zu tun?«

»Wie kommst du denn darauf?«

»Nun ja, ich hatte das Gefühl, dass ihr euch gut verstanden habt.«

Ich zucke mit den Schultern. »Es ist müßig, sauer aufeinander zu sein.«

Langsam gehen wir in die Redaktion, Sarah neben mir, Steph hinter mir. Daher kann ich ihr Gesicht nicht sehen, aber ich würde mein ganzes nicht vorhandenes Vermögen darauf setzen, dass sie ihre Augenbrauen bis zum Haaransatz hochgezogen hat, als sie sagt: »Ach, es ist müßig? Was verschweigst du?«

»Gar nichts.« Selbst in meinen Ohren klinge ich unecht.

»Avery.«

Ich drehe mich um und stemme die Hände in die Hüften. »Okay, fein. Cade hat mir den Grund für die Trennung genannt, und damit kann ich jetzt leben. Es ist okay. Daher strahle ich. Weil ich einen Abschluss habe, weil ich jetzt nach vorne gucken kann und keinerlei Bedauern mehr verspüren muss.«

»Und was ist der Grund?«, fragt Sarah.

»Das kann ich nicht sagen, es ist Cades Geheimnis, und das respektiere ich.«

Wie soll man auch erklären, dass Cade sich von seiner Freundin erpressen lässt? Es gibt da keine gute Methode, weswegen ich es einfach lasse. Sie können ja nicht erwarten, dass ich ihnen intime Details eines anderen verrate.

»Das klingt ziemlich armselig«, meint Steph.

Okay, ich hätte mir denken können, dass sie sich damit nicht so einfach abspeisen lassen würden. Aber sagen kann ich es ihnen trotzdem nicht.

»Tut mir leid, dass du das so siehst. Lassen wir es einfach dabei bewenden. Ich kann seine Erklärung verstehen und jetzt abschließen.«

»Hm«, machen sie beide gleichzeitig, und ich weiß, was das bedeutet. Für sie ist das Thema noch lange nicht abgehakt. Ich werde mich auf was gefasst machen müssen.

Auf keinen Fall werde ich ihnen von den gestrigen Ereignissen erzählen. Dass ich meinen besten Freundinnen etwas verheimliche, führt mir wieder einmal vor Augen, wie falsch Cade und ich uns verhalten. Und doch kann ich einfach nicht damit aufhören.

Cade

Den ganzen Vormittag habe ich mir vorgenommen, Avery wieder abzusagen und ihr zu erklären, dass das nicht funktionieren wird. Avery hat mir schließlich deutlich klargemacht, dass sie keine Affäre sein will, das sollte ich respektieren. Stattdessen sitze ich jetzt in diesem Restaurant in Back Bay und warte auf sie.

Als ich heute Morgen ihre Nachricht bekommen habe, wurde ich sofort wieder von dieser besonderen Wärme erfüllt, die ganz tief in meinem Inneren entsteht, bevor sie langsam in jede einzelne Zelle ausstrahlt, bis sie mich vollkommen ausmacht. Selbst wenn es mich zu einem Betrüger macht, ich kann Avery nicht aufgeben. Melindas Erpressung zeigt doch, dass sie meine Treue nicht verdient, oder? Und doch nagt etwas an mir, das ich nicht ignorieren kann. Im Grunde geht es ja nicht um Melinda, sondern darum, was für ein Mensch ich sein will.

Ich war noch nie untreu. Das kam für mich nie infrage. Und jetzt bin ich diesen Schritt gegangen und sehe für mich kein Zurück mehr.

Dann kommt Avery durch die Tür. Wilde Haare, leuchtende Augen, ein strahlendes Lächeln, und ich kann nichts anderes mehr sagen, als: »Wow, du siehst toll aus«.

Einen Augenblick stehen wir unbehaglich voreinander

und wissen nicht so genau, wie wir uns begrüßen sollen. Hände schütteln? Umarmung? Küssen?

Nachdem es schon fast peinlich wird, entscheide ich mich dafür, sie zu umarmen. Dabei atme ich den unvergleichlichen Duft ihrer Haare ein, halte ihren Körper, der mir nun wieder genauso vertraut ist wie damals, und will sie nie wieder loslassen.

»Es ist so schön, dich wiederzusehen«, murmele ich, bevor wir uns zögerlich aus der Umarmung lösen.

Avy lacht. »Wir haben uns doch erst gestern gesehen.«

»Es kommt mir vor wie eine Ewigkeit.«

Sie zieht sich einen freien Stuhl an meinen Tisch, und einen Moment frage ich mich, ob ich ihr nicht lieber den Stuhl zurechtrücken soll, aber ehe ich reagieren kann, hat sie schon Platz genommen und scheint auch nicht beleidigt, weswegen ich mich auch setze. Ihre rechte Hand liegt auf dem Tisch, und ich muss sie einfach ergreifen. Sie lächelt. Ich glaube, dass man mit ihrem Lächeln einen ganzen Winter heizen könnte.

»Ich hab mich sehr gefreut, von dir zu hören«, gestehe ich.

»So sicher bin ich mir nicht, dass es eine gute Idee war.« Sieht sie verlegen aus?

»Wieso nicht?«

»Weil wir uns doch gestern verabschiedet haben.«

Ich nicke. »Ich weiß, aber … keine Ahnung. Offenbar können wir nicht ohne einander.«

»Aber wohin führt das?«

»Das kann ich dir nicht sagen, aber vielleicht ändert sich die Situation in der Zukunft. Ich mein, wir stehen mit unserem Start-up noch ganz am Anfang und haben daher gerade noch Geldsorgen. Aber wenn wir erst mal etabliert sind, trägt sich die Firma sicher von allein. Ach, ich weiß auch nicht. Es ist nicht richtig, dich das zu fragen, aber vielleicht kannst du warten?«

»Warten?«

»Auf den Zeitpunkt, an dem mich Melinda nicht mehr erpressen kann.«

Avery schweigt lange, was mir die Gelegenheit gibt, sie zu betrachten. Wie immer trägt sie kein Make-up, die Haare fallen ihr wild und ungebändigt auf die Schultern, sie ist schlicht gekleidet, und doch ist sie für mich schöner als alle anderen Frauen. Ich wünschte, ich könnte die Hände hier und jetzt erneut in ihren Haaren vergraben. Dieses wunderbare Gefühl möchte ich nie mehr missen.

Als die Kellnerin kommt, bestellen wir Wasser und bitten sie, noch mal wiederzukommen, weil wir uns bisher noch nicht für ein Essen entschieden haben.

Avery klappt schwungvoll die Karte auf und stößt beinahe die kleine Vase mit den Blumen um. Gerade rechtzeitig kann ich sie noch auffangen.

»Oh Gott, das tut mir leid«, sagt sie erschrocken.

»Nichts passiert.«

»Ich bin echt ein Tollpatsch.«

»Das warst du doch früher nicht.«

Sie zuckt so niedlich mit den Schultern. »Keine Ahnung. Vielleicht konnte ich es früher besser verbergen, aber ich bin einfach so häufig in Gedanken, sodass ich gar nicht mitbekomme, wenn mir was im Weg steht.«

»Dein heißer Ex-Freund zum Beispiel.«

Sie zieht die Augenbrauen hoch. »Welcher Ex-Freund?«

»Na, ich. Weißt du nicht mehr, als wir uns zum ersten Mal in Boston wiederbegegnet sind? Du hast mich mit meinem Kaffee beschüttet.«

»Ich hab viel mehr mich mit deinem Kaffee beschüttet, aber es ist auch nicht besonders nett, mich an diese Schmach zu erinnern.«

»Wieso Schmach?«

»Na, nachdem wir uns zwölf Jahre nicht gesehen haben, war das dein erster Eindruck von mir?«

Ich muss lächeln. »Mein erster Eindruck war, dass du megasüß bist. Immer noch.«

»Megasüß?« Ihre Stirn kräuselt sich leicht.

»Ja, genau das. Warum guckst du so? Darf ich dich nicht megasüß nennen?«

»Doch, schon, aber ich glaube, du verwechselst mich. Ich war vielleicht ein megasüßes Mädchen.«

»Und was für eine Frau bist du?«

»Badass.«

Sie sagt das in solch einem Brustton der Überzeugung, dass ich versuche, mir das Lachen zu verkneifen, um sie nicht zu enttäuschen, aber sie hat nun mal ein ganz falsches Bild von sich. Mag sein, dass in Avery auch etwas badass steckt, doch vor allem ist sie einfach megasüß.

»Okay, vielleicht bist du beides.«

»Meinetwegen.« Sie streicht sich die Haare aus dem Gesicht, versucht sie ein wenig zu bändigen und gibt dann auf, als klar wird, dass das nicht funktioniert.

»Was?«, fragt sie.

»Hm?«

»Du starrst mich an.«

»Du bist die schönste Frau, die ich je gesehen habe.«

Ihre Wangen werden rot, sie senkt den Blick, und dann stiehlt sich ein bezauberndes Lächeln auf ihre Lippen, bevor sie versucht, es zu verbergen. Aber ich habe es gesehen.

»Konntest du einfach so weg?«

Ihr Versuch eines Themenwechsels ist durchschaubar, aber ich tue ihr den Gefallen. »Ja. Mick ist in der Genie-wird-zum-Einsiedler-Phase. Da lässt er uns nicht mehr mitspielen, sondern ist froh, wenn wir ihn in Ruhe lassen.«

»Erledigt er dann die ganze Arbeit alleine? Und was machen du und Chris dann?«

»Wir tun so, als wären wir produktiv, aber in der Entwicklungsphase von Benjamin haben wir jede Menge gezockt.«

»Hat Mick nichts dagegen, dass er die meiste Arbeit hat?«

»Das ist ja nur in diesem Stadium so. Wir versuchen dann nicht einzugreifen, weil ihn das nur irritiert. Genies sind so sensibel.«

Sie trinkt einen Schluck Wasser und verschluckt sich beinahe, als die Kellnerin plötzlich wieder auftaucht. Ich will sie ganz sicher nicht mit Melinda vergleichen, aber Avery bestellt total unkompliziert, was mir sehr gefällt. Keine Sonderwünsche, kein Dressing extra, keine Lügen über Allergien, die man gar nicht hat. Einfach das, was auf der Karte steht.

»Wie war dein Termin?«, frage ich, nachdem die Kellnerin unsere Bestellungen aufgenommen hat und wieder gegangen ist.

»Total interessant.« Sobald Avery für ein Thema brennt, redet sie mit vollem Körpereinsatz. Ihre Arme fliegen durch die Gegend, ihre Augen leuchten, und aus ihrem Mund kommen zehntausend Wörter pro Minute. Grob geschätzt. »Und gleichzeitig auch so erschreckend. Diese elektronischen Wahlmaschinen sind sehr anfällig für Wahlbetrug. Einige sind sogar mit WLAN ausgestattet, wodurch man sie sehr leicht hacken kann. Es gibt sogar solche, die keine Kontrollen ausdrucken. Man kann nur durch eine forensische Auswertung herausfinden, ob an ihnen herumgedoktert wurde. Ich frag mich, wieso die Staaten noch nicht umgerüstet haben, wenn schon im Jahr 2000 Fehler bei den Wahlmaschinen in Florida aufgetaucht sind. Andere Länder nutzen auch Papier und Stift, wieso sollte das bei uns nicht auch genügen?«

»Will die Bürgerrechtsunion gegen das Wahlergebnis vorgehen?«

»Ich glaub, das wissen sie gerade selbst noch nicht, aber es haben ja schon einige demokratische Kandidaten Rechtsmittel eingelegt.«

»Hast du die vielen gewonnenen Sitze der Demokraten auch als blaue Welle empfunden, oder bist du da eher verhalten?«

Sie wiegt den Kopf hin und her. »Es ist natürlich großartig, dass wir wieder die Mehrheit im Repräsentantenhaus haben, aber leider haben wir im Senat verloren.«

»Na ja, aber es standen ja auch mehr demokratische Sitze zur Wahl als republikanische.«

»Das stimmt auch wieder. Ich freue mich jedenfalls über die ganzen Erfolge. Die jüngste Frau ist eingezogen, so viele, die sich gegen die Waffenlobby stellen, die ersten Native-Frauen, der erste homosexuelle Gouverneur, die erste schwarze Frau in Massachusetts. Das ist unglaublich! Das sind mehr als nur einzelne Siege, es ist ein Weckruf. Und ja, vielleicht könnte man es als eine kleine blaue Welle ansehen.«

»Melinda hat erzählt, dass die Republikaner offiziell das Wahlergebnis loben, insgeheim aber auf eine krassere Niederlage gehofft hatten, um dem Präsidenten das Vertrauen entziehen zu können.«

Avery lacht auf. »Das würde ihnen ähnlich sehen.«

»Wirst du Weihnachten eigentlich bei deiner Familie verbringen?«, wechsele ich das Thema. Ich habe keine Lust, die wenige Zeit, die wir haben, mit politischen Diskussionen zu verschwenden, auch wenn sie wichtig sind.

»Natürlich. Mom würde nie wieder mit mir reden, wenn ich nicht kommen würde.«

Ich reibe mir den Nacken. »Hast du eigentlich jemals … ich mein, hast du ihn gesehen?«

Ihre Augen werden größer. »Deinen Dad?«

Verlegen nicke ich.

»Nur von Weitem, aber wir haben schon ewig nicht mehr miteinander geredet.«

»Wie sieht er aus?«

»Er ist alt geworden. Mom hat gesagt, dass er kaum noch das Haus verlässt, seit er in den Ruhestand gegangen ist. Nun ja, gegangen wurde, wohl eher.«

»Er wurde gefeuert?«

»Nicht offiziell gefeuert, sondern in den Ruhestand versetzt.«

»Dann hat er wahrscheinlich nicht viel Geld.«

»Ich hab keine Ahnung. Sorry.«

Eigentlich dachte ich, dass ich schon vor langer Zeit mit Dad abgeschlossen habe, aber nun zu erfahren, dass er vermutlich einsam und verarmt ist, hinterlässt ein dumpfes Gefühl in mir. Vielleicht muss ich mich doch um ihn kümmern. Kann man seiner Verantwortung entgehen, wenn der eigene Vater seine Pflichten ja auch nie erfüllt hat? Ich schüttele schnell den Kopf und versuche, das aufkeimende schlechte Gewissen zu vertreiben.

»Ich hab übrigens letztens mit Daniel telefoniert.«

»Oh, echt? Wie geht es ihm? Was macht er so?« Avery beugt sich ein wenig nach vorne und lächelt.

»Er ist Anwalt geworden. Kannst du dir das vorstellen? Ich bin aus allen Wolken gefallen.«

So unterhalten wir uns noch eine ganze Weile über unsere Kindheit und genießen dabei unser Mittagessen. Als wir uns schließlich verabschieden, ist uns beiden die Unsicherheit ins Gesicht geschrieben. Ich sehe sie in ihren Augen und fühle sie in meinem Inneren. Aber keiner von uns beiden spricht es aus.

»Bis dann«, verabschiedet sich Avery, umarmt mich und eilt davon.

So viel haben wir erzählt, nur nicht über die Zukunft gesprochen. Wie soll es mit uns weitergehen?

Ich ziehe den Kragen meiner Jacke hoch und laufe zu meinem Auto. Als ich eingestiegen bin und gerade den Zündschlüssel drehen will, fällt mein Blick auf den Rückspiegel. Ich beuge mich rüber und suche im Handschuhfach, bis ich den kleinen Anhänger von Judas Thaddäus finde, den mir Avery damals geschenkt hat.

Ich saß in meinem Zimmer, erledigte meine Hausaufgaben und hoffte, dass ich noch mit meinen Freunden an den Strand fahren konnte. Die schweren Schritte, die die Treppe hinaufkamen, ließen jedoch nichts Gutes vermuten. Meine Hände wurden schweißnass, ich zog meine Schultern an und krümmte den Rücken, um mich so klein wie möglich zu machen. Mit zwölf Jahren, mit dreizehn und auch mit vierzehn hatte ich noch Angst, aber nun, mit beinahe sechzehn war ich doch schon fast erwachsen. Ich sollte keine Angst mehr vor meinem Vater haben.

»Wieso habe ich einen Anruf von der Schule bekommen?«, schrie er, als er die Tür zu meinem Zimmer aufgestoßen hatte.

»Ich weiß es nicht«, murmelte ich vor mich hin.

»Dreh dich gefälligst um und steh auf, wenn ich mit dir rede.«

Bevor ich der Forderung nachkommen konnte, traf mich ein Fausthieb in die Seite. Ich japste nach Luft, aber ehe ich reagieren konnte, schlug er wieder zu. Wieder und wieder. Selbst als ich am Boden lag, hörte er nicht auf. Seine Tritte waren schlimmer als seine Fäuste. Vor Panik umschlang ich den Kopf mit beiden Armen, doch er achtete eh darauf, mich nicht im Gesicht oder am Kopf zu malträtieren. Solche Verletzungen ließen sich nicht verbergen, und er hatte keine Lust auf Scherereien.

Als er endlich von mir abließ und ging, verharrte ich noch eine Weile zusammengerollt auf dem Boden. Vor lauter Schmerzen konnte ich nicht einmal weinen. Nachdem ich vielleicht eine Stunde dort gelegen hatte, krabbelte ich mühsam zum Bett und versteckte mich dort unter der Decke.

Ich hasste Dad.

Bevor ich wegdämmerte, schwor ich mir, dass ich niemals jemanden so behandeln würde, der doch eigentlich meine Liebe verdient.

Ein Klopfen am Fenster weckte mich. Draußen war es schon dunkel, und das Licht in meinem Zimmer war ausgeschaltet, daher konnte Avery nicht sehen, in welchem Zustand ich war.

Ganz langsam erhob ich mich. Ich fühlte mich wie ein Achtzigjähriger, der schon sein ganzes Leben hinter sich hatte. Ich öffnete das Fenster und versuchte, im Schatten zu bleiben und mich nicht im Licht der Straßenlaterne zu zeigen.

»Hey, wieso bist du nicht gekommen?«, fragte sie leise und sah mich forschend an, aber ich hatte schon Übung darin, meine Gefühle vor ihr zu verbergen. Denn auch wenn ich keine Verletzungen im Gesicht hatte, würde sie den Schmerz erkennen, unter dem ich litt.

»Zu viele Hausaufgaben.«

»Okay. Du hättest Bescheid sagen können.«

»Tut mir leid.«

Als klar wurde, dass ich nicht bereit war, das Fenster weiter zu öffnen und sie hereinzulassen, holte sie etwas aus ihrer Hosentasche. Eine kleine silberne Scheibe.

»Hier.«

»Was ist das?«

»Das ist Judas Thaddäus, der Schutzheilige der hoffnungslosen Fälle.«

»Du denkst, ich bin hoffnungslos?« Ich konnte mich nicht mal darüber aufregen, so fertig war ich.

»Nicht du, aber er wird angebetet, wenn jemand sich in einer aussichtslosen Situation befindet.«

Ich betrachtete den Anhänger. »Ich wusste nicht, dass du religiös bist.«

Sie zuckte mit den Schultern. »Bin ich nicht, aber manchmal braucht man alle Hilfe, die man kriegen kann.«

»Danke.«

Sie drehte sich schon beinahe zum Gehen um, bevor sie mich noch einmal ansah. »Ich wünschte, du würdest mit mir reden, Cade. Ich weiß, dass irgendwas nicht stimmt, ich weiß, dass dein Dad kein … netter Dad ist. Vielleicht kann ich dir helfen.«

»Mir kann niemand helfen«, sagte ich und schloss das *Fenster.*

Traurig blickte sie mich durch die Glasscheibe an. Es nagte an mir, sie so zu sehen, und zu wissen, dass ich für diesen Ausdruck verantwortlich war. Ich beschloss, mich in den kommenden Wochen besonders anzustrengen, damit sie keinen weiteren Verdacht schöpfen konnte.

Ich reibe den Anhänger, der ein wenig matt geworden ist, wieder blank, bevor ich ihn an den Rückspiegel hänge, wo er jahrelang gehangen hatte. Erst als ich den Gedanken an Avery nicht mehr ertragen konnte, habe ich ihn abgenommen. Vielleicht ist es jetzt an der Zeit, wieder ein wenig Hilfe von Judas Thaddäus zu bekommen, denn gerade bin ich eindeutig auch ein hoffnungsloser Fall. Eine Lösung kenne ich nicht. Aber ich weiß, dass ich Avery nicht aufgeben will. Nicht aufgeben kann.

Kapitel 11

Avery

Als ich in der Bahn auf dem Weg zurück in die Redaktion sitze, bin ich so in Gedanken versunken, dass ich die Station verpasse. Ich muss also eine Station zurücklaufen, wobei ich geflissentlich das Handy ignoriere, das in meiner Tasche klingelt. Wer immer es auch ist, ich möchte nicht mit der Person sprechen. Im Moment möchte ich mit niemandem reden.

Ich bin verwirrt. Das ist wahrscheinlich noch die Untertreibung des Jahrhunderts, denn in der Geschichte der Verwirrtheit war noch niemand je so verwirrt wie ich. Und das will schon was heißen.

Mir war bis gestern vollkommen klar, dass ich keine Affäre haben möchte. Ich verurteile niemanden, aber ich persönlich will einfach keine haben, weil ich mich damit klein und schmutzig fühlen würde. Und so will ich mich nicht fühlen. Darüber hinaus soll Liebe doch etwas Wunderbares sein. Es soll wunderschön sein, etwas, das man von allen Dächern schreien will, was man seinen besten Freundinnen grinsend anvertraut, es sollen Schmetterlinge im Bauch herumfliegen, als wären sie liebestrunken. Aber so ist eine Affäre nicht. Es fühlt sich so falsch an, so gegensätzlich zu allem, was ich schätze.

Und dann kam gestern. Nicht nur der Sex mit Cade war toll, auch der ganze Nachmittag. So hätte ich mir unser heutiges gemeinsames Leben vorgestellt. Pizza und Netflix, Scherze und tiefgründige Gespräche.

Es hat etwas in mir zum Klingen gebracht, eine Sehnsucht wiedererweckt, die ich versucht habe zu begraben. Nach so einem Tag werfe ich offenbar sofort meine Prinzipien über Bord und kann die Finger nicht mehr von der verbotenen Frucht lassen. Eva, ich verstehe dich so gut, auch wenn du Erkenntnis gesucht hast und ich nur Liebe.

Und heute … Gott, heute war so eine schlechte Idee. Aber es hat sich so gut angefühlt. Wie kann das sein? Normalerweise sind solche Entscheidungen doch schwarz oder weiß, aber meine Gefühle scheinen gerade in allen Farben des Regenbogens, so brillant, dass ich blind werden könnte, aber nicht wegschauen kann. Es ist so falsch. Diese Affäre wäre so falsch, aber ich habe auch nicht die Kraft zu widerstehen. Ich will Cade wiedersehen.

Wenn das falsch ist, soll nie wieder etwas richtig sein.

Das bedeutet jedoch, dass ich einen Teil von mir aufgeben muss, nämlich den Teil, der noch ein Fitzelchen Stolz besitzt und sich an dieses besonders fest klammert. Verliere ich meinen Stolz, wenn ich dem Verlangen nachgebe?

Erneut klingelt mein Handy, aber ich ignoriere es, während ich durch den Schnee in Boston stapfe. Die Straßen sind geräumt, teilweise auch die Gehwege, aber an der ein oder anderen Stelle komme ich ins Rutschen. Bisher ist alles gut gegangen, aber bei meinem Glück ist die Katastrophe doch schon vorherbestimmt.

Endlich komme ich beim Redaktionsgebäude an und schlüpfe durch die Drehtür hinein, die erst stoppt, nur um dann gegen meinen Rücken zu krachen, sodass ich in die Eingangshalle stolpere. Der Portier schmunzelt, als ich mit hochrotem Kopf zu den Fahrstühlen marschiere. Für heute reicht es echt.

Oben angekommen, setze ich mich schnell an meinen Schreibtisch. Der ist einigermaßen sicher, zumindest bekommt nicht jeder sofort mit, wenn ich mal wieder tollpatschig bin. Ich fahre den Rechner hoch und lese eine Nachricht von Giselle, die mich bittet, zu ihr zu kommen, sobald ich im Büro bin. Fünf Minuten gebe ich mir noch, um richtig anzukommen, bevor ich zu Giselle gehe. Die Tür ist offen, daher klopfe ich an den Türrahmen. Mit ihrer Lesebrille auf der Nase studiert sie gerade ein paar Unterlagen, schaut dann auf und lächelt mich an.

»Avery, wie schön, dass du da bist.« Sie legt die Brille beiseite, steht auf und geht zu der kleinen Couch an der Wand ihres Büros. »Komm, setz dich.«

»Okay.«

Sie lächelt immer noch. Da ist doch was im Busch.

»Ich hab wirklich nichts gemacht. Wer immer was anderes behauptet, der lügt. Wirklich. Ich hab mich an alle Regeln gehalten«, brabbele ich los, als sie nichts sagt.

»Das weiß ich doch.«

Ich atme durch. »Oh, wieso bin ich dann hier?«

»Wie geht es dir?«

Ein wenig verwirrt, antworte ich: »Gut. Und dir?«

»Mir auch. Hör mal. Ich weiß, du hast jetzt ein paar tolle Artikel zur politischen Landschaft geschrieben, aber wie wäre es, wenn du mal wieder was Lockeres beisteuerst?«

»Oh, okay.«

»Kein Grund enttäuscht zu sein. Ich würde dir gerne deine Kolumne zurückgeben.«

»Aber was ist mit Sarah?«

Sie wiegt ein wenig den Kopf hin und her. »Sie gibt ihr Bestes, aber sie ist keine Redakteurin. Ihre Stärken liegen woanders.«

»Und wo?«

»Ich befürchte, das muss sie noch herausfinden. Klar, wir lieben sie alle, aber ich denke nicht, dass sie in einer Redaktion gut aufgehoben ist.«

»Also, gibst du ihr keine Chance mehr?«

»Ich werde sie für den Rest des Praktikums in die Fashion-Abteilung stecken, in der Hoffnung, dass sie sich dafür besser eignet.«

»Sie ist toll.«

»Natürlich ist sie das. Aber es bringt ihr doch auch nichts, wenn sie nicht glücklich ist.«

»Ist sie nicht glücklich?«

»Weißt du das denn nicht?«

Ich schüttele betreten den Kopf. »Ich war so mit mir selbst beschäftigt, dass ich es nicht bemerkt habe.«

»Dann rede mir ihr, und bitte übernimm deine Kolumne wieder.«

»Okay.«

»Wunderbar.«

Nachdem ich Giselles Büro verlassen habe, eile ich zu Sarah, packe sie am Arm und ziehe sie zur Garderobe. Normalerweise schwirrt hier immer Nicole rum, aber gerade ist sie in ihren wohlverdienten Flitterwochen in der Karibik. Wenn ich sie nicht lieben würde, würde ich sie dafür hassen, dass sie in der Sonne brät und ich hier frieren muss.

»Was gibt es denn?«, fragt sie ein wenig atemlos, nachdem ich die Tür hinter uns geschlossen habe.

»Bist du unglücklich?«, platze ich heraus.

Ihre schönen Augen weiten sich. »Nein, ganz und gar nicht. Ich bin noch nie so glücklich gewesen. Mason ist einfach großartig.«

»Ja, ist er, aber ich meinte hier. Bist du hier unglücklich?«

Sie schaut auf den Boden. »Es ist albern. Ich wollte ja, dass Giselle mich in die Redaktion steckt, aber es ist ein Desaster. Ich tue mich so unglaublich schwer, die richtigen Worte zu finden. Deswegen habe ich das Schreiben immer auf den letzten Drücker erledigt, weswegen ich meine Abgabefristen nicht einhalten konnte. Und dann waren meine Texte nicht mal gut. Giselle hat alles umgeschrieben. Ich bin so enttäuscht von mir selbst, weil ich es ja wollte, so sehr. Aber ich kann es nicht.«

»Das macht doch nichts. Jeder ist doch für was anderes geeignet.«

»Ich weiß aber nicht, wozu ich geeignet bin. Vielleicht habe ich einfach keine Talente.«

»Oh, bitte. Das ist doch lächerlich.«

Sie verschränkt die Arme. »Dann sag du mir doch, worin ich gut bin.«

Ich werfe die Hände in die Luft und laufe auf und ab. »Musste Giselle denn noch was recherchieren?«

»Nein.«

»Dann bist du vielleicht keine Redakteurin, aber eine Recherche-Assistentin. Vielleicht sogar eine Reporterin. Vielleicht musst du die Geschichten finden, sie erzählen, und jemand anderes schreibt sie.«

»Aber ehrlich, Ave, es hat mir nicht mal Spaß gemacht.«

»Oh, das ist natürlich was anderes.«

Sie zuckt mit den Schultern und setzt sich auf die Chaiselongue, die hier steht. »Ich hab jetzt auch lange drüber nachgedacht. Die Arbeit in der Redaktion ist großartig, aber das ist sie vor allem euretwegen. Wegen Nicole, Steph und dir. Und Giselle ist einfach die beste Chefin, die man sich vorstellen kann. Aber der Job … Ich weiß nicht. Ich glaube nicht, dass ich dafür geeignet bin. Was ich stattdessen machen soll, weiß ich nicht, aber ich denke, ich sollte es herausfinden.«

»Was hattest du dir denn vorgestellt, als du studiert hast?«

Erneut zuckt sie mit den Schultern. »Ehrlich gesagt, habe ich so weit nicht gedacht, ich wollte nur fertig werden und endlich mein Leben so richtig beginnen.«

»Und in der Schule? Als Kind?«

»Krankenschwester wollte ich als Kind werden, aber das ist nichts für mich.«

»Aber du hast doch Kommunikationswissenschaft studiert. Wieso?«

»Ich fand die Vorstellung toll, in einem Magazin zu arbeiten, weißt du? So glamourös und schick. Irgendwie dachte ich, dass ich dann auch glamourös und schick bin. Aber so wirklich darüber nachgedacht, was das bedeutet, habe ich nicht.«

»Dann musst du dringend herausfinden, was du machen möchtest.«

Sie lächelt. »Ich bin dabei. Aber es ist gar nicht so leicht. Meine Freundin Marian hat vorgeschlagen, dass ich noch mal zur Schule gehe, aber das habe ich so sehr gehasst, das will ich nicht noch mal.«

»Giselle steckt dich übrigens in die Fashion-Abteilung.«

»Wirklich?« Ein Strahlen zeigt sich auf ihrem Gesicht. »Das wollte ich schon immer!«

»Vielleicht ist es das, was du machen willst. Nicole bei den Shootings helfen.«

Sarah reibt sich die Hände. »Das hört sich großartig an. Ich werde mich so was von reinstürzen.«

Ich grinse. »Das hoffe ich. Du scheinst dich schon damit abgefunden zu haben, gehen zu müssen, aber ich nicht. Ich könnte es nicht ertragen, dich nicht mehr jeden Tag zu sehen.«

Sie hakt sich bei mir unter, als wir langsam aus dem Raum gehen. »Ich würde dich auch vermissen.«

»Das hoffe ich doch.«

Als ich wieder an meinem Schreibtisch sitze, mache ich mich an die Recherche für meine Kolumne. Irgendwie habe ich sie auch vermisst, muss ich zugeben. Es war schön, Neuheiten zu entdecken, über frivolere Dinge zu schreiben und vor allem etwas mehr Leichtigkeit in meinen Schreibstil einfließen lassen zu können. Die politischen Artikel sind großartig, genau die Art von Journalismus, die ich machen will, aber zwischendurch ein wenig Abwechslung kann nicht schaden.

Ich bin gerade total in meine Arbeit vertieft, als mein Telefon klingelt.

»*Women's Life*, Avery hier.«

»Avery! Ich hab schon die ganze Zeit versucht, dich anzurufen!«

»Mom?«

»Dad hatte einen Herzinfarkt. Du musst kommen.«

»Ich … was?«

»Du musst kommen. Ich schaff das nicht alleine.« Ich weiß nicht, wie lange es her ist, dass Mom vor mir geweint hat, aber sie tut es jetzt, und eine kalte Faust umklammert mein Herz.

»Natürlich. Ich komme so schnell ich kann.«

Ich lege auf, packe meine Sachen und eile zu Giselle. Sie ist gerade in einer Besprechung, aber ich stürme einfach hinein. »Giselle, es tut mir so leid. Mein Dad hatte einen Herzinfarkt, und ich muss nach Kalifornien. Ich hab ab dem Wochenende ja sowieso Urlaub. Wäre es okay, wenn ich jetzt schon fahre? Die Kolumne schreibe ich trotzdem.«

»Ach was! Geh! Familie ist immer wichtiger. Melde dich zwischendurch, damit ich mir keine Sorgen machen muss.«

»Danke! Ich … Du bist einfach die Beste.«

Und damit hetze ich aus der Redaktion. Im Fahrstuhl versuche ich, Flüge zu checken, aber das Netz reicht nicht aus. Vom Portier lasse ich mir ein Taxi rufen. Ich habe noch Kleidung bei meinen Eltern und muss nicht unbedingt Gepäck mitnehmen, aber Spocky muss versorgt werden. Oh Gott. Ich kann doch nicht Sarah bitten, wochenlang in die Vorstadt zu pendeln, um Spocky zu füttern. Das Einzige, was mir einfällt, ist sie mitzunehmen. Daher lasse ich mich vom Taxi zu mir bringen, auch wenn das ein Vermögen kostet. Während der Fahrt buche ich mir einen Flug. Manchmal muss man auch einfach Glück haben, ich finde eine günstige und schnelle Verbindung.

Zu Hause packe ich ein paar Sachen und stecke Spocky in ihre Tragetasche, was sie mit Fauchen quittiert, aber da müssen wir nun beide durch. Ich kann sie nicht verhungern lassen, nur weil sie es hasst, in dieser Tasche zu sein.

Und dann rufe ich mir ein Uber, damit der Preis zum Flughafen vielleicht ein wenig günstiger ausfällt als der für die Fahrt in meine Wohnung.

Weit gefehlt, aber wenigstens komme ich rechtzeitig an. Ich checke ein, höre zwischendurch immer Spockys herzzerreißendes Miauen und will sie beruhigen, aber sobald ich meine Hand in die Tasche stecke, schlägt sie nach mir. Verstehen kann ich es, aber das reduziert meinen Stresslevel nicht im Geringsten.

Das muss der längste Flug aller Zeiten gewesen sein. Ich wusste gar nicht, dass man dreiundvierzigeinhalb Stunden am Stück fliegen kann. Die Uhr kann nicht stimmen, denn sie zeigt nur sechseinhalb Stunden an, aber es müssen mehr gewesen sein, da bin ich mir sicher.

Mit dem Mietwagen fahre ich nach Hause, in das liebevolle Elternhaus, das Mom und Dad mir immer bereitet haben. Dabei werde ich zunehmend bedrückter. Mein Dad war immer mein Fels. Ich kann mir mein Leben ohne ihn nicht vorstellen.

Die letzten Stunden habe ich auf Autopilot funktioniert, aber kurz vor dem Ziel realisiere ich erst so richtig, was alles auf dem Spiel steht. Vielleicht sehe ich ihn nie wieder.

Tränen laufen mir über die Wangen, nur noch verschwommen kann ich den Highway erkennen. Ich bin in den letzten Monaten kaum Auto gefahren, sodass ich sowieso schon unsicher bin. Langsamer, ich muss einfach nur langsamer fahren, dann klappt das schon. Beinahe wütend wische ich mir die Feuchtigkeit vom Gesicht und beschließe, mich abzulenken. Musik hilft immer, daher schalte ich das Radio ein, suche einen Sender mit Liedern, bei denen ich mitsingen kann, und lande bei *California Gurls* von Katy Perry. Es ist zwar ewig her, seit ich abgeschnittene Jeans getragen habe, aber trotzdem helfen mir die Zeilen, mein Ziel zu erreichen.

Spocky, die mein Gejaule ertragen hat, scheint sich zu freuen, als wir endlich ankommen und ich verstumme. Ich nehme ihre Tasche, meinen Koffer und suche den Schlüssel zum Haus meiner Eltern heraus. Drinnen stelle ich Spockys Tasche behutsam auf dem Küchenboden ab und öffne den Verschluss. Wie ein geölter Blitz schießt sie heraus, rennt zwei Meter, kommt schlitternd zum Stehen, macht einen

Buckel, faucht so laut, dass sie spuckt, und dreht sich dann zu mir um. Ganz ehrlich, ich habe noch nie einen so vorwurfsvollen Blick gesehen.

»Es tut mir ja auch leid, aber wärst du gerne zu Hause verhungert?« Ich stemme die Hände in die Hüften.

Sie blinzelt langsam, bevor sie sich umdreht und die Küche erkundet. Wirklich, sie ist eine solche Diva.

Ich nehme mein Handy heraus und rufe Mom an.

»Ja?«

»Hi, Mom, ich bin jetzt zu Hause.«

Einen Moment ist sie still. »Wow. Du sagtest doch, du würdest so schnell wie möglich herkommen, und nun hast du neun Stunden bis in deine Wohnung gebraucht? Ich fass es nicht.«

»Und du hast behauptet, dass mein Elternhaus immer mein Zuhause sein würde. Danke, Mom.«

»Oh, du bist in unserem Haus?«

»Natürlich, ich sagte doch, ich komme so schnell wie möglich. Wie geht es Dad?«

»Unverändert. Kommst du ins Krankenhaus?«

»Ja, ich hab nur Spocky erst mal reingelassen.«

»Du hast deine Katze mitgebracht?«

»Das diskutiere ich jetzt nicht. Haben wir noch ein paar alte Sachen von den Strandkatzen?«

»Im Keller, hinten links.«

»Okay, ich mache es Spocky bequem und komme dann. Brauchst du irgendwas?«

»Nein, nein, ich bin genügsam.«

Ich verdrehe die Augen. Wenn meine Mutter irgendwas ist, dann ist es nicht genügsam. »Gut, ich bin dann gleich da.«

»Danke.«

Ich gehe in den Keller, suche nach dem Katzenklo und hoffe, dass wir auch noch Streu haben. Da meine Mutter nichts wegwerfen kann, finde ich alles, was ich brauche. Es ist vielleicht keine gute Idee, Spocky jetzt in dieser ungewohnten Umgebung alleine zu lassen, aber ich muss Dad sehen, sonst werde ich diese Nervosität nicht los.

Zurück in der Küche suche ich nach Spocky, um ihr zu zeigen, wo ihre Toilette ist, aber natürlich kann ich sie nicht finden. Es tut mir sehr weh, sie einfach zurückzulassen, aber ich tue es trotzdem.

Schlechteste Katzenmama der Welt. Das ist der Beweis.

Ich mache mich auf den Weg ins Krankenhaus und versuche, nicht zu weinen, aber bin nicht sonderlich erfolgreich.

Cade

Als ich an diesem Abend nach Hause komme, sitzt Melinda auf der Couch. Ich würde gern die Augen verdrehen, doch da das wahrscheinlich nicht die beste Begrüßung wäre, zwinge ich mich zu einem Lächeln.

»Hey, du bist zurück! Wieso hast du nichts gesagt?«

Ich beuge mich zu ihr und küsse sie auf die Lippen, obwohl es mir schwerfällt.

»Überraschung! Wirklich, ich hatte einfach keine Lust mehr, all den alten Männern zuzuhören, die auf neue Herausforderungen nur mit längst überholten Methoden reagieren können.«

»Melinda, ich bin überrascht! Du hörst dich ja beinahe schon wie eine Liberale an.«

Sie winkt ab. »So weit würde ich nicht gehen, aber ich glaube trotzdem an das demokratische System. Und ich finde, dass wir Republikaner grundsätzlich die besseren Lösungen für unser Land anbieten, aber trotzdem denke ich, dass auch mal eine neue Generation an die Macht kommen muss. Ganz objektiv ist unsere Welt eine andere als noch in den Siebzigern. Ob uns das gefällt oder nicht. Wir müssen uns an die neue Welt anpassen, anstatt zu versuchen, die Vergangenheit zurückzuholen.«

»Wow.«

»Was?«

»So hab ich dich einfach noch nie reden gehört. Ich wusste nicht, dass du eine progressive Republikanerin bist.«

»Bin ich nicht, war ich nie. Aber die Midterms haben mich bestürzt. So viele Nachzählungen, so viele Sitze verloren, so viele Anschuldigungen von Wahlbetrug. Es macht mich traurig und wütend, dass die Welt glaubt, wir können nur durch Manipulation an der Macht bleiben. Aber lass uns über was anderes sprechen.«

»Gerne. Soll ich uns was zu trinken holen?«

Melinda lächelt. Zum ersten Mal fällt mir auf, dass sie müde aussieht. Wie lange ist das schon so? »Danke.«

Mit einem schlechten Gewissen gehe ich in die Küche, öffne eine Flasche Wein, nehme zwei Gläser aus dem Schrank und gehe zurück ins Wohnzimmer.

Als ich ihr ein Glas Rotwein reiche, atmet sie das Bouquet ein, bevor sie einen Schluck nimmt und dabei beinahe andächtig die Augen schließt. Sie ist echt eine schöne Frau, ganz objektiv. Auch wenn ich es ihr übel nehme, dass sie mich erpresst, sind meine Gefühle für sie nicht eindeutig. Ich habe sie mal geliebt, ohne jeden Zweifel. Sie war einfach atemberaubend, als wir uns kennengelernt haben. Zielstrebig, ehrgeizig, aber auch warmherzig und großzügig, wenn sie jemanden liebt. Man kann sich gut mit ihr unterhalten, weil sie klug ist und sich in vielem auskennt. Gut, sie hat manchmal verquere Ansichten – wer bitte glaubt denn wirklich, dass die Erderwärmung nur eine Erfindung ist, um den Reichen das Geld aus der Tasche zu ziehen? –, aber jeder hat seine Eigenheiten, denke ich.

»Geht es dir gut?«, frage ich sie.

Sie schlägt die Augen auf, und ich erkenne einen leichten Tränenschleier. Ich habe sie noch nie weinen gesehen, wird mir bewusst.

»Manchmal ist es einfach schwer. Vor einem Jahr war alles so viel leichter.«

»Was meinst du?«

»Uns, die Welt, meine Aufgaben. Na ja, keine Ahnung. Vielleicht ist gerade Vollmond, und ich bin daher so merkwürdig.«

»Du glaubst doch nicht an solchen Humbug.«

»Tu ich auch nicht. Keine Ahnung, was los ist. Es ist nur nicht einfach.« Sie sieht mich an. »Ich hatte auch gehofft, dass es zwischen uns wieder besser laufen würde.«

»Tut es doch auch.«

Ihre rechte Schulter zuckt ein wenig. »Du hast dich tagelang nicht gemeldet.«

Siedend heiß fällt mir auf, dass das stimmt. Seit Samstag war ich in Gedanken so sehr bei Avery, dass ich gar nicht mehr an Melinda gedacht habe. »Es tut mir leid. Die Arbeit … Na ja, du weißt ja, wie das ist.«

»Du hast schon öfter in arbeitsintensiven Phasen gesteckt und dich trotzdem immer bei mir gemeldet. Was ist los?«

»Nichts. Wirklich nicht.« Aber ich kann ihrem Blick nicht standhalten. Als ich wieder hinsehe, ist ihre Stirn gerunzelt. Kein gutes Zeichen.

»Bist du dir da sicher?«

»Ja, absolut.« Ich war noch nie ein guter Lügner, heute ist das nicht anders.

Einen Augenblick ist sie still und trinkt ihren Wein, aber man sieht, wie es hinter ihrer Stirn rattert.

»Hast du sie mal wiedergesehen?«

»Wen?« Keine Ahnung, wieso ich mich dumm stelle, aber ich klammere mich an jeden Strohhalm.

»Du weißt genau, von wem ich rede. Deine Kleine da, mit der du mich betrogen hast.«

»Du meinst Avery.«

»Ganz genau. Avery.« Sie spuckt den Namen beinahe aus.

»Sie war auf der Hochzeit von Micks Cousin«, gebe ich zu. Wenn Melinda es darauf anlegt, wird sie es sowieso herausfinden, und so habe ich vielleicht ein paar Punkte mit Ehrlichkeit gutgemacht.

»Ach, war sie das? Hast du mit ihr geredet?«

»Nicht besonders viel. Sie war eine der Brautjungfern.«

Melinda beugt sich vor und stellt ihr Glas auf den Tisch. »Für mich klingt es unwahrscheinlich, dass du kaum mit ihr geredet hast, obwohl euch doch so eine lange Geschichte verbindet.«

»Wir haben schon ein paar Worte gewechselt, aber ich hab mich doch für dich entschieden.«

»Ich frag mich, ob du das nicht vergessen hast.«

Sie durchschaut mich, stelle ich fest. »Nein, natürlich nicht.«

»Vielleicht muss ich dir noch einmal ins Gedächtnis rufen, was auf dem Spiel steht.«

Ich balle meine Fäuste, versuche, ruhig zu bleiben, sage mir, dass ich Melinda brauche, aber trotzdem erwidere ich scharf: »Das hast du schon oft genug klargemacht.«

»Hast du es denn verstanden?«

Ich presse die Fingernägel in die Handflächen. »Ja, hab ich.«

»Dann ist es ja gut. Ich brauche dir also nicht zu erzählen, dass eure Idee vielleicht nicht so ganz eure Idee war.«

Plötzlich erstarre ich. All das lodernde Feuer in meinen Adern gefriert. »Wie bitte?«

»Ach, nichts. So lange du nicht vergisst, was uns beide verbindet, ist alles gut.«

»Melinda, was zum Teufel meinst du damit?«

Sie lächelt kalt. »Alles zu seiner Zeit.« Sie steht auf und dreht mir den Rücken zu. »Ich nehme ein Bad. Kannst du mir den Reißverschluss öffnen?«

Ich erhebe mich ebenfalls und komme ihrer Bitte nach, aber irgendwie bin ich in Trance. Was meinte sie damit? Unsere Idee ist nicht unsere Idee?

Als sie das Wohnzimmer verlassen hat, schnappe ich mir meinen Laptop und googele nach Organizer-Apps. Es kann ja nur um Benjamin gehen. Das Spiel ist ja noch gar nicht spruchreif.

Alles, was ich in den verschiedenen App-Stores finde, unterscheidet sich von unserer Entwicklung. Natürlich haben wir das Rad nicht neu erfunden, aber wir haben es verbessert, verziert und viele neue Funktionen hinzugefügt. Keine andere App, die ich finde, kann mit unserer mithalten, ist so einfach zu bedienen, und beinhaltet schon gar nicht die

Idee von einem persönlichen Assistenten. Worauf hat Melinda also angespielt?

Ich rufe Chris an.

»Hey, Mann. Was gibt's?« Im Hintergrund höre ich Kindergeschrei, etwas fällt auf den Boden. »Zoë! Verdammt! Bleib stehen!« Und dann erklingt plötzlich alles nur noch gedämpft.

»Chris?« Nichts. »Hallo? Chris, bist du noch da?«

Statt einer Antwort höre ich Weinen, zuerst lauter, dann wieder leiser.

»Mandy! Kannst du die Kinder nicht mal bändigen, wenn ich telefoniere?«

»Entschuldige mal, ich bin den ganzen Tag alleine für sie verantwortlich. Wenn du dann abends endlich da bist, kann ich auch mal ein wenig Hilfe vertragen.«

»Aber Zoë hat die Vase runtergeschmissen!«

»Ja, und? Weil es meine Vase ist, bin ich schuld?«

»Das sag ich ja nicht! Aber ich telefoniere.«

»Mit wem denn?«

Oje, ich will auf keinen Fall, dass er jetzt meinen Namen nennt.

»Mit Cade.«

»Oh, wirklich?« Ich kann förmlich sehen, wie ich auf ihre Shitlist rutsche. »Er sieht dich den ganzen Tag und meint dann auch noch, er könnte deine Abende beschlagnahmen? Kinderlose Menschen sind so egoistisch.«

Ob ein paar Blumen ausreichen, mich wieder mit ihr zu versöhnen?

»Es ist jetzt, wie es ist! Ich telefoniere. Kannst du mal die Scherben auffegen?«

»Soll ich dir vielleicht auch noch Pantoffeln bringen und eine Zigarre?«

Antworte nicht darauf, das ist eine Falle, will ich Chris zurufen.

»Wenn du so fragst …«

»Oh! Oh! Du schläfst heute auf der Couch, mein Freund. Vielleicht verstehst du dann mal, was für einen Scheiß du hier verzapfst!«

»Mom hat Scheiß gesagt!«, erklingt die hohe Stimme von Zoë durch den Hörer.

Ich kann beinahe hören, wie Amanda sich zur Ruhe zwingt. »Das war nicht richtig von mir.«

»Scheiß, Scheiß, Scheiß.«

»Na toll«, meint Chris. »Wenigstens das kannst du mir nicht vorwerfen.«

»Treib es nicht zu weit, sonst schläfst du in der Hundehütte.«

Und dann scheint jemand den Hörer wieder aufzunehmen, denn nun höre ich besser. »Bist du noch dran?«

»Jepp.«

»Hast du was mitbekommen?«

»Quatsch, es war alles nur gedämpft.«

»Wie viel hast du gehört?«

»Ein ganz kleines bisschen.«

»Also alles?«

»Na ja, so kann man es auch sagen. Tut mir leid, dass du in der Hundehütte schlafen musst.«

Chris prustet. »Das Schlimme ist, dass wir nicht einmal eine haben.«

»Du Armer. Aber schlaf bloß nicht auf Zoës Puppe Zoraya ein. Ich weiß aus Erfahrung, dass das einen Krieg auslöst.«

»Danke für dein Mitgefühl.«

»Immer. Hey, weswegen ich anrufe und Mandys Hass auf

mich gezogen habe: Benjamin war doch von Anfang an unsere Idee, oder? Wir haben nicht von anderen Entwicklern gestohlen?«

»Natürlich nicht! Benjamin ist unser Baby! Wieso fragst du so einen Scheiß?«

»Bist du sicher?«

»Ja, natürlich, außer einer von uns ist nicht ganz ehrlich gewesen. Aber alles, was in Benjamin steckt, kam entweder von mir, dir oder Mick.«

»Hm.«

»Noch mal, wieso fragst du?«

»Melinda hat da so was angedeutet, wollte dann aber nichts weiter davon erzählen.«

»Ich glaub nicht dran. Oder hast du Ideen von Melinda in die App einfließen lassen?«

Ich stutze. Das kann natürlich sein. »Okay ... Vielleicht meinte sie das. Natürlich habe ich manchmal mit ihr über unsere Pläne gesprochen, und sie hat Input gegeben. Aber das hast du ja auch mit Mandy gemacht, oder?«

»Klar, aber da wir verheiratet sind, hat sie ja indirekt auch einen finanziellen Anteil an unserer Arbeit. Vielleicht geht es Melinda darum?«

»Danke. Das wird es wahrscheinlich sein.«

»Frag sie doch einfach noch mal.«

»Mach ich. Bis dann.«

Nachdem ich aufgelegt habe, denke ich darüber nach. Melinda hat tatsächlich so viel für uns getan, und ich habe nicht einmal darüber nachgedacht, dass es nur fair wäre, sie dafür angemessen zu entschädigen. Nicht nur das, dann gehe ich auch noch fremd. Bisher dachte ich, sie sei der Schurke, aber vielleicht bin ich es.

Ich klopfe an die Badezimmertür.

»Ja?«

»Darf ich reinkommen?«

»Klar.«

Sie liegt in der Badewanne, ein Bein auf dem Rand, Schaum überall, während sie ein Magazin liest. Es ist *Women's Life*. Ob sie weiß, dass Avery da arbeitet?

Sie schaut auf. »Was gibt es?«

»Hey, hör mal. Du hast so viel für unsere Firma getan. Die ganze Finanzierung sichergestellt, das Marketing organisiert, hast uns an die richtigen Medien vermittelt und alles. Und zusätzlich hast du auch mit uns gebrainstormt, und einige deiner Ideen sind in Benjamin eingeflossen. Die ganze Zeit habe ich nicht einmal darüber nachgedacht, dass es nur fair wäre, wenn wir dich dafür bezahlen. Das tut mir echt leid, und ich würde das sehr gerne nachholen.«

Sie zieht eine Augenbraue hoch. »Du denkst, dass es mir ums Geld geht?«

»Nun ja.«

Langsam zieht Melinda das Bein zurück ins Wasser, stützt sich am Rand der Wanne ab und steht auf. Wasser und Schaum tropfen von ihrem perfekten Körper. Von ihrem perfekten nackten Körper. Die Erkenntnis bringt mich zum Schlucken. Ich habe mich bemüht, Melinda sexuell auf Abstand zu halten, aber wenn sie so gar nichts anhat, ist sie einfach eine Erscheinung.

»Ganz ehrlich, von all den Beleidigungen, die ich mir schon anhören musste, ist das hier die schlimmste.« Sie ballt die Fäuste, ihr Körper zittert. »Ich habe euch geholfen, weil ich dich liebe und ich wollte, dass du erfolgreich bist. Dass ihr erfolgreich seid. Weil ich an dich glaube. Weil ich dir nur das

Beste wünsche und man das eben für die Menschen macht, die man liebt. Man hilft ihnen.« Ihre Stimme wird lauter. »Und dann kommst du daher und willst all das, was ich für euch getan habe, auf schnöde Zahlen reduzieren? Das ist so dermaßen unverschämt, und das hätte ich auch nie von dir erwartet.« Sie zeigt mit dem Finger auf mich. »Du bist verdammt unfair!« Mittlerweile redet sie nicht mehr, sondern sie schreit. »Wie kannst du es wagen, meine Motive so infrage zu stellen?«

Ich hebe beschwichtigend die Hände. »So meinte ich das doch nicht. Ich bin dir so dankbar für alles, was du getan hast. Wenn wir jemanden dafür engagiert hätten, hätten wir diese Person doch auch bezahlt.«

Sie schüttelt den Kopf. Ist sie fassungslos? Ich weiß es nicht, weil ich sie so noch nie erlebt habe. »Du kannst so ein Arsch sein, Cade.«

»Es tut mir leid, okay? Ich wollte dich nicht verletzen.«

»Raus.«

»Melinda, es tut mir leid.«

»Raus!« Sie greift nach dem Schwamm, der auf dem Wannenrand liegt.

»Okay, ich geh ja schon.«

»Ich meine, raus aus der Wohnung!«

»Was?«

»Verschwinde!«

Sie sieht tatsächlich ein wenig verrückt aus, wie sie da splitterfasernackt mit erhobener Hand voller Munition steht. Schnell schließe ich die Tür und höre nur noch das schmatzende Geräusch, als der Schwamm gegen die Tür klatscht.

Das habe ich ja mal richtig vermasselt.

Kapitel 12

Cade

Ich kann nicht fassen, dass Melinda mich rausgeschmissen hat! So viel zum Thema: *Es ist auch deine Wohnung, Schatz.* Von wegen. Eilig gehe ich ins Schlafzimmer, suche was für morgen zum Anziehen heraus, und knalle dann die Wohnungstür hinter mir ins Schloss. Das hat sie jetzt davon. Wenn sie meint, mich so abkanzeln zu können, dann erfülle ich ihr ihren Wunsch.

Einen Augenblick lang überlege ich, zu Avery zu gehen, aber das fühlt sich nicht richtig an. Als würde ich Melinda bestrafen. Vielleicht tue ich das sowieso schon.

Stattdessen fahre ich zu Chris, bis mir einfällt, dass Mandy mich jetzt hasst. Ich halte an einem Supermarkt, kaufe Blumen für sie, und als ich erkenne, dass der Laden auch eine Alkohollizenz hat, nehme ich noch eine Flasche Wein mit. Hoffentlich verzeiht sie mir. Okay, vielleicht lieber drei Flaschen Wein.

Mit meinen Einkäufen stehe ich nun vor ihrer Haustür und klingele. Ich drücke mir selbst die Daumen, dass Mandy mich nicht mit dem Baseballschläger verjagt.

Sie reißt die Tür auf. »Oh, jetzt kommst du auch noch her, um meinen Kindern ihren Vater wegzunehmen?«

Ich halte die Blumen hoch. »Ich bring Geschenke.«

Sie verschränkt die Arme und lehnt sich gegen den Türrahmen. »Ein paar mickrige Blumen?«

Mein anderer Arm schnellt nach oben. »Wein?«

»Schon besser.«

»Melinda hat mich rausgeworfen.«

Sie scheint mir noch nicht ganz verzeihen zu wollen, aber sie sieht schon weniger genervt aus. »Hast du wahrscheinlich verdient. Und jetzt willst du hier schlafen?«

»Wenn ich darf.«

»Ich sag dir eins: Wenn ich dich reinlasse, kümmerst du dich um die Kinder.«

»Deal.«

»Fein, dann gib den Wein her.«

Lächelnd folge ich ihr ins Haus. Sie sitzen gerade beim Abendbrot.

»Onkel Cade!«, kreischt Zoë. Offensichtlich ist das Puppendebakel vergessen. Sie rennt zu mir und umarmt meine Beine. Als ich sie hochhebe, schlingt sie mir die Arme um den Hals.

»Ich freu mich auch, dich zu sehen.«

»Cat, Cat!«, ruft Liam und grinst. Ich drücke ihm einen Kuss auf den Kopf.

»Hey, Mann.« Chris schaut erst mich an, dann Mandy.

»Ach, keine Ahnung«, meint sie und öffnet den Wein.

Chris grinst. »Du hast dich also wieder bei ihr eingeschleimt.«

»Ich würde es nicht als einschleimen bezeichnen.«

»Sondern?«

»Als ernst gemeinte, von Herzen kommende Entschuldigung.«

»Vielleicht solltest du doch wieder gehen«, grummelt Mandy.

»Mom hat heute Scheiß gesagt«, erklärt Zoë vergnügt.

Amanda verzieht das Gesicht. »Das war ein Fehler, das hatte ich doch schon gesagt.«

»Moms machen auch mal Fehler«, meint Chris. Als er den Blick seiner Frau auffängt, fügt er hinzu: »Ganz selten. So selten, dass es statistisch nicht relevant ist.«

Das bringt Mandy wieder zum Lächeln. »Gut gerettet.«

»Ich tu, was ich kann.«

»Cade, möchtest du mitessen?« Sie bringt mir einen Teller, und ich ziehe mir den Stuhl heran, der in einer Ecke steht. Normalerweise liegen darauf immer Unmengen an Zeitungen. Heute ist er leer.

»Was ist mit dem Stuhl passiert?«

»Mandy hat mich gezwungen, die Zeitungen wegzuwerfen.«

»Aber du hattest sie doch noch gar nicht gelesen«, werfe ich ein.

»Ganz genau. Daher ist das auch sehr gemein gewesen.«

»Manche Zeitungen lagen da seit fünf Jahren. Nichts, was da drin steht, ist noch in irgendeiner Weise aktuell gewesen. Du weißt doch, wie es heißt: Am nächsten Tag ist die Zeitung nur noch zum Fisch einwickeln zu gebrauchen.«

»Aber man kann ja noch mal nachlesen, was damals so los war.«

»Dann googele es. Du bist ITler. Dazu solltest du in der Lage sein.«

»Onkel Cade, schläfst du heute hier?«, fragt mich Zoë und sieht mich mit diesen riesigen Bambiaugen an. Irgendwann wird ihr niemand mehr widerstehen können. Ich kann es jetzt schon nicht.

»Wenn ich darf.«

»In meinem Bett?«

»Wenn du mir das erlaubst.«

»Aber leg dich nicht wieder auf Zoraya.«

»Versprochen.«

»Okay, dann darfst du.«

Ich bin mir ja nicht sicher, ob ich nicht lieber auf der Couch schlafe, aber das liebe Angebot kann ich natürlich nicht ablehnen.

»Du willst nur bei Daddy und mir schlafen«, meint Mandy.

Zoë schaut sie ganz unschuldig an. »Neeeeein.«

»Wirklich nicht?«

Sie zieht die Schultern hoch, hebt die Hände und dreht sie ein wenig. »Vielleicht.«

»Dann schläft Cade besser auf der Couch.«

Sie verschränkt die Arme und verzieht das Gesicht. Eine Zornesfalte erscheint zwischen ihren Augenbrauen. »Ach, menno!«

»Möchtest du noch mehr Chicken Nuggets? Oder kann Cade die haben?«

»Noch eins.«

Mandy legt ihr eins auf den Teller, und irgendwie hat das den Sturm abgewendet, denn Zoë trennt vergnügt die Panade vom Fleisch.

Ich applaudiere Mandy lautlos. Sie grinst, bevor sie mir die Schüsseln reicht, damit ich mir etwas nehmen kann.

»Ich nehme an, dein Gespräch mit Melinda ist nicht so gut gelaufen«, stellt Chris fest.

»Eher weniger. Sie hat mich rausgeworfen.«

»Das tut mir leid.«

»Worum geht es?«, fragt Mandy.

»Ach, Melinda hat so was fallen lassen, wie, unsere Ideen wären gar nicht unsere. Das hat mich ein wenig nervös gemacht. Chris meinte, vielleicht läge es daran, dass wir sie nicht finanziell beteiligt haben, obwohl sie so viel für uns getan hat.«

»Das hast du sie nicht gefragt.«

»Äh … Doch?«

Mandy verschränkt die Arme vor der Brust. »Ihr seid so genial, wenn es um euren Job geht, aber so dermaßen bekloppt, wenn es um Frauen geht.«

»Schatz, ich denke nicht …«

»Von dir will ich gar nicht erst anfangen. Wir haben heute unseren Hochzeitstag.«

Chris fällt die Kinnlade runter. »Oh.«

»Ja, oh.« Sie sieht mich an. »Und nun zu dir. Melinda ist kein schüchternes kleines Mädchen. Wenn sie etwas will, fragt sie danach. Dass sie kein Geld wollte, bedeutet, dass sie für dich so hart gearbeitet hat, einfach nur, um dich zu unterstützen. Und du klatschst ihr ihre Großzügigkeit ins Gesicht und unterstellst ihr, aufs Geld aus zu sein. Wow. Großes Kino.«

»Also war es falsch, mit ihr zu reden?«

»Es war falsch, ihr zu unterstellen, dass sie eine finanzielle Gegenleistung erwartet.«

»Okay, aber warum hat sie dann überhaupt davon angefangen, dass unsere Ideen womöglich gar nicht unsere sind?«

»Keine Ahnung. Worüber habt ihr euch vorher unterhalten? War sie da vielleicht angefressen?«

Ich versuche, mich zu erinnern. Und dann dämmert es mir. Wir haben über Avery gesprochen. Klar, dass Melinda sich rächen wollte. »Meinst du, es war nur Rache?«

»Das kann ich nicht beurteilen, aber wenn du das fragst, gab es also vorher etwas, was sie geärgert haben könnte.«

»Ich befürchte ja.«

»Na ja, dann weißt du es doch.«

»Danke.«

»Das nächste Mal frag mich direkt.«

»Mach ich. Du bist mein Beziehungs-Guru.«

Mandy lacht auf. »Ich scheine keine Expertin zu sein, denn mein Mann hat unseren Hochzeitstag vergessen.«

Zoë kichert.

Chris meint: »Hast du das gehört, Zoë? Wir haben den Hochzeitstag vergessen.«

»Zieh nicht meine Kinder mit rein.«

Er grinst nur. »Zoë, dein Einsatz.«

Zoë klettert von ihrem Stuhl, holt unter dem Couchkissen ein zusammengerolltes Papier hervor und eilt zurück zum Tisch, um es Mandy zu geben. Skeptisch entrollt sie es.

Zoë hat ihr ein Bild mit vielen Herzen und Menschen gemalt. Auf Mandys Gesicht breitet sich ein warmes Lächeln aus.

»Das ist so schön, mein Liebling.«

»Liam hat auch was für dich.«

Chris drückt Liam ein Papier in die Hand, dass er weitergibt. So weit ich das erkennen kann, ist es Gekrakel in Blau und Grün. »Das ist so hübsch, Honey«, lobt Mandy, und Liam schaut mächtig stolz aus.

Schließlich reicht Chris seiner Frau ebenfalls ein Papier.

»Wenn du mir auch was gemalt hast …«

Chris lacht. »Das überlasse ich lieber unseren Künstlern.«

Mandy faltet es auf, bevor sie ihre Hand überwältigt vor den Mund schlägt.

»Ich schätze, dass ist ein gutes Zeichen«, murmele ich.

Triumphierend stimmt Chris mir zu: »Ich denke auch.«

»Oh Gott, das ist so toll! Danke!«

»Was ist es denn?« Langsam werde ich neugierig.

»Chris schenkt mir ein Wochenende zu zweit in diesem wunderbaren kleinen Hotel, in dem wir auch unsere Flitterwochen verbracht haben.«

»Es ist auch schon mit deinen Eltern besprochen. Sie nehmen Zoë und Liam.«

Mandy steht auf, umrundet den Tisch und umarmt Chris. Stürmisch küsst sie seine Wangen über und über. »Danke, danke, danke.«

»Hey, nehmt euch ein Zimmer«, scherze ich.

Als Mandy wieder sitzt, hält Chris Zoë die Hand hin. Begeistert klatscht sie ab. Mit Liam funktioniert es noch nicht ganz so gut, aber dann ergreift Chris eben das kleine Händchen und macht es selbst. Man muss sich nur zu helfen wissen.

Wie versprochen, kümmere ich mich darum, dass die beiden Kinder sich bettfertig machen. Ich helfe Liam beim Zähneputzen, während Zoë mir unbedingt zeigen will, wie gut sie das schon allein kann. Dann ziehen sie ihre Schlafanzüge an, bevor sie sich in ihre Betten legen und ich sie zudecke. Für Liam stelle ich die Spieluhr an, Zoë lese ich vor. Ein Kapitel haben wir abgemacht. Ich will gar nicht sagen, wie viele es dann doch werden. Was Zoë angeht, bin ich ein echtes Weichei.

Als ich endlich aus dem Kinderzimmer komme, sitzen Mandy und Chris auf der Couch, Mandys Kopf ruht an seiner Schulter, der Wein steht auf dem Tisch.

»Hey, ich will nicht stören. Ich nehm mir ein Hotel.«

Mandy winkt ab. »Ach was. Dafür sind ja Freunde da.«

»Aber es ist euer Hochzeitstag.«

Sie lächelt, als sie Chris ansieht. »Jeder Tag mit ihm ist was Besonderes.«

»Es würde mich nicht wundern, wenn heute Kind Nummer drei entsteht«, gebe ich meinen Senf dazu.

»Auf keinen Fall!«, sagen sie synchron, bevor sie anfangen zu lachen. »Noch mehr Chaos kann ich nicht vertragen«, meint Mandy. »Außerdem habe ich ja schon drei Kinder.«

»Sehr witzig«, kommentiert Chris.

Ich hole mir ein Glas, fülle ihre auf und proste ihnen dann zu. »Auf euch. Meine besten Freunde und zwei der großartigsten Menschen, die ich kenne. Schönen Hochzeitstag!«

»Danke, dass du dich um Zoë und Liam gekümmert hast.«

»Sie sind einfach toll.«

»Du kannst sie dir gerne leihen«, bietet Chris an.

»Klar, wenn ihr mal einen Babysitter braucht … Aber faire Warnung: Ich werde sie todmüde spielen und zu nichts Nein sagen.«

Mandy lacht. »Ja, genau wie Chris. Zoë braucht nur mit den Wimpern zu klimpern und schon springt er.«

»Als würdest du das nicht machen«, gibt er zurück.

»Aber weniger oft als du.«

»Nein, ich mach es weniger oft als du.«

»Ich mache es immer einmal weniger als du.«

»Verdammt.«

Ich finde es erfrischend zu sehen, dass man offenbar auch als Eltern nicht unbedingt erwachsen sein muss. Da komme ich mir nicht so einsam vor.

Avery

Im Krankenhaus angekommen, frage ich nach dem Weg zur Intensivstation. Mom steht mit einem Arzt im Flur und sieht reichlich überfordert aus, obwohl sie doch Krankenschwester war.

»Mom!«, rufe ich.

Sie dreht sich zu mir um. »Wie gut, dass du da bist!«

Ich eile zu ihnen, und Mom stellt mich vor. »Das ist meine Tochter Avery. Das ist Dr. Meyers, ein Kollege deines Vaters und der behandelnde Arzt.«

Er reicht mir die Hand. »Ich freue mich, Sie kennenzulernen. Wie ich gerade schon Ihrer Mutter sagte, hatten wir Glück im Unglück. Ihr Vater hatte den Infarkt zum bestmöglichen Zeitpunkt, nämlich, als er gerade für einen Patienten in der Notaufnahme ein Konsil durchführte. Er konnte daher sofort in den OP gebracht werden. Es wurde ein Verschluss eines Herzkranzgefäßes festgestellt, den wir mithilfe eines Stents behoben haben. Leider ist sein Allgemeinzustand nicht besonders gut, weswegen er den Eingriff nicht so leicht weggesteckt hat.«

»Was heißt das?«, frage ich und greife nach Moms Händen.

»Er ist sehr schlapp, aber wir sind guter Dinge, dass wir ihn aufpäppeln können. Doch er muss seinen Lebenswandel ändern. Abnehmen, gesünder leben, Sport, die Ernährung umstellen. Ich gehe davon aus, dass er dann wieder ganz gesund wird.«

»Oh, Gott sei Dank!«, ruft Mom aus.

»Danke, Dr. Meyers. Vielen, vielen Dank.«

»Sehr gerne.«

»Dürfen wir zu ihm?«

»Natürlich.«

»Ich weiß, wo er ist«, sagt Mom.

Ich folge ihr, aber bleibe erst mal vor der Tür stehen, während Mom das Zimmer betritt. Ich bin unsicher, ob ich es ertragen kann, meinen Vater so zerbrechlich zu sehen, und muss erst mal Mut sammeln.

»Hey«, höre ich von innen.

Ein krächzendes, schwaches »Hallo« folgt, und mir treten sofort die Tränen in die Augen. Ich kann nicht hineingehen, kann meinen Fels nicht so schwach erleben.

»Avery ist hier«, sagt Mom.

»Wo ist sie?«

Und dann kann ich nicht mehr tatenlos rumstehen, sondern muss zu ihm gehen. Ich schaue um die Ecke und sehe meinen Vater im Bett umgeben von Schläuchen und Apparaten. Der Anblick macht mich schwindelig. Langsam gehe ich zu ihm und halte mich dann am Bett fest. Er sieht so viel kleiner aus, als ich ihn in Erinnerung habe.

»Hey, Daddy«, sage ich leise.

»Mein Kleines.«

Er will noch etwas hinzufügen, aber es stimmt, was der Arzt gesagt hat. Er ist schlapp, ihm fallen die Augen wieder zu. Mom zieht mir einen zweiten Stuhl heran, und dann sitzen wir da, um über seinen Schlaf zu wachen. Nach einer Weile hole ich uns Kaffee und Donuts. Ich weiß, es ist ein wenig ironisch im Hinblick auf die Diagnose meines Vaters, aber die Cafeteria gibt nichts anderes her.

»Danke, dass du sofort gekommen bist.«

»Natürlich, Mom! Nichts hätte mich aufhalten können.«

Sie drückt meine Hand. »Ist es sehr schlimm für dich?«

»Ihn so zu sehen?«

Sie nickt.

»Ja. Er war doch immer mein Held. Und jetzt wirkt er so klein und schwach.«

»Er wird wieder gesund. Ich weiß es genau. Das hier wird sein Weckruf sein, dass er kürzertreten muss.«

»Viel Glück dabei, diesen Workaholic zu reformieren.«

Mom zuckt mit den Schultern. »Er wird sich einfach beugen müssen.«

»Möchtest du nach Hause fahren?«

»Ich will ihn nicht allein lassen.«

Ein Blick auf Dad zeigt mir, dass er immer noch friedlich schläft. »Ich glaub nicht, dass er mitbekommt, ob wir hier sind oder nicht.«

»Noch ein bisschen, aber du kannst ruhig fahren.«

»Ich fahr nicht ohne dich.«

»Okay.«

Wie lange wir da sitzen, weiß ich nicht, aber nachdem er noch einmal kurz aufgewacht und wieder eingeschlafen ist, beschließen wir, nach Hause zu fahren und uns ebenfalls ein wenig auszuruhen. Indem ich Mom sagte, dass wir nicht für ihn da sein können, wenn wir nicht ausgeruht sind, ließ sie sich überzeugen.

Als wir zu Hause ankommen und die Haustür aufschließen, bietet sich uns ein Anblick, der Mom die Hände überm Kopf zusammenschlagen lässt.

»Der schöne Teppich!«, ruft sie aus. »Du hast einen Teufel in mein Haus gebracht.«

Spocky hat doch tatsächlich den gesamten Flurteppich auseinandergenommen. Es liegen nur noch Fetzen auf dem Fußboden.

Statt zu antworten, suche ich nach meiner Katze und finde sie in der Küche. Sie thront auf der Arbeitsfläche und starrt mich missmutig an.

»Ach, Spocky, es tut mir wirklich leid. Aber es ging nun mal nicht anders.« Ich streichele ihr über den Kopf. Sie schnurrt verhalten, als wollte sie noch nicht nachgeben. »Verzeih mir.«

»Du bist eine verrückte Katzenlady, weißt du das?«, fragt Mom, während sie in den Kühlschrank schaut. »Ich dachte, man muss schon bedeutend älter sein, um mit seinem Tier zu sprechen.«

»Vielleicht bin ich einfach ein Frühstarter.« Ich kraule Spocky hinter dem rechten Ohr, und sie schnurrt laut. Dem kann sie einfach nicht widerstehen, auch wenn sie böse auf mich ist.

»Willst du was essen? Ich könnte uns ein paar Sandwiches machen.«

»Ich hab keinen Hunger. Aber vielleicht ein Glas Wein?«

»Sehr gerne.«

Mom holt eine angebrochene Flasche Chardonnay aus dem Kühlschrank und nimmt zwei Gläser mit ins Wohnzimmer. Als sie sich setzt, entfährt ihr ein Seufzer voller Angst, Leid und Erschöpfung. Zum ersten Mal realisiere ich, dass Mom keine vierzig mehr ist. Mit all den Unternehmungen und ihren Hobbys, mit ihrem ganzen Sein wirkt sie jünger, als sie eigentlich ist. Ich habe gar nicht mitbekommen, dass sie älter geworden ist.

Mit Spocky auf dem Arm folge ich ihr. »Geht es dir gut, Mom?«

Sie zuckt mit den Schultern. »Irgendwie ist mir heute erst aufgegangen, dass Dad und ich nicht mehr Anfang zwanzig sind.«

Schmunzelnd sage ich: »Das wäre auch sehr merkwürdig, da ihr ja eine dreißigjährige Tochter habt.«

»Manche Kinder sind so viel erwachsener als ihre Eltern. Ich bin froh, dass du nicht dazugehörst.«

»Gerade hast du mich noch verrückte Katzenlady genannt.«

»Ach, das warst du doch schon mit zehn.«

»Und abgesehen von heute, Mom. Geht es dir da gut?«

Sie blickt mich an. »Sehr gut, wirklich. Es war schwer, dich gehen zu lassen. Als einziges Kind. Damals war es schon schwer, als du nach L. A. gegangen bist, und Anfang des Jahres war es schwer, dich auf die andere Seite des Landes ziehen zu lassen, aber so ist es eben.«

»Ach, Mom …«

Sie trinkt einen Schluck. »Nein, alles gut. Kinder müssen sich abnabeln, das ist nur gesund.«

Ich greife nach ihrer Hand. »Glaub nicht, dass ich euretwegen gegangen bin.«

Sie tätschelt meine. »Das würde ich nie denken. Wir haben schon ein ziemlich gutes Verhältnis, oder nicht?«

»Ein sehr gutes. Wenn ich dich nicht hätte, könnte ich nicht tun, was ich tue. Du hast mir den Mut gegeben, zu gehen, nur du. Ich bin, weil du bist.«

»Ach, Spätzchen. Du bist uns auch wirklich gut geraten.«

Eine Weile trinken wir unseren Wein, die Stille wird nur unterbrochen von Spockys Schnurren.

»Glaubst du, Dad wird wieder gesund?«

»Das muss ich einfach glauben, Spätzchen. Ich wüsste nicht, was ich ohne ihn tun sollte. Er ist die Liebe meines Lebens.«

»Erzähl mir noch mal, wie ihr euch kennengelernt habt.«

Sie lehnt sich zurück, und sofort zeigt sich dieser nostalgische Glanz in ihren Augen. »Es war der Sommer 1980. Ich war frischgebackene Krankenschwester und hab in einem Krankenhaus in L. A. gearbeitet. Es war eine merkwürdige Zeit. Ich befand mich in meiner Findungsphase, irgendwie war das passend für die frühen Achtziger. Das ganze Jahrzehnt hat sich wie eine einzige Findungsphase angefühlt. Und trotzdem war es einfach großartig. Prince Charles und Lady Di haben geheiratet, das erste Mal wurde der Martin Luther King Day begangen, die Olympischen Spiele fanden in Los Angeles statt. Na ja, du weißt all das.« Sie trinkt noch einen Schluck, vollkommen versunken in ihrer Geschichte. »Ich war also in diesem Krankenhaus und wusste noch nicht so richtig Bescheid, aber dann kamen die neuen Studenten, die dachten, sie hätten die Weisheit mit Löffeln gefressen. Unter ihnen Mark McIntyre, der arroganteste von ihnen allen. Klar, ich weiß, ich hatte nicht viel Ahnung, aber mehr als so angehende Ärzte schon lange. Schon beim ersten Patienten sind wir aneinandergeraten, weil er eine vollkommen falsche Behandlungsmethode anwenden wollte. Als ich ihn korrigierte, hatte er die Frechheit zu sagen: ›Sie sind nur eine Schwester, Debra. Ich muss auf nichts hören, was Sie sagen.‹ Oh, bin ich wütend geworden. Ich hätte ihm am liebsten eine Bettpfanne an den Kopf geworfen. Stattdessen bin ich rausgegangen und hab die Oberschwester zu ihm geschickt, die ihm ordentlich die Leviten gelesen hat. Dann bin ich nach draußen geeilt. Auf dem Parkplatz habe ich geschrien und gewütet. Es muss ein Anblick für die Götter gewesen sein.« Sie lacht auf.

Ich liebe es, sie dabei zu beobachten, wie sie diese Geschichte erzählt. Wenn ich so drüber nachdenke, kenne ich kaum Eltern, die sich nicht nur lieben, sondern auch so richtig mögen. Dass die Gesellschaft des anderen eigentlich das Einzige ist, was sie wirklich brauchen. Es war immer selbstverständlich für mich, aber mittlerweile weiß ich, wie wenige Paare diesen Zusammenhalt kennen.

Mom sieht immer noch gut aus. Schlank und mit wenigen Falten. Ja, die Haare werden immer grauer, aber ich liebe es, dass sie sich dazu entschieden hat, sie nicht zu färben, sondern in Würde alt zu werden. Diese Haltung wird immer seltener in unserer Gesellschaft. Sie war immer mein großes Vorbild. Vielleicht habe ich ihr das nicht oft genug gesagt und habe sie zu oft abgewimmelt, weil ich nicht schon wieder von Yoni-Massagen hören wollte oder von anderen Verrücktheiten. Sie dagegen hat mir nie das Gefühl gegeben, sich für mich geschämt zu haben. Im Gegenteil, sie war immer mein größter Cheerleader.

»Und dann kam er heraus, der große Mark McIntyre, ganz klein mit Hut, weil Oberschwester Irene ihm klargemacht hat, wovon er alles keine Ahnung hat. Und das war eine ganze Menge. Jedenfalls sprach er mich von hinten an: ›Du bist süß, wenn du wütend bist.‹ Ich drehte mich um, funkelte ihn an und schrie: ›Als würde mich interessieren, was so ein Halbgott in Weiß von mir hält.‹ Na ja, jedenfalls hat er von dem Moment an nicht mehr aufgegeben. Heute würde man das wahrscheinlich übergriffig finden, doch für mich war es romantisch. Aber so leicht wollte ich es ihm nicht machen. Ich hab ihn fast ein Jahr hingehalten. Bis er eines Tages sagte: ›Ich liebe dich, Debra, und ich will mein Leben mit dir verbringen, aber es ist offensichtlich, dass du das nicht möchtest, daher höre ich jetzt auf, dich immer wieder darum zu bitten, mit mir auszugehen.‹ Und das tat er auch.«

»Aber ja nicht für immer.«

»Er hätte es durchgezogen, da bin ich mir sicher. Aber zu dem Zeitpunkt hatte ich mich auch schon längst in ihn verliebt, weswegen ich zu ihm sagte: ›Fein, du musst ja nicht gleich betteln. Geh ich halt mit dir aus.‹ Na ja, und das war der Anfang unseres gemeinsamen Lebens.«

»Es ist irgendwie so unromantisch, dass es schon wieder romantisch ist.«

»Ach, du hättest dabei sein müssen.« Sie grinst. »Ich finde, es ist die romantischste Geschichte überhaupt, weil sie unsere ist.«

»Ich mach mir Sorgen.«

»Dein Dad ist viel zu stur, um aufzugeben. Daran müssen wir einfach glauben.«

»Okay.«

Mom tätschelt mein Bein. Wir sollten schlafen gehen, damit wir uns wenigstens ein paar Stunden ausruhen können. Morgen würde ich gerne früh losfahren.«

»Okay.«

Eine halbe Stunde später liege ich im Bett, aber es dauert lange, bis ich einschlafen kann. Spocky macht es mir auch nicht leicht, da sie mal wieder denkt, mein Kopf wäre das beste Kissen.

Auf dem Weg ins Krankenhaus halten wir bei einem Drive-in an, um uns Kaffee zu besorgen. Der Krankenhauskaffee ist ungenießbar. Grauenvoll ist noch eine nette Umschreibung dafür.

Latte macchiato schlürfend halten wir am Schwesternzimmer an, nur um zu erfahren, dass Dad schon auf eine normale Station verlegt wurde. Wir beide machen uns große Vorwürfe, weil wir nicht da waren, reden uns diese dann aber gegenseitig aus, nur um uns selbst die Schuld an dem Versäumnis zu geben. Ich befürchte, ich werde wie Mom, und in ein paar Jahren werde ich Spocky mit peinlichen Geschichten langweilen.

Sobald wir die Tür zu Dads neuem Zimmer öffnen, fangen wir beide an zu weinen. Dad sitzt bereits wieder munter im Bett, statt zu liegen.

»Oh, Daddy«, murmele ich, während Mom ausruft: »Jag mir nie wieder solche Angst ein!«

Und Dad? Der guckt, als hätten wir beide den Verstand verloren. »Ihr Frauen müsst auch immer so einen Aufstand machen.«

Aber als ich ihn umarme, spüre ich, dass er leicht zittert. So gesund, wie er jetzt tut, ist er noch lange wieder nicht.

»Oh Dad, ich hab mir echt Sorgen gemacht.«

»Ach, Kleines, Unkraut vergeht doch nicht.«

»Aber du bist gar kein Unkraut. Du bist mein Fels, und ohne dich kann ich nicht leben.«

Er lächelt. »Du bist ein bisschen melodramatisch. Es ist nur natürlich, dass Kinder irgendwann ohne ihre Eltern leben müssen.«

»Irgendwann ist nicht heute. Und wenn ich es mir recht überlege, ist irgendwann niemals.«

»Das ist der Lauf …«

»Nein. Einfach nur nein. Nicht heute. Das ist gerade viel zu real.«

»Okay.« Er lächelt mich an und drückt meine Hand, bevor er zu Mom schaut, die sich sein Krankenblatt durchliest.

»Was steht drin?«

»Als hättest du es nicht schon längst gelesen.«

»Es lag außer Reichweite.«

Sie reicht es ihm. »Da steht drin: Ärzte sind die schlimmsten Patienten.«

»Das kann gar nicht sein, das sind Krankenschwestern.«

»Von wegen.« Sie küsst ihn auf die Lippen, und ich drehe mich diskret zur Seite. »Ich bin froh, dass es dir schon wieder so gut geht.«

»Ich auch. Es hat mich auch erschreckt.«

»Wir müssen einiges ändern.«

»Vielleicht ist der Ruhestand doch keine schlechte Idee.«

»Das sage ich dir seit Jahren.«

»Ich weiß. Du bist einfach die Klügste.«

»Sag ich doch.«

Während meine Eltern diskutieren, muss ich lächeln. Auch nach fast vierzig Jahren sind sie noch ein süßes Paar. Das sind echte Ziele.

Ich hole eine Zeitung aus dem Stationszimmer und setze mich dann auf den Sessel in der Ecke von Dads Krankenzimmer.

»Steht was Interessantes drin?«, fragt Dad.

Ich schaue aufs Datum auf der ersten Seite. »Alles längst bekannt. Die Zeitung ist von November.«

»Kann ja aber trotzdem noch interessant sein.«

»Nur alte Hüte. Hier wird gerade noch darüber diskutiert, ob Nancy Pelosi House-Speakerin bleiben soll. Mittlerweile wissen wir ja, dass sie wiedergewählt wurde. Bei der ganzen Diskussion hab ich mich so an Hillary erinnert gefühlt. Beide müssen sich den schlimmsten Attacken stellen und haben es dennoch geschafft, ihr Ansehen bei den Wählern zu verbessern.«

»Politik ist doch nur noch eine Farce.«

»Dann ist es an uns, das wieder zu ändern.«

Mom fragt: »Hast du wieder einen tollen Artikel geschrieben?«

Ich schüttele den Kopf. »Ich bin noch nicht fertig, daher hat Giselle mir einen Aufschub gegeben, was jetzt ja auch gut ist.«

»Du kannst doch wieder zurückfliegen«, meint Dad.

»Aber in nicht mal einer Woche würde ich doch für Weihnachten wiederkommen.«

»Also, wir würden es verstehen, wenn du nicht kommen könntest …«, beginnt Dad.

»Ich nicht«, wirft Mom ein.

Ein Grinsen breitet sich auf meinem Gesicht aus. »Weihnachten steht nicht zur Diskussion.«

»Fein, es wird schön sein, dich wieder ein bisschen länger zu Hause zu haben.«

»Find ich auch.«

Wenn ich es mir recht überlege, vermisse ich meine Eltern schon, so weit weg von zu Hause.

Kapitel 13

Cade

Nachmittags frage ich mich, wie es weitergehen soll. Soll ich zu Melinda fahren und mich entschuldigen, oder soll ich noch eine Nacht bei Chris schlafen? Eigentlich denke ich, dass sie sich wieder beruhigt haben sollte. Aber man weiß ja nie. Es kann auch nach hinten losgehen, wenn ich ihr nicht genug Zeit gebe.

Und dann stutze ich. Wie oft hat sie mich schon rausgeworfen? Wie viele Nächte habe ich bei Chris geschlafen? Zu viele ist die Antwort. Ganz eindeutig. Wieso habe ich das vorher nicht erkannt?

Wenn ich nicht in so einer prekären Lage wäre, würde ich sie auch mal hängen lassen. Aber sie sitzt eindeutig am längeren Hebel, weil ich mehr von ihr will, als sie von mir.

Ich schaue auf mein Handy. Noch keine Nachricht von Avery. Jetzt sind schon mehr als vierundzwanzig Stunden vergangen, seit wir uns zuletzt gesehen haben. Vielleicht muss ich einfach den ersten Schritt machen.

Hey, Avy. Wie geht es dir? Was machst du gerade? Irgendwie vermisse ich dich.

Ich weiß, ich kann nicht darauf hoffen, dass sie sofort antwortet, aber als sie es dann tut, fällt mir vor Schreck beinahe das Handy herunter.

Hey, sorry, dass ich mich nicht gemeldet habe. Ich bin in Irvine. Dad hatte einen Herzinfarkt.

Die Freude, die ich beim Erreichen ihrer Nachricht gespürt habe, weicht eisiger Beklemmung.

Wie geht es ihm? Ist alles in Ordnung? Brauchst du mich?

Die letzte Frage ist vielleicht ein wenig lächerlich, denn was könnte ich schon tun? Ich bin kein Arzt, hinzufliegen ist auch kaum möglich, aber trotzdem will ich für sie da sein, wenn sie mich braucht.

Ihm wurde ein Stent eingesetzt, soweit geht es ihm gut. Er ist schon auf der normalen Station. Ich wollte sowieso über Weihnachten herkommen, daher bleibe ich jetzt direkt hier.

Erleichterung durchflutet mich. Gott sei Dank scheint die Situation nicht mehr lebensbedrohlich zu sein. Aber bei dem Gedanken, Avery mindestens eine Woche lang nicht zu sehen, bin ich auch etwas enttäuscht. Oder ist das womöglich eine Chance, einen klaren Kopf zu bekommen? Keine Ahnung, wen ich hier verarschen will. Es kann sich nichts klären, weil es eine vollkommen vertrackte Situation ist, aus der es keinen Ausweg gibt. Es ist eine Lose-lose-Situation. Entweder verletze ich Avery oder ich treibe mich – und damit auch Chris, Mick und ihre Familien – in den Ruin. Wenn es nur um mich ginge, wäre meine Antwort klar. Aber so ist es nicht.

Okay, halt mich auf dem Laufenden und sag Bescheid, wenn du etwas brauchst. Ich vermisse dich.

Ich dich auch.

Manche Worte tragen sowohl eine positive als auch eine negative Botschaft in sich. Ich freue mich, dass sie so fühlt wie ich, doch gleichzeitig erschwert dies auch mein Leben ungemein.

Es kommt mir wie Verrat vor, als ich jetzt Melinda anrufe. Es klingelt ein paar Mal, bevor die Mailbox anspringt. Ich versuche es wieder und wieder, doch immer mit demselben Resultat.

Wie hat doch Albert Einstein gesagt? Die Definition von Wahnsinn ist, immer wieder das Gleiche zu tun und andere Ergebnisse zu erwarten.

Entweder ist Melinda beschäftigt, oder sie will nicht mit mir sprechen. Da sie eigentlich immer erreichbar ist, tippe ich auf Letzteres. Ich kann also nur eins tun: nach Hause fahren und hoffen, sie dort anzutreffen.

Zu Hause angekommen, fahre ich mit dem Aufzug hoch und gehe den beigefarbenen Flur mit der Holzvertäfelung entlang, vorbei an all den perfekt ausgeleuchteten Türen, die wie Gemälde in einem Museum wirken. Ich biege um die Ecke, schaue auf und stutze. Vor unserer Tür steht ein Koffer. Mein Koffer. Erst begreife ich nicht, doch dann wird es mir klar. Melinda hat mich rausgeworfen. Eine Nacht hat nicht gereicht, um ihren Zorn zu kühlen.

Als ich den Schlüssel ins Schloss stecken will, tut sich nichts. Hat sie etwa das Schloss ausgetauscht? Will sie mich eigentlich verarschen?

Ich klopfe an die Tür. »Melinda, ich bin's. Mach bitte die Tür auf.« Zunächst gelingt es mir, ruhig zu bleiben.

Als sie ruft: »Ich will dich nicht mehr sehen!«, wird mein Klopfen zu einem Hämmern.

»Melinda! Mach diese beschissene Tür auf!«

»Schrei nicht so!«

»Dann mach die Tür auf!«

»Nein, ich will dich nicht mehr sehen!«

»Was hab ich denn so Schlimmes getan?«

»Du hast mich verletzt.«

Langsam lasse ich die Hand fallen, lehne die Stirn an die Tür und atme tief durch. Sich durch das Holz anzubrüllen, ist einfach nur kindisch. Diese ganze Aktion ist es, aber Melinda scheint es egal zu sein, dass wir uns lächerlich machen und mit unserem Streit das ganze Haus unterhalten. Es ist ein Wunder, dass noch niemand die Polizei angerufen hat.

»Es tut mir leid. Ich wollte dich nicht verletzen. Du hast es anders verstanden, als es gemeint war.«

»Oh, dann bin ich schuld?«

»Nein, sorry. Ich hab mich falsch ausgedrückt.«

»Hm.«

»Komm schon, Süße. Es tut mir wirklich leid. Lass mich rein.«

»Das tat wirklich weh.«

»Ich weiß, es tut mir leid.«

»Tu das nie wieder.«

»Nie wieder.«

Ich höre, wie sie den Schlüssel dreht und langsam die Tür öffnet. Sie hat verweinte Augen, für ihre Verhältnisse wirre Haare und trägt eine Jogginghose. Wenn Melinda eine Jogginghose trägt, ohne Sport zu treiben, dann muss die Welt kurz vorm Untergang stehen. Ebenso wie Karl Lagerfeld glaubt Melinda nämlich, dass man sein Leben nicht mehr im Griff hat, wenn man Jogginghosen trägt.

»Es tut mir ehrlich leid.«

»Okay.«

»Verzeihst du mir?«

Langsam nickt sie. »Okay.«

»Danke.«

Ich nehme den Koffer und trete in die Wohnung. Als ich mich im Flur zur Seite drehe, sehe ich durch den Flurspiegel für einen winzigen Moment ein triumphierendes Lächeln auf Melindas Lippen, bevor sie wieder ihre Trauermiene aufsetzt.

Erst jetzt fällt mir auf, wie absurd die Szene war. Ich hätte doch erleichtert sein sollen, dass unsere Beziehung zu Ende ist, stattdessen flehe ich sie an, mich zurückzunehmen.

Frustriert reibe ich mir über das Gesicht. Sie hat mich ausgetrickst.

Um sie nicht ansehen zu müssen, nehme ich meinen Koffer mit ins Schlafzimmer und räume dort meine Kleidung wieder in den Schrank. Sie hatte nur wenige Dinge eingepackt, was nur noch mehr dafür spricht, dass sie mich reingelegt hat.

Ich setze mich auf die Bettkante, beuge mich vor, stütze die Ellenbogen auf den Oberschenkeln ab und vergrabe das Gesicht in den Händen. Wie soll ich jetzt reagieren? Eine Konfrontation bringt doch nichts. Oder rede ich mir das ein, weil ich mich nicht traue, sie zur Rede zu stellen?

»Cade?«

»Hm?«

Sie tritt langsam ins Schlafzimmer, und ich schaue auf. »Alles okay?«

»Du hast mich manipuliert.«

»Nur ein bisschen.«

Die Antwort schmerzt, aber wenigstens gibt sie es zu.

»Wieso?«

»Ich bin dir so egal geworden.«

»Bist du nicht, wie kommst du darauf?«

Sie setzt sich neben mich. »Na ja, ich wollte noch einmal erleben, dass du um mich kämpfst.«

Dieser Satz lässt uns beide verstummen. Schließlich sage ich: »Kommt nur mir das abgefuckt vor?«

Melinda zuckt mit den Schultern. »Du hast gesagt, du gibst uns eine echte Chance. Und du hast es auch ausprobiert, aber in den letzten zwei, drei Wochen haben wir uns wieder entfremdet. Besonders in den vergangenen Tagen. Ich fühle, dass da etwas nicht stimmt.«

»Ich gebe uns eine Chance.«

»Du sagst es, aber eigentlich wartest du nur darauf, dass du mich verlassen kannst.«

»Das stimmt nicht.«

»Doch. Ich weiß auch nicht, wieso ich gedacht habe, du könntest mich wieder lieben, schließlich zwinge ich dich dazu, mit mir zusammen zu sein.«

»Was willst du mir sagen? Dass du es beenden willst?« Ich krampfe die Finger in den Stoff meiner Jeans, so heftig, dass die Knöchel weiß werden.

»Willst du es denn beenden?« Bevor ich etwas sagen kann, fügt sie hinzu: »Nur damit das ganz klar ist: Eure Finanzierung könnt ihr vergessen, wenn es zu Ende ist. Ich sag das nicht aus Boshaftigkeit, sondern einfach, weil ich nicht mehr mit euch zusammenarbeiten kann, wenn du Schluss machst.«

Langsam lockere ich die Finger. Die Hoffnung war auch zu schön, um wahr zu sein. »Ich will es nicht beenden.«

Sie lächelt leicht, was ihrem Gesicht direkt mehr Freundlichkeit verleiht. Für ihre achtundzwanzig Jahre sieht sie manchmal schon recht verkniffen aus, als würden all die Intrigen ihren Tribut verlangen. »Dann bleibt nur noch eine Sache zu klären.«

»Und die wäre?«

»Siehst du Avery wieder?«

Ich schweige viel zu lange, bevor ich tonlos hervorbringe: »Nein.«

Leicht schüttelt sie den Kopf. »Ich glaube dir nicht. Aber vielleicht kann ich dir einen kleinen Anreiz geben.«

»Und der wäre?«

Ihr Lächeln, das gerade noch freundlich war, erscheint plötzlich geradezu diabolisch. »Es könnte sein, dass ihr fremde Ideen in Benjamin eingebaut habt.«

Unwillkürlich halte ich die Luft an. »Haben wir nicht. Es ist unsere Erfindung.«

Sie wiegt den Kopf hin und her. »Du hast ein paar meiner Ideen eingebaut.«

Es flimmert vor meinen Augen. Das ist der Super-GAU. »Aber du sagtest doch, du willst kein Geld.«

»Will ich auch nicht. Denn die Wahrheit ist: Es waren nicht meine Ideen, sondern die von Hank Woodley.«

»Wer ist Hank Woodley?«

»Mein Ex. Ebenfalls ein App-Entwickler, der schon vor ein paar Jahren das Konzept für eine Organizer-App entwickelt hat.«

Ich springe auf, kann nicht mehr sitzen bleiben. Zu ungeheuerlich ist das, was sie mir da erzählt. »Das ist nicht dein Ernst!«

»Doch.«

Verzweifelt greife ich mir in die Haare und ziehe an ihnen. »Du willst mir erzählen, dass du mir Ideen von jemand anderem untergejubelt hast? Das ist Plagiat!«

»Ganz genau.«

Ungeheuerlich. Nein, nicht ungeheuerlich, sondern vollkommen abgefuckt! »Wie konntest du mir das antun?«

»Ich hatte bei dir schon lange das Gefühl, dass ich eine Versicherung brauche.«

»Und die Finanzierungskarte hat dir nicht gereicht?«

»Das würde dich nicht genug bei der Stange halten und schon gar nicht für immer. Ich brauchte etwas Wirksameres.«

In mir brodelt es. Wut schwappt durch meinen ganzen Körper. Mit einem Schrei entlädt sich dieser Zorn in einem Faustschlag. Einem Faustschlag gegen die Wand. Den Schmerz in meiner Hand spüre ich nicht, aber ich sehe die Delle, die nun die taubenblaue Schlafzimmerwand ziert.

Ich lehne den Kopf gegen die Wand, vollkommen erschlagen. Die Hoffnung stirbt zuletzt, sagt man, und meine ist gerade gestorben. So sehr hatte ich auf einen Weg aus dem Schlamassel gehofft, stattdessen stecke ich jetzt noch tiefer drin. Das passiert also, wenn man mit Gegnern spielt, denen man nicht gewachsen ist. Wie soll auch ein einfacher Junge aus Kalifornien mit einem Haifisch mithalten können? Melinda ist bereit, über Leichen zu gehen, das wusste ich, weil sie und ihr Vater das oft genug am Esstisch verkündet haben, wenn es um ihre politischen Ambitionen ging. Ich war naiv anzunehmen, dass sie sich mir gegenüber fair verhalten würde.

»Cade, sag was.«

Ich zucke mit den Schultern. »Ich verstehe nicht, wie du das tun konntest. Du setzt nicht nur meine Karriere aufs Spiel, sondern auch die von Chris und Mick.«

»Die beiden interessieren mich nicht.«

Langsam drehe ich mich um und schaue sie entgeistert an. Sie war mal ein netter Mensch. Als ich sie kennengelernt habe, war sie wirklich lieb. Aber so … nein, so kenne ich sie nicht. »Was für eine Person muss man sein, dass einem das Schicksal anderer so egal ist?«

»Eine pragmatische. Komm schon, es ist ja nicht so, als würde ich dir keinen Ausweg lassen. Bleib bei mir, vergiss die kleine Schlampe, und niemand wird je erfahren, dass ihr plagiiert habt.«

Mein Gehirn kann das alles nicht mehr aufnehmen. Auf einmal fühle ich mich wieder wie der dumme Junge, den mein Vater immer in mir gesehen hat. Der Versager. So lange habe ich versucht, mir das Gegenteil zu beweisen, aber jetzt entspreche ich genau dem schlechten Bild, das Dad immer von mir hatte.

»Ein C in Englisch?«, schrie Dad, als er mein Zeugnis sah. »Ist mein Sohn so ein Versager, dass er seine eigene Sprache nicht versteht?« Verächtlich schaute er mich an. »Nein, so jemand kann nicht mein Sohn sein.«

Es war egal, dass die anderen Noten alle sehr gut waren. Lauter As, nur dieses eine C. Ich lernte und lernte, aber ich verstand all diese Metaphern einfach nicht. Wieso sollte ein blauer Vorhang sinnbildlich für die depressive Verfassung des Autors stehen? Es ergab keinen Sinn. Mathe und Naturwissenschaften basierten auf Fakten, aber ein Autor, der fünfhundert Jahre tot war, konnte uns keine Fakten mehr liefern. Also waren alle unsere Annahmen widerlegbar. Solange der Autor nicht sagen konnte: Ja, ich hab Blau für den Vorhang gewählt, weil ich Depressionen hatte, gab es doch keinerlei Beweis.

»Hast du nichts dazu zu sagen?« Drohend baute Dad sich vor mir auf, und ich wurde immer kleiner und kleiner.

»Es tut mir leid.«

Er rollte das Blatt zusammen und schlug mir damit ins Gesicht. Es tat nicht weh, aber es war die Geste, die schmerzte.

»Geh in dein Zimmer.«

Ich atmete tief durch, erleichtert, dass ich so glimpflich davongekommen war. »Okay.«

So schnell ich konnte, aber bedacht darauf, keinen Krach zu verursachen, eilte ich die Treppe hinauf, sprang über die fünfte Stufe, die immer knarzte und ließ mich dann auf mein Bett fallen, ohne recht glauben zu können, dass das alles gewesen sein sollte. Sonst folgte auf schlechte Noten eine ganz andere Behandlung. Aber ich beschloss, es nicht infrage zu stellen, sondern dieses unerwartete Geschenk einfach zu genießen.

Als ich aufstand, um aus dem Fenster zu sehen, erblickte ich gerade noch Avery, die mit ihren Eltern ins Auto stieg. Den Beginn der Ferien sollte sie bei Verwandten verbringen. Wir hatten uns schon lang und breit verabschiedet. Trotzdem winkte ich jetzt noch einmal, aber sie sah es nicht.

In dem Moment hörte ich die Fußstapfen.

Ich war gar nicht davongekommen, er hatte die Strafe nur verzögert.

Ganz langsam drehte ich mich um und versuchte dabei, das Zittern zu verbergen, das durch mich hindurchfuhr. Was auch immer jetzt folgte, es war nicht gut. Die Ferien lagen vor uns, Avery war zwei Wochen nicht da, es gab niemanden, der meine Wunden entdecken würde, niemanden, den es interessierte, warum der Turner-Junge die Ferien im Haus verbrachte.

Wie ein Riese stand Dad in der Tür. Mittlerweile war ich genauso groß wie er, aber trotzdem wirkte er so viel größer als ich.

»Dad, nein«, flehte ich, als ich den Ausdruck in seinen Augen sah. »Bitte nicht.«

»Ein echter Mann jammert nicht. Er erträgt stoisch seine Strafe. Nach all den Jahren, in denen ich versucht habe, einen echten Kerl aus dir zu machen, bist du immer noch ein Mädchen.«

Ich wollte verstummen, aber die Angst ließ es nicht zu. »Bitte.«

»Halt den Mund.«

»Dad …«

Als er nun auf mich zutrat, wirkte er noch größer, noch bedrohlicher, noch massiger. »Du sollst die Fresse halten.«

Der erste Schlag traf mich.

»Cade?« Ich werde aus meinen Erinnerungen geholt, nicht eine Sekunde zu früh.

»Du bist einfach unglaublich. Wirklich. Ich kann nicht fassen, dass ich auf dich hereingefallen bin.«

»Ja klar, ich bin die böse Melinda, die den unschuldigen Cade in die Falle gelockt hat.«

»Äh, ja?«

»Rede dir das ruhig ein, wenn es dir damit besser geht. Ich glaube eher, dass du es wolltest. Du hast dich davon angezogen gefühlt, dass ich weiß, was ich will, dass ich die Strippen ziehe. Also sei jetzt nicht beleidigt, weil ich es tue!«

Fassungslos. Anders kann ich meinen Zustand nicht beschreiben. »Es ist doch nicht das Gleiche! Ja, ich fand es sexy, dass du weißt, was du willst, aber deshalb wollte ich doch nicht manipuliert werden, und schon gar nicht wollte ich, dass du fremde Ideen für deine eigenen ausgibst!«

Nun steht sie ebenfalls auf und stemmt die Fäuste in die Seiten. »Du kannst jetzt noch eine ganze Weile wie ein Fischweib krakeelen, aber die Frage ist doch, wie geht es nun weiter? Spielst du mit oder setzt du deine Firma aufs Spiel?«

Diese Enthüllung übertrifft all meine schlimmsten Ängste. Sollte Melinda uns verraten, dann ist nicht nur unsere Firma zerstört, sondern wir werden auch noch verklagt, auf alles, was wir haben, vielleicht noch mehr. Es würde nicht nur alles zunichtemachen, wofür wir die letzten Jahre geschuftet haben, sondern auch unsere Zukunft verbauen. Von solchen Vorwürfen kann sich kein Start-up erholen, schon gar nicht, wenn sie, wie in diesem Fall, auch noch begründet sind.

Das ist eigentlich das Schlimmste. Dass wir plagiiert haben. Unwissentlich und unwillentlich, aber dennoch. Besteht vielleicht die Möglichkeit, dass wir uns mit diesem Hank einigen? Dass er einen Anteil an den Verkäufen von Benjamin bekommt?

»Falls du denkst, du könntest einen Deal mit Hank abschließen, muss ich dich enttäuschen. Er weiß noch nicht, dass ihr seine Ideen gestohlen habt, aber er ist gnadenlos. Niemals würde er sich mit einem Anteil zufriedengeben, wenn er alles haben könnte.«

»Kannst du jetzt auch noch Gedanken lesen, oder was?«

Melinda zuckt mit den Schultern. »Du wirst nach jedem Strohhalm greifen, der sich dir bietet. Dafür braucht man keine Hellseherin zu sein.« Sie setzt sich wieder aufs Bett. »Nun, wie ich das sehe, gibt es folgende Möglichkeiten: Du bietest Hank einen Deal an und bringst ihn dadurch auf eure

Fährte. Er wird euch fertigmachen, und ihr werdet noch in drei Generationen von Schulden erdrückt. Oder ihr nehmt Benjamin aus dem Verkauf, ändert die plagiierten Features ab, wobei ihr gar nicht wisst, welche es sind, und gebt es dann als neues Produkt wieder raus, aber dann werde ich Hank einen kleinen Hinweis geben. Das Resultat wäre das gleiche wie in Möglichkeit eins. Oder ihr hofft, mit einer Selbstanzeige den größten Schaden abzuwenden, aber Hank würde euch in einem Zivilprozess auseinandernehmen. Mehr Szenarien fallen mir wirklich nicht ein. Und keine sieht rosig für euch aus. Wirklich, deine einzige Chance ist es, meine Forderungen zu erfüllen, sodass ihr eure kleine Firma behalten könnt.«

»Du kannst es nicht garantieren. Was, wenn Hank es herausfindet, ganz ohne dein Zutun?«

Sie zuckt mit den Schultern. »Ich weiß da ein paar Dinge über ihn, die ihn zähmen können.«

Bitter lache ich auf. »So ist das also? Du hast ein Druckmittel gegen all deine Männer?«

»Nicht nur gegen meine Männer. Ich weiß über beinahe jeden Menschen in meinem Leben etwas, das nie an die Öffentlichkeit kommen sollte.«

»Wieso bist du so?«

Melinda sieht einen Augenblick tatsächlich traurig aus, als würde sie es ein wenig bereuen, so gnadenlos zu sein. »In dieser Welt frisst man oder man wird gefressen. Ich habe schon vor langer Zeit beschlossen, dass ich mich niemals verletzlich machen will.«

»Kannst du dich selbst überhaupt noch leiden?«

»Du bist wirklich naiv, wenn du glaubst, es ginge ums Mögen.«

Damit steht Melinda vom Bett auf, geht zur Tür und dreht sich noch einmal um. »Ich gebe dir drei Tage, um dich zu entscheiden. Wenn du mein Angebot nicht annimmst, dann wird Hank euch verklagen. Und ich warne dich, Cade, dieses Mal werde ich sicherstellen, dass du das kleine Flittchen nie wiedersiehst.«

Mir graut es davor, was sie damit meinen könnte. Möglicherweise ist ihr gar nicht klar, dass sie mir alles nimmt, was mich ausmacht. Oder vielleicht setzt sie sogar darauf.

Kapitel 14

Avery

Mom und ich verbringen viel Zeit bei Dad im Krankenhaus. Wenn wir nicht da sind, dekorieren wir das Haus für Weihnachten. Sobald ich an meine Kindheit denke, sehe ich immer die wunderbaren Verzierungen vor meinem inneren Auge. Die Rentiere, die im Vorgarten einen Schlitten ziehen und nachts leuchteten. Die grünen Zweige, die alle Räume schmückten. Die Lichter, die Dad überall außen am Haus und Mom überall im Haus angebracht haben. Der falsche Schnee, der auf den Fensterbänken lag. Es war so wunderschön. Seit ich erwachsen bin, gab es nur noch Dekorationen light, aber dieses Mal haben wir das Bedürfnis, wieder in die Vollen zu gehen. Vielleicht, weil es uns nach dem Schrecken ein wohliges Gefühl verleiht. Vielleicht, weil ich jetzt da bin, um zu helfen, und nicht wie in den letzten Jahren immer erst an Weihnachten auf der Schwelle stand.

Was auch immer der Grund ist, es ist wunderbar, Mom wieder lächeln zu sehen. Weihnachtslieder summend versucht sie, die Lichterketten zu entwirren, während ich auf der Leiter stehe, um Tannengrüngirlanden an den Schränken zu befestigen.

»Früher war Weihnachten immer so magisch«, stelle ich fest.

»Als Kind glaubt man noch an Zauberei. Je mehr man von der Wirklichkeit versteht, desto mehr verliert alles seine

Magie, aber an Weihnachten können auch noch Erwachsene sie spüren.«

»Du bist echt ein Hippie.«

»Du sagst das, als wäre es was Schlechtes. Ich habe gerne lange, wallende Kleider und Blumen im Haar getragen.«

»Ich hab die Bilder gesehen.«

»Irgendwie hab ich das Gefühl, dass es heutzutage nicht mehr so richtige Modetrends gibt. Alles ist nur gut für eine Saison, und dann ist es vergessen.«

»Liegt vielleicht an der schnelllebigeren Zeit. Früher hat man sich einmal im Leben ein Auto gekauft, jetzt tut man es alle paar Jahre. Manche bekommen jedes Jahr ein neues Handy, niemand gibt sich mehr mit einem Fernseher im Wohnzimmer zufrieden, nein, man braucht einen für jeden Raum.«

»Kann schon sein. Es ist traurig.«

»Es ist Fortschritt.«

»Fortschritt ist traurig.«

Ich lache auf. »Fortschritt hat auch das Frauenwahlrecht gebracht. Fortschritt hat dafür gesorgt, dass People of Color gesetzlich gleichgestellt sind. Fortschritt erlaubt es Homosexuellen zu heiraten.«

»Na gut, dann ist Fortschritt an sich nicht traurig, nur manche Ausprägung.«

»Ja, manche Ausprägung ist es, da stimme ich dir zu.«

»Kannst du diese Lichterkette noch aufhängen? Ich denke, dann sind wir fertig. Mehr Weihnachten geht nicht.«

»Rudolph steht noch nicht im Vorgarten.«

»Muss er denn da stehen?«

»Auf jeden Fall! Ich schau gleich mal, wo Dad das alles versteckt hat.«

»Wenn ich mich recht erinnere, war es echt kompliziert, den Schlitten zusammenzubauen.«

»Dann stellen wir zumindest die Rentiere auf. Sie können dann als Herde zusammen durch die Gegend streifen.«

»Dir ist schon klar, dass sie nicht lebendig sind?«

Das entlockt mir ein Lachen. »Sei nicht so gemein zu ihnen. Ich wette, das verletzt ihre Gefühle.«

Als ich gerade die Lichterkette hochnehmen will, stürzt sich Spocky drauf. »Oh, du Frechdachs! Mom!«

Sie lacht und nimmt Spocky auf den Arm. Was bei mir zu Fauchen und Kratzen führen kann, sorgt bei ihr für wohliges Schnurren. Ich habe eine Verräterkatze. Wieso ist sie nur zu mir so gemein?

»Sie liebt dich, Mom«, stelle ich fest, nicht ohne ein wenig Eifersucht in der Stimme.

»Sie hat eben einen guten Geschmack.«

»Was willst du damit sagen? Dass ich nicht liebenswert bin?«

»Vielleicht bist du doch keine Katzenlady.« Sie grinst.

Als die Lichterkette befestigt ist, steige ich von der Leiter und folge Mom in die Küche, die aussieht wie die Weihnachtsbäckerei. »Was für Kekse wollen wir backen?«

»Zuckerstangen-Cookies, Zuckerkekse und Snickerdoodles. Die liebst du doch so.«

»Das tue ich in der Tat, und ich wäre sehr traurig, wenn wir keine machen würden. Ohne Snickerdoodles ist es kein Weihnachten.«

Ich schaue schnell auf mein Handy, das auf der Anrichte liegt. Keine Nachricht. Seit drei Tagen habe ich nichts von Cade gehört. Er hat nicht einmal auf meine letzte Nachricht geantwortet. Vielleicht sollte ich noch mal schreiben? Aber ich will mich auch nicht aufdrängen.

»Wartest du auf eine Nachricht?«

Verdammt. Offenbar bin ich doch nicht so diskret gewesen. »Nicht wirklich, aber ich hatte gehofft, ich würde mehr Nachrichten von meinen Freundinnen bekommen. Es fühlt sich ein bisschen so an wie aus den Augen, aus dem Sinn.« In Gedanken bitte ich Sarah, Steph und Nicole um Verzeihung. Sie haben mir oft geschrieben, Glückwünsche zu Dads Genesung geschickt und mir nicht eine Sekunde das Gefühl gegeben, dass die Distanz sich auf unsere Freundschaft auswirkt.

»Ich denke, das liegt nur daran, dass sie arbeiten müssen, während wir den ganzen Tag freihaben.«

»Das kann sein. Darüber habe ich noch gar nicht nachgedacht.«

»Ich würde sie ja gerne mal kennenlernen.«

»Dann müsst ihr mal nach Boston kommen.«

»Das ist eine gute Idee. Sobald es Dad wieder richtig gut geht, kommen wir vorbei.«

»Das würde mir sehr gefallen.« Ich drücke ihre Hand, und sie lächelt.

Abends beschließe ich, Cade zu schreiben, auch auf die Gefahr, ihn möglicherweise zu nerven.

Hey, wie geht es dir? Ich hab schon länger nichts von dir gehört und wollte mal fragen, ob alles in Ordnung ist?

Zu viel? Ändern kann ich es nicht mehr, weil ich die Nachricht schon abgeschickt habe. Ich wünschte, ich würde etwas von ihm hören. Vielleicht hat er genug von allem? Von mir?

In meinem Weihnachtspyjama laufe ich die Treppe runter, um mit Mom Filme zu sehen.

Cade

Heute läuft Melindas Deadline ab. Wenn man es genau nimmt, ist sie bereits abgelaufen, aber ich sitze noch im Büro und versuche, das Unausweichliche zu vermeiden. Als mein Handy piept, sehe ich die Nachricht von Avery auf dem Sperrbildschirm.

Statt sie anzuklicken und zu antworten, ignoriere ich sie. Es ist schon schwer genug gerade.

Alles habe ich hundertmal durchgekaut, habe versucht, einen Ausweg zu finden, aber diese Situation ist noch schlimmer als die vorherigen finanziellen Drohungen. Plagiat. Das ist echt heftig. Gleichzeitig verstehe ich nicht, wie ich mich so in Melinda täuschen konnte. Wer macht denn so was? Wer sammelt Material über die Menschen, die einem nahestehen, um sie erpressen zu können? In was für einer Welt leben wir denn?

Auch wenn ich auf ein Wunder hoffe, weiß ich doch, dass ich den Tatsachen ins Auge sehen muss. Ich werde den Deal annehmen. Allerdings ist es schon reichlich zynisch, diese Situation als Deal zu betrachten und nicht als Erpressung.

Keine Ahnung. Ich wünschte, ich würde keinerlei Verantwortung tragen, sondern könnte alle Entscheidungen von mir weisen. Jemand anderes soll mein Leben managen. Ich bin ja ganz offensichtlich nicht dazu in der Lage. Aber dieses

Gedankenkarussell dient nur dazu, mich nicht Melinda stellen zu müssen. Sie hat gewonnen. Und das ärgert mich am meisten. Das Böse sollte nicht triumphieren.

Schließlich packe ich meine Sachen zusammen, steige in mein Auto und fahre nach Hause – obwohl es sich so falsch anfühlt, diesen Ort des Misstrauens und der Enttäuschung als solches zu bezeichnen.

Noch nie bin ich so langsam gefahren. Noch nie habe ich so lange nach einem Parkplatz gesucht. Noch nie habe ich auf den Fahrstuhl verzichtet und bin so langsam die Treppen hochgeschlichen. Die Klingel zu betätigen dauert ewig. Melinda hat mir noch keinen neuen Schlüssel gegeben. Bis sie die Tür öffnet, vergehen Millionen Jahre.

»Hey.«

»Hi.«

Sie lächelt schwach. »Komm mit ins Wohnzimmer.«

Nur ein einziges Mal wollte ich so sehr fliehen wie jetzt. Damals habe ich es getan, dieses Mal kann ich es nicht. Leider.

Langsam gehe ich ihr hinterher und lehne mich gegen den Türrahmen des Wohnzimmers, als würde ich es nicht ertragen, im selben Raum mit ihr zu sein. »Was gibt es?«

Sie setzt sich lächelnd auf die Couch, und mir läuft es kalt den Rücken herunter. »Ich warte auf deine Entscheidung.«

Mein Nicken ist beinahe unmerklich. »Ich bitte dich, es dir noch mal zu überlegen.«

»Damit habe ich gerechnet, aber ich lehne es ab.«

»Bitte.«

»Nein.«

»Du zerstörst …«

»Cade, lass es. Wir haben alles gesagt, was es zu sagen gibt. Du hältst mich für die böse Hexe aus dem Westen, ich weiß, aber so sind jetzt nun einmal die Spielregeln. Es gibt nichts mehr zu besprechen, nur noch zu entscheiden.«

Ich hole tief Luft, als würden diese Sekunden noch ein anderes Resultat produzieren können. »Fein.«

»Du stimmst zu?«

»Ja.«

Ihr Lächeln ist siegessicher, und ich möchte kotzen. »Ich habe noch eine Forderung.«

Ich schließe die Augen. Natürlich hat sie die. »Was?«

»Ich erwarte, dass wir eine gute Beziehung führen. Du wirst dich anstrengen, mehr als du es bisher getan hast.«

Damit hätte ich rechnen können, schließlich würde sie nichts davon haben, wenn ich sie von jetzt bis in alle Ewigkeit mit Verachtung strafen würde. »Verstehe.«

»Stimmst du zu?«

»Warum eigentlich ich? Wieso willst du mich so sehr?«

»Ich verliere nicht gerne.«

»Also geht es gar nicht um mich?«

»Doch, natürlich. Du bist gut aussehend, intelligent, erfolgreich, genau das, was man vom Partner einer Senatorin erwartet.«

»Senatorin?«

»Meinst du, ich will mein ganzes Leben lang im Schatten meines Dads stehen?«

»Das hatte ich angenommen.«

Sie schüttelt die blonden Haare, die blauen Augen blitzen berechnend. »Ich unterstütze Dad, aber ich habe auch eigene Ambitionen.«

»Und wirst du dann die gleiche Politik betreiben wie dein Vater?«

»Natürlich. Ich sehe nichts Verkehrtes daran.«

Oh, nur dass alles daran verkehrt ist? »Verstehe. Du hältst mich also für die geeignete männliche Dekoration.«

»So ist es, daher erwarte ich auch eine baldige Hochzeit.«

Ich muss mich übergeben. Hochzeit? Ich soll sie heiraten? Sie ist doch nicht mehr ganz dicht! »Verstehe.«

»Also, stimmst du nun zu, dass wir eine gute Beziehung führen und den Streit hinter uns lassen?«

»Mit der Drohung, mich zu zerstören, kann ich ja nichts anderes beschließen.«

»Oh bitte, vergessen wir jetzt doch diese Albernheiten. Das ist Schnee von gestern. Wir starten jetzt neu.«

Ich verschränke die Arme vor der Brust. »Ich hab auch eine Forderung.«

Sie verengt die Augen. »Und die wäre?«

»Ich will keinen Sex.«

Das passt ihr gar nicht. Ich meine, Rauch aus ihren Ohren aufsteigen zu sehen, aber dann sagt sie: »Wenn du mit mir keinen Sex hast, hast du auch mit niemand anderem Sex. Ist das klar?«

»Glasklar.«

»Ich meine es ernst, Cade. Du wirst niemals mehr fremdgehen, sonst ist diese Vereinbarung null und nichtig.«

»Versprochen.« Sie muss ja nicht wissen, dass ich hinter dem Rücken Zeige- und Mittelfinger überkreuze.

»Also gut. Dann ist das geregelt.«

»Das ist geregelt.«

»Fein.«

»Fein.«

»Dann zieh dir jetzt was Schickes an, mein Liebster, wir sind zu einem Dinner eingeladen.«

»Wie du befiehlst, meine Liebste.«

Sie kneift die Augen zusammen, sagt aber nichts zu meinem Tonfall. Den Sarkasmus kann sie nicht überhört haben.

»Und ich fände es großartig, wenn du dieses Mal keine Turnschuhe trägst.«

»Dein Wunsch ist mein Befehl.«

»Cade …«

Unschuldig schaue ich zu ihr. Zumindest denke ich, dass es unschuldig ist. »Was denn?«

»Ich warne dich nur ein einziges Mal. Treib es nicht zu weit.«

»Fein.«

Einen Moment glaube ich, dass sie noch etwas sagen wird, aber dann greift sie nach ihrem Handy und ignoriert mich.

Ich hasse es. Ich hasse mich. Ich hasse sie.

Statt im Selbstmitleid zu versinken, gehe ich ins Schlafzimmer und ziehe mir einen Anzug an, keine Krawatte. Das ist meine Rebellion. Ich starre auf meine schwarzen Sneaker, und kann es nicht fassen, dass ich zu dem einen Paar feiner Lederschuhe greife, das ich besitze.

»Du siehst gut aus«, ertönt plötzlich Melindas Stimme neben mir.

»Danke.«

Sie zieht sich aus, und ich gucke weg. Sie schlüpft in ein Kleid und wendet mir dann den Rücken zu, damit ich den Reißverschluss hochziehen kann. Eine viel zu intime Geste für meinen Geschmack. Es erinnert mich an die vielen Male, die ich das schon getan habe. Immer habe ich leicht ihre Haare zur Seite gestreift und dabei das Gefühl ihrer vollen Haare in meinen Fingern geliebt. Langsam zog ich den Reißverschluss hoch, bevor ich ihr einen Kuss auf den Nacken gab, mit den Händen über ihre Schultern strich, ihre Oberarme entlang, bevor ich sie an mich zog und ihr etwas Nettes ins Ohr flüsterte. Damals meinte ich all das ehrlich. Heute bemühe ich mich, alles so schnell wie möglich hinter mich zu bringen, ohne sie berühren zu müssen.

»Danke.«

»Gerne.« So sagt man doch, nicht? So lange etwas vorspielen, bis man es selbst glaubt. Vielleicht setzt das irgendwann ein. Momentan verspüre ich nur Ekel, vor Melinda und auch vor mir selbst.

»Bist du dann fertig?«

»Gestriegelt und poliert.«

Sie schaut mich an und legt mir die Hand auf die Brust. »Ich will, dass es funktioniert.«

»Keine Sorge, du hast deine Absichten glasklar gemacht.«

Vielleicht bilde ich es mir ein, aber sie sieht kurz traurig aus, als würde sie tatsächlich bereuen, wie sich die Dinge zwischen uns entwickelt haben. Dann ist dieser Ausdruck wieder weg, und die eisige Maske ist zurück.

»Gehen wir.«

Alles, was ich tue, tue ich automatisch, ich habe es in einer Zeit verinnerlicht, in der es leichter zwischen uns gewesen ist. Ich helfe ihr in den Mantel, öffne die Tür für sie, lege die Hand an ihren Rücken, als sie in den Fahrstuhl tritt, öffne ihr die Autotür, fahre uns zum Restaurant, nur um weitere Türen zu öffnen, den Mantel entgegenzunehmen und den Stuhl zurechtzurücken. Von außen betrachtet mögen all das Symbole der Wertschätzung sein, aber innen sieht es ganz anders aus.

»Ah, Cade! Wir haben uns schon lange nicht mehr gesehen, mein Junge«, begrüßt mich Mr. Harris, als er und seine Frau sich zu uns gesellen.

Pflichtbewusst stehe ich auf, schüttele ihre Hände, sage Melindas Mutter, wie gut sie wieder aussieht und lasse die schlechten Witze ihres Vaters über mich ergehen, bevor wir uns setzen.

»Kommt Jason auch?«, erkundige ich mich bei Mrs. Harris.

»Nein, der Junge ist auf einer Geschäftsreise nach Singapur.« Sie strahlt vor Stolz.

»Oh, wie schön. Ich wünsche ihm viel Erfolg. Sie müssen sehr stolz auf ihn sein.«

»Das bin ich. Er hat so schwer gearbeitet.«

»Und, John, was macht Washington?«, frage ich.

»Diese verdammten Dems denken, sie hätten die Macht, also eigentlich alles wie immer«, echauffiert er sich.

»Das werden Sie ihnen doch nicht durchgehen lassen«, sage ich.

Mr. Harris zieht die Augenbrauen hoch und fragt dann: »Bist du endlich zur Vernunft gekommen?«

Melinda mischt sich ein. »Mom, Dad, wir haben gute Neuigkeiten. Wir sind bereit, einen Termin festzulegen.«

Mrs. Harris klatscht in die Hände. »Oh, das ist ja wunderbar! Wir freuen uns sehr.«

»Wird aber auch Zeit«, erklärt Mr. Harris. »Aber auf keinen Fall findet die Hochzeit in dieser Bibliothek statt.«

»Nein, nein«, beschwichtigt Melinda. »Da hatte Cade damals nur einen Scherz gemacht. Nicht wahr, Schatz?«

»Natürlich«, sage ich sofort, »nur das Beste für meine Liebste.«

Unter dem Tisch tritt sie mir gegen das Schienbein. Das war wohl zu dick aufgetragen, selbst für sie.

»Wo möchtest du denn heiraten?«, frage ich sie.

»Du warst doch gerade auf einer Hochzeit im Castle? Wie war es dort? Könntest du dir unsere Feier da vorstellen?«, entgegnet sie.

Erinnerungsfetzen durchströmen meinen Kopf. Küsse von Avery, Schneebälle, die auf mich zufliegen, Hoffnung. Es tut beinahe körperlich weh, sie zur Seite zu schieben und in der Gegenwart zu bleiben, weil dieser Abend vor fast einer Woche so viel glücklicher war als heute.

»Es ist recht klein. Möchtest du keine große Hochzeit?«

»Oh, das stimmt. Zu klein geht nicht. Allein, wenn wir die wichtigsten Parteimitglieder und Sponsoren einladen, sind wir schon bei weit über hundert Gästen. Oder, Daddy?«

»Das will ich wohl meinen«, dröhnt dieser. »Der State Room ist doch eine gute Location für eine große Hochzeit.«

»Das ist eine fantastische Idee, John«, meint Mrs. Harris. »Wir waren schon ein paar Mal dort, und es war immer ein Erlebnis.«

»Dann werde ich mich da mal umsehen. Cade, wäre dir das recht?«

»Natürlich.« Ich lege meine Hand auf Melindas und tätschele sie leicht.

Wieder schaut mich Mr. Harris kritisch an, als würde er seinen Augen nicht trauen. Ich würde mir auch nicht glauben.

»Wie läuft es mit dem neuen Projekt?«, fragt er dann. »Melinda sagte mir, dass es dieses Mal ein Spiel wird.«

»Ja, genau. Wir sind auf einem guten Weg. Im neuen Jahr sollte unsere Testversion fertig sein, sodass wir eine Fokusgruppe zusammenstellen können, die es auf Herz und Nieren prüft.«

»Ich muss sagen, dass ich nicht verstehe, wieso ihr euch so

ein unseriöses Projekt vorgenommen habt. Der Organizer ist immerhin noch nützlich, aber ein Spiel?«

Melinda will eingreifen, aber ich bin schneller. »Es liegt viel Geld in der Spieleentwicklung, mehr als in anderen Apps.«

»Wirklich? Es kommt mir so frivol vor.«

»Ist es auch, aber der Großteil des Landes ist eben nicht wie wir auf einer Elite-Universität gewesen, sondern einfacher gestrickt. Und all diese Menschen spielen auf dem Handy.«

Nachdenklich sagt er: »Ich verstehe. Guter Punkt. Man muss dem gemeinen Volk geben, was es will.«

»So sehe ich das auch, Sir.«

Wieder dieser kritische Blick. Bin ich zu folgsam? Der nicht erpresste Cade war anders, aber der erpresste Cade muss sich nach den Wünschen der Teufelin richten, die neben ihm sitzt. Ist es das wert? Bevor ich mir eine Antwort auf diese Frage geben kann, verdränge ich sie. Sie ist nicht zielführend.

»Ich glaube, dass Cade den richtigen Riecher hat, Daddy. Du hast anfangs auch nicht geglaubt, dass Benjamin so erfolgreich laufen könnte.«

Er tätschelt ihr die Hand. »Das ist wahr, Liebling. Du hast bei diesem neumodischen Zeug viel mehr Ahnung als ich. Wenn du an den Erfolg glaubst, dann vertraue ich dir.«

Melinda hakt sich bei mir unter und drückt sich an mich. »Wir dürfen Großes erwarten. Ich glaube fest an meinen zukünftigen Ehemann.«

Sie lächelt mich an, und ohne dass ich es tun will, küsse ich sie auf die Wange. »Danke, Sweetheart.«

Ein wenig zweifelnd schaut sie mich an, aber ich lächele, daher tut sie es auch.

»Wie schön die Kinder zusammen aussehen«, wirft Mrs. Harris ein.

»Ein schönes Paar«, stimmt ihr Ehemann zu.

»Mom, ich habe mich gefragt, ob wir unsere Charity-Gala nicht ein wenig auffrischen wollen?«, wechselt Melinda das Thema, in das sie nach wenigen Augenblicken vertieft sind.

Mr. Harris schaut mich an, als wüsste er nicht, was er von mir halten solle, bis er schließlich sagt: »Du scheinst abgelenkt zu sein.«

»Keineswegs. Ich freue mich, Sie beide einmal wiederzusehen.«

»Du führst etwas im Schilde.«

»Selbstverständlich nicht.«

»Du bist zu zahm.«

Ich zucke mit den Schultern. »Ich habe gelernt, welche Kämpfe ich gewinnen kann und welche nicht.«

»Dann hast du diesen aufgegeben?«

»Ich wusste nicht, dass wir kämpfen.«

Er beugt sich ein wenig vor. »Wenn ich erfahren muss, dass du meinem kleinen Mädchen wehtust …«

»Es bedarf keiner Warnung, Sir.«

»Versprochen?«

»Versprochen.« Und wieder habe ich die Finger überkreuzt, als würde diese kindische Geste mich von meinen Lügen reinwaschen.

Unterbrochen werden wir von der Kellnerin, die die Bestellung aufnimmt.

»Ich hätte gerne das Filet Mignon mit Rotweinjus, aber bitte ohne Kartoffeln, dafür mit einem grünen Salat. Dressing extra. Und bitte achten Sie darauf, dass keine Petersilie auf dem Teller liegt. Ich bin allergisch«, sagt Melinda.

»Ich hätte gerne das Gleiche«, bestellt ihre Mutter.

»Das Lamm bitte, englisch gebraten, und statt der grünen Bohnen hätte ich gerne einen Salat.«

»Ich nehm das Steak, medium, und alle Beilagen, die dazugehören.«

Die Kellnerin lächelt mich an.

»Seit wann bist du denn allergisch gegen Petersilie?«, fragt Mrs. Harris ihre Tochter.

»Bin ich nicht, aber wenn man einfach nur sagt, man möchte keine Petersilie, nehmen sie es nicht so genau. Bei Allergikern dagegen geben sie sich die größte Mühe. Dienstleister sind manchmal so einfach gestrickt.«

»Das ist wirklich clever«, stimmt Mrs. Harris zu.

So kann man es auch sehen. Oder es ist einfach nur eine nervige Angewohnheit von Melinda, aber das laut auszusprechen, käme einer Bombenexplosion gleich.

Wenn man nicht dagegen ankämpft, sondern alles über sich ergehen lässt, ist so ein Abend mit Familie Harris ganz nett. Das sagt auch Melinda, als wir später wieder im Auto sitzen.

»Das war doch ein netter Abend. Danke dafür.«

»Sehr gerne.« Nicht.

Kapitel 15

Avery

Langsam öffne ich die Augen, bin noch ein wenig verschlafen. Was hat mich geweckt?

Dann sehe ich das Aufleuchten meines Handys.

Hey, Avy. Ich wünsche dir frohe Weihnachten. Grüß deine Eltern von mir und sag Mark, wie sehr ich mich freue, dass er entlassen wurde.

Einen Augenblick drücke ich das Handy an die Brust, bevor ich Cade zurückschreibe:

Ich wünsche dir auch frohe Weihnachten! Alles, alles Liebe. Ich freue mich, wenn wir uns bald wiedersehen.

Ich mich auch. Aber denk dran, wir müssen vorsichtiger sein. Melinda hat Verdacht geschöpft.

Ja, ja, das sagtest du schon. Mach nicht meine Weihnachtsstimmung kaputt.

Verzeih, ich will nur nicht, dass wir erwischt werden.

Ich auch nicht. Das könnte ich niemals mit meinem Gewissen vereinbaren, wegen deiner Freunde und ihrer Familien.

Vielleicht sage ich es dir zu oft, aber ich liebe dich. Du bist so ein toller Mensch.

Du auch, Cade, du auch.

Ich muss jetzt gleich los zu Melindas Eltern. Sie geben ein großes Essen. Gott sei Dank ist ihr nerviger Sohn noch immer in Singapur, aber auch so wird es anstrengend, weil sich alle in dieser Familie so gerne reden hören, dass eigentlich kein Gespräch, sondern nur Monologe stattfinden.

Du Armer! Ich flieg übermorgen zurück und würde mich sehr freuen, wenn wir uns sehen könnten.

Ich versuch es, Honey. Falls es nicht sofort klappt, hoffe ich, du weißt, dass es nicht daran liegt, dass ich dich nicht sehen will.

Das weiß ich.

Ich muss los. Hab einen schönen Tag.

Du auch. Drück dich.

Als ich das Handy weglege, lächele ich. Dafür, dass ich eigentlich gar keine Affäre will, habe ich mich viel zu schnell daran gewöhnt. Wenn man die moralische Komponente verdrängt, ist es auch einfach. Momentan gibt es eben nur die beiden Möglichkeiten. Entweder Cade und ich haben keinen Kontakt oder wir sehen uns heimlich.

Als er mir vor ein paar Tagen schrieb, dass Melinda Verdacht geschöpft hat, habe ich schon befürchtet, er würde sich zurückziehen, aber das war nicht der Fall. Stattdessen hat er mir so oft geschrieben, wie er konnte, und gestern haben wir auch kurz telefoniert. Es war so schön, seine Stimme wiederzuhören.

Es klopft leise an der Tür.

»Ja?«

Mom steckt den Kopf herein. »Ich glaub, der Weihnachtsmann war da.«

Grinsend springe ich aus dem Bett. »Weißt du, ich bin dreißig.«

»Das bedeutet, du bist zu erwachsen für Geschenke?«

»Auf keinen Fall! Gibt es auch heißen Kakao?«

»Mit Mini-Marshmallows. Selbstverständlich. Ohne ist es doch kein Weihnachten.«

»Juchu!«

Ich eile die Treppe hinunter, mache einen kleinen Abstecher in Dads Büro, wo ich meine Geschenke versteckt habe, und gehe dann ins Wohnzimmer, in dem bereits ein Fake-Feuer im Fake-Kamin lodert. Ich klatsche in die Hände. Ja, an Weihnachten werden auch Erwachsene wieder zu Kindern.

Mom und Dad sitzen auf der Couch und halten Händchen.

So sehr ich Boston, meinen Job und meine Freundinnen liebe, so sehr vermisse ich sie beide. Das wurde mir in den letzten Tagen klar. Ich habe vermisst, dass ich am Wochenende nach Hause kommen kann und dass Mom einfach mal so vor der Tür steht, um mir eine Auflaufform mit irgendeinem neuen Gericht vorbeizubringen. Und das Wetter habe ich auch vermisst. Ich bin einfach kein Wintermensch. Aber in Boston ist Cade.

»Dad, das hier ist für dich.« Ich reiche ihm ein kleines Päckchen.

Er lächelt, als er es öffnet. Als er aber das Fitnessarmband sieht, verzieht er das Gesicht. »Du ruinierst Weihnachten, Ave.«

»Dr. Meyers hat gesagt, du musst mehr Sport treiben.«

»Ich werd schon dafür sorgen«, meint Mom.

Ich grinse. »Ich glaub nicht, dass er diese Art von Sport meint.«

»Es geschehen noch Zeichen und Wunder. Unsere Tochter will tatsächlich mit uns über Sex sprechen. Also, wenn das so ist …«, fängt Mom an.

Eilig presse ich mir die Finger in die Ohren. »La la la. Ich kann gar nichts hören.«

Sie lacht. »Okay, okay. Doch alles beim Alten.«

»Das hier ist auch noch für dich«, sage ich und reiche ihm ein größeres Päckchen.

»Hanteln?«

»Nein, so gemein bin ich nicht.«

»Es ist ein Buch.«

»Pack es aus.«

»Ich trau mich nicht. Es ist wahrscheinlich der Ratgeber ›So überlebt man den Ruhestand‹.«

Lachend sage ich: »Nein, ist es nicht.«

»Na gut.«

Als er es auspackt, lächelt er. »Ich wollte schon immer mal durch Südfrankreich reisen.«

»Ich weiß. Und jetzt ist vielleicht die Gelegenheit.«

Er sieht Mom an. »Haben wir uns Zeit zu zweit verdient?«

»Ich bin froh, dass du das ansprichst. Das ist mein Geschenk für dich.« Sie reicht ihm einen Umschlag.

»Bitte lass es keinen Gutschein für eine Tantramassage sein.«

Mom lacht. »Die würde uns guttun.«

Aber zum Vorschein kommen zwei Flugtickets nach Frankreich. »Danke, meine Liebste. Ich fahre gerne mit dir nach Frankreich.« Und dann küssen sie sich zärtlich, was mich dazu bringt, wegzugucken. Spocky dagegen sitzt auf dem Couchtisch und starrt sie beide fasziniert an. Na klar. Eine Spannerkatze.

»Kannst wieder gucken, Spätzchen«, scherzt Mom.

»Danke. Das hier ist für dich, Mom.« Ich reiche ihr ein Päckchen.

»Du, Spätzchen …«

»Ja?«

»Ich wünsche mir eigentlich was ganz anderes von dir.«

»Ich bin noch nicht bereit für Kinder.«

Sie lacht auf. »Nein, das meinte ich jetzt nicht. Aber …« Sie schaut Dad an, der mit den Schultern zuckt. »Irgendwie habe ich mich so an Spocky gewöhnt.«

Damit habe ich nun nicht gerechnet. Erst bin ich schockiert, aber dann erkenne ich, was das eigentlich für eine gute Idee ist. Mom ist viel mehr zu Hause als ich. Außerdem könnte Spocky hier auch draußen rumstromern, falls sie das überhaupt will. Ich müsste kein schlechtes Gewissen haben, weil ich sie vernachlässige, denn hier würde sie rund um die Uhr verwöhnt. Und sie müsste nicht erneut in ein Flugzeug steigen.

»Spocky, willst du hier bei Mom und Dad bleiben?«, frage ich sie und streichele ihr über den Rücken. Sie schnurrt, was ich als Ja interpretiere. »Willst du sie wirklich behalten?«, wende ich mich an Mom.

»Es würde mir sehr gefallen, wenn sie hierbleiben würde.«

»Okay.«

»Okay?«

»Ja, Mom, das ist eine sehr gute Idee. Ich bin so selten zu Hause und habe ständig ein schlechtes Gewissen, dass sie so viel alleine ist. Danke.«

»Oh, das erleichtert mich aber. Komm her, Spocky.« Sie klopft neben sich auf die Couch, und zu meiner grenzenlosen Überraschung hüpft Spocky rüber, um sich dann an Moms Arm zu reiben. »So ein liebes Mädchen«, gurrt diese.

»Also, das nehme ich jetzt persönlich. Wieso liebt dich diese Katze so sehr?«

»Vielleicht bin doch ich die Katzenlady. Wirst du sie vermissen?«

»Ja, natürlich. Es war schön, jemanden zu haben, der auf mich wartet. Aber es geht nicht um mich, sondern um das, was für sie am besten ist.« Ich reiche Mom noch mal ihr Päckchen. »Mach es auf.«

Sie öffnet es und fängt an zu lachen. »Du wolltest mir eine Katze schenken?«

Verlegen zucke ich mit den Schultern. »Nun ja, ich hab gedacht, weil du so viel mit Spocky gekuschelt hast …«

»Na ja, jetzt hast du mir ja eine geschenkt, dann brauchen wir nicht ins Tierheim zu gehen. Danke, Spätzchen. Du weißt immer, was ich brauche.«

Sie umarmt mich und drückt mir einen Kuss auf den Kopf, bevor sie mir ein Paket reicht. »Das ist von Dad und mir.«

Ich öffne es und traue meinen Augen kaum. »Ihr schenkt mir ein MacBook?« Fassungslos starre ich sie an. »Aber wir haben doch abgemacht, dass wir uns keine teuren Geschenke mehr machen!«

Dad zuckt mit den Schultern. »Wir dachten, wir machen mal eine Ausnahme.«

»Ihr seid so verrückt!«

»Ich will ja nichts sagen, aber der Apfel ist definitiv nicht weit vom Stamm gefallen«, wirft Mom ein.

»Oh Gott!« Ich umarme sie beide stürmisch. »Ich liebe euch, aber das war wirklich nicht nötig.«

»Das wissen wir, aber wenn wir unsere einzige Tochter nicht mal verwöhnen dürfen, wen dann?«

Als ich mich wieder auf den Boden gehockt habe, reicht Dad Mom eine quadratische flache Schachtel. Ich weiß, was drin ist, weil ich es im Auftrag von Dad gekauft habe, aber ich bin gespannt, ob ich Moms Geschmack getroffen habe.

»Mein Liebling, als ich dich vor achtunddreißig Jahren kennengelernt habe, ahnte ich noch nicht, dass wir irgendwann hier sitzen würden mit unserer wunderbaren Tochter, einer wunderbaren Katze, in diesem wunderbaren Leben. Danke, dass du die Freude in mein Leben bringst.«

Moms Augen füllen sich mit Tränen. »Das kann ich nur zurückgeben.«

»Mach es auf.«

Als sie die schmale Diamantkette sieht, die ich für sie ausgesucht habe, laufen ihr die Tränen über die Wangen. »Oh, Mark! Sie ist wunderschön!«

Das ist mein Stichwort, aus dem Wohnzimmer zu fliehen und ihnen einen Moment zu zweit zu geben. Ich koche in der Küche Kakao und bereite schon mal das Frühstück vor, das wir nach der Bescherung im Wohnzimmer verspeisen werden, so wie wir es die letzten dreißig Jahre getan haben.

Nachmittags unternehmen wir einen Spaziergang durch die Nachbarschaft, auch wie jedes Jahr. Manchmal habe ich das Gefühl, dass sämtliche Nachbarn ebenfalls auf den Beinen sind, denn wir treffen unterwegs fast alle, unterhalten uns und wünschen einander ein frohes Fest. Immer wieder muss ich mir anhören, dass es doch erstaunlich ist, wie groß ich geworden bin, dass ich doch so ein süßes Kind gewesen sei und wo denn die Zeit hin wäre. Aber es ist schön. Viele dieser Menschen kennen mich seit meiner Geburt. Wir haben schon immer in diesem Haus, in dieser Straße, in dieser Stadt gewohnt. Es fühlt sich heimisch an. Boston ist so eine anonyme Stadt. Wenn man es darauf anlegt, kann man immer allein bleiben. Man kann in der Masse untergehen. Hier ist das nicht möglich, und ich würde es auch nicht wollen.

Von Weitem sehe ich Mr. Turner aus dem Haus treten. Er sieht alt aus, gebeugt, vom Leben gezeichnet.

»Trefft ihr Cades Vater manchmal?«, frage ich Dad, während Mom mit Mrs. Graham spricht.

Er schüttelt den Kopf. »Er hat schon seit Jahren keinen Kontakt mehr zu irgendwem. Am Anfang haben wir es noch versucht, aber er hat uns immer wieder abgewiesen. Uns alle. Irgendwann haben wir aufgegeben. Vielleicht war das falsch.«

»Ich weiß es nicht. Jeder ist seines eigenen Glückes Schmied. Ich kann ihm nicht verzeihen, dass er Cade so schlecht behandelt hat.«

»Ich weiß. Ich kenne das Ausmaß nicht, aber dass da was nicht stimmen konnte, war klar.«

»Ich hab es euch nie erzählt, weil Cade das nicht wollte, und ich auch nicht alles weiß, aber er hat ihn geschlagen.«

»So schlimm war es? Ist das der Grund, warum Cade damals nach der Highschool gegangen ist und dich zurückgelassen hat?«

»Ja. Er hat es nicht mehr ausgehalten.«

»Oh, Schatz, wenn du uns was gesagt hättest … oder wir einfach unserem Gefühl gefolgt wären … Wir hätten dem Jungen doch helfen können.«

Ich zucke mit den Schultern. »Kinder treffen manchmal die falschen Entscheidungen.«

»Das gilt nicht nur für Kinder.«

»Ich weiß. Aber als Kind konnte ich die Konsequenzen noch nicht überblicken, und ich wollte Cade gegenüber loyal sein. Außerdem weißt du doch, wie introvertiert ich war.«

Dad legt mir den Arm um die Schultern und drückt mich an sich. »Weißt du, was Mom und ich darüber denken?«

Ich schüttele den Kopf.

»Dass du durch das Drama die Chance hattest, zu dir selbst zu finden, dich zu entwickeln, ohne dass du auf irgendjemanden Rücksicht nehmen musstest. Das soll nicht heißen …«

»Ich weiß, Dad. Die Trennung von Cade hat so wehgetan, aber du hast recht. Wer weiß, wer ich heute wäre. So hat alles immer auch ein Gutes, nicht?«

Er küsst mich auf den Scheitel. »Ich bin so stolz auf die Frau, die du geworden bist. Ich war auch stolz auf das Mädchen, das immer mein Herz in den Händen hielt, aber diese Frau hier gefällt mir noch besser.«

»Danke, Daddy.«

Als wir langsam zu unserem Haus zurückgehen, denke ich

darüber nach, wie recht er hat. Ohne das Drama mit Cade wäre ich nicht die, die ich bin. Und die finde ich eigentlich richtig gut.

Cade

Am Tag nach Weihnachten sind wir wieder im Büro. Mick hat eine Überraschung angekündigt.

»Jessica ist bestimmt schwanger«, meint Chris.

»Quatsch, dafür würde er uns nicht ins Büro zitieren.«

»Genies sind manchmal sprunghaft.«

Ich grinse. »Das stimmt, aber er hat wahrscheinlich die Testversion fertig.«

»So schnell?«

Mit einem Schulterzucken sage ich: »Er hat sich extrem eingeigelt, und wir haben schon seit einem Monat nichts zu tun außer Däumchen drehen.«

»Das ist wahr. Es ist dieses Mal noch schlimmer als damals bei Benjamin.«

»Wenn das so weitergeht, macht er bald alles alleine.«

»Wer macht was alleine?«, ertönt es von der Tür.

»Na, du!«

Röte steigt Mick in die Wangen, und er reibt sich den Nacken. »Ja, okay, das stimmt. In der Entwicklungsphase werde ich immer zu einem besessenen Dämon, der keinen an sich heranlässt.«

»Das stimmt«, erklären wir unisono.

»Hey, okay, ich kann nichts dafür. So bin ich eben.«

»Ist ja auch nicht dramatisch«, meint Chris, »aber vielleicht sagst du uns nächstes Mal vorher Bescheid, dann machen Cade und ich einen ausgedehnten Karibikurlaub.«

»Gute Idee, Bro.«

Mick lächelt. »Aber es hat sich gelohnt! Wir haben nun eine Testversion mit hundert Leveln.«

»Hundert?« Mir bleibt fast die Luft weg.

Er lächelt stolz. »Ganz genau. Ich dachte, wir müssen in der Größenordnung starten, sonst kann man es zu schnell durchspielen, und dann sind alle enttäuscht.«

»Aber wie hast du das geschafft?«

»Koffein und eine Frau, die mir den Rücken freigehalten hat.«

»Gott, Mick, du bist echt verrückt!«, erklärt Chris.

»Aber so was von«, stimme ich zu.

»Vielleicht. Urteilt erst, wenn ihr es gesehen habt. Seid ihr bereit?«

Wir nicken beide. Ich kann vor lauter Aufregung nicht mehr sprechen. Ich fühle es, das wird gut!

Mick holt sein Handy aus der Tasche. »Setzt euch und installiert, was ich euch jetzt schicke.«

Und dann spielen wir. Es ist genial. Simpel, aber genial. Wir hatten ja schon die grobe Idee gesehen, aber es jetzt richtig spielen zu können, ist einfach unglaublich. Die Grafik ist noch nicht ganz ausgefeilt, da muss der Illustrator noch mal ran, aber das Prinzip ist fantastisch.

»Es ist eine Mischung aus alten Arcade-Spielen, den bekannten Puzzlespielen und Memory. Das heißt, drei verschiedene Spiele werden miteinander verwoben. Das Grundspiel besteht daraus, Bälle in eine Gruppe von Bällen zu schießen und so das Feld abzuräumen, aber man bekommt nur Munition, wenn man zuvor Aufgaben löst. Diese sind unterschiedlich komplex, manchmal ist es ein Memory-, manchmal ein Geschicklichkeitsspiel, und manchmal bekommt man auch einen Joker. Das ist Ebene zwei. Ebene drei wird freigeschaltet, sobald man ein Bälle-Level abgeschlossen hat, dann muss man flippern.«

Er hätte es nicht erklären müssen, denn sobald man es spielt, versteht man es von selbst. Es packt einen sofort, gerade, weil es so abwechslungsreich ist. Man spielt verschiedene Spiele in nur einer App, sodass keine Langeweile aufkommen kann, aber es gehört alles zusammen, und mit allem kann man Punkte fürs Weiterkommen sammeln. Ohne es zu merken, bin ich im fünften Level, bevor ich Mick wieder sprechen höre.

»Wie findet ihr es?«

»Stör mich nicht«, meint Chris. »Ich muss versuchen, den Eimer mit Wasser zu füllen.«

Ich lache auf. »Ich würde sagen, das ist deine Antwort.«

Mick strahlt. »Dann mögt ihr es?«

»Auf jeden Fall! Es ist genial.«

Als Chris mit einem triumphierenden Schrei aufsieht, spricht er aus, was ich denke: »Es ist großartig, aber es ist dein Baby.«

Mick schaut ihn erstaunt an. »Nein, es gehört uns allen. Ohne euch hätte ich das nicht geschafft.«

»Unser Anteil ist doch recht gering«, ergänze ich.

Vehement schüttelt er den Kopf. »Wir sind doch ein Team. Jeder macht, was er am besten kann. Der Code ist noch nicht perfekt. Da musst du noch mal drübersehen, Chris. Es muss auch noch was verändert werden. Wir müssen uns weitere Level ausdenken. Ich bin nach diesen hundert Leveln kreativ ausgelaugt. Ihr müsst euch die weiteren ausdenken, die wir dann zusammen programmieren. Und du, Cade, ohne dich könnten wir hier gar nichts entwickeln, und dann hätten wir vielleicht ein gutes Produkt, aber niemand würde es kaufen. Es ist ein Gemeinschaftswerk.«

»Also, du musst fünfzig Prozent bekommen«, meint Chris.

»Mindestens«, füge ich hinzu.

»Nein, nein! Das will ich nicht. Wir teilen gerecht.«

»Das machen wir ja. Es ist gerecht, wenn du den Löwenanteil bekommst, weil du am meisten gearbeitet hast«, beharre ich.

»Dann hättest du am meisten an Benjamin verdienen müssen«, wirft Mick verzweifelt ein. »Der Organizer war deine Idee.«

Und offenbar war es ein Plagiat, aber das sage ich an dieser Stelle erst mal nicht.

»Aber unsere Arbeit daran war gleichwertig. Hier hast du die ganze Arbeit gemacht.«

»Dann lösch ich es, und wir fangen noch mal an.«

Chris schüttelt den Kopf. »Wieso weigerst du dich, das anzunehmen?«

»Weil ihr meine besten Freunde seid und es unfair ist, wenn ich euch die Arbeit aus der Hand nehme und dann den Gewinn einstreiche.« Mick sieht aus, als würde er gleich weinen.

»Hey, Mick. So ist es doch nicht. Bei zukünftigen Projekten wird es vielleicht wieder anders sein, aber hier ist es deine Idee, deine Arbeit, also auch dein Gewinn. Chris und ich werden bestimmt noch ein wenig mehr an dem Projekt mitarbeiten, vor allem dann natürlich an zukünftigen Leveln, aber im Grunde hast du das meiste erledigt. Und es ist großartig. Wenn das nicht wie eine Bombe einschlägt, dann weiß ich auch nicht.« Ich stehe auf, umarme ihn und klopfe ihm auf den Rücken.

»Ich finde es trotzdem nicht fair.«

»Ich weiß, und das macht dich zu so einem besonderen Menschen. Aber Chris und ich bestehen darauf. Nicht, Chris?«

»Auf jeden Fall. Mann, ich wusste, dass du ein Genie bist, aber solch eines? Wow! Wir müssen anfangen, vor dir niederzuknien.«

»Bloß nicht. Okay? Nichts ändert sich. Ich bin immer noch Mick.«

Ich klopfe ihm auf die Schulter. »Du bist immer noch Mick. Und ein Genie.«

»Ich bin so stolz auf dich, Bro«, meint Chris, bevor er ihn ebenfalls umarmt.

Und irgendwie finden wir uns dann in einer Dreier-Umarmung wieder, aber wir werden alle abstreiten, dass dieser Moment passiert ist.

Ein Eisklotz bildet sich in meinem Inneren, wenn ich daran denke, dass ich meine besten Freunde enttäuschen könnte. Wie konnte ich mich so in Melinda täuschen? Wie konnte ich nur ihre Ideen aufnehmen?

Nachdem wir wieder Platz genommen haben, sage ich: »Okay, die Grafik muss noch verbessert werden. Ist das das Beste, was unser Illustrator kann?«

»Ich befürchte es.«

»Dann brauchen wir jemand anderen. Ich werd mich auf die Suche nach jemandem machen, der unser Spiel sexy aussehen lässt. Also, nicht wie in Sex, sondern …«

»Ja, verstanden!«, rufen sie dazwischen.

Ich grinse. »Okay. Chris schaut sich den Code an. Wir spielen es alle mal durch, um mögliche Bugs aufzuspüren.

Einen hatte ich schon im zweiten Level, da sind die Memorykarten nicht richtig verknüpft. Auch wenn man zwei verschiedene aufdeckt, kommt man weiter.«

»Ups.«

»Kein Drama. Aber daher ist es wichtig, dass wir es alle spielen. Ich würde vorschlagen, erst die Grafik zu verbessern, bevor wir es an eine Testgruppe geben. Nicht, dass sie vom schlichten Design abgelenkt werden.«

»Gute Idee«, stimmt Chris zu, und Mick nickt.

»Cool, dann lasst uns spielen.«

Chris wirft ein: »Ich befürchte, beim ersten Mal werde ich mir keine Notizen machen können, weil ich zu tief drin bin.«

Ich lache. »Hey, wir haben alle Zeit der Welt. Spiel es meinetwegen zehnmal durch.«

»Dein Wunsch ist mir Befehl.«

Und dann spielen wir alle drei dieses unglaubliche Spiel, das wir wahrscheinlich Jonathan oder so nennen werden, weil uns wieder kein anderer Name einfallen wird.

Gott, ich liebe meinen Job! Zocken und Pizza und Bier und meine besten Freunde, die für das Gleiche brennen wie ich. Bitte, lass das nicht kaputtgehen!

Avery

Ich vermisse Mom und Dad bereits, als ich mit dem Mietwagen zum Flughafen fahre. Und Spocky auch. Sie wollten mich hinbringen, aber ich muss ja noch den Mietwagen abgeben, daher haben wir uns bereits zu Hause verabschiedet.

Es tat so gut, Zeit mit ihnen verbracht zu haben. Es ist wie Auftanken. Großartig.

Nachdem ich das Auto abgegeben und eingecheckt habe, entdecke ich im Flughafengewusel plötzlich zwei mir sehr bekannte Hände, die mir winken.

»Mom, Dad?«, frage ich ungläubig.

Dad zuckt mit den Schultern. »Wir wollten dich doch gerne am Flughafen verabschieden.«

Ich grinse. »Von Mom bin ich ja so was gewöhnt, aber von dir, Dad?«

»Mir wurde gesagt, man muss sich im Ruhestand neue Hobbys suchen. Vielleicht ist meins Stalking.«

Mom umarmt mich. »Es war so schön, dich bei uns zu haben! Flieg vorsichtig.«

»Mach ich. Es war so toll, hier zu sein. Ich hab euch lieb.«

»Wir dich auch, Spätzchen. Komm bald wieder.«

»Und ihr kommt nach Boston, okay?«

»Natürlich!«

»Ruf an, wenn du zu Hause bist.«

»Danke für alles.«

Ich umarme sie noch einmal, bevor ich zum Sicherheitsbereich gehe. Sie sind verrückt, aber ich habe die besten Eltern von allen.

Am Gate erfahre ich, dass der Flug Verspätung hat. Na toll. In einem der Restaurants bestelle ich was zu trinken.

»Avery McIntyre! Dein Ernst?«, kreischt plötzlich jemand hinter mir.

Ich drehe mich um und lächele. »Maggie! Was machst du denn hier?«

»Meine Eltern haben beschlossen, ihren Ruhestand in Kalifornien zu verbringen, daher war ich über Weihnachten hier.«

Maggie hat mit mir zusammen in L. A. studiert. Wir waren befreundet, nicht so eng, dass wir nach dem Studium noch abgehangen hätten, aber gut genug, dass ich mich drüber freue, sie hier zu sehen.

»Und wo geht es jetzt hin?«

»Zurück nach Boston.«

»Oh ja, stimmt! Du kommst ja eigentlich aus Boston. Daran hab ich gar nicht mehr gedacht. Ich wohne jetzt auch in Boston.«

»Echt? Das ist ja ein Zufall.«

»Noch kein Jahr, ich hab dort ein tolles Jobangebot bekommen. Na ja, ich konnte nicht ablehnen. Was machst du denn so?«

»Ich arbeite in einer Marketingagentur. Ich bin direkt nach dem Studium eingestiegen und jetzt Teamleiterin.«

»Wow, wie cool! Und deine Eltern sind jetzt in Kali?«

»Jepp, schon ironisch. Ich ziehe zurück nach Boston, um ihnen nah zu sein, und sie verlassen mich für die Wärme.«

»Ich kann das so gut verstehen. Die Kälte ist nichts für mich.«

»Ich mag den Wechsel der Jahreszeiten. Aber vielleicht kommt es darauf an, wo man aufgewachsen ist. Ich kenne es ja nicht anders.«

»Das kann sein. Aber sonst gefällt mir Boston sehr gut.«

»Was machst du denn?«

»Ich schreibe für *Women's Life*.«

»Cool. Ich bin zwar nicht die Zielgruppe, aber das ist ja echt ein großes Magazin.«

»Wir stellen uns langsam anders auf. Bisher haben wir

hauptsächlich seichte Themen behandelt, aber wir werden politischer.«

»Interessant. Vielleicht muss ich doch mal reinsehen.«

»Tu das, aber erwarte nicht zu viel.«

Unser Flug wird aufgerufen.

»Hey, falls wir uns in Boston verpassen, das ist meine Karte. Ich würd mich freuen, wenn wir uns mal auf einen Kaffee treffen. Oh, und übrigens, ich gebe in zwei Wochen eine Party nur für Mädels«, sagt Maggie.

»Wieso das?«

»Weil mir Männer auf den Geist gehen.«

Ich lache. »Okay. Sind dann da nur Single-Frauen?«

»Du würdest dich wundern, wie viele Frauen getrennt von ihren Männern feiern wollen. Komm doch auch! Wird lustig.« Sie schreibt auf die Rückseite der Karte ein Datum, eine Uhrzeit und eine Adresse. »Komm einfach.«

»Danke.«

Als wir in Boston landen, stellt sich heraus, dass Maggie recht hatte. Wir sehen uns tatsächlich nicht mehr, aber ich werde ihr in den nächsten Tagen mal schreiben. Es wäre schön, noch eine weitere Freundin in der Stadt zu haben.

Ich leiste mir ein Taxi nach Hause, schließe die Tür auf und fühle mich direkt einsam. Keine Spocky, die mir meckernd entgegenkommt. Es ist besser für sie, aber ob es das auch für mich ist, wage ich zu bezweifeln. Ich packe meine Tasche aus, hole mir was zu trinken aus der Küche und rufe dann Sarah an.

»Hey, Avery! Bist du wieder zu Hause?«

»Gerade angekommen. Wie geht es dir?«

»Gut! Hast du die Feiertage gut überstanden? Wie geht es deinem Dad?«

»Viel besser. Er will tatsächlich in den Ruhestand gehen.«

»Das ist doch super! Das freut mich sehr. Du hattest ja erzählt, dass er so ein Workaholic ist.«

»Das ist er. Wie ist es dir ergangen?«

»Wir haben Weihnachten bei Masons Eltern verbracht. Sie sind wirklich superlieb und haben mich sofort in die Familie aufgenommen.«

»Dann hast du deine Eltern gar nicht gesehen?«

»Nein, aber das ist auch okay.«

»Und wie lief es in der Fashion-Abteilung?«

»Oh Gott, Avery, es war großartig. Wirklich. Das ist genau das, was ich machen will. Gabriella war auch wirklich zufrieden. Giselle hat mich gelobt! Endlich weiß ich, was ich machen will. Sollte Giselle mir keinen Job in dem Bereich anbieten können, dann weiß ich zumindest, dass das genau das Richtige für mich ist. Vielleicht werde ich ja sogar Fashion-Bloggerin. Ich mein, falls sich jemand ein dickes Mädchen ansehen will.«

»Also erstens bist du nicht dick, und zweitens gibt es viele Plus-Size-Bloggerinnen, die viele Fans haben. Wieso solltest du das nicht auch können?«

»Ach ja, ich hab jedenfalls jede Menge Ideen im Kopf, wie ich mich einbringen könnte, im Magazin und außerhalb. Ich sprühe geradezu vor Ideen.«

»Das ist doch großartig! Jeder muss finden, wofür er bestimmt ist.«

»Ist es für dich das Schreiben?«

»Das Schreiben, das Recherchieren, sich in eine Geschichte zu verbeißen. All das ist es für mich.«

»Ich bin froh, dass du das hast. Kommst du morgen wieder in die Redaktion?«

»Ja, ich muss noch ein Thema für meine Kolumne finden.

Du hast nicht zufällig einen Tipp für mich, was gerade so richtig angesagt ist?«

»Hm, es gibt dieses neue Restaurant ein bisschen außerhalb, das nur Lebensmittel serviert, die sie selber angebaut oder gezüchtet haben. Außer so was wie Salz natürlich, aber sämtliches Gemüse und Fleisch ist aus dem eigenen Betrieb. Man kann sich da auch umsehen.«

»Ist es nicht merkwürdig, dass sie im Winter eröffnen? Also in der kargen Jahreszeit?«

»Das wäre doch eine interessante Frage, die du stellen könntest?«

»Gute Idee. Sonst noch was?«

»Die Farbe 2019?«

»Ich hab davon gehört, sie heißt Living Coral. Nicht besonders aufregend, schon gar nicht, wenn man bedenkt, dass es dieses Jahr Ultra Violet war.«

»Okay, vielleicht … Oh, ich weiß was! Masons Schwester hat Weihnachten von einer Yoni-Massage erzählt.«

»Oh Gott, du nicht auch noch!«

»Wer denn noch?«

»Meine Mutter hat das auch schon ausprobiert.«

»Echt? Und wie fand sie es?«

»Ich hab sie nicht gefragt.«

»Wieso nicht?«

»Weil sie meine Mutter ist.«

»Und du willst nicht über die Vagina deiner Mutter sprechen?«

»Oh mein Gott! Dein Ernst? Ich hör dir gar nicht mehr zu. Nada.«

Sie lacht. »Schon gut, schon gut. Aber das wäre doch ein Thema, das Giselle lieben würde.«

»Wahrscheinlich schon. Trotzdem. Das muss jemand anderes machen. Lass uns über etwas anderes sprechen.«

»Okay, sonst fällt mir nichts mehr ein.«

»Dann hoffe ich, dass was per Mail reingekommen ist, während ich weg war. Weißt du, ich freu mich, wieder in die Redaktion zu gehen, aber es war echt schwer wiederzukommen. Ich vermisse meine Eltern doch mehr, als ich gedacht habe.«

»Kann ich verstehen. Aber ich bin da ganz egoistisch und freue mich, dass du wieder da bist.«

»Wann kommt denn eigentlich Nicole wieder?«

»Am zweiten Januar.«

»Oh, schön für sie, dass sie so lange die Karibik genießen kann.«

»Allerdings! Ich bin ganz neidisch.«

»Machst du heute Abend noch was?«

»Mason holt mich gleich ab. Ein Kumpel von ihm hat Geburtstag. Willst du mitkommen?«

Einen Augenblick bin ich versucht zuzusagen, aber ich weiß, dass ich heute keine Partyqueen sein kann. Dafür ist das Heimweh noch zu stark.

»Wir sehen uns morgen.«

»Alles klar. Dann mach dir einen gemütlichen Abend. Bis morgen!«

»Tschüss!«

Wie kann es sein, dass ich mich nach einer Woche Nonstop-Gesellschaft plötzlich so allein fühle? Ich sollte doch meine Tanks aufgeladen haben, stattdessen hasse ich, dass ich jetzt einsam in dieser Wohnung sitze. Und ich hasse es, mich in diese blöde Situation mit Cade gebracht zu haben, denn sie bedeutet viele einsame Abende für mich, während er mit seiner Freundin zusammen ist. Jedes Mal werde ich mich fragen, wie sie ihre Zeit verbringen, und werde darüber todunglücklich sein. Das ist doch keine gesunde Basis für eine Beziehung.

Und jetzt hab ich nicht einmal mehr Spocky!

In unserem letzten Schuljahr begann Cade, sich immer weiter von mir zurückzuziehen. Schleichend zwar, sodass ich es nicht sofort merkte, aber irgendwann war es nicht mehr zu übersehen. Wenn ich vor seiner Tür oder seinem Fenster stand, wimmelte er mich ab, als wollte er keinen Kontakt mehr zu mir haben. Und wenn wir uns mal trafen, wirkte er abwesend und irgendwie traurig. Ich war in einer festen Beziehung und fühlte mich dennoch so einsam.

Eines Abends saßen wir am Meer, schauten den Wellen zu und genossen den Sonnenuntergang mit all den wunderbaren Farben, die heute besonders schön erstrahlten. Immer wieder warf ich Cade einen Seitenblick zu, aber er war wie weggetreten, hatte einen mürrischen Gesichtsausdruck aufgesetzt und gar kein Auge für die Schönheit der Welt um ihn herum. Unter seinem rechten Auge lag ein bläulicher Schatten, den er mit einer Verletzung beim Sportunterricht erklärte. Aber ich glaubte ihm nicht. Zu viele Zufälle, zu viele Verletzungen in zu kurzer Zeit. Da steckte etwas anderes dahinter.

Ich nahm all meinen Mut zusammen.

»Ich wünschte, du würdest mir erzählen, was dich innerlich auffrisst.«

Er schaute mich erst ein wenig verwirrt an, als hätte ich ihn aufgeweckt. Aber dann sagte er: »Alles ist gut.«

»Das glaube ich dir nicht.«

»Dann lass es.«

Sein ungewohnt schroffer Tonfall erschreckte mich, aber ich musste da jetzt durch. So ging es einfach nicht mehr weiter. Ich vermisste ihn. Meinen besten Freund. »Sag es mir, Cade.«

»Da gibt es nichts zu sagen.«

»Ich glaube schon. Du bist viel zu oft verletzt, du bist nicht mehr so lustig, so lebendig wie früher. Es ist, als wäre ein dichter Schleier über dir, der deine Persönlichkeit dämpft.«

»Wie poetisch«, spottete er.

»Du kannst Scherze machen, wie du willst. Ich weiß, dass etwas nicht stimmt. Als deine Freundin habe ich ein Recht darauf zu erfahren, was dich so kaputtmacht.«

Er sprang auf, drehte sich zu mir und ballte die Fäuste. »Du hast überhaupt kein Recht dazu! Ich bin meine eigene Person. Und wenn ich was nicht erzählen will, muss ich das nicht!«

»Doch, weil es dich umbringt, wenn du es nicht tust.«

»Bist du jetzt auf einmal Psychologin?«

»Natürlich nicht, ich mache mir nur Sorgen.«

»Und Sorgen machen rechtfertigt, dass du mich so unter Druck setzt?«

Ohne es zu wollen, behauptete ich: »Jawohl.«

Er funkelte mich an, und einen Augenblick lang bekam ich Angst. Nicht vor ihm, um ihn, weil er so verzweifelt aussah.

»Es würde dir also besser gehen, wenn du wüsstest, dass Dad mich verprügelt? Dass kaum ein Tag vergeht, an dem er mir keine Ohrfeige verpasst? An dem er mir nicht sagt, was für ein Versager ich bin? Dass ich als Verlierer kein Recht habe, kostbare Luft einzuatmen?«

Er zuckte zusammen. Das hatte er gar nicht sagen wollen, er bereute es, das konnte ich sehen. Cade versuchte, seine Haltung wiederzufinden, aber nach diesem Ausbruch fiel es ihm schwer. Und auch ich war schockiert. Cades Dad schlug ihn?

Wieso hatte ich das nicht gewusst? Wieso hatte er mir nichts erzählt?

»Das wollte ich nicht sagen.« Seine Stimme klang belegt, als hätte ihm die Wahrheit die Luft abgedrückt. »Du darfst es niemandem erzählen.«

»Aber Mom und Dad könnten vielleicht helfen«, sagte ich hilflos.

»Niemandem, Avy. Du darfst es niemandem erzählen. Das ist mein Problem.«

»Aber …«

»Versprich es mir.«

»Ich …«

»Du musst es mir versprechen. Okay? Wenn du mich liebst, dann sagst du niemandem, was ich dir erzählt habe.«

Ich stand auf, trat auf ihn zu und legte die Hand auf sein Herz, das viel zu schnell pochte. »Ich verspreche es. Unter einer Bedingung.«

Skeptisch schaute er mich an. »Und die wäre?«

»Ich darf dich umarmen.«

All die Strenge, die gerade noch Besitz von ihm ergriffen hatte, fiel nun von ihm ab. Gebrochen sieht er aus, schoss es mir durch den Kopf. Mein armer Cade. Er nickte leicht, und ich schlang die Arme um ihn. Erst schien er regungslos, aber dann spürte ich seine Hände über mein T-Shirt gleiten, bis er mich fest umarmte. Er fing an zu zittern, und es brach mir das Herz. Mein mutiger, großartiger, liebevoller Freund musste Schmerzen aushalten, die niemand aushalten sollte. Erst wurde ihm die Mutter genommen, und dann entwickelte sich sein Vater auch noch zu einem Monster.

Ich spürte seine Tränen und hielt seinen bebenden Körper, während er sich gegen mich lehnte, weil er kaum noch die

Kraft hatte, sich auf den Beinen zu halten. Langsam sanken wir zurück in den Sand, ohne uns loszulassen. Ich murmelte ihm ins Ohr, wie sehr ich ihn liebte, wie sehr ich ihn brauchte, und dass ich immer für ihn da war. Irgendwann versiegten die Tränen, sein Körper hörte auf zu zucken, und seine Hände lockerten sich.

»Danke.«

»Immer. Bitte schließ mich nicht aus. Ich liebe dich.«

Seine Augen wirkten im Dämmerlicht dunkler, man sah nicht, dass er gerade geweint hatte, aber sein Blick war intensiv und nahm mich gefangen. »Ich liebe dich auch, Avy. Heute und für immer.«

Kapitel 16

Cade

»Ich bin heute den ganzen Tag mit Mom unterwegs, aber vielleicht wollen wir heute Abend was essen gehen? Nur wir zwei?«, fragt mich Melinda am nächsten Morgen.

Lieber würde ich mir die Augen ausstechen. Lieber würde ich mir heiße Kohlen in die Boxershorts stecken. Nein, lieber würde ich mir Heftklammern unter die Fingernägel schießen.

»Ja, sehr gerne. Wir waren schon lange nicht mehr bei dem Vietnamesen.«

Sie rümpft die Nase. »Und das hat einen Grund.«

Fragend ziehe ich die Augenbrauen hoch. »Und welchen?«

»Dass er furchtbar ist.«

»Nein, gar nicht. Er hat großartige Gerichte auf der Speisekarte stehen.«

Ungläubig schaut sie zu mir. »Ich bitte dich. Dieser asiatische Fraß schmeckt doch widerlich.«

»Wie kannst du das als Fraß bezeichnen? Es ist köstlich.«

»Das ist doch albern. Such dir was anderes aus. Spanisch, Italienisch, Französisch.«

»Ach so, du bist also gar nicht gegen fremdländische Küchen generell, sondern nur gegen asiatische.«

»Jetzt schau mich nicht so an, als wäre ich rassistisch. Darum geht es nicht. Ich mag es einfach nur nicht.«

»Das hättest du ja auch sagen können.«

»Okay, du hast recht. Ich hätte nicht so abfällig reden sollen.« Sie lächelt. »Siehst du? Ich bin durchaus lernfähig.«

»Großartig.«

»Das finde ich auch.« Geflissentlich überhört sie meinen Sarkasmus in der Stimme. Ich muss aufpassen, dass der nicht überhandnimmt. Meine Resignation könnte viel zu schnell in Rebellion umschlagen.

»Dann den Spanier.«

»Okay. Sollen wir uns da treffen? Das ist wahrscheinlich besser. Moms Fahrer kann mich da absetzen.«

»Alles klar. Um sieben?«

»Lieber halb acht. Ich reserviere uns einen Tisch.« Sie beugt sich zu mir und küsst mich auf die Wange. »Ich muss los. Bis heute Abend. Ich freu mich.«

Sie bemüht sich. Ich bemühe mich. Aber kaum ist sie aus der Tür, frage ich Avery, ob sie Lust hat, mit mir Mittag zu essen.

Sehr gerne! Wo?

Es gibt um die Ecke von meinem Büro einen Vietnamesen, den ich liebe.

Oh, und ich liebe Phở. Lass uns das auf jeden Fall machen. Ich hab einen Termin, der so um eins endet. Passt dir das?

Wir spielen sowieso nur. Also ja.

Das musst du mir nachher genauer erklären. Schickst du mir noch die Adresse?

Nachdem ich das getan habe, öffne ich die Foto-App, suche nach Bildern von Avery, schaue mir ihr liebes Gesicht an und fühle mich besser. Wie schön, dass sie wieder in Boston ist.

Ich bin schon im Restaurant und trinke einen Kaffee, als sie zwanzig Minuten zu spät reinkommt. Sie setzt schon an, sich zu entschuldigen, aber stattdessen küsse ich sie auf den Mund. Nach einem Moment des überraschten Zauderns küsst sie mich zurück. Als wir uns lösen, ist sie ein wenig verlegen, als hätte sie nicht gewusst, woran wir sind.

Was auch immer geschehen wird, eins breitet sich in mir als Wahrheit aus: Mit Avery ist das Leben besser.

»Wie geht es deinem Dad?«, frage ich sie, nachdem die Kellnerin uns Wasser gebracht hat.

»Besser. Das war echt ein Schock. Aber für ihn auch. Er wird jetzt doch endlich in den Ruhestand treten.«

»Und deine Mom?«

»Sie ist schon seit ein paar Jahren in Rente und versucht, ihn immer zu überreden, es ihr endlich gleichzutun, aber er war bisher ein sturer Workaholic.«

»Dann bekommt sie ja jetzt ihren Willen.«

»Ich weiß nicht, ob ihr bewusst ist, dass man auch zu viel Zeit miteinander verbringen kann. Bis auf ein paar Urlaube haben sie nie den ganzen Tag aufeinandergehockt.«

»Und die Wochenenden?«

»Dad hatte ständig Patienten, nach denen er sehen musste.«

»Irgendwie ist das doch auch bewundernswert.«

»Er ist auf jeden Fall ein guter Arzt, aber ich bin froh, wenn er jetzt einen Gang zurückschaltet.«

»Hast du deinen Aufenthalt zu Hause genossen?« Ich versuche, mir die Wehmut nicht ansehen zu lassen, aber es schmerzt mich immer noch, dass ich kein Zuhause habe, in das ich zurückkehren kann.

»Sehr, dabei ist mir erst klar geworden, wie sehr ich meine Eltern vermisse.«

»Mark und Debra sind ja auch immer schon toll gewesen.«

Einen Moment sieht Avery auf ihre Finger, die sie nervös knetet. Als es ihr bewusst wird, versteckt sie sie unterm Tisch. »Ich weiß nicht, ob ich es dir sagen sollte, aber ich hab deinen Dad gesehen. Nur von Weitem. Er sah gar nicht gut aus.«

Ein flaues Gefühl breitet sich in meiner Magengegend aus. »Ich hab mit ihm abgeschlossen.«

»Okay.« Sie trinkt einen Schluck Wasser. Ich weiß nicht, wie ich die Schlucht überbrücken soll, die sich gerade zwischen uns auftut. »Erzähl mir, warum ihr zockt, statt arbeitet.« Und mit diesem einfachen Satz schüttet sie den Graben wieder zu.

»Wir entwickeln ein Spiel, und seit gestern haben wir eine Testversion. Na ja, die müssen wir natürlich auf Herz und Nieren prüfen.«

»Wie cool! Worum geht es denn?«

»Es geht um Geschicklichkeit und ums Kombinieren und ein bisschen auch darum, sein Gedächtnis zu trainieren. Willst du es sehen?«

»Ja!« Sie grinst, und ich reiche ihr mein Handy, nachdem ich das Spiel gestartet habe.

»Es ist selbsterklärend, aber wenn du Hilfe brauchst …«

Doch das ist nicht nötig. Ich sehe ihr zu, wie sie spielt. Ihr Gesicht ist so ausdrucksstark. Triumphierend, wenn sie etwas schafft, angesäuert, wenn sie versagt, sie lacht und schnaubt und steckt die Zunge angestrengt in den Mundwinkel. Sie runzelt die Stirn, reißt die Augen auf, juchzt und stöhnt auf.

So schnell wie bei einem Daumenkino verändert sich ihr Ausdruck, aber die ganze Zeit bleibt der Eindruck, dass sie gerade ein Wunder erlebt. So sollen unsere Spieler aussehen. So und nicht anders.

Irgendwann schaut sie grinsend hoch. »Es ist großartig.«

»Ja?«

»Echt super. Ich hab kein einziges Handyspiel, aber das würde ich sofort kaufen.«

»Das freut mich sehr.«

»Wirst du rot?«

»Nein, natürlich nicht.« Aber sie hat recht, ich spüre die Wärme aufsteigen.

Innerlich hadere ich mit dem Gedanken, Avery die Testversion zu schenken. Doch ich merke, dass Melindas Lügen und Erpressungen mir tief in den Knochen sitzen. Kann ich Avery vertrauen? Oder wird sie mich auch verraten?

Sogleich schäme ich mich für diesen Gedanken, denn das ist Avy. Meine Avy.

»Diese Version ist noch nicht ganz ausgereift, aber wenn du mir dein Handy gibst, installiere ich sie dir.«

»Echt? Aber du musst nicht. Ich kann auch ganz geduldig warten, bis sie zu kaufen ist. Also schweren Herzens, aber ich warte.« Dabei lacht sie.

»Du hast bei mir VIP-Status.«

»Unter weniger mach ich es auch nicht, damit das klar ist.«

Ich nehme ihr Handy entgegen, logge mich auf unserem Server ein, lade das Spiel herunter und beseitige dann sofort alle Spuren, wobei ich mich als paranoid beschimpfe, aber sicher ist sicher. »Hier.«

»Du bist so ein Schatz.«

»Ich weiß.«

Sie grinst und greift nach meiner Hand. »Ich hasse es, dass ich dich nur so selten sehen kann.«

Meine Finger umschließen ihre. »Du ahnst ja nicht, wie sehr ich es hasse.«

Traurig schaut sie mich an, bevor sie hörbar einatmet. »Es nützt ja nichts, drüber zu reden. Das ruiniert nur die Stimmung. Lass uns die gemeinsame Zeit genießen.«

»Dann erzähl mir von deinem größten Traum.«

»Wow, das ist schon echt tiefgründig.«

»Meinst du? Früher hast du mir alles erzählt.«

Sie lächelt ein wenig. »Früher war vieles anders.«

»Aber es kann ja wieder so werden.«

Avery ist wunderschön, schießt mir durch den Kopf. Ihre grauen Augen, die freundlich, aber auch ein bisschen verschmitzt wirken. Ihre rosigen Wangen, dazu die vollen Lippen, die ich so gerne küsse. Ihre wilden Locken, die sich so samten in meinen Fingern anfühlen. Und sie scheint sich gar nichts aus ihrem Aussehen zu machen.

»Was?«, fragt sie zögerlich.

»Du bist so wunderschön.«

»Ach was«, streitet sie ab, errötet aber ein wenig.

»Doch, es ist wahr. Dass du es nicht sehen kannst, ist mir unbegreiflich.«

»Ich bin ganz ansehnlich, aber wunderschön ist doch etwas übertrieben.«

»Ansehnlich? Hast du wieder Jane Austen gelesen?«

»Vielleicht, aber wenn, dann verrate ich es dir nicht.«

Ich grinse sie an. »Ich konnte deine Leidenschaft für alte englische Ladys nie begreifen.«

»Weil du doof bist.«

»Ach, doof bin ich?«

»Ja, ganz schön.« Sie lacht.

»Und das sagst du mir einfach so?«

»Siehst du doch.«

»Ich bin entsetzt.«

»So siehst du aber nicht aus.«

»Wie sehe ich denn aus?«

»Als würde dir das hier viel zu viel Spaß machen.«

»Dann sehe ich genauso aus, wie ich mich fühle.«

Unser Essen wird gebracht, und eine Weile sind wir damit beschäftigt, die Nudeln aus der Brühe zu fischen. Schlüpfrige Biester.

»Mein größter Traum ist es, dass ich am Ende meines Lebens sagen kann, das war ein gutes Leben«, erklärt Avery unvermittelt.

»Das ist schön. Meinst du, es klappt?«

»Noch nicht so richtig.«

Da ich weiß, was sie momentan unglücklich macht, versuche ich abzulenken, indem ich sage: »Mein größer Traum ist es, dass die Patriots noch mal den Super Bowl holen.«

Sie lacht. »Das ist echt lahm.«

»Ich hab eben einfache Wünsche.«

»Als hätten die Patriots in den letzten Jahren nicht genug gewonnen.«

»Man kann gar nicht genug gewinnen.«

»Siegen ist nicht alles.«

»So können nur Loser reden.«

»Hey, mag sein, aber deswegen musst du mich nicht dissen.« Da sie grinst, weiß ich, sie scherzt.

»Bist du jetzt Mitglied in 'ner Gang?«

»Wieso? Weil ich dissen sage?«

»Kommt gleich auch noch Homies?«

»Wenn ich will.«

»Okay, eine kleine Vorwarnung wäre nett gewesen.«

»Ha, ich will dich eben auf Zack halten. Haben? Zickzack machen? Keine Ahnung. Wie sagt man das?«

»Hey, du bist das linguistische Genie. Ich kann dir nur eine e-Funktion berechnen.«

»Erinnere mich bloß nicht daran.«

Das bringt mich zum Lächeln. »Wir haben uns in unseren Stärken und Schwächen immer perfekt ausgeglichen.«

»Na ja.«

»Findest du nicht?«

»Ich war schon echt naiv und schüchtern und bin dir wie ein kleines Kätzchen überallhin gefolgt.«

»So würde ich das zwar nicht sagen, aber ja, du hast dich verändert.«

»Zum Guten?«

»Zum Heißen. Ganz ehrlich, Selbstbewusstsein ist so sexy.«

»Dann war ich früher nicht sexy?«

Falle, Falle, Falle, schreit mein Gehirn. »Du bist immer sexy, egal in welcher Situation.«

Sie kneift die Augen zusammen, und ich bemühe mich, so ehrlich wie möglich auszusehen. »So gerade eben glaube ich dir.«

»Das ist wirklich großzügig von dir.«

»Ich weiß.«

»Aber ehrlich. Vielleicht ist es auch so, dass die damalige Avery perfekt für den damaligen Cade war, denn sein Selbstbewusstsein war meist auch nur aufgesetzt. Aber heute liebe ich dich, wie du bist.«

Sie starrt einen Moment aus dem Fenster, bevor sie sagt: »Weißt du, Dad hat etwas Ähnliches gesagt. Dass es vielleicht nicht die große Katastrophe war, dass wir uns nach der Highschool getrennt haben, weil es mir die Chance gab, ich selbst zu werden, ohne den Druck, auch noch einen anderen Menschen glücklich machen zu müssen.«

»Es tut mir trotzdem leid, dass ich dir damals so wehgetan habe.«

Sie zuckt mit den Schultern. »Das ist jetzt so lange vorbei. Es ist beinahe irrelevant.«

»Ich weiß nicht, ob es mir gefällt, offensichtlich so wenig Eindruck bei dir hinterlassen zu haben.«

»Du könntest niemals wenig Eindruck hinterlassen.«

»Du auch nicht.«

Ihr erstrahlendes Gesicht ist der schönste Anblick, den ich seit Langem gesehen habe. Es muss doch eine Chance für uns geben. Irgendeine. Ich muss mich anstrengen, kann nicht ertragen, dass dieses Strahlen wieder aus ihren Augen verschwindet, auch wenn ich weiß, dass es schon bald wieder so weit sein wird.

Avery

In den kommenden Tagen schaffen Cade und ich es immer wieder, uns kleine gemeinsame Momente zu stehlen. Silvester geht vorbei, das neue Jahr bricht an, doch das Dilemma wird nur größer. Es ist wunderbar, Zeit mit ihm zu verbringen, aber es tut so weh, ihn wieder zu verlassen, vor allem, weil ich weiß, dass er wieder zu Melinda geht. Ich frage nicht, wie sie ihre gemeinsame Zeit verbringen, ob er sie noch anziehend findet, sie vielleicht noch liebt, und ich frage nicht, ob sie noch Sex miteinander haben. Ich könnte ein Ja nicht ertragen.

Abend für Abend sitze ich in meiner eigentlich geliebten kleinen Wohnung, die mir nun viel zu einsam vorkommt. Ich treffe mich mit Steph und Sarah und Nicole und versuche, so oft wie möglich meine vier Wände zu verlassen, die sich mit jedem weiteren Tag wie Einzelhaft anfühlen.

Und immer klarer wird die Erkenntnis, dass diese Heimlichtuerei kein Leben für mich ist. Es frustriert mich, macht mich unglücklich und unausgeglichen. Das bin ich einfach nicht. Gleichzeitig weiß ich, dass ich Cade nicht aufgeben kann, weil ich ihn liebe. Aber an welchem Punkt muss man sich für sich selbst entscheiden? An welcher Grenze muss man sich mehr lieben als den Partner?

Schon Whitney hat gesungen, dass Selbstliebe die wichtigste Art der Liebe ist. Und wer bin ich, ihr zu widersprechen?

Aber noch … noch kann ich es nicht. Ich muss es noch weiter versuchen. Es geht nicht anders. Verzeihen könnte ich mir weder, zu früh aufgegeben zu haben noch zu spät.

Als mein Handy klingelt, gehe ich gedankenversunken dran. »Ja?«

»Spreche ich mit Avery McIntyre?«

»Äh, ja. Wer ist da?«

»Hi, ich bin Valerie Lawrence vom *L. A. Journal*. Haben Sie einen Augenblick Zeit?«

Einen Augenblick weiß ich gar nicht, was ich sagen soll. Ein Magazin aus L. A. ruft mich an? Wieso?

»Äh, einen Moment, bitte.«

Ich stehe von meinem Schreibtisch auf, stolpere dabei beinahe über meine eigenen Beine, bevor ich es unversehrt in die Garderobe schaffe, wo ich mich auf der kleinen Couch niederlasse.

»Okay, sorry. Sind Sie noch dran?«

»Natürlich, Avery. Sie wundern sich wahrscheinlich, warum ich anrufe. Wir haben in den letzten Monaten Ihre Artikel in der *Women's Life* verfolgt. Diese politische Richtung gefällt uns, meinungsstark, aber niemals mit dem erhobenen Zeigefinger, faktisch klar, aber nicht ohne Emotionen. Wir glauben, dass Sie ganz gut zu uns passen könnten. Vielleicht haben Sie Lust, uns mal in L. A. zu besuchen, dann könnten wir darüber sprechen, ob wir zusammenpassen?«

»Wirklich?« Okay, das ist nun nicht gerade professionell. »Ich meine, wow, ich hätte nie damit gerechnet, dass Sie mal an mir interessiert sein könnten.« Okay, das ist auch nicht besser. Vielleicht sollte ich einfach nichts mehr sagen.

»Ihr Artikel über ein Jahr Hashtag MeToo hat mir sehr gefallen. Während sich viele Magazine darauf konzentriert haben, wie es sich in den prestigeträchtigen Branchen entwickelt hat, sind in Ihrem Artikel auch ganz normale Menschen zu Wort gekommen. Wir alle kennen die prominenten Opfer, aber dass auch die Frau von nebenan ein Missbrauchsopfer sein kann, eine Freundin, eine Bekannte, das Mädchen aus der Wäscherei, vergessen viele, weil diese Frauen keine Lobby haben, keine Stimme. Sie haben ihnen eine gegeben.«

»Danke. Ich weiß es sehr zu schätzen, dass Sie das sagen. Dieser Artikel ist mir persönlich sehr wichtig gewesen.«

»Das hat man beim Lesen gemerkt. Wir wollen solche Texte. Wir wollen starke Stimmen, die in all dem Fake-News-

Geschrei integer sind, die Menschen über Tatsachen informieren, und in dieser Welt voller Aufregung herrlich unaufgeregt bleiben.«

»Ich bin eigentlich sehr zufrieden hier in Boston bei *Women's Life*.«

»Verstehe ich, aber ich sehe, dass Sie nicht immer diese Art von Texten geschrieben haben und Sie es momentan auch nicht mehr tun. Bei uns könnten Sie über das schreiben, was Ihnen liegt. Aktuelle Ereignisse, politische und feministische Themen. Sie bräuchten nie wieder über Nagellacke zu schreiben. Daran ist auch nichts verkehrt, aber ich denke, da liegt nicht Ihre Leidenschaft. Bei uns könnten Sie sich voll und ganz entfalten, Ihr Potenzial erreichen und einen Beitrag zur aktuellen Debatte leisten.«

»Ich … wow. Kann ich drüber nachdenken?«

»Natürlich. Ich hab Sie ja jetzt auch ein wenig überfallen. Rufen Sie mich jederzeit an, und wenn Sie nach L. A. kommen, freue ich mich auf einen Kaffee mit Ihnen.«

»Vielen Dank. Ich fühle mich sehr geehrt, dass Sie mich angerufen haben.«

»Kein Thema. Aber noch eine Sache: Überlegen Sie sich, was Ihnen wichtig ist. Ich kenne Sie nur von Ihren Texten, aber Sie machen auf mich nicht den Eindruck, nur seichte Artikel schreiben zu wollen, wenn Sie doch auch über Themen schreiben könnten, die die Welt bewegen. Rufen Sie mich an.«

Und damit legt sie auf. Einen Augenblick schaue ich mein Handy perplex an, bevor ich den Browser öffne. Wie hieß sie noch mal? Valerie irgendwas. Ich tippe den Magazinnamen und Valerie ein und warte auf die Ergebnisse. Valerie Lawrence. Seit diesem Monat Chefredakteurin beim *L. A.*

Journal. Ich hatte gar nicht mitbekommen, dass sie eine neue Chefin haben.

Und dann dämmert mir, dass ich gerade von der neuen Chefredakteurin eines Magazins angerufen wurde, das ich schon immer bewundert habe. Im Gegensatz zu *Women's Life* sind sie schon seit Jahrzehnten ein besonderes Frauenmagazin. Sie sind politisch und feministisch und stellen eine Speerspitze gegen Diskriminierung jeglicher Art dar. Es war immer mein Traum, einmal beim *L. A. Journal* zu arbeiten.

Trotzdem habe ich gezögert.

Vielleicht, weil ich es nicht für echt gehalten habe. Aber es war echt. Die Googlesuche hat es doch bestätigt.

Ich hatte mir bisher keine Gedanken gemacht, Boston wieder zu verlassen und zurück nach L. A. zu ziehen. Ja, es war schön, Mom und Dad in der Nähe zu haben, aber ich habe mir hier mein Leben aufgebaut. Hier sind meine neuen Freundinnen, hier ist die beste Chefin, die ich je hatte. Und hier ist auch Cade.

Ich hasse, dass er für mich ein Faktor ist, aber ich kann nichts dagegen tun. Ich will, dass mir meine Karriere wichtiger ist als eine heimliche Affäre, und dennoch … Dennoch ertrage ich den Gedanken nicht, wegzuziehen, weil es das Ende zwischen uns bedeuten würde. So lange wir in derselben Stadt wohnen, können wir uns noch zwischendurch sehen, aber wenn ich an der Westküste wäre, wäre das nicht möglich.

Gott, wie ironisch! Da wird mir ein Job bei einem feministischen Magazin angeboten, und ich jammere darüber, dass ich den Mann nicht mehr sehen kann, mit dem ich sowieso keine Zukunft habe. Man sollte mich teeren und federn und aus der Stadt jagen.

Auch wenn ich eine selbstbestimmte Frau sein möchte, manchmal gelingt es mir einfach nicht. Es ärgert mich, weil das meinen eigenen Ansprüchen an mich selbst nicht entspricht, aber leider fühle ich nun mal so. Und dann sage ich mir, was ich jetzt gerade hören muss: Du bist so doof.

Als ich Feierabend habe, wartet Cade an der nächsten Ecke hinter dem Redaktionsgebäude auf mich. Wir umarmen uns und küssen uns kurz, bevor wir zwei Blocks weiter zu einer kleinen Weinbar laufen.

»Alles okay?«, fragt er mich.

Ich nicke. »Ja, aber ich frage mich immer noch, wie du die letzten Jahre ohne Sonne überlebt hast.«

Er lacht auf. »Weißt du, seit ein paar Wochen liebe ich den Schnee. Schließlich hat er mir dich zurückgebracht.«

»Das war nicht der Schnee.«

»Und was war es dann?«

»Keine Ahnung.«

»Der Schnee macht alle ein wenig trunken vor Glück.«

»Wie geht es mit eurem Spiel voran?«

»Ganz gut.«

»Ich hab übrigens alle Level durchgespielt.« Ich greife in meine Handtasche und ziehe einen kleinen Stapel Papiere heraus. »Hier. Meine Anmerkungen.«

Er blättert sie durch. »Wow, danke. Das hilft uns sehr.« Dann schaut er mich ein wenig unsicher an. »Ich … verdammt. Ich weiß, das hört sich jetzt völlig bescheuert an, aber das sind doch alles deine eigenen Gedanken? Und dir ist bewusst, dass du uns damit hilfst, aber keinen Anteil an der Entwicklung hast?«

Ungläubig starre ich ihn an. »Wie bitte?«

»Sorry. Das geht wahrscheinlich zu weit.«

»Ich verstehe nur nicht.«

Einen Augenblick ist er still, als suchte er die richtigen Worte.

»Ich hatte noch gar keine Gelegenheit, dir zu sagen, dass Melinda mir erneut die Pistole auf die Brust gesetzt hat.«

»Wieder mit der Finanzierung?«

»Nein, sie hat uns zur Zeit der Entwicklung von Benjamin, na ja, mir, offensichtlich Ideen zugespielt, die gar nicht ihre eigenen waren, sondern von ihrem Ex-Freund, der ebenfalls ein App-Entwickler ist. Jetzt droht sie uns mit Plagiatsvorwürfen.«

»Was?« Einen Augenblick glaube ich im falschen Film zu sein. Fassungslos. Das bin ich. Vollkommen fassungslos. Wie kann ein Mensch nur so sein? Was soll das? »Ist das dein Ernst?«

»Ja, leider ist es wohl so, dass wir tatsächlich plagiiert haben. Unwissentlich, klar, aber Unwissenheit schützt bekanntlich nicht vor Strafe.«

»Also, das ist doch total abgefuckt!«

»Wow, wenn du fluchst, muss es wirklich schlimm sein«, unternimmt er einen lahmen Versuch, witzig zu sein.

»Cade, das kannst du dir doch nicht wirklich bieten lassen!«

»Was soll ich denn tun? Wenn ich Schluss mache, zeigt sie uns an, beziehungsweise steckt es ihrem Ex-Freund, und der soll wohl wie ein Bluthund sein. Zumindest sagt sie das.«

»Aber es muss doch irgendeinen Ausweg geben. Du kannst dich doch nicht so terrorisieren lassen. Was sagen denn Chris und Mick dazu?«

»Sie wissen nichts davon.«

»Wieso nicht?«

»Das ist meine Sache, mein Schlamassel. Sie haben nichts damit zu tun.«

»Aber ihr seid doch Partner. Wenn so etwas euer Unternehmen bedroht, haben sie doch ein Recht, es zu erfahren.«

Er streicht sich durch die Haare, bevor er seinen Nacken reibt. »Was denkst du, wie sie reagieren?«

»Keine Ahnung, was denkst du denn?«

»Sie würden sagen, dass ich mit Melinda Schluss machen soll, dass ich mich nicht erpressen lassen soll.«

»Okay. So sehe ich das auch.«

»Verstehst du nicht? Melinda würde uns alles nehmen, was wir haben. Chris und Mick haben Kinder! Ich liebe Zoë und Liam und Lucas. Ich könnte mir nie verzeihen, wenn es ihnen an etwas fehlt.«

»Das versteh ich ja, aber Chris und Mick sind auch erwachsen und haben das Recht, ihre eigenen Entscheidungen zu treffen.«

»Nicht, wenn ich es verhindern kann. Ich bin lieber selbst unglücklich, als einen von ihnen so zu sehen.«

Aus einem Impuls heraus lege ich die Hand an seine Wange und empfinde es als Geschenk, dass er sich an sie schmiegt. »Aber ich kann nicht damit leben, wenn du unglücklich bist.«

»Ich bin nicht wichtig.«

»Wie bitte?«

»Na ja, im Großen und Ganzen bin ich nicht wichtig. Sie sind es.«

»Und du denkst nicht, dass sie genauso über dich denken?«

Er schüttelt den Kopf, und das tut mir wirklich weh. »Nein, sie sehen es auch so. Ich hab keine Kinder, keine Frau, im Grunde hab ich niemanden.«

»Du hast mich.«

Er beugt sich vor und küsst mich auf die Wange. »Wir beide haben auch nur geliehene Zeit, Avy. Zu Melindas Forderungen gehörte nämlich, dass ich dich nicht mehr wiedersehe.«

»Oh. Das heißt, du willst mit mir Schluss machen?« Wieso ist es plötzlich auch in dieser Weinbar so kalt?

»Nein, das will ich nicht. Ich kann nicht. Was dich angeht, muss ich einfach auf mein Herz hören.«

»Okay.« Aber ich merke schon, dass das für mich noch nicht das Ende vom Lied ist. Ich muss über all das nachdenken.

»Lass uns über was anderes sprechen.«

»Ich hab meine Katze in Kalifornien gelassen, und jetzt fühlt sich meine Wohnung nicht mehr wie meine Wohnung an.«

Er lächelt leicht. »Das versteh ich. Deine Mitbewohnerin ist ausgezogen.«

»Ja, genau, die nervige, mich herumkommandierende, faule Mitbewohnerin, die ich furchtbar vermisse.«

»Warum hast du sie bei deinen Eltern gelassen?«

»Weil ich ja nie da bin und sie den ganzen Tag alleine ist. Außerdem hat Mom sie ins Herz geschlossen.«

»Hört sich so an, als wäre es die richtige Entscheidung gewesen.«

»Die richtigen Entscheidungen fühlen sich manchmal so falsch an.«

Auf dem Weg nach Hause denke ich über Melinda, die Schreckliche, nach. Ich kann es einfach nicht fassen, wie ein Mensch so sein kann. Es ist mir unbegreiflich. Macht sie sich keinerlei Sorgen um ihr Karma? Oder machen das nur Hippie-Kalifornier?

Dass Cade so viel riskiert, um mit mir zusammen zu sein, schmeckt mir gar nicht. Das legt zu viel Druck auf meine Schultern. Wenn unsere Affäre herauskommt, könnte er alles verlieren.

Auf einmal verstehe ich, dass Cade seine Freunde nicht mit dieser Entscheidung belasten möchte. Sie würden das Falsche tun, ebenso wie Cade die falsche Entscheidung trifft, wenn es darum geht, mich weiterhin heimlich zu treffen.

Vielleicht muss ich handeln, wenn er es nicht tut. Plötzlich erscheint das Jobangebot in Los Angeles doch nicht mehr so schlecht. Wenn ich nicht mehr da bin, kann ich nicht verantwortlich für Cades Dilemma sein.

Aber selbst jetzt kann ich ihn nicht aufgeben. Noch nicht. Vielleicht ist es egoistisch, aber ich will noch ein bisschen mehr Cade.

Kapitel 17

Avery

Ein paar Tage vergehen, ohne dass ich eine zufriedenstellende Lösung finde. Ich hatte gehofft, dass ich den glorreichen Ausweg entdecke, aber nichts. Mein Gehirn lässt mich einfach im Stich, wenn ich mal Großes von ihm verlange. Enttäuschend. Wirklich.

Der Abend von Maggies Mädels-Party ist gekommen. Da ich gerade jede Möglichkeit nutze, um nicht alleine zu sein, ist mir die Einladung nur recht.

Ich stehe vor meinem Kleiderschrank und frage mich, was man für so eine Party anzieht? Schließlich entscheide ich, dass es um mich geht, um ein Date mit mir selbst, weswegen ich mich für mich selbst schön mache. Daher wähle ich mein Lieblingskleid, das eigentlich recht schlicht ist, aber mit seiner A-Linie meine Figur perfekt betont. Highlight des schwarzen Schätzchens ist der tief ausgeschnittene Rücken. Ich habe mal einen Artikel zu Rückenketten geschrieben, das sind Ketten, die lang in den Rücken fallen. Ich fand das Konzept so wunderbar, dass ich mir eine gekauft habe, die genau zu diesem Kleid passt. Als ich nun das kühle Metall auf dem nackten Rücken spüre, fühle ich mich schön.

Ich nehme mir Zeit für mein Make-up und schminke mir Smokey Eyes, die ich mal für einen anderen Artikel gelernt habe, als ich einen Schminkkurs besucht habe. Mit meinen

Haaren mache ich kaum jemals etwas, aber heute lege ich sie um den Lockenstab, um statt Kraut und Rüben Victorias-Secret-Locken zu bekommen. Und zu guter Letzt schlüpfe ich noch in das einzige Paar High Heels, das ich besitze.

Als ich in den Spiegel im Flur schaue, erkenne ich mich kaum wieder. Ich bin sprachlos, dass ich so heiß aussehen kann. Ich mache ein Spiegel-Selfie, und in einem Anfall von Wahnsinn schicke ich es an Cade.

Weil ich in diesem Outfit nicht die U-Bahn nehmen will, entscheide ich mich, mir ein Taxi zu gönnen. Bei den vielen Fahrten könnte ich mir wahrscheinlich auch eine zentralere Wohnung leisten, wenn ich es recht bedenke.

Ich habe keinen passenden Mantel, daher ziehe ich einfach den an, den ich tagsüber auch trage. Er wird ja an der Garderobe hängen und mein Ensemble nicht zerstören.

Ich bin aufgeregt. Noch nie habe ich mich für mich selbst schön gemacht. Bisher bin ich davon ausgegangen, dass für mich auch Yogahose und Schlabberpulli reichen, aber vielleicht sollte ich das öfter tun. Ich fühle mich überraschend gut.

Als mir die App anzeigt, dass mein Taxi gleich da ist, gehe ich nach unten. Gott sei Dank ist der Gehweg geräumt, sonst würden ich und meine High Heels den kurzen Weg nicht überleben.

»Guten Abend, Miss. Wo soll es hingehen?«

Ich gebe dem Fahrer die Adresse und fühle mich irgendwie posh. Das ist auf jeden Fall ein Gefühl, das dieser Tollpatsch hier nicht kennt. Ich klopfe mir leicht gegen die Stirn. Toi, toi, toi, dass heute nichts schiefgeht. Einmal möchte ich mich wie die Prom Queen fühlen, die durchs Leben stolziert, ohne jedes Mal eine Katastrophe mittleren Ausmaßes befürchten zu müssen.

»Da sind wir«, verkündet der Taxifahrer irgendwann und reißt mich aus meinen Gedanken.

Ich zahle mit meiner Kreditkarte, bevor ich aussteige. Einen Moment schaue ich an dem schönen Gebäude hoch, bin für zehn Sekunden neidisch, dass ich hier nicht wohne, schüttele diese Gefühle dann ab und gehe hinein. Der Portier weist mir den Weg, und kurz darauf stehe ich im Aufzug nach oben.

Ein wenig aufgeregt bin ich, wie vor einem echten ersten Date, nur, dass ich mich doch eigentlich kenne. Aber diese Avery ist mir neu. Sie gefällt mir. Das kann was werden mit uns beiden.

Ich klopfe an die Tür mit der Nummer einundzwanzig, und eine große Blondine öffnet mir fröhlich. »Du siehst so aus, als wolltest du auf eine Party.«

»Äh, ja.«

»Dann bist du hier genau richtig. Ich bin Eva. Komm rein.«

»Ich bin Avery.«

»Hervorragend. Komm mit in die Küche. Wir besorgen dir erst mal einen Drink. So eine hübsche Frau darf man nicht auf dem Trockenen lassen.« Sie lacht erneut und hakt sich bei mir unter.

»Wo kann ich meinen Mantel ablegen?«

»Wir machen einen Abstecher ins Schlafzimmer.«

Als ich meine Jacke losgeworden bin, gehen wir in die Küche, und sie mixt mir einen Gin Tonic, *der es in sich hat*. Ihre Worte, nicht meine. Aber ich verstehe sie, sobald ich den ersten Schluck nehme.

»Okay, ja, der hat es echt in sich.«

Ihr Lachen ist glockenhell, und irgendwie ansteckend. Denn ich erwische mich dabei, immer dann zu lächeln, wenn ich es höre. »Ich bin dafür bekannt, Drinks zu mixen, die einem die Schuhe ausziehen.«

»Wo ist eigentlich Maggie?«

»Im Wohnzimmer. Komm, ich bring dich hin.«

Auf dem Weg erzählt sie mir gefühlt ihre halbe Lebensgeschichte, und irgendwie bin ich froh, als wir im Wohnzimmer sind. Ich rede auch gerne, aber Eva redet eine Million Worte pro Stunde und von null auf hundert Worten ist sie in 2,8 Sekunden. Höchstens.

»Hey, Avery!«, begrüßt mich Maggie. Sie kommt auf uns zu und umarmt mich. »Wie schön, dass du es geschafft hast.«

»Danke für die Einladung. Ich freu mich sehr.«

»Wie ich sehe, hast du Eva schon kennengelernt. Sie ist meine Lebensgefährtin.«

»Das hat sie nicht erwähnt, aber dafür hat sie mir einen grandiosen Drink gemixt.«

Eva grinst mich an und drückt meinen Arm. »Ich mach dir gerne noch einen. Ruf einfach nach mir, dann regel ich das.«

Maggie meint: »Es ist nicht unser Ziel, alle total betrunken zu machen.«

»Deines vielleicht nicht, Liebste. Meines schon.« Als jemand Evas Namen ruft, entschuldigt sie sich mit einem Zwinkern in meine Richtung.

»Wie ist es dir seit unserem kurzen Wiedersehen ergangen?«, fragt Maggie.

»Gut, gut und dir?«

Sie lächelt. »Ich kann nicht klagen.«

»Bekommt man hier auch noch einen neuen Drink?«, scherzt jemand hinter mir.

Maggie antwortet: »Ruf doch einfach nach Eva.«

Ich drehe mich um.

Da steht sie. Melinda. Sie ist so wunderschön. Groß, schlank, mit einem Gesicht, das jedem Model zur Ehre gereichen würde. Wie kann sie nur von innen so verrottet sein?

Ich weiß nicht, ob sie mich erkennt, falls ja, überspielt sie es geschickt. Aber sie hat mich damals ja auch nur kurz gesehen. Vielleicht erinnert sie sich wirklich nicht mehr. Ich beobachte ihr Gesicht, versuche eine Regung zu entdecken, aber nichts als Lächeln.

»Melinda, das ist eine Freundin vom College, Avery. Avery, das ist meine beste Freundin Melinda.«

»Sehr erfreut«, sagt sie und streckt die Hand aus.

Wie in Trance ergreife ich sie. Ihr Händedruck ist fest und warm, sehr angenehm. Entweder ist sie die beste Schauspielerin der Welt, oder sie erkennt mich wirklich nicht. Nicht mal bei meinem Namen zuckt sie auch nur mit einem Muskel. Nur perfekte Freundlichkeit.

Ich hasse sie.

Selbst wenn sie nicht mit Cade zusammen wäre, würde ich sie hassen. Denke ich. Sie ist so aalglatt. So freundlich ist doch niemand wirklich.

»Avery, möchtest du auch noch was trinken?«, fragt Maggie.

Ich schaue auf mein Glas, trinke schnell den Rest und gebe es ihr mit einem Lächeln, das hoffentlich nicht so verzweifelt aussieht, wie es sich anfühlt.

»Avery … Maggie hat noch nie von dir erzählt.«

Ich bete, dass meine Stimme kräftig klingt, nicht wie die verschreckte Maus, die ich gerade bin. Werde ich krank? Ich schwanke plötzlich zwischen eiskalt und tropisch heiß. Außerdem habe ich das Gefühl, nicht mehr atmen zu können.

»Wir haben zusammen in L. A. studiert, uns danach aber aus den Augen verloren. Vor ein paar Wochen haben wir uns zufällig am Flughafen wiedergetroffen. Und da hat sie mich eingeladen.«

»Kommst du aus Kalifornien?«

»Ja, meine Eltern leben da. Ich hab sie über Weihnachten besucht. Mein Vater hatte kurz vorher einen Herzinfarkt.« Innerlich schreie ich mich an, warum ich ihr denn meine Lebensgeschichte erzähle. Aber es ist leichter zu plappern, als ihr die Gesprächsführung zu überlassen. »Gott sei Dank geht es ihm wieder besser, aber er hat beschlossen, in Rente zu gehen, was meine Mom wirklich freut. Sie ist ein Hippie.« Okay, Ruhe jetzt.

»Das freut mich wirklich zu hören, Avery. Wie schön, dass es deinem Dad besser geht.« Melinda klingt aufrichtig, aber ich glaube ihr kein Wort.

»Danke. Und woher kennst du Maggie?«

In dem Moment kommt diese mit den Drinks zurück. »Wir sind zusammen aufgewachsen. Unsere Eltern waren Nachbarn. Unsere Väter haben für die gleiche Bank gearbeitet und waren beide politisch aktiv, aber in unterschiedlichen Parteien. Und früher konnte man noch verschiedenen Parteien angehören und trotzdem befreundet sein. Jetzt geht das wohl nicht mehr.« Sie lächelt Melinda an, die ein wenig irritiert aussieht, zumindest runzelt sie die Stirn. Nun ja, soweit es das Botox erlaubt. Okay, ich weiß nicht, ob sie Botox nutzt, aber ich unterstelle ihr das, um sie noch unsympathischer zu machen. Als wären die Beweise nicht schon belastend genug.

»Wir beide sind doch noch befreundet«, meint Melinda dann.

»Ja, aber erinnere dich: Als ich mich geoutet habe, brauchtest du einen Moment, um das zu verdauen.«

Melinda winkt ab. »Ach, das ist doch Schnee von gestern. Manchmal macht man eben Fehler.«

»Du gibts also zu, dass es ein Fehler ist, gegen Homosexualität zu sein?«

»Ich bin nicht homophob, jeder soll sein Leben so leben, wie er es für richtig hält.«

»Aber nicht heiraten.«

Die Irritation in Melindas Gesicht nimmt zu. »Du und mein Verlobter seid die einzigen Liberalen in meinem Leben«, sagt sie plötzlich.

»Maggie, kannst du kurz kommen?«, unterbricht uns Eva.

Als Melinda und ich allein sind, sagt sie: »Also wirklich, heiraten müssen sie ja nicht unbedingt, oder?«

Ich trinke einen Schluck, und bevor ich antworten kann, fährt sie fort: »Mein Verlobter Cade und ich wollen eigentlich im Sommer heiraten.« Sie legt eine Hand an den Bauch. »Aber vielleicht sollten wir uns ein bisschen beeilen. Hochschwanger im Hochzeitskleid ist vielleicht auch nicht so ideal.«

Bin ich zur Salzsäule erstarrt? Ich befürchte schon. Keinen Muskel kann ich bewegen, in meinem Gehirn haben alle Synapsen ausgesetzt. Das hat sie doch nicht gesagt, oder? Nein, nein, sie ist nicht schwanger. Cade hätte es mir gesagt. Oder? Ich bin verwirrt. Als meine Synapsen wieder feuern, tun sie es unkontrolliert. Die Fähigkeit zum klaren Denken war bei mir noch nie besonders ausgeprägt, aber jetzt tobt in meinem Kopf ein Chaos epischen Ausmaßes.

»Geht es dir nicht gut, Avery?«

Melinda legt eine Hand auf meinen Arm und lächelt süßlich.

»Doch, doch. Herzlichen Glückwunsch«, antworte ich lahm und stürze dann meinen Drink hinunter. »Ich brauche noch einen.«

Ohne auf ihre Antwort zu warten, stürme ich beinahe in die Küche. Ich stelle das Glas ab und halte mich dann mit beiden Händen an der Arbeitsplatte fest. Meine Atmung geht zu schnell, mein Herz rast. Ich hyperventiliere gleich. Ich muss immer tiefer einatmen und kann nichts dagegen tun. Meine Finger verkrampfen, meine Lippen fühlen sich taub an.

Eine Hand legt sich auf meinen Rücken. »Alles okay?« Evas Stimme klingt besorgt.

Ich schüttele den Kopf. »Tüte.«

Eine Schublade wird geöffnet und geschlossen, das Knistern einer Papiertüte erklingt, die aufgeschüttelt und dann zusammengedrückt wird.

»Hier.«

Ich greife danach, halte sie vor den Mund, atme in die Tüte und erhöhe dadurch den Kohlenstoffdioxidgehalt in mir.

»Ganz ruhig atmen, Avery«, sagt Eva, während sie meinen Rücken streichelt. »Atme mit mir zusammen. Ein und aus. Ein und aus.«

Nach ein paar gemeinsamen Atemzügen fühle ich mich besser und nehme die Tüte vom Mund. »Danke«, krächze ich.

»Kein Problem. Ich hab gesehen, du hast mit Melinda gesprochen. Sie hat auf viele so eine extreme Wirkung.«

»Ich dachte, sie ist Maggies beste Freundin.«

»Das verstehe, wer will.«

»Kein Fan?«

»Maggie und ich haben eine Vereinbarung: Sie mischt sich nicht ein, was meine Freunde angeht, und ich mische mich nicht ein, was ihre angeht. Aber nein, kein Fan.«

Ich konzentriere mich weiter auf meine Atmung, die sich zunehmend beruhigt.

»Geht es dir besser?«

»Ja.«

»Möchtest du lieber nach Hause?«

Tränen steigen in mir auf, die ich bekämpfe. »Ja. Tut mir leid.«

»Hey, dir muss nichts leidtun. Ich hol deine Jacke, dann bringe ich dich nach unten.«

»Keine Umstände, bitte.«

»Das sind keine Umstände. Ich mach das aus vollkommen egoistischen Gründen. Wenn ich dich nicht in ein Taxi setze und mich davon überzeuge, dass es dir gut geht, werde ich mir den ganzen Abend Sorgen machen. Hat Maggie deine Nummer?«

»Ja.«

»Dann mach dich darauf gefasst, dass ich dich morgen anrufe, um zu checken, ob alles in Ordnung ist.«

»Das musst du nicht.«

»Ich will aber.«

Sie lächelt, bevor sie sich bei mir einhakt, und mich in den Flur bringt. »Warte hier. Ich bin gleich wieder da.«

So nah wie möglich stelle ich mich an die Tür, damit mich niemand sieht. Peinliche Fragen will ich jetzt wirklich nicht beantworten. Aber da ist Eva schon mit zwei Jacken, öffnet die Tür und schiebt mich raus. Sie hilft mir in meine Jacke und zieht dann die andere an.

Unten bittet sie den Portier um ein Taxi, das auch wenige Momente später bereits kommt. Sie geht mit mir raus, umarmt mich und öffnet die Tür.

»Hey, wann immer du was brauchst, ich bin da.« Sie reicht

mir eine Visitenkarte. »Du kannst mich jederzeit anrufen. Das ist meine persönliche Durchwahl.«

»Danke dir. Ich … es tut mir leid. Das ist mir sehr peinlich. Entschuldige mich bei Maggie.«

Eva drückt meinen Arm. »Das muss dir nicht peinlich sein. Überhaupt nicht. Alles gut. Wichtig ist nur, dass du tust, was für dich am besten ist.«

Ich zwinge mich zu einem Lächeln, bevor ich einsteige. Nachdem ich meine Adresse genannt habe und wir losgefahren sind, laufen mir Tränen die Wangen hinab.

Schwanger.

Was tue ich hier eigentlich?

Die ganze Zeit habe ich mir erfolgreich eingeredet, dass es okay ist, mit einem vergebenen Mann eine Affäre zu haben. Aber Cade gehört nicht nur zu einer anderen Frau, er wird auch Vater. Vielleicht kann ich Melinda das antun, aber einem Kind?

Nein, einem Kind kann ich nicht den Vater nehmen.

Wieder einmal bricht meine Welt ein.

Aber dieses Mal ist es meine eigene Schuld. Ich wusste, dass es nicht richtig ist. Und ich wusste, dass es nicht auf Dauer sein würde. Es war meine Entscheidung, es nicht zu beenden. Ich hätte schlauer sein müssen und es gar nicht erst anfangen dürfen. Wie konnte ich es so weit kommen lassen?

Zu Hause angekommen, bezahle ich das Taxi und versuche, so schnell wie möglich in meiner Wohnung zu verschwinden und mich ins Bett zu legen. Mit der Decke über dem Kopf geht es einem doch viel besser. Das bedeutet schließlich, dass die Realität nicht vorhanden ist. Kein bisschen.

Aber als ich mich aus meinem Kleid schäle, das ich vor wenigen Stunden noch so wunderschön fand, werfe ich noch einen Blick in den Spiegel. Aus der schönen Frau von vorhin ist ein Waschbär geworden. Make-up verschmiert, Haare so unordentlich wie eh und je. Kein Wunder, dass Cade sich für Melinda, das Model mit den meterlangen Beinen, entschieden hat.

Ich würde mich auch nicht wählen.

Mit dieser zerstörenden Erkenntnis schlüpfe ich in meinen Bärchenpyjama, nehme eine Großpackung Taschentücher und verkrieche mich unter der Decke. Nicht einmal Spocky ist da, um mir Gesellschaft zu leisten. Das Leben meint es gerade echt nicht gut mit mir.

Irgendwann muss ich eingeschlafen sein, denn ich wache mit furchtbaren Kopfschmerzen auf. Zu viele Tränen, zu wenig Wasser getrunken. Gin Tonics zählen nicht.

Ich tapere in die Küche und trinke gefühlte drei Liter, bevor ich auf die Couch umziehe. Wie gut, dass Samstag ist, und ich mich zwei volle Tage nicht mehr von dieser erheben muss.

Mein Handy klingelt, also suche ich es, bevor ich es ausstelle, ohne nachzusehen, wer mich denn angerufen hat. Zwei Tage unplugged habe ich mir auch verdient.

Weil ich gerade schon mal stehe, hole ich die Packung Eis aus dem Gefrierfach und einen großen Löffel und schalte *Tatsächlich… Liebe* an. Ja, ich werde weinen, aber jetzt kann ich es wenigstens auf den Film schieben. So.

Am Sonntagabend stelle ich mein Handy wieder an und sehe eine Nachricht von Cade, dass er für vier Tage mit Melinda unterwegs ist und sich meldet, wenn er kann. Dann habe ich ja noch etwas Zeit, bevor ich ihm in die Augen sehen muss.

Die Galgenfrist hält nicht lange vor, und ich kann die Entscheidung nicht weiter verschieben. Jetzt muss ich sie treffen. Cade wird Vater. Das ändert alles. Er könnte nicht nur seine Firma verlieren, sondern auch sein Kind. Ich kann das nicht verantworten. Ich muss es beenden.

Mein Handy klingelt plötzlich. Giselle? Wieso ruft sie mich sonntagabends an? Was ist passiert?

»Giselle? Alles in Ordnung?«

»Hey, Avery. Entschuldige, dass ich dich am Wochenende störe, aber ich dachte, es ist besser, wenn ich dich heute noch anrufe, statt es dir morgen im Büro zu sagen. Es tut mir so leid.« Ihre Stimme klingt merkwürdig. Ganz und gar nicht so selbstsicher wie sonst. Irgendwie brüchig, widerwillig.

»Was tut dir leid?«

»Ich hab einen Anruf von unseren Gesellschaftern bekommen. Sie sind nicht zufrieden mit der neuen Richtung. Es ist auch so, dass wir dadurch Leserinnen verloren haben. Nun ja, die Zahlen sind nicht überzeugend. Daher müssen wir sparen und Stellen streichen.«

Oh Gott, ich weiß, worauf es hinausläuft. Das kann nicht wahr sein. Mir wird der Boden unter den Füßen weggezogen.

»Es tut mir leid. Du bist die Letzte, die dazugekommen ist, daher muss ich dich entlassen. Ich tue das nicht gern, weil ich dich als Kollegin schätze und glaube, dass du eine große Zukunft hast, und ich schreibe dir natürlich das beste Zeugnis, das es je gegeben hat. Ich würde dich gerne behalten, aber mir sind die Hände gebunden. Doch wenn wir ganz ehrlich sind, passt der Job bei *Women's Life* auch gar nicht perfekt zu dir, oder? Nachdem du herausgefunden hast, worüber du am liebsten schreibst, kommt es dir wahrscheinlich wie eine Strafe vor, wieder über Vaginen und Co. zu schreiben.«

Ich kann es nicht glauben. Ich werde entlassen. Aus dem besten Job, den ich je hatte.

»Avery?«

»Ich weiß nicht, was ich sagen soll.«

»Das verstehe ich. Es tut mir wirklich leid.«

»Alles klar. Dann ab sofort?«

»Ja, ab sofort. Und auch das tut mir leid. Aber das ist Firmenpolitik, total unsinnig, wenn du mich fragst. Wir schicken dir deine persönlichen Sachen zu. Und wie gesagt, ich schreib dir ein großartiges Zeugnis. Wenn du möchtest, kann ich mich auch umhören, ob jemand von meinen Kontakten offene Stellen hat.«

»Danke. Ich ... Ich muss das erst mal verdauen. Okay? Sorry. Ich melde mich. Danke.«

Und dann lege ich auf, ohne auf Giselles weitere Entschuldigungen einzugehen. Gekündigt. Wow. Ich verstehe es nicht, alles lief doch gut. Giselle hat immer gesagt, dass die Zahlen super sind und wir Leser hinzugewinnen. Aber vielleicht traf das zwar auf unsere Klickzahlen im Netz zu, hat sich aber nicht in wirklichen Heftverkäufen niedergeschlagen.

Was mache ich jetzt? Kein Freund, kein Job, keine Spocky.

In diesem Moment fühle ich mich so einsam wie noch nie in meinem Leben. Ich schalte das Handy wieder aus, verkrieche mich unter der Wolldecke und weine. Ja, vielleicht verfalle ich in Selbstmitleid, vielleicht bin ich ein Jammerlappen, aber das ist einfach ein bisschen viel. Wie soll man all das in achtundvierzig Stunden verdauen? Ich kann es nicht.

Kapitel 18

Cade

Nach den schlimmsten sechsundneunzig Stunden meines Lebens kommen Melinda und ich vollkommen zerstritten in Boston an.

»Dann ist das also deine Entscheidung?«, faucht sie, als wir in die Tiefgarage unseres Wohnhauses fahren. Oder besser ihres Wohnhauses, denn ich werde ausziehen.

»Ja, das ist sie. Ich lasse mich von dir nicht mehr manipulieren. Alles habe ich versucht, aber ich kann so nicht leben – mit der ständigen Angst, dass du mich fertigmachen wirst. Das geht einfach nicht. Dann lieber das Pflaster mit einem Ruck abziehen.«

»Ich mein es ernst. Ich tu es.«

»Das weiß ich. Aber ich kann einfach nicht mehr. Dann mach uns fertig. Tu's. Ich hab's satt.«

Ich steige aus, nehme meine Tasche, gehe zu meinem eigenen alten Schätzchen, öffne den Kofferraum und verstaue sie da.

»Ich komm mit nach oben und pack meine Sachen. Wenn du den Rest zu Chris schicken könntest?«

»Was du nicht mitnimmst, schmeiße ich weg.«

»Auch gut.«

Stumm fahren wir mit dem Aufzug nach oben. Es ist alles gesagt, was gesagt werden kann. Sie weiß es. Ich weiß es. Jetzt kann sich nur noch das Drama entfalten. Aber aufhalten kann ich es nicht mehr.

Und obwohl ich weiß, dass mein Leben, so wie ich es kenne, vorbei ist, fühle ich mich erleichtert. Seit Monaten hängen diese Drohungen wie Damoklesschwerter über mir, aber jetzt nicht mehr. Ich werde alles verlieren, aber ich bin frei. Und das fühlt sich gut an.

Oben angekommen, suche ich die notwendigsten Dinge zusammen: meinen Laptop und all den technischen Schnickschnack, Kleidung, ein paar Bücher. Aber im Grunde habe ich immer mit leichtem Gepäck gelebt, weswegen Melinda nur die Genugtuung haben wird, ein paar Socken wegzuschmeißen, die gerade noch in der Wäsche sind.

Als ich meine Koffer in den Flur stelle und mich umschaue, ob noch was fehlt, steht sie mit einem Glas Wein an der Küchentür. Ihre Augen sind so hasserfüllt, dass ich weiß, es wird alles so kommen, wie sie es angedroht hat. Sie wird es durchziehen, auch wenn es ihr im Endeffekt doch nichts bringt. Rache ist ein mir unbekanntes Gefühl. Reue, ja. Aber ich wollte noch nie jemandem etwas heimzahlen.

Ich öffne die Tür, stelle alles raus und trete dann noch ein letztes Mal vor sie. »Es tut mir leid.«

»Das nützt dir jetzt auch nichts mehr. Du und deine Arschfreunde werden brennen.«

»Ich weiß. Es tut mir trotzdem leid. Ich wollte dich nicht verletzen.«

»Oh, ich bin nicht verletzt. Jemand wie du, der nicht in meiner Liga spielt, kann mich nicht verletzen. Aber ich bin wütend, dass ich meine kostbare Zeit mit dir verschwendet habe.«

»Okay. Dann mach's gut.«

»Verrecke, du Pisser!«

»Charmant.«

Und dann gehe ich, schließe die Tür hinter mir, höre das Klirren eines Glases, das dagegen fliegt, nehme meine Koffer und bin … frei.

Noch nicht ganz, denn sie reißt die Tür auf, um mir hinterherzuschreien: »Ich mach dich fertig, Cade Turner. Das wird dir noch leidtun! Niemand wird dir mehr Geld geben, niemand in dich investieren, und du wirst die Lachnummer des ganzen Landes! Du bist nichts wert, und du wirst auch niemals etwas wert sein! Cade! Verdammt! Ich rede mit dir! Hab wenigstens den Anstand zu antworten!«

Aber in dem Moment schließen sich die Aufzugstüren hinter mir, und zum ersten Mal seit einer halben Ewigkeit atme ich wieder durch. Es fühlt sich so gut an. So gut.

Als ich in meinem Auto sitze, überlege ich, ob ich zu Avery fahren sollte, aber ich verwerfe die Idee, weil ich nicht in der richtigen Verfassung bin. Ich brauche einen oder zwei Tage, um mich zu sammeln, aber ich sehne mich nach ihr.

Stattdessen rufe ich Chris an.

»Was gibt es?«

»Ich hab Melinda verlassen.«

»Oh, okay. Kommst du her?«

»Wenn ich darf.«

»Alter, natürlich!«

»Kannst du Mick bitten zu kommen? Ich muss euch etwas erzählen.«

»Okay. Ich bestell Pizza. Bier haben wir da. Die Kinder sind bei Oma und können mal eine Nacht da bleiben.« Einen Augenblick zögert er. »Geht es dir gut?«

»So gut wie lange nicht mehr, aber es gibt etwas, das das wieder zunichtemachen wird.«

»Okay. Hört sich nicht gut an. Bis gleich.«

So sind echte Freunde. Nicht lange fackeln, sondern da sein, wenn es zählt. Ob sie auch nach heute Abend noch meine Freunde sein werden? Fifty-fifty würde ich sagen.

Die Strecke zu Chris ist nicht besonders weit, aber ich stehe noch eine ganze Weile vor dem Haus, bevor ich aussteige. Ich will nicht, dass etwas Gutes zu Ende geht. Es ist, als würde ich alles noch einmal verlieren.

Als Jahrgangsbester hatte ich die Highschool beendet. Die ganze Welt stand mir offen. Ich hatte Zusagen von vielen Unis, klar, an der Westküste, so wie mit Avy geplant, aber heimlich hatte ich mich auch an der Ostküste beworben. Anfangs war es nicht wirklich ernst gemeint. Aber als dann die Zusagen eintrudelten, wurden die weit entfernten Universitäten immer mehr zu echten Optionen. Die Idee, wegzugehen und noch einmal von vorne anzufangen, war verlockend. Das Einzige, was mich abhielt, war Avery. Wir hatten Pläne, ich liebte sie und wollte sie nicht verlassen. Und trotzdem hatte ich den Studienplatz am MIT vor ein paar Wochen angenommen. Damals hatte ich mir gesagt, es wäre nur zur Sicherheit, aber vielleicht sollte ich doch gehen.

Kurz bevor ich zu Avy verschwinden konnte, kam Dad ins Haus. Keine Ahnung, was ihn getriggert hatte, aber ohne jede Veranlassung stürzte er sich auf mich. Seine Faust traf mich in den Magen, und ich knickte vornüber.

Wut sammelte sich in mir. Bisher hatte er zumindest immer einen Grund gehabt, mich zu schlagen. Vielleicht keinen guten, aber zumindest hatte er einen. Aber dieses Mal? Dieses Mal gab es einfach nichts, das ihn hätte reizen können.

Und in dem Moment kapierte ich, dass er nie einen echten Grund gehabt hatte. Keinen einzigen.

Als ich das verstand, holte ich aus. Mit all der Kraft, die ich besaß, schleuderte ich ihm meine Faust ins Gesicht. Es war ein merkwürdiges Gefühl. Knochen trafen auf Haut, Knorpel gaben nach, es knirschte, Blut spritzte. Alles war in Sekunden vorbei, aber diese wenigen Augenblicke veränderten mein Leben. Mit geballten Fäusten stand ich vor meinem Vater und keuchte, weil es so ungeheuerlich war, was ich da getan hatte. Man schlug doch seinen Vater nicht! Ich bekam Angst vor meiner eigenen Courage.

Irritiert blieb mein Vater stehen, befühlte seine Nase und starrte verwundert auf das Blut auf seinen Fingern.

»Nie wieder. Nie wieder fasst du mich an, oder ich wehre mich wieder.«

Als er mich anschaute, schien er irre. Es flackerte in seinem Blick vor Wahnsinn. Nie zuvor hatte ich das gesehen, aber jetzt war es klar.

»Verschwinde aus meinem Haus. Wenn du es wagst, noch einmal wiederzukommen, bringe ich dich um.«

Seine Worte schockierten mich, weil ich wusste, dass er sie ernst meinte. Er würde es tun. Wenn ich jetzt nicht ging, würde er mich rausschmeißen. Also griff ich nach meiner Geldbörse, die auf der Kommode im Flur lag, zog meine Schuhe an und verließ dieses Haus, um nie wiederzukommen.

Im Vorgarten checkte ich, ob meine Bankkarte in der Geldbörse war. Moms Mutter war vor ein paar Monaten gestorben und hatte mir ein wenig Geld vermacht. Das hatte ich nutzen wollen, um mit Avy nach L. A. zu gehen. Aber nachdem ich stundenlang durch die Straßen meiner Heimatstadt gelaufen war, wurde mir klar, dass ich nicht nach L. A.

gehen könnte. Das war einfach nicht weit genug von Irvine entfernt.

Ich würde Avy verletzen.

Eine kalte Hand griff um mein Herz und drückte es, bis es beinahe zersprang. Ich würde das einzig Gute in meinem Leben zurücklassen. Aber es gab keine andere Möglichkeit. Ich musste weg hier, so weit wie es ging. Nicht mal Boston schien weit genug, aber es musste reichen.

Plötzlich verfluchte ich mich dafür, nicht ehrlich zu ihr gewesen zu sein. Vielleicht wäre sie mit mir mitgekommen, aber ganz tief in mir wusste ich, dass das nicht ging. Avy brauchte jemanden, der stark und mutig war, der für sie da sein konnte, sie brauchte nicht so einen kaputten Typen wie mich. Ich konnte nicht mal für mich selbst einstehen, wie sollte ich jemals für sie da sein? Es tat weh, jede einzelne Faser meines Körpers brannte, aber ich wusste, dass es für uns beide das Beste war. Ich musste erwachsen werden, mein Leben auf die Reihe bekommen, sonst würde ich sie nicht verdienen. Und wenn ich ganz, ganz ehrlich war, musste auch Avy erwachsen werden, zu der Frau werden, zu der sie bestimmt war, bevor wir zusammen sein könnten.

Oder waren das nur Ausreden, weil ich feige war?

Dass ich es war, daran gab es keinen Zweifel. Aber wie soll man denn auch ein ganzer Mensch werden, wenn man immer kleingehalten wird? Plötzlich wurde es mir klar. Ich war nur ein halber Mensch. Und wer kann so leben? Niemand.

Schließlich bog ich wieder in unsere Straße ein und blickte auf das hell erleuchtete Haus der McIntyres. Daneben stand das dunkle Haus, in dem ich bis heute gewohnt hatte. Meine Füße wollten nicht mehr vorwärtsgehen, wollten verweilen, wollten nicht tun, was ich ihnen befahl, aber irgend-

wie schaffte ich es zum Baum vor Avys Fenster. Irgendwie schaffte ich es, hochzuklettern. Irgendwie schaffte ich es, zu klopfen.

Sie hüpfte vom Bett, öffnete das Fenster, ließ mich herein und fiel mir dann um den Hals, um mich stürmisch zu küssen. Es fühlte sich so gut an. So verdammt gut! So richtig. Wie konnte ich etwas beenden, das sich so richtig anfühlte?

Aber ich wusste, dass jetzt der Moment gekommen war, den ich nicht in meinen schlimmsten Albträumen vorausgesehen hatte. Ich musste uns beide zerstören, in der Hoffnung, dass es uns beiden dadurch besser gehen würde. Nicht sofort, aber irgendwann. Ich musste ganz fest daran glauben, dass das hier das Richtige für uns beide war, sonst würde ich es nicht tun.

Ich löste mich von ihr. Verwirrung zeigte sich auf ihrem hübschen Gesicht.

»Was ist?«, fragte sie.

Einen Augenblick starrte ich sie nur an und versuchte, mir jeden Gesichtszug einzuprägen. Wie ihre Augen sich leicht weiteten, ihre Lippen sich teilten, als sie sprach. Wie sich ihre Nase kräuselte. All dies erfasste ich, verpackte es in die sicherste Schublade in meinem Kopf, verschloss sie, drückte einen Kuss drauf und hoffte, dass ich all dies niemals vergessen würde.

»Ich muss mit dir reden.«

»Okay.«

Danach schafften wir es in kürzester Zeit zu einem Punkt zu kommen, von dem es kein Zurück mehr gab. Klar wusste ich, dass es schwer sein würde, aber irgendwie hatte ich auf ein wenig Verständnis von ihr gehofft. Stattdessen schrien wir uns an, warfen uns schlimme Dinge an den Kopf, und das

Schlimmste war, dass unsere letzten Worte im Zorn gesprochen wurden. Das Mädchen, das ich über alles liebte, hasste mich nun.

Nachdem ich aus ihrem Zimmer geflohen war, schlich ich mich noch einmal in das Haus meines Vaters und packte noch ein paar Dinge ein, weil er gerade nicht da war. Ich schaute mich noch einmal um in diesem Haus, in dem Freude und Leid so nah beieinander gelegen hatten, und ich spürte, wie ich auf einmal leichter atmen konnte. Es war die richtige Entscheidung. Ich stieg in mein Auto und fuhr nach Boston. In dem Wissen, dass ich meine Freundin, meine beste Freundin, wahrscheinlich nie wiedersehen würde. Die Hälfte der fünftausend Kilometer weinte ich, um alles, was ich verloren hatte. Mom, mein Zuhause, Avy. Die ersten beiden Verluste hatte ich nicht verhindern können, aber an letzterem war ich selbst schuld. Ich konnte nur hoffen, dass es die richtige Entscheidung war.

Schließlich gebe ich mir einen Ruck. Okay, vielleicht liegt das auch daran, dass meine Nase abfriert. Ich gehe die paar Stufen nach oben und klingele.

Chris reißt die Tür auf. »Alter.«

»Hey.«

»Alles okay?«

»Na ja.«

Mick, Mandy und Jessica sitzen bereits im Wohnzimmer. Chris drückt mir ein Bier in die Hand, setzt sich auf einen Sessel, und dann stehe ich im Spotlight oder besser, ich sitze, aber irgendwie ist es so, als wäre ich vor einem Tribunal. Ich hoffe nur, dass niemand eine Exekution plant, nachdem ich meine Geschichte erzählt habe.

Erst mal trinke ich einen Schluck. Einen großen, einen die halbe Flasche umfassenden Schluck.

»Okay, die Geschichte ist lang, und ich wäre froh, wenn mich niemand unterbrechen würde, bis ich fertig bin. Das gilt ganz besonders für dich, Jess.«

Sie schließt pantomimisch ihren Mund mit ihrer Hand ab.

»Puh, gar nicht so leicht.« Ich nehme noch einen kleineren Schluck. »Also, ich hab mit Melinda Schluss gemacht. Diese letzten vier Tage waren der Tropfen, der das Fass zum Überlaufen gebracht hat. Die ganze Zeit gab es nur Geschrei und Vorwürfe und so viel Frustration, dass es gereicht hätte, um hundert Paare auseinanderzureißen. Ich erspare euch die Einzelheiten, denn darum geht es auch gar nicht wirklich. Na ja, vielleicht muss ich am Anfang anfangen.« Ich erinnere mich zurück an ein paar wunderschöne graue Augen. »Irgendwann im Sommer bin ich um eine Straßenecke gebogen und wurde plötzlich mit heißem Kaffee übergossen. Aber das war schnell vergessen, als ich sah, wer da sein Getränk auf mich geschüttet hatte. Es war Avery, meine Sandkastenliebe aus Kalifornien. Bevor ich nach Boston kam, war ich mir immer sicher, dass sie die Eine für mich ist, dass ich sie mal heiraten und mit ihr Kinder haben würde. Es war alles vorherbestimmt und so einfach. Na ja, und dann habe ich Kalifornien verlassen und sie zwölf Jahre nicht mehr gesehen. Es war ein Schock, sie plötzlich vor mir stehen zu sehen, aber ich merkte schnell, dass die Gefühle von damals immer noch da waren. Wir sind uns mehrmals zufällig über den Weg gelaufen, und dann irgendwann haben wir uns verabredet. Irgendwie haben wir beide gespürt, dass unsere Geschichte noch nicht vorbei ist. Aber sie hatte einen Freund, ich hatte Melinda, und wir wussten gar nicht, ob wir die heutigen Versionen des anderen noch mochten.« Ich zwinge mich, in ihre Gesichter zu sehen, obwohl es mir schwerfällt, aber das sind meine besten Freunde. Wenn sie mich für meine Entscheidungen verurteilen, dann will ich es sofort wissen.

Was ich sehe, ist Verständnis, so viel Verständnis, dass ich mich scheue, weiterzusprechen, weil ich weiß, dass es schon bald in das Gegenteil umschlagen wird.

»Irgendwann haben Avery und ich beschlossen, dass wir wieder zusammen sein wollen, es noch mal versuchen wollen. Das war ungefähr zu der Zeit, als wir uns um eine neue Finanzierung für das Spiel bemüht haben. Leider mussten wir feststellen, dass ohne Melinda da nichts läuft, und als ich dann mit ihr Schluss machen wollte, hat sie mir gesagt, ich könnte die Finanzierung vergessen. Sie würde nicht nur mein Leben und meinen Traum zerstören, sondern auch euren. Und dann dachte ich an Zoë und Liam und Lucas und konnte es nicht tun. Stattdessen habe ich Avery erneut wehgetan und bin bei Melinda geblieben. Ein paar Monate hielt das an, aber dann sah ich Avery plötzlich wieder, und irgendwie ... keine Ahnung, ich konnte nicht ohne sie. Die Gefühle haben nie nachgelassen.«

Chris steht auf und holt mir ein neues Bier, als ich den letzten Schluck getrunken habe.

»Danke. Ja, was dann? Ach ja, dann kam die Hochzeit. Und ich hab Avery von Melindas Erpressung erzählt, und dass ich mich nie von ihr trennen wollte. Danach sind wir uns wieder nähergekommen, aber irgendwie hat Melinda das gespürt, denn dann ...« Und hier kann ich einen Moment nicht weiterreden, weil ich so wütend werde. Auf Melinda, weil sie so grausam ist, auf mich selbst, weil ich so blöd bin, und wenn ich weiter drüber nachdenke, fallen mir wahrscheinlich noch eine Menge anderer Gründe ein, weswegen ich die ganze Welt hassen könnte. »Erinnerst du dich, als ich dich fragte, ob wir bei der Entwicklung von Benjamin was abgekupfert haben?« Chris nickt, während Mick fragend die Augenbrauen hebt.

»Ach so, ja, du weißt das gar nicht, Mick. Also, Melinda hat in einem Streit angedeutet, dass unsere Ideen gar nicht unsere Ideen sind. Ich hab Chris gefragt, was sie damit gemeint haben könnte, aber wir wussten es nicht. Bis sie schließlich mit der Wahrheit herauskam, um mich noch weiter unter Druck zu setzen.« Ich will es nicht laut aussprechen. Aber nach einem Moment des Schweigens, erzähle ich weiter. »Anscheinend war sie schon mal mit einem App-Entwickler zusammen, der damals auch eine Organizer-App entwickelt hat. Ich weiß, komischer Zufall. Und in der Zeit des Entwicklungsprozesses, in der wir uns ja auch viel über unsere Vorstellungen ausgetauscht haben, hat sie mir Ideen untergejubelt und als ihre eigenen verkauft, die sie aber eigentlich von diesem Typen hatte. Sie drohte mir damit, ihrem Ex-Freund zu stecken, dass wir ihn plagiiert hätten. Na ja, nachdem ich sie verlassen habe, wird sie das wohl auch in die Tat umsetzen. Jedenfalls sagte sie das.«

»Was?«

»Das kann ja wohl nicht wahr sein!«

»Dieses Miststück!«

»Oh, diese Frau hat doch den Schuss nicht mehr gehört!«

»Was machen wir jetzt?«

»Ich konnte sie noch nie leiden.«

»Pfui, kann ich da nur sagen.«

Auf einmal reden sie alle durcheinander und sind genauso fassungslos wie ich war, als ich das erste Mal davon hörte.

»Okay, Ruhe«, ruft Jessica. Dann blickt sie mich an. »Wird Melinda das wirklich tun?«

»Sie hat es zumindest heute noch mal gesagt.«

Danach sitzen wir alle ein wenig sprachlos da.

»Wieso hast du uns das nicht erzählt?«, fragt Chris irgendwann.

Ich zucke mit den Schultern. »Ich wollte euch nicht belasten.«

Mick lacht auf. »Wow, Alter, das ist echt lahm. Wir sind nicht nur deine besten Freunde, sondern auch deine Geschäftspartner. Wir haben ein Recht darauf, so etwas zu erfahren.«

»Na ja, was hättet ihr gesagt?«

»Dass du sie verlassen sollst, natürlich«, meint Chris.

»Siehst du? Ihr hättet alles verloren. Wir hätten alles verloren. Aber ich bin nur für mich selbst verantwortlich, ihr habt Familien. Ich fand, es war okay, mein Glück für eures zu opfern.«

»Das ist total abgefuckt«, meint Chris.

»Vielleicht«, wirft Mandy ein, »aber ich kann es verstehen. Es ist immer leicht, sich selbst zu opfern, aber echt hart, jemand anderen zu opfern.«

»Aber wir hätten es wissen müssen! Es geht uns auch was an!«, erwidert Chris.

»Natürlich, aber frag dich doch mal, wie du gehandelt hättest. Du wärst auch nicht zu Mick hingegangen und hättest gesagt: ›Hey, ich weiß, ihr wollt noch ein Kind, aber ich hab beschlossen, ich will glücklich sein, daher müsst ihr jetzt ins Armenhaus ziehen.‹«

»Ich kann es gar nicht leiden, wenn du so rational bist.«

Sie lächelt. »Es ist echt eine Scheißsituation. Aber es ist jetzt eben, wie es ist. Ich denke, dass Benjamin verloren ist.

Wenn es wirklich ein Plagiat ist, dann hat der andere Typ ein Recht auf die Einnahmen. Was wir jetzt versuchen müssen, ist zukünftige Entwicklungen, allen voran das Spiel, zu schützen. Ich kenne mich nicht genug damit aus, aber solange die Klage noch nicht eingegangen ist, haben wir vielleicht noch Spielraum. Wenn Chris und Mick offiziell CMC verlassen und eine neue Gesellschaft gründen, die sich mit der Spieleentwicklung beschäftigt, dann wäre zumindest die Zukunft sicher.«

»Meinst du, das geht?«, fragt Mick.

»Keine Ahnung, aber es wäre zumindest einen Versuch wert.«

Da fällt mir ein, dass ich ja jemanden kenne, der uns helfen könnte. Ich schaue auf die Uhr, sehe, dass es noch nicht so spät in Kalifornien ist, und beschließe, meinen alten Kumpel Daniel anzurufen.

»Hopkins.«

»Hey, Daniel, ich bin's Cade.«

»Cade, Mann! Wie schön, von dir zu hören.« Seine Stimme klingt fröhlich und ehrlich erfreut.

»Ja, der Anlass ist nicht ganz so toll.«

»Okay, was gibt's?« Schlagartig wird er ernst.

Ich erzähle ihm alles, was ich meinen Freunden gerade auch schon berichtet habe, lasse nur das persönliche Drama weg und fokussiere mich auf das Geschäft, was gar nicht so leicht ist, weil das alles so eng miteinander verwoben ist.

»Hm, okay. Also, ihr habt eure Gesellschaft doch mit beschränkter Haftung gegründet, oder?«

»Ja.«

»Also haftet ihr schon mal nicht mit eurem Privatvermögen. Aber eure Firma wird wahrscheinlich insolvent gehen, wenn wirklich plagiiert worden ist. Damit verliert ihr dann natürlich euer Einkommen, aber ihr steht zumindest nicht auf der Straße. Wenn ihr eine neue Gesellschaft gründet, ist diese natürlich erst mal sicher. Eine haftet nicht für die andere, aber es kann sein, dass der Zeitpunkt vor Gericht keine Anerkennung erfährt, weil es schon recht verdächtig ist, wenn ihr am Tag der Klagezustellung eine neue Gesellschaft gründet. Wenn ich dich recht verstehe, geht es euch hauptsächlich darum, neue Projekte zu schützen, an denen ihr auch schon arbeitet.«

»Genau.«

»Um wie viele Projekte geht es da?«

»Aktuell nur um eins.«

»Gut, also, dann könntet ihr dieses Projekt verkaufen, somit ist es geschützt.«

»Verkaufen? Aber was haben wir dann davon? Dann ist es weg.«

»Kommt darauf an, an wen ihr es verkauft. Ehefrauen, Eltern, Geschwister.«

»Du meinst also, wir verkaufen das Projekt an jemanden, dem wir vertrauen, und können es dann später zurückkaufen, wenn wir eine neue Gesellschaft gegründet haben? Ist das legal?«

»Ihr könnt alles in eurer Firma verkaufen. Der Zeitpunkt ist entscheidend. Wenn die Klage eingeht, ist es zu spät, denn dann gehört das Projekt zu den Aktiva der Firma. Aber wenn es heute noch geschehen würde, wäre das Projekt gerettet.«

»Könntest du einen Kaufvertrag für uns aufsetzen?«

»Klar.«

»Sofort?«

»Ja, aber es wäre besser, wenn ihr es noch notariell beglaubigen lasst.«

»Das können wir erst morgen früh machen.«

»Dann müsst ihr hoffen, dass das reicht. Schick mir die Details, dann mache ich euch den Vertrag gleich noch fertig.«

»Danke.«

Ich erzähle meinen Freunden, was Daniel gesagt hat, denn sie haben ja nur die Hälfte der Unterhaltung mitbekommen.

»Ist das nicht ein wenig anrüchig?«, fragt Jess. »Ich mein, klar, ich will auch nicht, dass wir alles verlieren, aber das hört sich so nach Mauschelei an.«

Ich zucke mit den Schultern. »Ich weiß nicht. Aber wenn wir dadurch Micks neuesten Geniestreich beschützen können, wäre es das nicht wert?«

»Ist es denn überhaupt sicher, dass Melinda damit durchkommt?«, fragt Mandy. »Wenn es zu einem Prozess kommt, könnt ihr doch die Wahrheit sagen: dass ihr von ihr manipuliert wurdet und sie euch diese Ideen untergejubelt hat.«

Chris streicht sich durch die Haare, bis die roten Strähnen komplett zu Berge stehen. »Unwissenheit schützt vor Strafe nicht.«

»Aber es muss doch einen Weg geben, da rauszukommen. Immerhin habt ihr nichts Falsches gemacht«, meint Jess. »Das Gesetz muss euch doch schützen.«

»Vielleicht kommt der Ex-Freund mit einer Klage auch gar nicht durch. Vielleicht unterscheidet sich seine App so klar von unserer, dass es gar kein Problem gibt«, meint Mick.

»Selbst wenn, wie würden wir uns fühlen, wenn jemand anderes auch nur Teile von unseren Projekten verwendet?«, frage ich. »Nein, unwissentlich oder nicht, wir haben plagiiert, also ich. Ihr konntet nichts dafür.«

»Du kannst auch nichts dafür«, sagt Chris.

»Nur insofern, als dass du einen echt schlechten Frauengeschmack hast«, wirft Mandy ein.

»Danke.«

»Gerne.«

»Was wollen wir machen?«, fragt Mick.

»Ich fände es nicht gerecht, wenn wir auch das Spiel verlieren würden. Benjamin aufzugeben ist schon hart, aber das Spiel hat doch nichts damit zu tun«, meint Chris.

»Das sehe ich auch so. Wenn wir es schützen können, müssen wir das tun. Ob es dann reicht, weiß man nicht, aber versuchen müssen wir es«, unterstützt Mandy ihren Mann.

Mick sieht Jess an, die mit den Schultern zuckt. »Keine Ahnung. Das müsst ihr entscheiden.«

Mick nickt. »Lasst es uns machen, auch wenn es Gemauschel ist.«

»Wer kauft?«, frage ich.

Chris schaut Mandy an, die nickt. »Ich würd's machen, allerdings bin ich mir nicht sicher, ob es so eine gute Idee ist, weil wir ja verheiratet sind. Vielleicht wäre es besser, wenn es jemand kauft, der nicht vor dem Gesetz mit einem von uns verbunden ist.«

»So jemanden haben wir aber gerade nicht. Und ehrlich, wollen wir da noch andere Menschen mit hineinziehen?«, fragt Jess. »Wer weiß, was da noch alles kommt. Ich für meinen Teil würde nicht wollen, dass meine achtzigjährige Großmutter irgendwann vor Gericht aussagen muss, nur weil sie uns einen Gefallen tun wollte.«

Ich liebe sie beide dafür, dass sie »wir« sagen, als wäre es nicht nur mein Schlamassel, sondern unser aller. Auch wenn ich weiß, dass ich es allein verbockt habe.

»Okay, guter Punkt. Also, ich?«, fragt Mandy.

Es widerstrebt mir so, noch irgendjemanden mit hineinzuziehen, aber wenn dadurch zumindest nicht alles verloren ist, muss es wohl sein. Nur deswegen greife ich nach diesem Strohhalm.

Während die anderen alles regeln, sitze ich in meinem Sessel und versuche mit dem Gefühl klarzukommen, dass ich doch kein vollkommener Versager bin.

Plötzlich legt sich eine kleine Hand auf meinen Arm. Ich schaue auf und sehe Lucas, den kleinen Sohn von Mick und Jessica. »Was gibt es, du kleine Erbse?«

Er grinst mich an. »Lucas nicht schlafen.«

»Ja, das sehe ich. Was können wir dagegen tun?«

Er hebt beide Hände und zieht die Schultern hoch. »Nicht weiß.«

Ich hebe ihn hoch, setze ihn auf meinen Schoß, und er kuschelt sich an mich. Während ich noch überlege, was ich tun kann, um ihm beim Einschlafen zu helfen, höre ich seinen tiefer werdenden Atem. Na, da brauche ich mir wohl keine Gedanken mehr zu machen. Stattdessen halte ich ihn einfach nur fest. Aber eigentlich halte ich mich selbst fest, um nicht in den tiefen Abgrund des Versagens zu kippen.

Nach einiger Zeit sieht Mick zu mir und lächelt, als er seinen Sohn sieht, bevor er ihn in sein Bett trägt. Jess hockt sich neben mich.

»Du weißt, dass es nicht deine Schuld ist.«

»Das weiß ich ganz und gar nicht.«

»Es ist nicht deine Schuld. Du konntest nicht wissen, was für ein Mensch Melinda ist. Und hör mal, es ist ja eine Sache, Beweise und Druckmittel gegen jemanden zu sammeln, wenn er schon was falsch gemacht hat, aber sie hat damit angefangen, als zwischen euch noch alles gut war. Das hat gar nichts mit dir und Avery zu tun. Sondern nur mit Melinda und ihrem paranoiden Verhalten.«

»Ich hätte es erkennen müssen.«

»Manche Dinge kann man einfach nicht erkennen. Sie ist eine gute Schauspielerin. Ich mochte sie nie, aber das hätte ich auch nicht für möglich gehalten. Nie im Leben.«

»Danke.«

»Trotzdem bin ich enttäuscht von dir. Wir sind eine Familie, wir sind für dich da, wenn es schwierig ist. Du musst nicht alles alleine regeln. Ich kann deine Argumentation verstehen, klar, aber ich wünschte, du hättest uns von Anfang an vertraut.«

»Ich vertraue euch. Das hat nichts damit zu tun. Ich liebe euch alle nur so sehr, dass ich die Firma und unsere Freundschaft nicht aufs Spiel setzen wollte.«

»Bist du sicher, dass du kein Republikaner bist? Glück und Geld gleichzusetzen. So was Albernes.«

»Was macht eigentlich Lucas hier?«

»Als Chris' Anruf kam, war ich so neugierig, dass ich mitkommen wollte. Daher haben wir ihn mitgenommen.«

»Danke, dass du da bist.«

»Immer. Okay?«

»Okay.«

Aber ich werde noch lange an dieser Geschichte zu knabbern haben. So leicht ist es nämlich nicht, sich selbst Absolution zu erteilen.

Kapitel 19

Cade

Erst am nächsten Tag bin ich dazu in der Lage, Avery eine Nachricht zu schreiben. Doch ich bleibe vage, weil ich finde, wir müssen persönlich über die Ereignisse der letzten Tage sprechen. Bevor ich mir allerdings Gedanken darüber machen kann, wann sie wohl antwortet, ist es Zeit, zum Notar zu fahren. Ich weiß nicht, ob unser Vorgehen etwas bringen wird. Melinda hat so viel Einfluss, so viel Geld, so viele Kontakte. Wenn sie mich und uns fertigmachen will, dann wird ihr das auch gelingen, egal was wir uns überlegen. Und leider weiß sie ja auch schon von dem Spiel.

Und selbst, wenn wir es bewahren können, wie sollen wir die Entwicklung weiter finanzieren? Unsere jetzigen Sponsoren werden ihre Gelder abziehen, so schnell, dass wir gar nicht schauen können. Wir werden uns nicht einmal einen Anwalt leisten können, der uns vertritt. In den letzten Jahren ist alles für die Entwicklung von Benjamin draufgegangen. Ich habe keine Rücklagen und bezweifle, dass die Jungs welche haben.

Wer wird uns helfen?

Als wir nach dem Notartermin ins Büro fahren, wird uns die Klage zugestellt. Melinda war echt schnell. Wahrscheinlich war das alles vorbereitet. Ich fasse es nicht. Wie kann sie mir vorhalten, es nicht wirklich versuchen zu wollen, während sie selbst schon an meiner Zerstörung arbeitet?

Und wieso das Ganze? Ich bin nicht so besonders. Ich bin keine gute Partie. Sie kann jemand Besseren finden. Reicher, berühmter, besser aussehend. Ich bin in allem nur Mittelmaß, höchstens. Es gibt keinen Grund, warum sie so sehr versucht hat, mich zu halten. Ich werde wahrscheinlich nie eine Antwort auf diese Frage bekommen. Dass es ihr tatsächlich nur ums Gewinnen geht, kann ich mir nicht vorstellen. Das scheint mir nicht genug zu sein.

Dieses Papier, das ich nun in den Händen halte, wird uns ruinieren. Ich mag es gar nicht berühren, wenn ich ehrlich bin, als könnte die Bösartigkeit, mit der es verfasst wurde, durch Osmose in meinen Körper gelangen.

»Und jetzt?«, fragt Mick.

»Ich schicke die Klage an Daniel und hoffe, dass er uns zu einem Freundschaftspreis vertritt.«

»Und wenn nicht?«

»Keine Ahnung.«

Erst am Nachmittag fällt mir auf, dass Avery nicht geantwortet hat. Ich schaue in den Chat. Nur ein grauer Haken. Hat sie die Nachricht gar nicht bekommen? Noch einmal schreib ich ihr, aber auch dieses Mal geht die Nachricht nicht durch. Als ich anrufe, werde ich sofort an die Mailbox verwiesen. Da stimmt was nicht. Ich scrolle im Chat. Die letzte Nachricht von ihr ist schon eine Weile her. Aber wir haben uns letzte Woche gesehen. Da war alles in Ordnung. Seitdem sind fünf Tage vergangen. Oder schon sechs? Merkwürdig. Ob ihr etwas passiert ist?

Statt zu Chris zu fahren, biege ich an der nächsten Ecke ab und fahre zu Avery. Ich parke halb auf dem Bürgersteig, weil mich plötzlich so ein Grauen gepackt hat. Was ist, wenn ihr was passiert ist? Sie wohnt ganz alleine. Sie kann von der Leiter gefallen sein, oder ihr Herd ist explodiert. Was weiß ich. Vielleicht hat sie eine Lebensmittelvergiftung.

Als ich ankomme, tritt gerade jemand durch die Eingangstür, sodass ich mit hindurchschlüpfen kann. Dankbar eile ich zu den Aufzügen und drücke auf den Knopf. Als er nicht schnell genug kommt, nehme ich die Treppe. Immer zwei Stufen. Wieso habe ich mir nichts dabei gedacht, dass sie sich die vier Tage nicht gemeldet hat, die ich weg war?

Oben angekommen, klopfe ich an ihre Tür, aber niemand öffnet. Wie denn auch, wenn sie vielleicht irgendwo bewusstlos liegt?

»Hey, was machen Sie da?«, fragt jemand hinter mir.

Ich drehe mich um. Vor mir steht ein älterer Mann, der aussieht wie der Hausmeister des Gebäudes. »Oh, hallo. Ich möchte zu Avery McIntyre.«

»Die wohnt hier nicht mehr.«

»Wie bitte?« Ich kann nicht richtig gehört haben.

»Die wohnt hier nicht mehr. Ist am Dienstag ausgezogen. Hab ihr geholfen, ihre Kisten in den Umzugswagen zu packen.«

»Das kann nicht sein.«

»War aber so.«

»Hat sie gesagt, wo sie hinwollte?«

Er zuckt mit den Schultern. »Kalifornien, glaub ich.«

All das ergibt keinen Sinn. Avery hat hier einen Job, Freunde, mich. Sie würde doch nicht einfach gehen. Es sei denn … Wenn ihr gar nichts passiert ist, ist es beabsichtigt, dass ich sie nicht erreichen kann. Sie hat mich also blockiert.

»Hat sie eine Nachricht hinterlassen?«, frage ich dennoch.

»Nein.«

Ohne ein weiteres Wort gehe ich zum Aufzug. Ich verstehe nicht, was passiert ist. Es war alles in Ordnung. Klar wusste ich, dass sie mit der Affäre unglücklich war, aber wenn man davon absieht, dachte ich, dass wir uns irgendwie arrangiert hätten. Daher verstehe ich einfach nicht, wieso sie ohne ein Wort nach Kalifornien gefahren ist. Offenbar mit Sack und Pack.

In meinem Auto angekommen, suche ich nach der Nummer ihrer Redaktion.

»*Women's Life*, Sarah Jenkins. Was kann ich für Sie tun?«

»Ich möchte mit Avery McIntyre sprechen.«

Einen kleinen Moment pausiert die Person am anderen Ende, bevor sie sagt: »Ms. McIntyre arbeitet nicht mehr bei uns. Kann vielleicht eine andere Redakteurin helfen?«

»Seit wann arbeitet sie nicht mehr da?«

Wieder diese Pause. »Dazu kann ich keine Auskunft geben, Mr. ...?«

»Turner, Cade Turner. Hören Sie, ich muss nur wissen, seit wann sie nicht mehr da ist.«

Ihre Stimme wird ein Flüstern. »Oh, Sie sind es, Cade. Es tut mir so leid. Avery wurde plötzlich am Wochenende gekündigt und ist dann auch gar nicht mehr im Büro gewesen.«

»Wieso wurde sie gekündigt?«, frage ich entsetzt.

»Die offizielle Version lautet, dass Stellen eingespart werden müssen, und sie als Letzte, die gekommen ist, leider gehen muss. Aber seitdem läuft unsere Chefin mit so einem sauertöpfischen Gesicht herum, dass ich nicht glaube, dass das alles ist.«

»Haben Sie mit ihr geredet?«

»Mit Giselle? Also ...«

»Nein, mit Avery.«

»Ja, jeden Tag.«

»Wissen Sie, wo sie ist?«

Und da ist wieder diese Pause.

»Wissen Sie es nicht?«

»Nein, verdammt.«

»Oh, okay, dann muss ich auflegen.«

»Sagen Sie mir …«

Aber da ertönt bereits das Tuten. Wieso musste sie jetzt auflegen? Ich verstehe es nicht. Ich brauche ein anderes Telefon. Eines, dessen Nummer nicht gesperrt ist.

Ich fahre zu Chris und bitte dort Mandy um ihr Telefon, was sie mir verwundert gibt.

Beinahe hektisch tippe ich Averys Nummer ein und lasse es klingeln.

»Ja?«, meldet sie sich.

Mein Herz klopft so sehr, dass ich befürchte, es würde gleich zerspringen. »Avery, was zum …?«

Aber sie lässt mich nicht aussprechen, sondern legt einfach auf. Ich versuche es erneut, aber sie geht nicht mehr dran. Nach dem dritten Versuch hat sie auch diese Nummer blockiert. Das Gleiche passiert mit Chris' Telefon und dem Festnetztelefon. Ich verstehe es nicht. Was zum Teufel ist denn passiert? Ich dachte, alles wäre okay. Wieso redet sie nicht einmal mit mir? Das ist doch scheiße!

Und unfair noch dazu. Mir nicht mal zu sagen, was ich verbrochen habe. Geht jetzt alles in die Brüche? Ich muss mich zusammenreißen, um nicht das Telefon an die Wand zu werfen, aber das kann ja nichts dafür.

»Alles okay?«, fragt Mandy.

Langsam lasse ich das Telefon auf den Tisch sinken, verschränke die Hände im Nacken, schaue an die Decke und versuche, die Tränen zurückzuhalten, die aufsteigen.

»Nein.«

»Was ist passiert?«

»Avery ist verschwunden.«

»Was heißt verschwunden?«

»Sie hat ihre Sachen gepackt und ist nach Kalifornien gefahren.«

»Wieso?«

»Keine Ahnung. Ihre Kollegin sagte, sie wäre gekündigt worden, aber wieso gibt sie dann gleich ihr ganzes Leben auf?«

»Sie wurde gekündigt?«

»Offensichtlich.«

»Was willst du jetzt tun?«

»Keine Ahnung. Was kann ich tun?«

»Weißt du, wohin sie nach Kalifornien will?«

»Wahrscheinlich erst mal zu ihren Eltern. Was ich nicht verstehe, ist, warum sie nicht mehr mit mir reden will. Zwischen uns war alles okay, ich mein, soweit die Situation eben okay sein konnte. Aber wieso redet sie nicht mit mir?«

»Keine Ahnung. Kann vielleicht noch was anderes vorgefallen sein?«

Ich zucke mit den Schultern. »Ich weiß von nichts.«

Aber es ist enttäuschend. Sehr enttäuschend, dass sie gegangen ist, ohne ein einziges Wort. Klar, war das alles Mist, aber ich hätte doch zumindest einen Abschied verdient.

Avery

Als ich gestern Mittag losgefahren bin, habe ich es für ein großes Abenteuer gehalten. Einmal quer über den Kontinent. Road Trip! Aber so eine lange Fahrt macht im Grunde doch nur Spaß, wenn man jemanden dabeihat, der sie mit einem teilt. So ist es ein wenig fade. Schlafen in Mittelklasse-Motels, Essen in diversen Fast-Food-Restaurants. Teilweise ist die Strecke auch einfach nur langweilig.

Vielleicht war der Entschluss auch ein wenig überstürzt. Kann sein. Würde ich nicht abstreiten. Aber es war einfach alles zu viel. Erst die Tatsache, dass Cade Vater wird, dann die Kündigung. Als einzigen Ausweg sah ich dann, Valerie anzurufen und zu fragen, ob das Angebot noch gilt.

Na ja, und hier bin ich nun. In der Nähe von Cleveland mit einem armseligen Burger und labberigen Pommes. Wie das mein Leben sein kann, wo es doch vor ein paar Tagen noch ganz anders aussah, weiß ich nicht.

Als das Telefon klingelt, erkenne ich die Nummer nicht und gehe dran. »Ja?«

»Avery, was zum …?«

Cade. Ich drücke auf Anruf abbrechen und sitze dann da mit klopfendem Herzen. Wieder und wieder ruft er an, von verschiedenen Nummern, die ich alle blockiere.

Ich weiß, ich sollte mit ihm reden und ihm erklären, dass es vorbei ist, dass ich über Melindas Schwangerschaft Bescheid weiß, aber ich kann es nicht. ›Feigling‹ nenne ich mich selbst, aber es ändert nichts. Nichts kommt mir gerade unmöglicher vor, als mit ihm zu reden. Wir haben keine Zukunft. Es ist schwer, das zu akzeptieren, aber so ist es eben. Egal, ob wir uns lieben oder nicht, es ist das falsche Timing.

Und daher ziehe ich zurück nach Kalifornien. Vielleicht bekomme ich den Job beim *L. A. Journal*, vielleicht nicht, aber was auch immer passiert, ich habe eine Zukunft in Kalifornien. Da bin ich mir sicher.

Als es wieder klingelt, will ich den Anruf schon wegdrücken, als ich sehe, dass es Sarah ist.

»Hey, du.«

»Hi. Wie geht's?«

»Na ja, irgendwie hatte ich mir einen Road Trip witziger vorgestellt.«

»Bist du einsam?«

»Geht so. Vielleicht ist es ganz gut, wenn ich einfach mal alleine mit mir und meinen Gedanken bin und somit meine eigenen Entscheidungen treffe.«

»Ich hab dir eine Spotify-Playlist für die Reise erstellt. Ich schicke dir gleich den Link.«

»Du bist süß.«

»Hey, noch was: Cade hat in der Redaktion angerufen.«

»Oh.«

»Sorry, vielleicht hab ich ihm zu viel verraten, aber ich dachte irgendwie, dass er wüsste, was du vorhast.«

»Was hast du gesagt?«

»Dass dir gekündigt wurde.«

»Er weiß es jetzt eh. Er hat mich mit einer anderen Nummer angerufen.«

»Wieso hast du es ihm nicht gesagt?«

»Ach, Sarah, wir haben doch keine Zukunft. Solange er mit Melinda zusammenbleibt, kann ich immer nur das schmutzige, kleine Geheimnis sein. Das reicht mir nicht. Was wäre das auch für ein Leben?«

»Und er wird sie nicht verlassen? Das ist definitiv?«

»Sie ist schwanger.«

»Oh.«

»Ja.«

»Das ist natürlich was anderes.«

»Deswegen sitze ich jetzt in diesem Auto und fahre wie die Pioniere nach Westen, auch wenn ich bessere Straßen habe.«

»Ich wünschte, du würdest nicht nach Kalifornien ziehen.«

»Mich hält nichts mehr in Boston. Ich werde euch alle furchtbar vermissen, aber vielleicht bekomme ich meinen absoluten Traumjob in L. A. Und es ist ein Neuanfang. Noch einer, ja, aber es ist eben so. Manche Wege verlaufen nun mal nicht gerade, sondern verschlungen.«

»Das ist auch gar kein Problem. Solange du tust, was dich glücklich macht. Ich wünschte nur, ich würde dich auch zukünftig jeden Tag sehen. Das wird echt hart.«

»Für mich auch. Ich hatte noch nie so großartige Kolleginnen und Freundinnen. Danke dafür.«

»Hey, ich hab zu danken. Noch nie hatte ich eine solche Cheerleaderin.«

»Du hast doch jetzt Mason.«

»Er ist toll, aber er ist nicht du.«

»Dann zieh doch auch nach Kalifornien.«

»Würde ich glatt machen.«

»Wäre das nicht witzig?«

»Das wäre es. Hey, pass auf dich auf, ja? Und meld dich zwischendurch. Ich mach mir sonst Sorgen um dich.«

»Alles klar. Danke für alles.«

Ich stopfe die letzten Pommes in den Mund, lade die Playlist herunter, die sie mir geschickt hat, und setze mich dann in meinen gemieteten Umzugswagen, um die letzten Kilometer zu meinem Mittelklasse-Motel zu fahren, in dem ich die Nacht verbringen werde.

Am nächsten Morgen rufe ich Mom an.

»Hi, Spätzchen, wie geht es dir?«

»Ganz okay. Mom, ich hab Neuigkeiten.«

»Was denn für welche?«

»Ich komme nach Hause.«

»Aber du warst doch gerade erst da.«

»Wow, nie im Leben hätte ich gedacht, dass du mal so wenig erfreut sein wirst, weil ich nach Hause kommen will.«

»So meinte ich das nicht. Du bist immer willkommen. Ich wundere mich nur, wieso wir das Vergnügen so schnell wieder haben werden.«

»Es ist kein Besuch. Ich komme zurück.«

»Wie meinst du das? Du ziehst zurück nach Kalifornien? Aber wieso denn?«

»Mom, du bist heute unglaublich.«

»Entschuldige. Es gibt nichts, worüber ich mich mehr freuen würde, das weißt du. Aber wieso? Dir hat es doch so gut in Boston gefallen.«

»Hat es auch. Aber mir wurde gekündigt.«

»Wie bitte? Weswegen denn? Wie können sie ihre beste Mitarbeiterin einfach so feuern?«

»Angeblich wegen der Zahlen. Das Magazin soll nicht so gut laufen, und ich war die Letzte, die eingestellt wurde, muss also als Erste gehen.«

»Das sind doch Idioten! Wie können sie dich gehen lassen?«

»Ach, Mom, ich hab dich lieb. Jedenfalls sitze ich jetzt in einem Umzugswagen, irgendwo hinter Cleveland.«

»Du kommst also wirklich?«

»Ich komme wirklich.«

»Und was ist mit Cade?«

»Woher weißt du das?«

»Eine Mutter weiß alles.«

»Das halte ich für ein Gerücht. Aber Cade und ich sind vorbei. Ich hab eingesehen, dass wir keine Zukunft haben.«

»Was ist passiert?«

»Seine Freundin oder Verlobte oder was auch immer ist schwanger. Sie bekommen ein Baby.«

»Oh, Spätzchen. Wie geht es dir damit?«

»Es ist kaum zu ertragen. Aber lass uns nicht weiter darüber sprechen, denn dann heule ich, und das ist keine gute Idee. Stattdessen will ich dir noch sagen, dass ich ein Bewerbungsgespräch beim *L. A. Journal* habe.«

»Das ist ja großartig.«

»Das ist es. Ich hoffe, sie nehmen mich. Am Telefon klang das schon mal vielversprechend.«

»Und es war immer dein Wunschtraum, mal da zu arbeiten. Es wäre doch großartig! Also, alles halb so schlimm.«

»Ja, alles halb so schlimm. Ich melde mich, wenn ich weiß, wann ich ankomme, okay?«

»Natürlich, Spätzchen, wir freuen uns schon auf dich.«

»Danke, Mom.«

Dann höre ich *Never Too Late* von Three Days Grace, und auch wenn der Text nicht hundertprozentig zu meiner Situation passt, ist es doch gut zu wissen, dass es niemals zu spät ist. Und so reite ich in den Sonnenuntergang. Sozusagen.

Kapitel 20

Drei Monate später

Cade

Ich habe mir nie viele Gedanken über die Hölle gemacht, aber die letzten drei Monate waren die Hölle. Alles, was wir probiert haben, um unsere Firma zu retten, hat nicht funktioniert oder scheint aussichtslos. Vielleicht ist das die gerechte Strafe dafür, dass ich fremdgegangen bin, dass ich anderen wehgetan habe. Ich habe es verdient, das steht außer Frage, aber wieso es auch Chris und Mick und ihre Familien verdient haben sollen, weiß ich nicht.

Melinda hat alle Register gezogen. Sie hat dafür gesorgt, dass Gerichtstermine früher stattfanden als üblich und hat ihrem Ex-Freund, diesem Hank, die besten Anwälte besorgt, die uns fertiggemacht haben. Wir hatten gegen sie keine Chance, ebenso wenig wie der Bostoner Anwalt, den Daniel uns empfohlen hatte. Und nach drei aufreibenden Monaten stehe ich jetzt vor dem Nichts.

Ich packe die letzten Sachen in den Umzugskarton. Wir hatten eine tolle Zeit in diesem viel zu kleinen Büro.

»Bist du fertig?«, fragt Chris von der Tür.

Ich schaue mich um in diesen vier Wänden, die in den letzten Jahren so viele Träume miterlebt haben, Siege und Niederlagen, Freude und Frustration. Wir haben gelacht, wir haben gewütet, das Schicksal verflucht und gefeiert. Und auch Tränen wurden hier vergossen. Obwohl es nur ein kleiner Ausschnitt meines Lebens war, fühlt es sich an, als würde eine Ära zu Ende gehen.

»Ja. Fix und fertig.« Ich nehme den Karton und gehe hinter Chris hinaus, der die Tür abschließt, und den Schlüssel dem Verwalter aushändigt.

Gemeinsam gehen wir nach unten.

»Es ist nicht deine Schuld.«

»Es fühlt sich aber so an.«

»Niemand konnte ahnen, dass Melinda so hinterhältig ist.«

»Ich hätte es wissen müssen, schließlich war ich mit ihr zusammen.«

»Jeder kann getäuscht werden.« Chris drückt meine Schulter. »Wir geben dir nicht die Schuld.«

»Danke, aber das nützt echt nichts.«

»Verloren hat man nur, wenn man aufgibt.«

»Wo hast du das denn her?«

»Stand mal auf einer Postkarte.«

»So hört sich das auch an.«

»Aber was ich meine, ist, so lange wir weitermachen, gibt es auch noch eine Chance. Dann dauert es eben ein bisschen länger.«

»Wir haben versagt. Ich hab versagt.«

»Nein, wir machen weiter. Mick arbeitet bereits an einer neuen Version unseres Spiels. Ähnlich, aber anders. Und vielleicht finden wir ja noch mal jemanden, der uns Geld gibt. Hast du eigentlich noch mal mit Daniel gesprochen? Die Liste mit den Risikokapitalgebern war doch vielversprechend.«

»Nein«, gebe ich zu.

»Wieso nicht?«

Frustriert zucke ich mit den Schultern. Wie soll ich meinem besten Freund erklären, dass ich alle Motivation verloren habe? Dass ich eigentlich nur noch im Bett liegen will. Oder wahlweise mich volllaufen lassen. Ich bin da flexibel. »Das bringt doch nichts.«

»Wieso nicht?«

»Weil uns niemand mehr eine Chance gibt. Wir wurden als Plagiatoren verurteilt.«

»Der Richter hat aber auch gesagt, dass das eine sehr vertrackte Situation ist. Melinda ist nicht vollkommen unbeschadet aus der Sache gekommen. Ihre politischen Ambitionen kann sie auch erst mal auf Eis legen.«

»Die Reichen gewinnen immer. Ich hab an unser Rechtssystem geglaubt, verstehst du? Ich dachte, für alle gelten die gleichen Gesetze, aber sobald du Geld hast, kannst du dir dein Urteil kaufen. Du kannst arrangieren, dass die Mühlen ganz anders mahlen, als sie eigentlich sollten. Und wenn du kein Geld hast, kannst du nichts dagegen tun, weil Gerichtsprozesse verdammt teuer sind und wir uns das nicht leisten können.«

»Aber wäre es nicht die allerbeste Rache, wie ein Phönix aus der Asche aufzuerstehen? Wir könnten Melinda zeigen, dass sie uns zwar Knüppel zwischen die Beine werfen, uns aber nicht aufhalten kann.«

»Aber wie denn?«

Chris verschränkt die Arme vor der Brust. »Du hörst dich gerade an wie ein weinerliches Kind. Ja, das Leben hat uns übel mitgespielt, aber siehst du mich und Mick rumheulen?«

»Ihr habt ja noch eure Familien, bei mir liegen alle Teile meines Lebens gerade in Trümmern.«

»Dann fahr nach Kalifornien und rede mit Avery.«

»Sie will mich nicht sehen.«

»Ja, und? Ich bin mir tausend Prozent sicher, dass es ein Missverständnis ist, nichts weiter.«

»Vielleicht will ich ja nicht mehr mit ihr reden.«

Er zieht die Augenbrauen hoch. »Wirklich?«

Einen Moment zögere ich, bevor ich sage: »Nein.«

»Dachte ich mir. Also zieh den Kopf aus deinem Arsch und tu was. Fahr zu ihr, rede mit ihr. Und tu was für deine Firma. Ruf Daniel an. Oder noch besser, wenn du schon in Kalifornien bist, triff dich mit ihm.«

»Vielleicht.«

»Cade, ganz ehrlich: Was passiert ist, war schlimm, aber wie man mit Niederlagen umgeht, zeigt, was für ein Mensch man ist.«

»Noch 'ne Postkarte?«

»Kann sein. So lange wir gesund sind, so lange wir von vorne anfangen können, so lange haben wir noch eine Chance. Wäre es cool gewesen, nur noch für unsere eigene Firma zu arbeiten? Klar. Aber es ist jetzt auch nicht so dermaßen schlimm, sich wieder einen anderen Job zu suchen. Wir leben, und wir machen weiter.«

Seine Worte sind genau das, was ich hören muss. Ich benehme mich wirklich wie ein kleiner Junge. Wie der kleine Junge, der viel zu schnell vom Leben desillusioniert war. Aber vielleicht stimmt es ja. Vielleicht ist nicht alles vorbei, nur weil es sich so anfühlt. Vielleicht ist nur das Kapitel beendet und nicht das ganze Buch.

Avery

Es ist nicht alles Gold, was glänzt. Eine traurige Erkenntnis, aber leider nur zu wahr. Das Angebot des *L. A. Journal* war gar nicht echt. Valerie war es schon und auch das Magazin, aber einstellen wollte sie mich dann doch nicht. Es hätte sich etwas anderes ergeben. Klar, innerhalb einer Woche. Das erscheint mir im Nachhinein ebenso zweifelhaft wie der Rauswurf von Giselle.

Vor drei Monaten bin ich wieder bei meinen Eltern eingezogen. Yay, ich bin ja auch erst dreißig, da ist es vollkommen okay, so eine Versagerin zu sein. Es ist schwer, einen neuen Job zu finden, der mir Spaß macht. Stellen für Redakteurinnen wachsen nicht auf Bäumen. Die Branche schrumpft immer mehr, was immer weniger Jobs bedeutet. Ich hatte so Glück mit Boston. Und jetzt?

Ich schreibe für eine kleine Zeitung in L. A. Wenigstens etwas, aber die Arbeit ist nicht sonderlich spannend. Stattdessen schreibe ich frei über Themen, die mich interessieren, und versuche sie bei anderen Zeitungen und Magazinen unterzubringen. Es funktioniert, auch wenn es mühsam ist und nicht viel einbringt, aber wenigstens sitze ich nicht den ganzen Tag zu Hause und muss erleben, wie Mom und Dad einen zweiten Frühling durchleben. Verliebte sind so langweilig. Und wenn sie dann noch die eigenen Eltern sind … Okay, lassen wir das.

Aber ich bin in Kalifornien. Das bedeutet auch, dass es im April schon warm genug ist, um draußen zu sitzen. Daher habe ich meinen Laptop und was zu trinken mit auf die Terrasse genommen, um Sonne zu tanken. Spocky untersucht den Rasensprenger. Seit sie hier wohnt, ist aus der Hauskatze eine Abenteurer-Katze geworden. Es ist schon beinahe eine Kunst, sie abends hereinzulocken. Manche Nacht hat sie in der freien Wildnis verbracht. Okay, in unserer wenig befahrenen Kleinstadtgegend.

Als das Telefon klingelt, nehme ich ab, ohne auf das Display zu sehen.

»Ja?«

»Avery?«

»Ja.«

»Hier ist Giselle.«

Ich setze mich aufrecht hin und nehme die Beine von dem anderen Stuhl. Aus welchem Grund auch immer.

»Oh, hi. Wie geht's?«

»Gut, und dir? Genießt du das schöne Wetter in Kalifornien?«

»Ja, sehr. Du musstest heute Morgen wahrscheinlich in dicker Jacke zur Arbeit gehen.«

»So ist es. Aber als waschechter Bostonian ist man das ja gewöhnt.«

»Dieses Kali-Girl braucht Sonne.«

Sie lacht auf. »Kann ich sehr gut verstehen. Nach diesem kalten Winter sehne ich mich auch nach Wärme.«

»Dann mach mal Urlaub. Die Karibik soll zu dieser Jahreszeit auch sehr schön sein.«

»Das wäre eine Idee. Warum ich anrufe …«

»Ja?«

»Ich habe mich die letzten Monate sehr damit gequält, wie das alles abgelaufen ist, also mit deiner Kündigung und so. Der Vorstand hat mir einen Maulkorb verpasst, daher durfte ich nichts sagen, aber na ja. Ich kann es nicht länger mit meinem Gewissen vereinbaren.«

»Oh, okay.« Also hatte ich doch recht! Es ist alles nicht so ganz koscher abgelaufen.

»Das mit den Zahlen war gelogen. Sie waren und sind sehr gut.«

»Verstehe.«

»Du hast jemanden Mächtigen gegen dich aufgebracht. Ich weiß nicht, wer es ist, aber meine Chefs haben mir gesagt, dass ich dich loswerden muss, sonst würde ich selbst gehen müssen.«

»Hm.«

»Ich liebe meinen Job.«

»Ich hätte auch nicht erwartet, dass du dich für mich opferst, aber irgendwie … Ach, keine Ahnung. Es wäre gut gewesen, von Anfang an die Wahrheit zu wissen.« Mir fällt das *L. A. Journal* ein und ich frage: »Kann es sein, dass die gleiche Person auch hinter dem Angebot vom *L. A. Journal* steckt?«

»Du hattest ein Angebot von denen?«

»Hat sich herausgestellt, dass es nicht echt war. Aber vielleicht sollte ich ja nicht nur aus der Redaktion, sondern aus Boston verschwinden. Es ist schon verdächtig, dass das quasi zeitgleich passiert ist.«

»Es kann sein. Vielleicht hat diese Person einen mächtig langen Arm. Ich dachte jedenfalls, du solltest es wissen. Und es tut mir sehr leid. Was machst du gerade?«

»Ach, ich arbeite für eine kleine Zeitung, decke viel Lokales ab. Nicht so spannend. Aber ich schreibe auch Freelance-

Texte. Ein paar wurden schon veröffentlicht.«

»Das freut mich sehr für dich. Und wenn ich dir irgendwie helfen kann, sag Bescheid. Bleibst du in L. A.?«

»Ich bin nicht zwangsläufig festgelegt, aber es ist eigentlich ganz schön, wieder zu Hause zu sein.«

»Traditionell gibt es mehr Chancen an der Ostküste, aber ich kann mich umhören.«

»Danke. Vielleicht suche ich auch gar nicht unbedingt nach etwas Festem. Falls du jemanden kennst, der politische Artikel einkauft, und mich mal erwähnen könntest, wäre das toll.«

»Ich könnte mir vorstellen, dass wir auch mal was brauchen könnten.«

»Wirklich?«

»Du weißt, ich war immer ein Fan von dir.«

»Bringt dich das nicht in die Bredouille?«

»Gehört das nicht zum Journalismus? Manchmal in der Schusslinie zu sein?«

Ich lache auf. »Kommt bei einem Frauenmagazin nicht allzu oft vor, denke ich.«

»Alles kann sich ändern. Schick mir was, wenn du was hast. Ich gucke mir das gerne an und leite es eventuell weiter.«

»Danke.«

»Sehr gerne, Avery. Wenn du irgendwann mal nach Boston zurückkommst, freue ich mich, wenn du vorbeischaust.«

»Mach ich.«

Als wir aufgelegt haben, denke ich über alles nach. Ich kenne nur eine Mächtige, die ich gegen mich aufgebracht haben könnte. Melinda. Aber wenn sie dahintersteckt, dass ich Boston verlassen muss, was hat sie dann noch für weitere Intrigen gesponnen?

Bevor ich dem Gedankengang weiter folgen kann, höre ich Blaulicht, das ein wenig schwächer wird, bevor es verstummt. Wie jeder Mensch einer Kleinstadt bin auch ich neugierig, wenn etwas die Routine stört, weswegen ich durchs Haus auf die Straße eile. Der Krankenwagen steht vor Mr. Turners Haus.

Mrs. Graham ist ebenfalls nach draußen geeilt. »Was mag da los sein?«

»Ich seh nach.«

Ich eile die Straße entlang, bleibe vor dem Haus stehen, sehe die offene Tür, aber habe nicht den Schneid hineinzugehen. Schließlich habe ich dazu auch kein Recht. Leiden konnte ich Mr. Turner nie, ich fand seine Präsenz immer einschüchternd. Seit ich damals erfahren habe, dass er Cade verprügelt hat, hat sich meine Abneigung gegen ihn nur verstärkt, auch wenn ich zugeben muss, dass ich manchmal ein wenig Mitleid mit ihm hatte, weil er so gebrochen wirkte.

Ein Sanitäter kommt aus dem Haus und spricht in sein Funkgerät. »Nichts mehr zu machen. Wir brauchen einen Leichenwagen.«

Ich schlage die Hand vor den Mund.

»Ma'am, sind Sie eine Angehörige?«

Ich schüttele nur den Kopf. »Eine Nachbarin.«

»Hat er Angehörige?«

»Einen Sohn.«

»Wenn Sie die Kontaktdaten weitergeben könnten? Der Sheriff müsste gleich eintreffen.«

»Ja, natürlich.«

Aber ich muss es Cade sagen. Die Vorstellung, dass er diese Nachricht von jemand anderem erfahren könnte, fühlt sich nicht richtig an. Ich muss es tun.

Also eile ich zurück nach Haus, ohne auf die Fragen von Mrs. Graham zu achten, suche mein Handy, hebe die Blockierung von Cades Nummer auf und klicke auf Anrufen.

Nach ein paar Klingeltönen geht er ran. »Avery?« Seine Stimme klingt ungläubig. Wie könnte es auch anders sein? Ich habe ja immer noch nicht den Mut gefunden, mit ihm zu sprechen.

»Ja, ich bin's. Cade, es tut mir so leid. Es ist bestimmt ein Schock für dich, und auch das tut mir leid, aber es gibt keinen einfachen Weg, dir das zu sagen. Dein Vater ist gestorben.«

Es bleibt still am anderen Ende der Leitung. Ganz leise höre ich seinen Atem, weswegen ich weiß, dass er nicht aufgelegt hat. Minutenlang ist es ruhig.

Irgendwann frage ich schließlich: »Cade? Bist du noch da?«

»Äh, ja, danke für deinen Anruf.«

Und dann legt er auf. Einfach so.

Ich weiß nicht, was ich erwartet hatte, aber irgendwie doch mehr als das. Aber hatte ich nach den letzten Monaten überhaupt das Recht dazu?

Cade

Dad ist tot. Ich wünschte, ich wüsste es nicht. Ich wünschte, es wäre nicht Avery gewesen, die mir das gesagt hat. Ich wünschte, mein Herz hätte nicht so verdammt geklopft, als ich ihre Stimme hörte. Aber am meisten wünschte ich, dass ich nicht so verdammt naiv gewesen wäre. Ich hatte doch tatsächlich einen Moment geglaubt, dass sie endlich zur Vernunft gekommen ist.

Dad ist tot.

Wenn ich behaupten würde, nichts bei diesen drei Worten zu fühlen, wäre das gelogen, aber was genau, weiß ich nicht. Ist das … Trauer? Niemals hätte ich es für möglich gehalten, Trauer für einen Mann zu empfinden, den ich mal gehasst habe, und der mir später egal war, den ich aber eigentlich nie geliebt habe.

Vielleicht trauere ich gar nicht um ihn, sondern um all die Chancen, die er verpasst hat, um ein guter Vater zu sein. Weine ich um etwas, das hätte sein können, aber nie war? Denn das ist eindeutig eine Träne, die über meine Wange läuft.

Wütend wische ich sie weg. Ich schulde ihm nichts. Gar nichts. Er hat mich schlechter behandelt als andere ihren Hund. Dass er tot ist, ändert nicht das Geringste.

Ich sollte erleichtert sein oder gar nichts fühlen, ja, das wäre noch besser. Stattdessen muss ich mich damit rumärgern, dass ich ihm gegenüber doch nicht so kalt bin, wie ich mir das wünsche. Die Beziehung zwischen Eltern und Kindern ist also doch komplexer, als sie auf den ersten Blick scheint. Verdammt.

Etwa eine Stunde nach Averys Anruf klingelt mein Handy erneut. Dieses Mal ist es die Polizei, die mich informiert und mich fragt, wie es nun mit der Bestattung weitergehen soll. Wieso muss ich denn das tun? Ich weiß ja nicht mal, was er für eine Beerdigung geplant hat. Da kann ich doch keine Entscheidungen treffen.

Aber Blut verbindet, weswegen ich einen Flug buche. Nach Kalifornien. An den Ort, an den ich nie wieder zurückkehren wollte. Es ist der Ort meiner schönsten Erinnerungen, aber auch der schlimmsten. Das alles löst allein bei der Erwähnung des Namens Irvine ein solches Gefühlschaos in mir aus, dass ich bisher vermieden habe, auch nur ansatzweise darüber nachzudenken. Jetzt sieht es leider so aus, als müsste ich mich den Dämonen der Vergangenheit stellen.

Aber ich weiß nicht einmal, ob ich es kann.

So lange bin ich weggelaufen, habe mich versteckt, habe den Drohungen geglaubt, die mein Vater ausgespuckt hat. Es ist schwer, plötzlich mutig zu sein, wenn man es bisher nicht war.

Und dann ist da noch dieses diffuse Gefühl, dass ich es ihm schulde, für eine gute Beerdigung zu sorgen. Das macht mich am meisten fertig. Ich schulde diesem Mann nichts. Gar nichts. Aber irgendwie ... Es gab eine Zeit, da hat Mom ihn geliebt, und vielleicht tue ich es für sie, für den Mann, der er einmal war. Ein Mann, der geliebt wurde, und nicht nur gehasst und verachtet.

Ich bitte meinen neuen Arbeitgeber, eine Agentur, die Webseiten baut, um ein paar freie Tage, um nach Kalifornien fahren zu können. Gott sei Dank ist das hier kein Problem, weil sie sowieso niemals pünktlich ihre Projekte einreichen, da macht das nichts, wenn der Programmierer ein paar Tage außer Gefecht ist.

Mick und Chris informiere ich natürlich auch noch, wobei Chris direkt noch einmal wiederholt, dass ich sowohl zu Daniel als auch zu Avery fahren soll. Ersteres mache ich, letzteres ... keine Ahnung. Wir hatten einfach ein echt schlechtes Timing, und dass sie dann noch ohne ein Wort ans andere Ende des Landes gezogen ist ... Ich hatte immerhin den Anstand, ehrlich mit ihr zu sein. Besser gemacht hat es das wahrscheinlich aber auch nicht.

Als ich im Flugzeug sitze, bin ich nervös. Mit jedem Kilometer wird es schlimmer und schlimmer. Tausend Mal sage ich mir vor, dass mir nichts passieren kann, aber die Angst von damals sitzt so tief in meinen Knochen, dass ich auch nach Dads Tod noch befürchte, dass er mich umbringen will.

In den letzten Jahren habe ich mir erfolgreich eingeredet, dass seine Drohung nicht ernst gemeint gewesen war, aber offensichtlich habe ich alle Erinnerungen nur verdrängt, anders kann ich es mir nicht erklären. Auch wüste Beschimpfungen als Feigling helfen nicht, mich zu beruhigen. Wahrscheinlich muss ich einfach an meinem Elternhaus ankommen, um zu verinnerlichen, dass mir nichts mehr geschehen kann. Es ist erstaunlich, wie ich nach zwölf Jahren als erwachsener Mann noch solche Angst empfinden kann, vor allem, da die Quelle dieser Furcht tot ist.

Als ich dann endlich am LAX lande, bin ich so durchgeschwitzt, dass ich eine Dusche gut gebrauchen könnte. Stattdessen miete ich ein Auto. Es ist so merkwürdig über die Straßen zu fahren, die ich früher so gut kannte, die heute aber keine Bedeutung mehr für mich haben. Einiges hat sich auf dem Weg nach Irvine verändert, aber gleichzeitig scheine ich auch in einer Zeitkapsel zu sein, denn so vieles sieht auch noch genauso aus wie damals. Alles ist ein wenig moderner geworden, es gibt größere Gebäude, größere Autos, ein paar neue Verkehrsschilder, aber das eine, gegen das ich mit sechzehn gedonnert bin, ist immer noch genauso krumm, wie ich es damals hinterlassen habe.

Lange hatte ich überlegt, ob ich in ein Hotel gehen soll, habe dann aber beschlossen, erst mal in das Haus meines Vaters zu fahren. Wenn ich es da nicht aushalte, kann ich mich immer noch umentscheiden.

Irvine hat sich sehr verändert, aber als ich in die Straße meiner Kindheit einbiege, sieht alles noch so aus wie damals. So viel ist hier geschehen. Ich erinnere mich daran, wie ich Avery im Sandkasten auf dem Spielplatz kennengelernt habe und wie sie zu meiner besten Freundin wurde. Wie wir gelacht und Hand in Hand die wildesten Abenteuer erlebt haben. Wenn ich nur genug starre, werde ich einen kleinen Jungen mit dunklen Haaren und ein kleines Mädchen mit helleren Haaren die Straße hinunterrennen sehen.

Ich bleibe vor Dads Haus stehen und schaue zu Averys Haus, das immer noch so viel einladender wirkt als mein eigenes. Vor dem inneren Auge sehe ich den kleinen Limonadenstand und wie sie vor Konzentration die Zunge in den Mundwinkel steckt und ganz präzise die Flüssigkeit in die Gläser füllt. Von den Limonadentagen von damals sind nur noch Limonadenträume übriggeblieben, so scheint es.

Als ich zu unserem Haus sehe, verschwinden all die schönen Erinnerungen. Stattdessen fühle ich die Trauer, die ich nach Moms Tod spürte. Ich fühle die Angst, die in jeder Pore des alten Hauses steckt. Fühle den Zorn, der aus den Fenstern zu wabern scheint. Klar, ich habe auch schöne Erinnerungen an dieses Haus, aber die starben mit Mom. Danach war es nur noch dunkel.

Langsam gehe ich zur Tür, werde gleichzeitig angezogen und abgestoßen, bücke mich und suche unter dem dritten Blumentopf von rechts nach dem Schlüssel, der immer dort gelegen hat. Warum die Töpfe hier noch stehen, weiß ich nicht. Seit Moms Tod hat nie wieder jemand Blumen gepflanzt. Aber der Schlüssel ist noch da.

Ich starre ihn an und weiß nicht, ob ich nicht besser umdrehen und so schnell wie möglich die Stadt verlassen soll, weiß nicht, ob ich dem gewachsen bin. Tief durchatmen. Danach stecke ich den Schlüssel ins Schloss, und als ich die Tür aufstoße, ist es, als würde ich in die Vergangenheit versetzt. Alles sieht genauso aus wie damals. Er hat in den letzten Jahren nichts verändert. Kein bisschen. Dieselben Vorhänge, wahrscheinlich nie gewaschen, dieselben Teppiche, die staubiger aussehen als damals. Es ist, als würde ich ein Museum meiner Erinnerungen betreten.

Langsam schaue ich mich um und betrachte die Orte, an denen ich Tränen, Blut und Schweiß vergoss. Aber dann schiebt sich ein anderes Bild vor die trüben Erinnerungen. Ein Mädchen mit dunkelblonden Haaren, einer Zahnlücke und Rattenschwänzen rennt durchs Wohnzimmer, lachend, voller Leben und voller Freude. Da ist auch Mom, die zufrieden die kleine Avery beobachtet.

Und so ist es überall. Erst sehe ich die schlechten Erinnerungen, bevor sich Bilder von Avery und Mom in jedem Zimmer des Hauses darüberlegen und dem Ganzen ihre Schwere nehmen. Langsam realisiere ich, dass ich zwar viel Schlechtes erlebt habe, aber das Gute trotz allem überwiegt. Es gab einmal einen Menschen in meinem Leben, der mich über alles geliebt hat: Mom. Und dann gab es noch das Mädchen, das mein Leben versüßt hat mit ihrer Sanftheit, mit ihrer Freude und ihrer Loyalität. Und auch ihrer Liebe.

Ich setze mich auf die staubige Treppe, genau auf die fünfte Stufe, die immer so geknarrt hat. Wieso habe ich nie gesehen, dass das Leben auch gut war? Kalifornien und ganz besonders Irvine ist für mich zum Sinnbild des Grauens geworden, aber wenn ich es jetzt betrachte, verliert es den Schrecken.

Wir sind die Summe unserer Erlebnisse, der guten und der schlechten. Aber es liegt nur an uns, diese zu gewichten. Viel zu lange habe ich dem Schlechten die Oberhand überlassen, habe vergessen, dass ich auch so viel hatte, für das ich dankbar sein konnte. Das löscht die Dunkelheit nicht aus, sorgt aber für Sterne, die umso heller leuchten.

Und es zeigt mir, was wirklich wichtig ist.

Kapitel 21

Avery

Ich starre aus dem Fenster und versuche, in das Haus der Turners zu schauen, seit Cade vor ein paar Minuten hineingegangen ist. Was fühlt er jetzt? Geht es ihm gut? Braucht er mich?

Spocky springt auf die kleine Fensterbank, schnurrt mich an und präsentiert ihr Köpfchen. Beinahe automatisch streichele ich sie, während meine Gedanken bei dem Mann sind, dem schon immer mein Herz gehörte. Ich kann dagegen ankämpfen, wie ich will, aber das ist die Wahrheit. Manchmal ist die erste Liebe auch dazu bestimmt, deine einzige zu sein. Ob es jetzt ein Happy End gibt oder nicht.

Sekunden werden zu Minuten, werden zu Stunden, die ich auf die andere Straßenseite starre. Irgendwann kommt er wieder raus und schließt die Tür hinter sich ab. Bevor er in sein Auto steigt, schaut er zu uns herüber. Kann er mich sehen? Ich weiß nicht, ob ich es mir wünsche oder nicht. Vielleicht bilde ich es mir nur ein, aber ich spüre seinen Blick wie eine Liebkosung und schluchze einmal kurz auf, weil ich nicht gedacht habe, so etwas noch einmal von ihm zu spüren. Abgesehen davon, dass ich es auch gar nicht will. Oder sagen wir besser: wollen sollte. Es ist leider so oft eine Diskrepanz zwischen dem, was man sich wünscht, und dem, was richtig ist.

Schließlich steigt er ins Auto und fährt davon.

Lange starre ich ihm nach, kann gar nicht anders, als mir weiter Gedanken zu machen. Wo fährt er hin? Wann kommt Melinda nach? Wie geht es ihm? Was fühlt er beim Tod seines Vaters? Ich hätte so gerne die Antworten auf diese Fragen, auch wenn sie mir vielleicht nicht zustehen.

»Spätzchen?«, ertönt Moms Stimme. »Abendessen ist fertig.«

Langsam gehe ich die Treppe hinunter, Spocky eilt mir voraus, immer der Stimme ihres Lieblingsmenschen nach. Ich finde es ja ganz toll, dass es doch einen Menschen gibt, den sie liebt, aber irgendwie fühle ich mich verraten, dass ich es nicht bin. Kleine Kröte.

»Du bist ganz blass, Kind. Ist was passiert?«, fragt Mom, als ich mich an den Esstisch setze.

»Cade war da.«

»Wo?«

»Drüben.«

Dad fragt: »Im Turner-Haus?«

»Ja.«

»Und?«

Ich zucke mit den Schultern. »Keine Ahnung. Er ist reingegangen, mehrere Stunden dringeblieben und dann gefahren.«

Mom stellt eine Schüssel mit Stampfkartoffeln auf den Tisch. »Der arme Junge.«

»Wieso denkst du das?«

»Na, er hat gerade seinen Vater verloren. Auch, wenn das Verhältnis nicht gut war, war er doch sein Dad.«

»Ich weiß nicht, ob es ihn überhaupt tangiert«, gebe ich zurück.

»Oh doch. Egal wie sehr man sich auch entfremdet, Familienbande reißen nie völlig ein.«

Einen Augenblick sind wir alle ruhig und essen still vor uns hin.

»Meinst du, er leidet?«, frage ich Mom.

»Bestimmt.«

»Sollte ich … na ja, sollte ich Hilfe anbieten?«

Mom und Dad schauen mich beide einen Moment an, bevor Dad sagt: »Ist das denn deine Aufgabe?«

»Wie meinst du das?«

Sie wechseln einen Blick, bevor Mom sagt: »Spätzchen, ich weiß, du willst ihm helfen, weil du ein gutes Herz hast, aber du hast doch deine Entscheidung getroffen. Und ich denke, dass es die richtige ist. Das sage ich nicht, um dir wehzutun, sondern weil ich mir nichts mehr wünsche, als dass du glücklich bist. Aber wenn du immer wieder zurückschaust, wirst du es nicht. Cade hat eine Frau, wird bald Vater. Es war richtig, dass du gegangen bist, Liebling.«

»Ich weiß.« Auch wenn ich immer noch wünschte, dass es anders wäre.

Vier Tage später ist die Beerdigung. Nach reiflicher Überlegung beschließe ich, nicht hinzugehen. Teilweise aus egoistischen, aber auch aus selbstlosen und dann auch rachsüchtigen Gründen. Zu letzteren gehört, dass ich Mr. Turner nach allem, was er getan hat, keine Ehre erweisen will. Es gibt nichts, was ihn in meinen Augen rehabilitiert. Zu ersteren gehört, dass ich Angst habe, Cade mit seiner Freundin zu sehen. Ich glaube nicht, dass ich das aushalten könnte. Die selbstlosen sind, dass ich es Cade nicht schwerer machen will. Alles zusammen ergibt, dass ich im Wohnzimmer auf der Couch bleibe, während meine Eltern sich fertig machen, um zum Friedhof zu gehen.

»Meinst du, ich sollte gehen?«, frage ich Mom zum vielleicht hundertsten Mal.

»Du solltest tun, was für dich richtig ist.«

»Woher soll ich das wissen?«

»Du horchst in dich hinein.«

»Das ist mal wieder so eine Hokuspokus-Antwort, es ist schon fast unverantwortlich.«

Mom lacht. »Spätzchen, das gehört eben zum Erwachsensein dazu. Seine eigenen Entscheidungen treffen und dazu zu stehen.«

»Ich hasse es, erwachsen zu sein.«

Sie drückt mir einen Kuss auf den Scheitel. »So geht es uns allen.«

Als sie gegangen sind, frage ich Spocky, ob es richtig ist, aber ich habe noch nicht eine vernünftige Antwort von ihr bekommen und glaube nicht, dass sich das heute ändert. Eigentlich wollte ich arbeiten, aber stattdessen tigere ich rastlos durchs Haus. Ich erwische mich sogar dabei, den Staubwedel aus der Kammer zu holen, und das Bücherregal abzustauben, das gar nicht staubig ist.

Vielleicht hätte ich doch gehen sollen …

Cade

Als ich am Grab stehe, sehe ich mich um. Viele sind nicht gekommen, ein paar Nachbarn, die meisten kenne ich. Einige Unbekannte sind auch darunter, aber das war ja zu erwarten. Averys Eltern sind gekommen, aber auch wenn ich mir beinahe den Hals verdrehe, sie kann ich nicht entdecken. Ich weiß nicht, ob mich das enttäuscht oder nicht.

Die letzten Tage habe ich in L. A. verbracht, um mit Daniel zu besprechen, wie wir weiter vorgehen wollen und können. Spontan konnte er mir ein Gespräch mit einem potenziellen Investor vermitteln, aber es ist schwer, Geldgeber von unserer Vertrauenswürdigkeit zu überzeugen, während wir gerade in der Insolvenz stecken. Auch wenn ich die Umstände erkläre, hilft das meist nicht. Selbst risikobereite Investoren schrecken bei unserer Geschichte zurück.

Außerdem hatte ich einen Termin beim Anwalt meines Vaters. Ich wusste nicht mal, dass er einen hat, aber offensichtlich hat er mir alles vermacht. Das Haus und sein Erspartes, was eine erstaunliche Summe ist. So verarmt, wie ich dachte, war er also nicht. Im ersten Moment wollte ich das alles ablehnen, weil es mir wie Blutgeld vorkam. Aber dann dachte ich, dass ich das Geld in unsere Firma stecken könnte. Dass etwas Gutes daraus entstehen könnte. Das Haus ist alt, aber Grundstücke nahe L. A. sind heiß begehrt, sodass es einen guten Preis erzielen könnte.

Ich habe mich noch nicht entschieden, wie ich mit dem Erbe umgehe. Einerseits will ich nichts von meinem Vater, andererseits wäre es die Rettung. Verzwickte Lage.

»Mr. Turner?«

Ich schrecke auf, als ich meinen Namen höre. Der Pastor schaut mich an und bedeutet mir, dass ich Erde ins Grab schaufeln soll. Von der Trauerzeremonie habe ich nichts mitbekommen, so sehr war ich in Gedanken versunken.

Und dann ist es vorbei. Die Nachbarn und Fremden reichen mir die Hand, murmeln ein paar Worte, aber niemand verweilt, außer den McIntyres, die als Letzte zu mir kommen.

»Cade, mein Junge«, sagt Mrs. McIntyre und umarmt mich.

Einen Moment fühlt es sich merkwürdig an, aber dann schließe ich sie ebenfalls in die Arme. Fast meine ganze Kindheit war sie eine zweite Mutter für mich. Erst in diesem Augenblick fällt mir auf, wie sehr ich sie vermisst habe.

Mr. McIntyre legt mir die Hand auf die Schulter.

»Danke, dass Sie gekommen sind«, murmele ich, als ich mich aus der Umarmung löse. Ein bisschen verlegen. Immerhin sind sie Averys Eltern.

»Das ist doch selbstverständlich«, sagt sie und streicht meine Anzugsjacke glatt.

»Sie ist nicht gekommen«, sage ich dann.

Mr. McIntyre antwortet: »Angesichts der Umstände ist es wahrscheinlich besser so.«

»Wahrscheinlich haben Sie recht, aber welche Umstände meinen Sie genau?«

Mrs. McIntyre sieht mich traurig an. »Avery hat uns erzählt, dass du heiratest und ein Baby bekommst.«

Bei diesen Worten reiße ich die Augen auf. »Ich bekomme was?«

»Ein Baby.« Hilflos schaut sie ihren Mann an, der mit den Schultern zuckt. »Du und deine Freundin Melissa, ihr bekommt ein Baby.«

»Melinda. Und wir sind nicht mehr zusammen, und schwanger war sie auch nicht.«

Erstaunt sieht sie erneut ihren Mann an. »Das bedeutet … Bedeutet das, dass du nicht mehr mit ihr zusammen bist?«

»Das hab ich doch gesagt!«

»Aber das heißt ja, dass du frei bist!«

Verwirrt schüttele ich den Kopf, bevor mir plötzlich alles klar wird. »Avery denkt, dass ich Vater werde und ist daher gegangen?«

»Ja!«, ruft sie aus. »Oh, wenn es nicht so ist …«

»Ich muss los.«

Und dann renne ich los, über den Friedhof auf die Straße. Vergesse, dass ich mit dem Auto hier bin und sprinte durch kleine Gassen, über Brücken und durch Parks. Es sticht in der Seite, meine Füße beschweren sich, weil das ganz sicher keine Schuhe zum Rennen sind, aber ich ignoriere alles. Jetzt ergibt alles einen Sinn! Avery glaubt, dass ich Vater werde!

Und natürlich wollte sie einem Baby nicht den Vater wegnehmen. Oh Gott, wieso war ich nur so dumm? Wieso bin ich nicht sofort zu ihr gegangen?

Ich bete sämtliche Götter an, dass es noch nicht zu spät ist. Das war nur ein Missverständnis, das man aufklären kann. Sie muss mir noch eine Chance geben.

Neben mir hupt es. Ich schaue auf und sehe Mr. McIntyre langsam neben mir herfahren. Er lässt das Fenster herunter, und ich schaue ihn an.

»Hast du einen Plan?«, fragt er mich.

Kaum in der Lage, noch genügend Luft in die Lungen zu bekommen, schüttele ich den Kopf. Er wird langsamer.

»Das dachte ich mir.«

Mrs. McIntyre beugt sich über ihren Mann. »Sie hat um zwei einen Termin und wird erst um vier wieder da sein.«

Ich bleibe stehen. »Und?«

Sie schaut ihren Mann an. »Kein Wunder, dass immer mehr junge Leute Singles sind.«

Mr. McIntyre grinst. »Da stimme ich dir zu, Darling.«

Dann sagt sie zu mir: »Vielleicht fällt dir ja was Besseres ein, als einfach nur an die Tür zu klopfen.«

Damit fahren sie fort, und ich bleibe völlig verwirrt und aus der Puste auf der Straße stehen. Was meint sie? Was Besseres? Reicht es denn nicht, wenn ich einfach nur sage: ›Avery, es ist alles ein Missverständnis. Ich liebe dich.‹?

Langsam laufe ich weiter und denke nach. In Liebesfilmen kommen sie am Ende immer erst wieder zusammen, nachdem es eine große romantische Geste gab. Meint Avys Mom das? Soll ich irgendwas tun, um Avery zu überzeugen, dass sie mich wieder zurücknimmt?

Ich war noch nie romantisch. Das weiß sie. Käme es nicht merkwürdig rüber, wenn ich jetzt mit roten Rosen vor ihr niederknie?

Und dann fällt mir etwas ein. Es ist romantisch, aber nicht kitschig. Es passt zu uns, damals und ein bisschen auch noch heute. Das mache ich.

Als ich in unsere Straße einbiege, schaue ich auf die Uhr. Viertel nach zwei. Sie müsste also weg sein. Ich gehe zu ihrem Haus, klingele an der Tür und werde von der vergnügten Mrs. McIntyre hereingebeten.

Avery

Diesen blöden Termin hatte ich bei allen Gedanken um Cade beinahe vergessen. Gerade noch rechtzeitig treffe ich in Newport Beach ein, wo ich mich mit einer Social-Media-Expertin treffe, die darauf schwört, dass persönliche Verbindungen das A und O sind, wenn man über solche Kanäle etwas verkaufen will. Für jemanden, der nur auf Facebook ist, weil da jeder ist, ist das alles Neuland, aber da heute viele Jugendliche als Berufswunsch Influencer angeben, ist es nicht verkehrt, sich mit diesem Thema zu beschäftigen.

Auf dem Heimweg bin ich noch so in Gedanken, dass ich ihn erst bemerke, als ich schon halb die Einfahrt runtergefahren bin. Cade sitzt auf den Stufen unseres Hauses.

Ich bremse und bleibe im Auto sitzen, als würde er so nicht sehen, dass ich ihn anstarre, um jedes Detail aufzunehmen. Er scheint ein wenig schmaler als noch vor drei Monaten zu sein. Zu viel Stress? Seine Augen wirken ein wenig müde, die Ringe ausgeprägter. Er sieht nicht glücklich aus.

Wieso?

Diese Frage taucht in meinem Kopf auf. Aber schnell verbanne ich sie, ich will mich nicht damit beschäftigen.

Die wichtige Frage lautet: Warum tut er mir das an? Warum sitzt er jetzt hier?

Ich steige aus, knalle die Autotür viel zu laut zu, bevor ich zur Eingangstür marschiere, als wollte ich direkt durch sie hindurchlaufen, ob sie offen ist oder nicht.

»Avery …« Er steht auf und geht ein paar Schritte über den Rasen. Jetzt sehe ich, dass dort mein kleiner Limonadenstand steht, die Farben schon ganz verblasst nach all der Zeit. Aber Cade hat ihn aufgebaut, genauso wie er in meiner Erinnerung ausgesehen hat. Er nimmt zwei kleine Flaschen in die Hand – offenbar Limonade. Darin stecken grün-gelb gestreifte Strohhalme, und um den Hals der Flaschen sind grüne Schleifen gebunden.

Wie kann er es wagen? Das ist doch wohl die Höhe! Und

wieso hat Mom die Frechheit besessen, ihm meine Flaschen und meine Strohhalme und meine Schleifen zu geben? Und noch dazu meinen Limonadenstand! Ich kann es nicht fassen. Das ist so unfair!

»Avery!«, sagt er noch mal, als ich einfach an ihm vorbeigehe. »Wir müssen reden!«

Aber da habe ich schon die Tür geöffnet und werfe sie hinter mir ins Schloss.

»Ganz toll, Mom! Wirklich! Du Verräterin!«, rufe ich durchs Haus, während ich wütend nach oben stapfe und mich aufs Bett schmeiße.

Wieso will er reden? Hat er nicht verstanden, dass es vorbei ist? Der Status quo hat sich geändert. Das ist einfach so. Und er ist schuld! Weil er Sex mit Melinda hatte. Während wir zusammen waren, okay, heimlich, aber auch das gilt. Also, während wir zusammen waren, hatte er Sex mit einer anderen. Vielleicht ist mir das gerade erst richtig aufgefallen, aber er ist quasi auch mir fremdgegangen. Er ist also ein notorischer Fremdgänger. So ein Schuft.

Alles seine Schuld. Hätte er ihn mal in der Hose behalten. Dann wären wir immer noch in unserer unglücklichen Affäre gefangen, was viel besser wäre, als unglücklich alleine zu sein. Na, vielleicht nicht, aber trotzdem. Es muss gar keinen Sinn ergeben, wenn ich nicht will.

Und dann klopft es plötzlich ans Fenster.

Ich drehe mich um und starre ihn an.

»Avery, bitte, lass mich rein. Ich weiß nicht, wie ich es früher so locker geschafft habe, aber ich kann diesen Baum nicht wieder runterklettern, oder ich breche mir das Genick. Wenn du also nicht willst, dass ich sterbe, muss ich durch dein Zimmer gehen, um die Treppe nehmen zu können.«

Ich spüre meinen Mundwinkel zucken und verfluche ihn! Wie kann er es wagen, in dieser Situation irgendetwas amüsant zu finden? Das ist doch die Höhe! Jetzt verrät mich auch noch mein eigener Körper.

»Das hast du dir selbst eingebrockt!«

»Ja, ich weiß, aber wenn du mich nicht reinlässt, muss ich den Rest meines Lebens auf diesem Sims sitzen. Ich werde verdursten, und du musst wochenlang meinen toten Körper anstarren, bevor ich verrotte. Und dann musst du den Gestank ertragen. All dem kannst du entgehen, wenn du ein wenig Erbarmen hast, und mir das Fenster öffnest.«

Ich hasse es. Hasse, dass er auch in so einer Situation so witzig ist. Hasse, dass ich es witzig finde. Unbewegte Gesichtszüge, das sage ich mir dreißig Mal vor, aber das Resultat davon ist, dass ich anfange zu lächeln. Verdammt!

»Komm schon, Avy! So grausam kannst du gar nicht sein. Ich will doch nur überleben. Versprochen.«

Also öffne ich das Fenster und sehe, wie er ein wenig ungelenk in mein Zimmer klettert.

»Mist, früher war das mal so leicht.«

»Dann hast du jetzt überlebt und kannst gehen.«

Er hält seine überkreuzten Finger hoch. »Ich hab gelogen.«

»Oh, ich wusste es. Du Schuft!«

»Schuft? Hast du zu viele Filme aus den Fünfzigern geschaut?«

Ich verschränke die Arme vor der Brust. »Was willst du?«

»Erst mal, ich glaube nicht, dass du weißt, wie toll dein Busen so aussieht.« Ich nehme die Arme schlagartig runter. »Schade. Nun ja, also, was will ich?«

»Ja, das ist meine Frage.«

»Na ja, darauf gibt es eine ganz einfache Antwort.«

»Und welche?«

Er grinst. »Ich will dich.«

Frustriert werfe ich die Arme in die Luft, verschränke sie wieder vor mir, sehe seinen Blick und lasse sie wieder fallen. »Cade, das hatten wir doch alles schon.«

»Ich weiß, aber es hat sich eben nicht geändert.«

»Aber es gibt doch keine Zukunft. Kannst du es uns beiden nicht leichter machen und einfach gehen?«

»Es wäre vielleicht leichter, aber auch nicht so aufregend.«

»Es ist gar nicht aufregend. Es tut einfach nur weh und ist scheiße.« Ich schaue schnell zur Seite und blinzele die Tränen weg.

»Wieso tut es weh?«

Ist er eigentlich dumm? »Das fragst du nicht ernsthaft.«

»Doch.«

Diese Nonchalance macht mich so wütend! So richtig, richtig wütend. Und manchmal sagt man Dinge, die man gar nicht meint, wenn man so richtig, richtig wütend ist. »Weil ich dich liebe und du Melinda, die Schreckliche, heiratest und tausend Kinder mit ihr kriegst, du Arsch!«

Und er? Er hat die Frechheit zu grinsen.

»Du warst ja schon immer …«

Aber dann ist er in drei Schritten bei mir, nimmt mein Gesicht in die Hände. »Ich hab sie verlassen.«

»Was?« Okay, vielleicht bin ich jetzt dumm.

»Vor drei Monaten, nach diesem verlängerten Wochenende, habe ich sie verlassen.«

»Aber das Baby?«

»Wer hat dir das eigentlich erzählt?«

»Na, sie.«

»Melinda?«

»Na klar.«

»Wann hast du sie gesehen?«

»Sie ist offensichtlich Maggies beste Freundin, und ich hab mit Maggie studiert. Ich hab sie auf ihrer Party gesehen.«

»Ah, okay, so wird ein Schuh aus der ganzen Sache.«

»Du hast sie also trotz Baby verlassen?«

Er lächelt leicht. »Sie ist nicht schwanger.«

»Aber ...« Und dann sickern seine Worte ein. Sie ist nicht schwanger, und er hat sie verlassen. Schon vor drei Monaten.

»Melinda hat dich angelogen. Ich hab sie verlassen, und dann warst du weg und hast mich blockiert.«

Erst als er es ausspricht, wird mir die Tragweite bewusst.

»Melinda hat dafür gesorgt, dass ich gefeuert werde.« Ich weiß es genau. »Ich hab keine Beweise, aber so muss es gewesen sein. Und dann hat sie wahrscheinlich auch diesen Traumjob in L. A. organisiert.«

»Was?«

»Ja, so muss es gewesen sein. Aber als du mit ihr Schluss gemacht hast, dachte sie sich, dass ich den Job nicht verdiene, und hat das Angebot wieder platzen lassen.«

»Ich verstehe kein Wort.«

»Oh, diese ... diese Hexe! Wie kann man nur so sein?« Ich laufe in meinem Zimmer auf und ab. Und dann fällt mir etwas ein. »Aber ihre Drohungen!« Ich drehe mich erschrocken zu ihm um.

Cade setzt sich auf den Rand meines Bettes und zuckt mit den Schultern. »Sie hat sie wahr gemacht.«

»Aber ... Alles?«

»Ja. Sie hat uns die Finanzierung genommen, sie hat ihren Ex-Freund auf uns gehetzt und uns vor Gericht fertiggemacht. Wir wickeln gerade unsere Firma ab. Insolvenz.«

Das muss ich erst mal sacken lassen. Er musste Insolvenz anmelden. Er hat alles verloren.

»Und deine Freunde?«

»Sie sind großartig, aber das wusste ich ja schon vorher. Sie arbeiten mittlerweile beide für einen IT-Spezialisten, aber sie sitzen immerhin nicht auf der Straße. Wir hatten ja eine Limited Company, mussten also nicht mit unserem Privatvermögen haften.«

»Oh, wow. Das tut mir so leid. Also nicht, dass ihr nicht haften musstet. Alles andere meine ich.«

Einen Augenblick ist er ruhig und scheint seinen Gedanken nachzuhängen. »Weißt du, wenn ich gewusst hätte, dass das alles so einigermaßen glimpflich abläuft, hätte ich mich schon früher getrennt und mich nie erpressen lassen. Aber zu dem Zeitpunkt schien es mir so endlos groß zu sein, verstehst du? Ich dachte, es wird so richtig schlimm. Wenn ich damals schon zu einem Anwalt gegangen wäre, hätte ich das alles vielleicht verhindern können. All das Drama, all den Schmerz. Ich kannte mich nicht aus. Es hörte sich nur alles so bedrohlich an. Und klar, es ist auch alles Mist, und ich wünschte, es wäre nicht so, aber ich hatte es mir noch schlimmer vorgestellt.«

»Das konntest du ja nicht wissen. Und ich denke, du stellst es auch ein wenig falsch dar. Es ist mit Sicherheit heftiger gewesen, als du jetzt sagst.«

»Klar, es war krass, aber es war auch so befreiend. Die ganzen Monate, die Melinda mich erpresst hat, habe ich ihr so viel Macht über mich gegeben. Es war, als wäre ich in Ketten gelegt. Und dann hab ich mich befreit. Und es tat so gut. Endlich konnte ich wieder atmen. Das wollte ich mit dir teilen. Aber du warst verschwunden.« Jetzt verschränkt er die Arme vor der Brust, und ich starre auf seinen Bizeps, der sich unter dem dünnen Pulli wölbt.

»Ich weiß.«

»Mehr hast du dazu nicht zu sagen?«

»Entschuldigung?«

Er steht auf und stellt sich vor mich hin. »Das war ganz schön schlimm.«

»Ja, ist ja gut.«

»Du hättest wenigstens mit mir reden können.«

»Du hast recht, okay? Jetzt sehe ich ja auch ein, dass es das Leiden nur verlängert hat. Hätte ich sofort gefragt, hättest du sagen können, dass sie gelogen hat, und gut wär's. Aber das hab ich eben nicht getan, weil ich so verwirrt war. Und es war zu viel. Erst das Jobangebot in L. A., das so richtig gut war, aber ich wollte es nicht annehmen, teilweise auch deinetwegen und weil du in Boston warst. Und dann die Party. Diese Frau ist die beste Schauspielerin der Welt. Sie hat sich nicht eine Sekunde anmerken lassen, dass sie mich erkannt hat. Daher dachte ich, dass es keinen Grund für sie gibt zu lügen. Sonst hätte ich ja sofort gedacht, dass das nur Show ist. Aber so … Und dann auch die Vorstellung, dass du mit ihr Sex hattest, während wir zusammen waren. Ja, ich weiß, dass wir nie Regeln aufgestellt haben, aber trotzdem. Um ganz ehrlich zu sein, ist mir das zuerst gar nicht aufgefallen, aber dann hat es mich wütend gemacht. Tja, und dann noch die Kündigung. Ich hab die Redaktion so geliebt und habe den Job in L. A. nicht annehmen wollen, weil ich meine Kolleginnen nicht verlieren wollte, und dann werde ich gekündigt.

Zusätzlich hatte ich nach Weihnachten so viel Heimweh nach Kalifornien. Das war einfach zu viel.«

Dann weine ich doch, weil es jetzt auch zu viel ist, ganz besonders, weil so blöde Missverständnisse dazu geführt haben, dass ich seit drei Monaten unglücklich war, obwohl ich es nicht hätte sein müssen.

Cade schließt mich in die Arme, zieht mich an sich, legt seinen Kopf an meinen und streichelt mir über den Rücken. Es tut so gut, wieder in seinen Armen zu liegen. Es ist schon beinahe pathetisch. Aber dann ist es eben so.

»Es war echt eine blöde Situation und echt viel, das verstehe ich. Ich wünschte, du hättest anders gehandelt, hättest genug Vertrauen in mich gehabt, aber ich verstehe es. Du dachtest, es wäre das Richtige.«

Ich nicke an seiner Brust.

»Und jetzt, Avy?«

Ich schaue auf, sehe in seine lächelnden Karamellaugen, in die ich vor fast achtundzwanzig Jahren das erste Mal geschaut habe. »Und jetzt?«

»Haben wir jetzt genug Dummheiten gemacht?«

»Was meinst du?«

»Können wir jetzt zusammen glücklich werden?«

Diese Worte sind so wunderschön, aber ich kann noch nicht glauben, dass sie wahr sind. »Willst du das?«

»Mehr als alles andere.«

Es wird nicht verwundern, dass ich schon wieder in Tränen ausbreche. Cade lacht, bevor seine Lippen meine finden. Und dieser Kuss!

Ich habe schon so viele Küsse mit ihm erlebt. Erste Küsse, heiße Küsse, leidenschaftliche Küsse, traurige Küsse, wiederentdeckte Küsse, heimliche Küsse, Abschiedsküsse, freudige

Küsse, verliebte Küsse, lachende Küsse. Die ganze Bandbreite an Küssen habe ich mit ihm erlebt, aber dieser Kuss. Dieser ist der beste von allen, denn dieser ist unser ›Und-sie-lebten-glücklich-und-zufrieden-bis-an-ihr-Lebensende-Kuss‹.

Epilog

Sechs Monate später

Avery

Ich stehe auf der Straße vor der Redaktion von *Women's Life*. Langsam schaue ich das hohe Gebäude hinauf bis in den elften Stock, in dem gerade meine Freundinnen sitzen und arbeiten. Wehmut erfasst mich, weil ich nicht mehr bei ihnen bin, aber da ich sie gestern erst gesehen habe, verkrafte ich es. Stattdessen laufe ich mit meinem Papptablett voller Kaffee weiter die Straße entlang, zwei Straßenblöcke weiter um die Ecke und komme vor einem anderen großen Gebäude zum Stehen. Hier im sechsten Stock ist ein winziges Büro. Ich nehme den Aufzug, gehe den Flur entlang und klopfe, bevor ich die Klinke herunterdrücke.

Der Raum ist gerade mal groß genug für drei Schreibtische und drei Stühle. Wirklich, man kann kaum um sie herumgehen. Okay, eine Pflanze passt auch noch. Ein kleines Einblatt, das ich Cade, Mick und Chris zum Einstand letzte Woche geschenkt habe.

»Hey, Avy«, erklingt es im Chor, und ich grinse, als ich die Tür hinter mir schließe.

»Hey, Jungs, habt ihr Unsinn gemacht?«

»Niemals«, meint Chris lachend.

»Sehr gut. Hier einen Mocha Frappuccino ohne Sahne für dich.«

»Du bist einfach die Beste.«

»Denk bloß immer dran. Einen Cappuccino mit Sojamilch für Mick.« Ich reiche ihm diesen, bevor ich den letzten zu Cades Schreibtisch bringe und mich auf seinen Schoß setze. »Und einen Flat White für dich.«

»Mir hätte auch ein Kuss gereicht.«

»Bäh, Igitt!«, schreien Mick und Chris gleichzeitig.

Cade lacht. »Hey, jetzt wisst ihr mal, wie es mir bei eurem ekeligen Liebesgeflüster immer geht. Das ist meine verdiente Rache!«

Als ich ihn küsse, schreit Chris: »Ah, meine Augen!«, und Mick macht Würgegeräusche. Das beweist, dass Jungs zwölf werden und danach nur noch wachsen.

»Bist du fertig für heute?«, frage ich Cade.

»Noch eine Minute.«

Ich bin zurück nach Boston gezogen. Ich vermisse meine Eltern und auch Spocky, aber ich wollte nicht ohne Cade sein. Wir wohnen in einer winzigen Wohnung in Beacon Hill, die einen Großteil unseres Gehalts frisst, aber das ist es uns wert, weil wir in diesem schönen alten Stadtteil von Boston leben können. Das Kopfsteinpflaster, die Ziegelhäuser, das romantische Flair passt zu zwei Wiederverliebten.

Cade arbeitet noch für die Internetagentur, aber nachdem sich der aufgewirbelte Staub gelegt hat, haben sie beschlossen, noch einmal richtig neu anzufangen, und dazu gehört dieses winzige Büro. Cade hat sein Elternhaus verkauft und gemeinsam mit dem Erbe seines Dads ist das das Startkapital der Firma. Alles eine Nummer kleiner als beim ersten Mal, aber dafür krisenfester, denn nun sind sie nur für sich selbst verantwortlich. Sie sehen alle glücklicher aus, als ich sie jemals gesehen habe.

Und ich? Ich schreibe weiter Freelance-Artikel zu den Themen, die mir wichtig sind. Giselle hat Wort gehalten. Sie hat mich mit vielen Redakteuren in Kontakt gebracht, unter anderem mit dem Chef eines Fernsehsenders, für den ich Storys entwickele. Hätte ich auch nie gedacht.

»Wir können.« Cade lächelt mich an, bevor er mir die Hand reicht. »Tschüss.«

Hand in Hand laufen wir durch diesen wunderschönen Teil der Stadt, die unsere Heimat geworden ist.

»Was willst du machen?«

»Ich hab alle für heute Abend zum Essen eingeladen.«

Er zieht die Augenbrauen hoch. »Wer sind alle?«

»Na, alle deine und alle meine.«

»Und wohin hast du sie eingeladen?«

»Na, zu uns.«

»Dir ist aber schon klar, dass wir nicht einmal Sitzgelegenheiten für alle haben?«

»Ich hab gesagt, es wird ein Haus-Picknick.«

»Na gut. Sitzen wir eben alle auf dem Boden.«

»Wir müssen noch einkaufen.«

»Was soll es denn geben?«

»Ach, nur Kleinigkeiten. Ich bin ja keine gute Köchin. Daher nur Dinge, die man in den Ofen stecken kann. Und Wein. Wein muss auch sein.«

Eine Stunde später klettern wir vollgepackt in den dritten Stock unseres kleinen Ziegelhauses, das in einer fast vergessenen Seitenstraße liegt. Ich schließe die Tür auf und schaue auf unser Reich. Es ist nicht groß, aber es reicht aus. Und der Balkon ist das allerbeste daran. Jeden Abend sitzen wir hier, quatschen und lachen und erfreuen uns an diesem Leben, das unseres ist.

Cade bereitet unser Wohnzimmer mit Sitzkissen vor, stellt Geschirr auf den kleinen Couchtisch, sucht Musik aus, während ich die Quiches in den Ofen stelle, um sie aufzuwärmen, Oliven und Artischocken in Schälchen fülle, eine Packung Eier auf den Boden werfe, beim Aufwischen ausrutsche und mich wild rudernd irgendwo abstütze, nur um dann aufzuschreien, weil ein Finger dabei die heiße Herdplatte berührt, auf der die Käsesoße simmert.

»Alles okay?«, ruft Cade.

»Ja, ja, das war nur wieder Avery in Aktion.«

Er steckt den Kopf in die Küche. »Soll ich schon mal den Wein aufmachen?«

»Ja bitte, den kann ich gut gebrauchen.«

Er schenkt uns ein und reicht mir ein Glas. »Auf dich, mein größtes Glück.«

»Auf dich, du alter Charmeur.« Er lacht, und es ist einfach mein liebstes Geräusch auf dieser Welt.

Nach einem Schluck nimmt er mir das Glas schon wieder weg. Bevor ich protestieren kann, umfasst er meine Taille, nimmt meine Hand und bewegt sich langsam mit mir im Takt der Musik. Ich lege meinen Kopf an seine Brust, höre sein Herz, weiß, dass es im Gleichtakt mit meinem eigenen schlägt, und genieße es, in seinen Armen zu liegen.

Viel zu früh klingelt es, und kurz darauf ertönt lautes Lachen, als unsere Freunde, unsere Familie, in unser Reich strömt. Als ich ins Wohnzimmer trete, sehe ich sie, all die Menschen, die ich in den letzten anderthalb Jahren lieben gelernt habe.

»Willkommen, willkommen«, rufe ich, bevor ich von drei kleinen Kanonenkugeln beschossen werde. Kleine Arme zerren an meinen Händen, an meinen Beinen, und ich hocke mich hin, um Zoë, Liam und Lucas zu umarmen.

»Da seid ihr ja! Habt ihr Lust auf ein Picknick?«

»Ja!«, schreien sie im Chor und klatschen.

Cade und ich bringen all die Schüsseln und Platten mit den Leckereien raus, die wir … nun ja … gekocht haben. Als ich die letzte Schüssel hole, bleibe ich im Türrahmen stehen, lehne mich an. Ich sehe das Lachen, die Freude, die Liebe, die guten Gespräche, die Freundschaft, die durch die Luft schwirrt. Wirklich reich ist man nicht, wenn man alle Schätze der Welt besitzt, sondern dann, wenn man Menschen liebt und zurückgeliebt wird. Und das macht mich zur reichsten Frau der Welt.

Cade schlingt die Arme um mich. »Bist du glücklich?«

»Blendend glücklich.«

Danksagung

Man sagt, es braucht ein Dorf, um ein Kind aufzuziehen. Und so ist es auch mit einem Buchbaby. Es ist keine Einzelleistung, sondern viele, viele Menschen sind daran beteiligt, damit die Leser*innen schließlich ein fertiges Buch in den Händen halten können.

Bereits vor einigen Jahren ist das Grundgerüst für diese Geschichte entstanden. Auf einem Roadtrip mit meiner Freundin und Kollegin Anya Omah haben wir an diesem Plot gearbeitet, daher gebührt mein erster Dank ihr. Vielen Dank, dass du seit dem Beginn meiner schriftstellerischen Tätigkeit immer für mich da warst, mir geholfen hast, wenn ich nicht weiterkam, und mit deinem Lachen mein Leben bereicherst.

Aber ein Exposé allein reicht nicht aus, es braucht auch Menschen, die an es glauben. Das Schicksal meinte es gut mit mir, als ich zufällig Kristina Langenbuch in Berlin kennenlernte, die Potenzial in meinen Limonadentagen gesehen hat. Ganz lieben Dank an Kristina und an Gesa Weiß und die ganze Agentur, dir mir hilft, meine Träume zu verwirklichen.

Mein nächster Dank gilt meiner wunderbaren Lektorin Anna Hoffmann von Mira Taschenbuch/HarperCollins, die dafür gesorgt hat, dass die Geschichte runder, lebhafter und einfach besser wurde. Danke für Ihre Unterstützung, liebe Frau Hoffmann, ohne Sie gäbe es diesen Zweiteiler nicht. Vielen Dank!

Ein ganz besonderer Dank geht auch an Berenike Woy, meine Freundin und Testleserin, die schon von Anfang an für Avery und Cade geschwärmt hat und mir das allererste Feedback zum fertigen Manuskript gegeben hat. Danke, dass du meine Freundin bist. Ohne dich wäre mein Leben grau. Du lässt es in allen Farben des Regenbogens erstrahlen.

Wie immer muss ich der besten Mama der Welt danken, denn nur ihr ist es zu verdanken, dass ich überhaupt den Mut habe, fremde Menschen meine Worte lesen zu lassen. Immer bist du mein Fels in der Brandung, mein Cheerleader, meine größte Stütze. Du bist mein Lieblingsmensch.

Und ein letzter Dank geht an all meine Leser*innen, die es mir ermöglichen, meinen Traum vom Schreiben zu verwirklichen. Danke für eure Nachrichten, euer Feedback, all die tollen Gespräche, die wir auf Messen und Veranstaltungen geführt haben. Ohne euch wäre all dies nicht möglich. Vielen Dank.

Love, Annie